KB082555

결혼해도 괜찮아

Committed: A Skeptic Makes Peace with Marriage
Copyright ⓒ 2010, Elizabeth Gilbert
All rights reserved

Korean translation copyright ⓒ 2010, korean Literature Co., Ltd.

이 책의 한국어판 저작권은 밀크우드를 통한 The Wylie Agency Ltd.와의 독점계약으로
(주)한국문학사에 있습니다.

저작권법에 의해 한국 내에서 보호를 받는 저작물이므로 무단전재 및 무단복제를 금합니다.

결혼해도 괜찮아

『먹고 기도하고 사랑하라』
그 두 번째 이야기

엘리자베스 길버트 지음 | 노진선 옮김

솟을북

세상에 결혼보다 위험천만한 일은 없습니다.
하지만 행복한 결혼 생활만큼 즐거운 일도 없지요.

벤저민 디즈레일리, 1870
빅토리아 여왕의 딸 루이스에게 보낸 약혼 축하 편지에서

결혼과 어떻게든 화해하려고 노력한
또 하나의 이야기

몇 년 전, 나는 『먹고 기도하고 사랑하라』는 책을 썼다. 지독한 이혼을 겪고 혼자서 3개국을 여행했던 이야기를 담은 책이다. 책을 쓸 당시 30대 중반이었고, 그 책은 내 작가 경력에서 볼 때 모든 면에서 대단한 일탈이었다. 『먹고 기도하고 사랑하라』를 쓰기 전까지 주로 남자 독자들을 대상으로, 남자에 대해 쓰는 여성 작가로 문단에 이름을 알렸다(조금이라도 인지도가 있었다면). 수년간 『GQ』, 『스핀』 같은 남성 전용 잡지에 기고했고, 주로 가능한 한 모든 각도에서 남성성을 탐구하는 글을 썼다. 내가 처음으로 출간한 책 세 권도(픽션이든 논픽션이든) 모두 강한 마초 캐릭터들의 이야기였다. 카우보이, 바닷가재 잡는 어부, 사냥꾼, 트럭 운전사, 벌목꾼 등등.

당시 나는 남자처럼 쓴다는 말을 종종 들었다. 지금은 '남자처럼' 쓴다는 것이 당최 무슨 뜻인지 모르겠지만, 대개 칭찬의 뜻으로 했던 말임에는 틀림없다. 나 역시도 그때는 칭찬으로 받아들였다. 심지어 『GQ』에 기사를 쓰기 위해 일주일간 남자 행세를 한 적도 있다. 머리를 짧게 자르고, 가슴에는 붕대를 칭칭 동여감고, 새모이로 채워 넣은 콘돔을 바지 속에 달고, 아랫입술 밑에 짧은 수염을 붙였다. 이 모두가 어떻게든 매혹적인 남성성의 미스터리를 이해하고 그 속에 빠져들기 위해서였다.

이런 말까지 하기는 부끄럽지만, 남자에 대한 이런 집착은 사생활로까지 이어졌고 이로 인해 내 삶은 종종 복잡하게 꼬이곤 했다.

아니, 꼬이지 않는 날이 없었다.

복잡한 연애사와 직업적 집념 사이에서 나는 남성성이라는 주제에 푹 빠져 여성성은 까맣게 잊고 살았다. 심지어 내 안의 여성성도 생각해본 적이 없었다. 그런데다 원래부터 나 자신의 행복에 무관심해서 나와 친해질 기회가 전혀 없었다. 따라서 서른 즈음, 지독한 우울증이 강타했을 때 나로서는 내가 겪는 현상이 무엇인지 정확히 알아낼 수도, 이해할 수도 없었다. 처음에는 몸이, 그 다음에는 결혼 생활이, 그 다음에는 정신 상태가 엉망이 되었다. 특히 맨 마지막 단계가 가장 힘들고 두려웠다. 그 상황에서 남성성은 어떤 위안도 주지 못했다. 이 감정의 실타래에서 빠져나오는 유일한 길은 나 스스로 출구를 찾아내는 것이었다. 그리하여 상심한 이혼녀였던 나는 모든 것을 뒤로 한 채 혼자서 일 년간 여행하며 자아성찰을 시작했다. 한때 종잡을 수 없는 미국 카우보이들을 연구했던 것처럼 나 자신을 낱낱이 파헤칠 요량이었다.

그런데 직업이 작가다 보니 그 과정을 책으로 쓰게 되었고, 인생은 가끔씩 정말 이상한 방향으로 흘러가기에 그 책은 전 세계적으로 엄청난 베스트셀러가 되었다. 그리고 지난 10년간 남자와 남성성에 대해 줄기차게 써왔던 내가 난데없이 칙릿(chick-lit, 20-30대 젊은 여성들을 겨냥한 소설—옮긴이) 작가로 사람들 입에 오르내리게 되었다. 이번에도 역시 '칙릿' 작가라는 것이 무슨 뜻인지 잘 모르겠지만, 칭찬이 아닌 것만은 분명하다.

어쨌거나 이제는 만나는 사람들마다 이런 일을 예상했느냐고 묻는다. 그러니까 내가 『먹고 기도하고 사랑하라』를 쓰는 동안 이 책이 여차저차해서 초대형 베스트셀러가 되리라고 예상했느냐는 말이다. 물론 아니다. 이처럼 열광적인 반응을 얻을 줄은 꿈에도 몰랐고, 그럴 작정으로 쓰지도 않았다. 다만 그 책을 쓰는 동안 이렇게 사적인 이야기를 쓰는 것을 독자들이 용서해주었으면 하는 바람은 있었다. 내 책의 독자들이라고 해봐야 손에 꼽을 정도였지만 그래도 그들은 열혈 독자들이었고, 사내대장부들이 거친 일을 하는 투박한 이야기를 쓰는 믿음직스런 여성 작가를 좋아해주었다. 그런 독자들이 영혼의 치유를 찾아 떠난 이혼녀의 다분히 감상적이고 자전적인 이야기를 좋아해줄 것 같지 않았다. 그래서 개인적인 사정들 때문에 그 책을 쓸 수밖에 없었던 나를 너그럽게 이해해주기를 바랐다. 아마 사람들은 눈감아줄 것이고, 그러면 조용히 다음 책으로 넘어갈 수 있으리라고 생각했다.

물론 이런 내 추측은 완전히 빗나갔지만.

(여기서 분명히 짚고 넘어가자. 지금 여러분이 손에 들고 있는 책은 사내대장부들이 거친 일을 하는 투박한 이야기가 아니다. 내가 미리 경고하지 않았다는 말은 하지 마시길!)

요즘 만나는 사람들마다 물어보는 또 다른 질문은 『먹고 기도하고 사랑하라』가 내 삶을 어떻게 바꾸어놓았느냐는 것이다. 이것은 너무도 광범위한 질문이라 대답하기 힘든데, 어린 시절에 있었던 한 사건에 비유할 수 있다. 어렸을 때 부모님을 따라 뉴욕의 자연사 박물관에 간 적이 있다. 우리 세 사람은 해양관에 서 있었다. 아버지는 머리 위에 떠 있는 실물 크기의 거대한 푸른 고래 모형을 가리키며, 이렇게 큰 고래가 있다는 사실이 믿어지느냐고 거듭 강조해서 말했다. 하지만 나는 고래를 볼 수 없었다. 고래 바로 밑에 서 있었던 탓에 고래를 올려다볼 수는 있지만, 고래 전체를 볼 수는 없었던 것이다. 내게는 아직 그런 거대한 물체를 파악할 수 있는 사고 체계가 확립되어 있지 않았다. 내 눈에 보이는 것은 푸른 천장과 다른 사람들의 감탄하는 표정뿐이었다(그 표정으로 보건대 여기서 뭔가 굉장한 일이 벌어지는 것이 분명했다!).

가끔씩 내가 『먹고 기도하고 사랑하라』에 대해 느끼는 감정도 그러하다. 어느 순간부터 더 이상 이 책의 광범위한 궤적을 제대로 파악할 수 없게 되었다. 그래서 그냥 포기하고, 다른 일들에 마음을 쏟았다. 텃밭을 가꾸는 일도 도움이 되었다. 직접 심은 토마토에서 민

달팽이를 추려내는 일만큼 상황을 객관적으로 보는 데 효과적인 방법도 없다.

전작의 엄청난 반응 이후에 어떻게 하면 예전처럼 독자들을 의식하지 않고 다시 글을 쓸 수 있을지 조금은 난감했다. 무명 시절이 그리울 리는 없겠지만, 그래도 과거에는 내 책을 읽어봐야 몇 명이나 읽겠느냐는 생각으로 늘 글을 써왔다. 물론 그런 생각을 하면 대개 힘이 쭉 빠졌지만, 결정적으로 한 가지 사실만큼은 위안이 되었다. 졸작을 써서 망신을 당할지라도 그 사실을 아는 사람이 별로 많지 않으리라는 것이다. 그런데 별안간 수백만 명의 독자들이 내 다음 작품을 기다리게 되었다. 수백만 명을 만족시키는 책을 쓴다는 것이 과연 가능한 일일까? 노골적으로 대중의 취향에 영합하고 싶지는 않았지만 이 책을 쓴 이후 압도적으로 늘어난, 똑똑하고 열정적인 여성 독자들을 잃고 싶지도 않았다. 특히나 그들과 큰 공감대를 형성한 터라 더욱 그랬다.

그래서 어떻게 시작해야 할지 모른 채 그냥 되는대로 책을 써나가기 시작했다. 그 결과, 일 년에 걸쳐 500페이지에 달하는 초고를 완성했다. 하지만 초고가 완성되자마자 왠지 잘못되었다는 느낌이 들었다. 책 속의 목소리는 내 목소리가 아니었다. 누구의 목소리도 아니었다. 확성기를 통해 들리는, 오역된 목소리 같았다. 나는 원고를 눈에 띄지 않는 곳에 치워버리고 두 번 다시 들여다보지 않았다. 대신 다시 텃밭으로 나가 생각에 잠긴 채 땅을 파고, 쑤석거리고, 심사

숙고했다.

쓰는 법을 잊어버렸던 그 시기, 아니 자연스럽게 쓰는 법을 잊어버렸던 그 시기가 내 인생의 위기는 아니었다는 점을 분명히 밝혀두고 싶다. 그것만 제외하면 내 삶은 정말로 행복했기 때문이다. 만족스런 사생활과 작가로서의 성공이 너무도 감사해서 이 문제로 유난을 떨고 싶지 않았다. 그렇기는 해도 심각한 문제임은 분명했다. 이대로 작가로서의 경력이 끝나는 것이 아닌가 싶기도 했다. 더 이상 글을 쓰지 못하는 것이 세상에서 가장 불행한 일은 아니지만, 설사 그것이 내 운명이라 해도 솔직히 아직은 때가 아닌 듯했다. 나는 더 많은 시간을 토마토 텃밭에서 보낸 후에야 마음을 정리할 수 있었다.

결국 수백만 명의 독자들을 만족시키는 책은 죽었다 깨어나도 쓸 수가 없다는 사실을 깨달았는데, 이 깨달음은 큰 위안이 되었다. 처음부터 작정하고 쓸 수는 없는 것이다. 사실 독자들의 입맛에 딱 맞는, 주문형 베스트셀러를 쓰는 법은 모른다. 그 방법을 알았다면 진작부터 그런 책을 썼을 것이다. 그러는 편이 내 삶도 훨씬 편안하고 안락했을 테니 말이다. 하지만 그것은 불가능하다. 최소한 나 같은 작가들에게는 그렇다. 우리는 써야만 하는 이야기들, 혹은 쓸 수 있는 이야기들을 쓸 뿐이다. 그리고 책이 출판된 후의 일은 내 소관이 아니라는 심정으로 책을 출판할 수밖에 없다.

그리하여 수많은 개인적 이유로 인해 내가 써야만 했던 이야기가 바로 이 책이다. 결혼이라는 복잡다단한 제도와 어떻게든 화해해보려는 노력을 담은 또 하나의 자전적 이야기다(거기다 사회-역사적 보너스 섹션까지 들어간다!). 책의 주제는 한 번도 흔들린 적이 없었다. 단지 한동안 그 안에서 내 목소리를 찾기가 힘들었을 뿐이다. 결국 다시 글을 쓸 수 있었던 유일한 방법은 내 상상 속에서만이라도 책의 예상 독자를 대폭 감소시키는 것이었다. 나는 처음부터 다시 쓰기 시작했다. 이번에는 수백만 명의 독자들이 아닌, 정확히 스물일곱 명의 독자들을 염두에 두고 썼다. 그 스물일곱 명이란 다름 아닌 모드, 캐롤, 캐서린, 앤, 다시, 데보라, 수잔, 소피, 크리, 캣, 애비, 린다, 버나데트, 젠, 제나, 쉐릴, 레이아, 이바, 에리카, 니쉘, 샌디, 앤, 패트리시아, 타라, 로라, 사라, 마가렛이다.

이 스물일곱 명의 친구이자 친척, 이웃들은 단출하지만 내게는 없어서는 안 될 교우 관계의 주인공들이다. 연령대도 다양해서 20대 초반에서 90대 중반까지 있다. 한 명은 우리 외할머니이고, 한 명은 대녀, 한 명은 가장 오랜 친구, 한 명은 가장 최근에 사귄 친구다. 한 명은 한창 신혼 생활에 빠져 있으며, 다른 두세 명은 결혼하고 싶어 애를 태우고, 서너 명은 최근에 재혼했다. 한 명은 지금까지 한 번도 결혼한 적이 없다는 사실에 이루 말할 수 없이 감사하며, 한 명은 거의 10년간 사귀어온 여자 친구와 최근에 헤어졌다. 일곱 명은 자녀를 둔 엄마고, 두 명은 (이 글을 쓰는 현재) 임신했으며, 나머지는 이런저런 이유와 아이에 대한 착잡한 감정들로 인해 아이가 없다. 전업

주부도 있고, 직장 여성도 있으며, 두 명은 살림과 직장 생활을 병행하고 있다. 대부분이 백인이고, 흑인이 네댓 명, 중동인이 두 명, 스칸디나비아인이 한 명, 호주인이 한 명, 남미인이 한 명, 케이전이 한 명이다. 세 명은 독실한 신자이고, 다섯 명은 신에 관한 질문에는 도통 관심이 없다. 대다수가 영적 갈등을 겪고 있으며, 나머지는 오랜 세월을 거치며 신과 자신들만의 협상을 맺었다. 모두가 평균 이상의 뛰어난 유머 감각을 가졌고, 살면서 한번쯤 가슴 아픈 이별을 겪어봤다.

오랜 세월 나는 이 사랑스런 영혼들과 마주 앉아 커피와 술을 숱하게 마셔가며 결혼, 친밀감, 섹스, 이혼, 정절, 가족, 책임감, 자율에 대한 의문점들을 이야기했다. 이 책은 그 대화를 토대로 했다. 책의 이야기를 짜맞춰가는 동안, 나도 모르게 이 친구들, 친척들, 이웃 사촌들과 이야기를 하는 것처럼 소리내어 말한 적도 있다. 때로는 수십 년 전으로 거슬러 올라가는 질문에 대답하기도 하고, 내가 생각해낸 새로운 질문을 던지기도 했다. 이 스물일곱 명의 특별한 여성들이 없었다면 이 책은 세상에 나오지 못했을 것이다. 내 곁에 그들이 있다는 사실이 너무도 감사하다. 늘 그랬듯이 그들과 한 공간에 있는 것만으로도 가르침과 위안을 얻는다.

엘리자베스 길버트
2009년 뉴저지

Committed

제1장

결혼, 불현듯 내 삶에 다시 끼어들다

결혼은 경찰이 인정한 우정이다.

_로버트 루이스 스티븐슨

결혼은 하기는 쉬워도
깨기는 훨씬 힘들다

2006년 여름, 어느 느지막한 오후 나
는 베트남 북부의 한 시골 마을에 있었다. 내가 모르는 언어로 이야
기하는 베트남 여인들 여러 명과 함께 그을음투성이의 아궁이에 둘
러앉아 결혼에 대해 물어보고 있었다.

곧 남편이 될 남자와 동남아시아 전역을 여행한 지 벌써 네댓 달
이 지났다. 결혼을 약속한 상대를 통상 '약혼자'라 부르지만, 우리
둘 다 그 호칭을 매우 불편해하는지라 사용하지 않는다. 사실 우리
는 혼인 제도 자체를 매우 불편해한다. 결혼은 계획에 전혀 없었던
일이며, 서로가 원치 않던 일이었다. 그런데도 무슨 신의 조화인지
우리는 지금 어서 빨리 미국으로 돌아가서 결혼해야 한다는 절박한,
심지어는 필사적인 심정으로 베트남, 태국, 라오스, 캄보디아, 인도
네시아를 발길 닿는 대로 돌아다니고 있다.

문제의 남자는 지난 2년간 내 연인이자 남자 친구였으며, 앞으로 이 책에서는 그를 펠리페라 부를 것이다. 펠리페는 다정다감하고 상냥한 브라질 신사로, 나보다 열일곱 살 연상이다. 나는 산산조각난 마음을 꿰매고자 몇 년 전에 여행을 떠났는데 여행이 끝나갈 무렵에 그를 만났다. 펠리페는 오랫동안 발리에서 혼자 유유자적하며 역시 상처받은 마음을 다독이고 있었다. 우리는 서로에게 끌렸고, 그가 서서히 내게 구애했으며, 우리는 사랑에 빠졌다. 우리 둘 모두에게 놀라운 일이었다.

당시 우리가 결혼에 거부감을 가졌던 이유는 서로를 사랑하지 않아서가 아니었다. 오히려 펠리페와 나는 서로를 죽도록 사랑했다. 영원히 함께하겠다는 온갖 종류의 서약으로도 모자라, 심지어 평생 서로에게 육체적 정절을 지키겠다는 서약까지 했다. 사람들 앞에서가 아닌, 둘만의 은밀한 서약이기는 했지만. 문제는 우리 두 사람 모두 끔찍한 이혼에서 가까스로 살아남았다는 것이다. 이혼하느라 속이 새까맣게 타버린 터라 상대가 누구든—설사 우리처럼 좋은 사람들이라고 해도—정식으로 결혼한다고 생각하면 가슴이 덜컥 내려앉았다.

물론 이혼은 원래 고약한 법이고(레베카 웨스트는 "이혼이란 값비싼 도자기를 깨는 것처럼 언제나 즐겁고 유익한 일이다"라고 설파했다), 우리의 이혼도 예외가 아니었을 뿐이다. 이혼의 끔찍함을 1에서 10까지 측정하는(1이 평화적 이혼이고, 10이…… 음 실제 이혼에 해당된다고 할 때) 전능한 우주의 저울이 있다면, 내 이혼은 아마도 7.5쯤에 해당될 것이다. 자살이나 살인만 없었을 뿐, 우리 부부의 이혼은 평소에는 예의 바르던 두 사람이 어디까지 추해질 수 있는지를 보여주는 사례였다. 게다가 2년도 넘게 걸렸다.

펠리페의 경우에는 우리가 발리에서 만났을 때 (지적인 전문직 호주 여성과의) 첫 번째 결혼이 끝난 지 거의 10년쯤 된 상태였다. 당시 그의 이혼은 점잖게 이뤄졌지만, 아내를 잃었다는 사실은 (아울러 집과 아이들, 그리고 아내와 함께했던 거의 20년간의 세월까지 송두리째 잃었다는 사실) 이 착한 남자에게 지워지지 않는 슬픔을 남겨주었다. 특히나 후회, 단절감, 경제적 불안감에 시달리게 했다.

각자 이런 과정을 겪으며 우리 두 사람은 지치고 불안해졌으며, 무엇보다 신성한 결혼 생활의 즐거움을 절대적으로 의심하게 되었다. 모든 친밀한 남녀 관계에는 겉으로 드러나는 사랑스러운 모습 이면에 대재앙의 기운이 몰래 똬리를 틀고 있다는 괴로운 진실을 터득한 것이다. 이혼의 그늘진 골짜기를 걸어 나온 사람이라면 누구나 그럴 것이다. 또한 결혼은 하기는 쉬워도 깨기는 훨씬 힘들다는 사실도 깨달았다. 법의 보호를 받지 않는, 결혼하지 않은 연인들은 언제든 틀어진 관계를 끝낼 수 있다. 하지만 법적으로 결혼한 사람이 가망 없는 사랑에서 빠져나오려고 할 때는 혼인 서약의 상당 부분이 정부에 속해 있다는 사실을 깨닫게 된다. 때로는 정부로부터 배우자의 곁을 떠나도 좋다는 허락이 떨어질 때까지 징그럽게 오랜 시간이 걸리기도 한다. 따라서 사랑 없는 법적 계약 속에 몇 달 심지어 몇 년씩 갇혀 있는 경우도 있다. 이제 혼인 서약은 활활 타오르는 건물처럼 느껴지고, 당신은 라디에이터에 수갑이 묶인 채 그 불타오르는 건물의 지하실 어딘가에 갇혀 있는 것이다. 연기가 넘실넘실 피어오르고, 사방에서 서까래가 무너지고 있는데도……

너무 정떨어지게 표현했다면 사과드린다.

이런 불쾌한 생각을 늘어놓은 이유는 오로지 펠리페와 내가 연애를 시작한 초창기부터 다분히 비상식적인 약속을 했다는 사실을 설명하기 위해서다. 우리는 하늘이 두 쪽 나도 절대, 죽어도 결혼하지 않겠다고 진심으로 맹세했다. 심지어 수입이나 재산을 합치지 않겠다는 약속까지 했다. 둘이 함께 갚아나가던 융자금, 공동 명의의 부동산, 건물, 은행 계좌, 부엌 용품, 좋아하는 책 등과 같은 개인 폭발물을 또다시 나눠야 하는 악몽을 피하기 위해서였다. 우리는 정식으로 그렇게 약속했고, 신중하게 분할된 연인 관계를 평온한 마음으로 유지해나갔다. 많은 연인들이 약혼 서약으로 마음이 든든해지듯이, 우리 두 사람은 절대 결혼하지 않겠다는 서약으로 마음의 안정을 얻었다. 뿐만 아니라 놀라운 해방감까지 느꼈다. 가르시아 마르케스(Garcia Marquez)가 "사랑과 비슷하지만 사랑의 골치 아픈 문제들이 전혀 없는 상태"라고 말했던 완벽한 일심동체에 도달하는 항로를 알아낸 기분이었다.

2006년 봄까지는 그렇게 지냈다. 각자의 일을 하고, 서로를 구속하지 않는 만족스런 상태에서 정교하게 분리된 공동의 삶을 구축해나갔다. 누군가가 성가시게 끼어들지만 않았어도 아마 평생을 그렇게 행복하게 살았을 것이다.

그 성가신 훼방꾼은 다름 아닌 미합중국 국토안보부였다.

우리는 숱한 공통점과 축복을 공유했지만, 정작 국적은 공유하지 못했다는 것이 문제였다. 그는 브라질 출신의 호주 시민권자로, 우리가 만났을 당시에는 주로 인도네시아에서 살았다. 나는 여행할 때를 제외하고는 주로 미국 동부에 사는 미국 여자였다. 처음에는 국경을 초월한 사랑이 문제가 되리라고는 전혀 예상하지 못했지만, 돌이켜보니 이런 복잡한 문제에 당연히 대비했어야 한다는 생각이 든다. 물고기와 새가 사랑에 빠질 수는 있지만 어디서 함께 살 것인가, 라는 속담도 있지 않은가. 우리 둘 다 민첩한 여행자라는 사실이 이 문제를 해결해주리라고 믿었다. (나는 물속에 뛰어들 수 있는 새였고, 펠리페는 날 수 있는 물고기였다.) 그래서 사귄 후의 첫 일 년 동안은 함께 지내기 위해 오대양 육대주를 가로질러 날아다니느라 공중에서 보내는 시간이 많았다.

다행히 우리의 직업 덕분에 그런 자유로운 생활을 유지하기는 어렵지 않았다. 나는 작가다 보니 어디든 일감을 가져갈 수 있었다. 펠리페는 다른 나라에서 보석을 수입해다가 미국에 파는 일을 했기에 어차피 여행은 필수였다. 우리는 그저 서로의 여행지를 조정하기만 하면 되었다. 그래서 내가 발리로 가기도 하고, 그가 미국으로 오기도 하고, 함께 브라질로 가기도 하고, 시드니에서 만나기도 했다. 내가 테네시 대학에서 임시로 글쓰기를 가르치는 동안에는 녹스빌에 있는 허물어져가는 낡은 호텔방에서 몇 달간 함께 살기도 했다. (이건 딴 이야기지만, 새로 사귄 사람과 실제로 잘 살 수 있을지 시험해보고 싶다면 이 방법을 추천한다.)

우리는 스타카토 리듬에 따라 허둥지둥 살았다. 대개는 함께였지만, 이상한 국제 증인 보호 프로그램에 속한 사람들처럼 늘 이동했다. 우리 관계는 개인적 차원에서는 지극히 안정적이고 평탄했지만 늘 계획을 세워야 했고, 항공권 때문에 돈이 엄청나게 많이 들었다. 당연히 정신적으로도 힘들었다. 다시 만날 때마다 서로를 처음부터 다시 알아가야 했다. 공항에 서서 펠리페가 데리러 오기를 기다리노라면 '내가 그를 알아볼 수 있을까? 그는 날 알아볼까?' 하는 생각에 긴장하곤 했다. 첫해가 지나면서 우리 둘 다 좀 더 안정적인 관계를 원하게 되었고, 펠리페는 큰 결단을 내렸다. 발리에 있는 수수하지만 아기자기한 집을 포기하고, 최근에 내가 전세를 얻은 필라델피아 외곽의 작은 집으로 이사 오기로 한 것이다.

발리 대신 필라델피아 외곽을 선택한다는 것이 이상해 보이겠지만, 그는 열대 천국에서의 생활에 진력난 지 오래라고 말했다. 발리의 삶은 너무 안일하다느니, 그저 유쾌한 나날이 지겹게 반복될 뿐 매일 똑같은 일상이라느니 하면서 투덜거렸다. 나를 만나기 전부터 이미 발리를 떠나고 싶다는 생각이 간절했다는 것이다. 뭐 천국에서 살아본 적이 없는 사람에게는 천국에서의 생활이 지겹다는 말이 이해가 되지 않겠지만(나 역시도 제정신이 아니고서야 그럴까 싶다), 이제 펠리페는 꿈결 같은 발리의 풍경을 봐도 무덤덤한 모양이었다.

마지막으로 발리에 갔을 때 그의 집에서 함께 보냈던 어느 아름다운 밤을 잊을 수가 없다. 우리는 맨발로 야외에 앉아 와인을 마시며, 논 위로 펼쳐진 별빛의 바다를 바라보고 있었다. 따뜻한 11월의 공기로 살갗은 촉촉했다. 향긋한 바람에 야자수가 살랑거리고, 멀리서 의식을 행하는 신전에서의 희미한 음악소리가 미풍을 타고 흘러왔다. 그러자 펠리페가 날 바라보며 한숨을 쉬더니 "난 이 모든 게 너

무 지겨워. 하루 빨리 필라델피아로 가고 싶어"라고 무덤덤하게 말
했다.

그리하여 우리는 형제의 도시인 필라델피아로 도망쳤다! 사실 우
리 둘 다 이 도시를 꽤나 좋아했다. 요즘 들어 언니와 가까운 곳에
사는 것이 내 행복의 중대한 요소가 되었기에, 우리의 아담한 전셋
집은 언니네 집 근처였다. 덕분에 이곳이 한결 친근하게 느껴졌다.
게다가 오랫동안 머나먼 타국으로 여행을 다녀서인지 미국에서 사
는 것이 즐겁고, 심지어 새로운 활력까지 느껴졌다. 미국이란 나라
는 많은 단점이 있기는 해도 여전히 흥미롭다. 변화가 빠르고, 여러
문화가 공존하고, 미치고 팔짝 뛰게 모순되고, 창조성을 자극하고,
기본적으로 생생하게 살아 숨쉰다.

우리는 필라델피아에 본부를 세우고, 잘해보겠다는 마음가짐으로
본격적인 가정 생활을 꾸려나갔다. 그는 보석을 팔았고, 나는 한곳
에 머무르면서 연구를 병행해야 하는 집필 활동에 돌입했다. 그는
요리를 하고, 나는 잔디를 가꿨다. 가끔씩 둘 중 한 사람이 청소기를
돌렸다. 우리는 말다툼 없이 가사를 분담하며 한집에서 사이좋게 살
았다. 야심만만했고, 생산적이었으며, 매사 긍정적이었다. 사는 것
이 행복했다.

하지만 이렇게 안정된 생활은 절대 오래 지속될 수 없었다. 비자
제한 때문에 펠리페가 합법적으로 미국에 머물 수 있는 기간은 최대
한 석 달이었다. 석 달이 되면 잠시 다른 나라에 다녀와야 했다. 그
가 다른 나라로 떠나면, 나는 책과 이웃을 벗 삼아 홀로 지냈다. 몇
주 후에는 그가 다시 90일짜리 비자로 미국에 돌아왔고, 우리의 가

정 생활은 다시 시작되었다. 우리는 장기간의 동거를 매우 조심스러워했기에 90일이 함께하기에 딱 좋은 기간이었다. 또한 이혼에서 가까스로 살아남은 두 명의 소심한 생존자들이 부담 없이 미래를 계획하기에도 알맞은 기간이었다. 가끔씩 시간이 나면 나도 그와 함께 외국으로 나가기도 했다.

어느 날, 우리는 함께 외국으로 출장을 나갔다가 댈러스의 포트워스 국제공항에 도착했다. 값이 싼 항공권의 특성상 이곳을 경유해 뉴욕으로 갈 예정이었다. 모국으로 귀환하는 미국 동포들의 줄에 서 있던 나는 금세 입국 관리대를 통과해 반대편에서 펠리페를 기다렸다. 펠리페는 길게 늘어선 외국인 줄에 있었다. 마침내 그가 출입국 관리소 직원 앞에 섰고, 직원은 성경 두께만 한 펠리페의 호주 여권을 꼼꼼히 검사했다. 페이지 한 장 한 장, 도장 하나 하나, 홀로그램까지 빠지지 않고 살펴보았다. 보통은 그렇게 까다롭게 검사하지 않는다. 나는 대체 얼마나 더 검사할지 초조해졌다. 출입국 직원을 바라보며 무사히 국경을 통과하기 위해 가장 중요한 소리가 들리기를 기다렸다. 하지만 입국을 환영하는 비자 스탬프의 둔탁하면서도 묵직하고, 도서관 사서 같은 쿵 소리는 영영 들리지 않았다.

대신 출입국 관리소 직원은 전화기를 집어들었고, 어딘가로 조용히 전화했다. 잠시 후, 미합중국 국토안보부의 제복을 입은 경관이 나타나 내 애인을 데려가버렸다.

뜻밖의 방해자,
미국 국토안보부

댈러스 공항의 제복 입은 경관들은 여섯 시간 동안이나 펠리페를 심문실에 잡아두었다. 그 여섯 시간 동안 나는 그를 만날 수도 없었고, 어떤 질문도 허락되지 않았다. 그저 국토안보부 대기실에서 기다릴 수밖에 없었다. 형광등이 달린, 밋밋한 그 공간에는 세계 각지에서 온 걱정스런 표정의 사람들로 가득했다. 너나 할 것 없이 두려움으로 잔뜩 경직되어 있었다. 나는 저 안에서 경관들이 펠리페에게 무슨 짓을 하는지, 혹은 무슨 질문을 하는지 알 길이 없었다. 펠리페는 어떤 범법 행위도 한 적이 없지만, 그 사실은 생각만큼 위안이 되지 않았다. 당시는 조지 W. 부시 대통령 집권 말기로 타국 출신의 애인이 정부에 의해 구금되는 것이 역사상 가장 불안하던 시기였다. 14세기 신비주의자인 노리치의 줄리안(Julian of Norwich)이 쓴 유명한 기도문으로 마음을 달래려 했지만("모든 일이 잘될 것이고, 모든 일이 잘될 것이며, 삼라만상이 잘될 것이다."), 전혀 효력이 없었다. 모든 것이 잘못되었다. 눈을 씻고 봐도 잘된 일을 찾아볼 수 없었다.

가끔씩 플라스틱 의자에서 일어나 방탄유리 뒤에 앉은 출입국 직원에게 조금이라도 정보를 캐내려고 노력했다. 하지만 그는 내 부탁을 무시한 채 매번 똑같은 말만 되풀이했다. "우리 쪽에서 남자 친구분에 대해 할 말이 있으면 그때 가서 말씀드릴 겁니다."

이런 상황에서 '남자 친구'라는 단어만큼 세상에서 가장 무력하게 들리는 단어도 없을 것이다. 게다가 그 직원이 '남자 친구'라고 말할 때의 경멸적인 태도로 보아, 우리 관계를 전혀 존중하지 않는다는 것을 알 수 있었다. 대체 공무원이 왜 한낱 당신의 '남자 친구'에 대해서까지 알려줘야 합니까? 그의 표정은 그렇게 말하는 듯했다. 나는 "저기요, 지금 당신네들이 붙잡고 있는 사람은 상상조차 할 수 없을 만큼 내게 중요한 사람이에요"라고 설명하고픈 심정이 간절했다. 하지만 안절부절못하는 와중에도 그래봐야 득 될 것이 없다는 생각이 들었다. 괜히 나섰다가 오히려 펠리페가 불이익을 당하지나 않을까 염려되어 그냥 얌전히 있기로 했다. 지금 생각해보면 왜 그때 변호사에게 연락하지 않았을까 후회가 된다. 하지만 당시 나는 휴대전화도 없었고, 대기실을 벗어나고 싶지 않았으며, 댈러스에는 딱히 아는 변호사도 없었고, 어차피 일요일 오후여서 변호사 사무실은 죄다 휴업 중이었다.

마침내 여섯 시간이 지난 후에야 한 경관이 와서 나를 끌고 갔다. 우리는 미로처럼 얽힌 사무실 복도를 지나 어둠침침한 작은 방으로 갔다. 방 안에는 펠리페와 그를 심문했던 국토안보부 직원이 앉아 있었다. 두 남자 모두 지쳐 보였지만, 그 중 한 사람만 내 남자였다. 세상에서 내가 가장 사랑하고, 또 가장 익숙한 얼굴. 초췌한 그의 모습을 보자 애간장이 녹아내렸다. 그를 만지고 싶었지만, 그래서는 안 될 것 같아 가만히 서 있었다.

펠리페는 힘없이 미소를 지으며 말했다. "리즈, 우리 인생이 훨씬 더 재미있어질 거 같아."

내가 대답하기도 전에, 심문하던 경관이 재빨리 상황의 주도권을 잡고 설명을 시작했다.

"부인을 이곳으로 부른 이유는 이제부터 남자 친구분이 더 이상 미합중국에 입국할 수 없다는 사실을 말씀드리기 위해서입니다. 우리는 남자 친구분을 구치소에 구류했다가 호주행 비행기에 태울 겁니다. 이분이 호주 여권을 가지고 있으니까요. 그 후에는 두 번 다시 미국에 돌아올 수 없습니다."

마음보다 몸이 먼저 반응했다. 순식간에 몸 안의 피가 증발해버리는 느낌이었다. 한동안 눈에 초점이 잡히지 않았다. 그러고 나서야 머리가 돌아가기 시작했다. 나는 갑작스럽고도 중대한 이 위기 상황을 재빨리 요약해보았다. 나를 만나기 훨씬 전부터 펠리페는 미국에서 사업을 해왔다. 일 년에 대여섯 번씩 짧게 미국을 방문해 브라질이나 인도네시아에서 합법적으로 수입한 보석을 미국 시장에 파는 일이었다. 미국은 펠리페 같은 국제 사업가를 언제나 환영했다. 그들은 이 나라에 상품과 돈을 가져다주고, 무역을 발전시키기 때문이다. 그 대가로 펠리페는 미국에서 많은 돈을 벌었고, 그 돈으로 아이들을 호주의 최고급 사립학교에 보낼 수 있었다(이제는 다 자라 성인이 되었지만). 나를 만나기 전까지 미국에서 산 적은 없었지만, 그래도 미국은 그가 하는 사업의 중심지였다. 재고품도, 고객들도 다 미국에 있었다. 만약 두 번 다시 미국으로 돌아올 수 없다면 그는 알거지 신세가 될 것이다. 물론 더 큰 문제는 내가 미국에 살고 있고, 펠리페는 나와 함께 살고 싶어 하며, 가족과 일 때문에 나는 앞으로도 계속 미국에서 살고 싶어 하리라는 사실이다. 이제는 펠리페도 내 가족이었다. 부모님이나 언니, 친구들, 내 세계는 이미 두 팔 벌려 그를 받아들인 상태였다. 그러니 만약 그가 영구 추방된다면, 우리는

어떻게 함께 살 수 있을까? 어떻게 해야 한단 말인가? ("당신과 나는
어디서 자야 할까요? 뒤집어진 하늘의 뾰족뾰족한 가장자리에서? 당신과 나는
어디서 자야 할까요?" 슬픈 원투 인디언들의 사랑 노래에 나오는 가사가 생각났
다.)

"무슨 근거로 그이를 강제 추방하는 건가요?" 최대한 권위적인 목
소리로 내가 국토안보부 직원에게 물었다.

"엄밀히 말해서 강제 추방은 아닙니다, 부인." 나와 달리 국토안보
부 직원은 권위적인 목소리로 말하려고 애쓰지 않았다. 그저 자연스
럽게 말했다. "작년에 남자 친구분이 미국을 지나치게 자주 방문했
다는 근거로 더 이상의 미국 입국을 거부할 뿐입니다. 비자 기한을
넘긴 적은 없지만, 보아하건대 남자 친구분은 필라델피아에서 부인
과 3개월을 살다가 외국으로 나간 다음, 금방 다시 미국으로 돌아오
기를 반복한 것 같군요."

이 말은 사실이었기에 딱히 따질 수가 없었다.

"그게 범죄인가요?" 내가 물었다.

"꼭 그렇지는 않습니다."

"꼭 그렇지 않은 건가요, 아니면 범죄가 아닌 건가요?"

"범죄는 아닙니다, 부인. 그래서 남자 친구분을 체포하지는 않을
겁니다. 하지만 미국 정부가 우방국 국민들에게 제공하는 3개월 비
자 면제 프로그램은 무한정 미국으로 계속 돌아오는 사람들에게는
해당되지 않습니다."

"하지만 우린 몰랐어요." 내가 말했다.

펠리페도 한마디 거들었다.

"사실 예전에 뉴욕으로 입국할 때, 출입국 관리소 직원에게서 90일 기한만 지킨다면 얼마든지 미국으로 다시 올 수 있다는 말까지 들었습니다."

"누가 그런 말을 했는지는 모르지만, 그건 사실이 아닙니다."

그 말을 들으니 예전에 펠리페가 다른 나라에 입국하는 문제에 대해 경고했던 말이 떠올랐다. "절대 입국을 쉽게 생각해서는 안 돼. 어느 나라의 출입국 직원이 언제 어떤 이유로 입국을 거절할지 모른다는 사실을 잊지 말라고."

"당신이 우리 입장이라면 어떻게 하겠어요?" 내가 물었다.

이것은 인정머리 없는 서비스 센터 직원이나, 피도 눈물도 없는 공무원들을 상대로 벽에 부딪칠 때마다 써먹는 질문이었다. 저런 식으로 물어보면 칼자루를 쥐고 있는 상대는 잠시 아무 힘도 없는 내 입장을 생각해보게 된다. 교묘하게 상대의 공감을 구하는 것이다. 이 방법은 때로는 도움이 되지만, 솔직히 말해서 아무 효력도 없는 경우가 더 많다. 하지만 지금은 지푸라기라도 잡고 싶은 심정이었다.

"글쎄요, 남자 친구분이 미국으로 다시 돌아오기를 바란다면, 더 안전하고 영구적인 비자를 받아야 할 겁니다. 내가 부인이라면, 남자 친구분이 그런 비자를 얻도록 해주겠어요."

"그럼 좋아요. 이이가 더 안전하고 영구적인 비자를 받는 가장 빠른 방법이 뭐죠?" 내가 물었다.

국토안보부 직원의 시선은 펠리페에게서 내게로, 다시 펠리페에게로 돌아갔다. "솔직한 답변을 원하세요? 그건 두 분이 결혼하는 겁니다."

펠리페,
강제 추방당하다

　　　　　　　　내 심장이 쿵 떨어지는 소리가 들릴 정도 였다. 손바닥만 한 방 건너편에서 펠리페의 심장도 내 심장과 함께, 한 치의 오차도 없이 동시에 쿵 떨어지는 소리가 들렸다.

　돌이켜보니 이 제안에 허를 찔렸다는 말이 거짓말처럼 들린다. 영주권을 얻기 위해 위장 결혼한다는 이야기를 못 들어본 것도 아닌데 말이다. 이런 급박한 상황에서 결혼이라는 대안을 들었을 때 마음이 놓이는 게 아니라 괴로워했다는 사실도 거짓말처럼 들릴지 모른다. 최소한 해결책이 생긴 셈이니까 기뻐해야 하지 않을까? 하지만 나는 그 제안에 몹시 당황했다. 그리고 마음이 아팠다. 지금까지 결혼이라는 개념 자체가 마음속으로 들어오지 못하도록 철저히 막아놓았기 때문에 그 단어를 큰 소리로 듣는 것만으로도 충격을 받았다. 비통하고, 마음이 무거웠으며, 불시에 일격을 맞은 기분이었고, 내 존재의 뿌리로부터 추방당한 기분이었다. 하지만 무엇보다 덫에 걸린 기분이었다. 우리 둘 다 덫에 걸린 기분이었다. 하늘을 날던 물고기와 바다로 뛰어들던 새가 그물에 걸린 것이다. 새삼스러운 일도 아니지만, 내가 그토록 세상물정을 모른다는 사실이 뒤통수를 후려쳤다. 영원히 우리가 원하는 방식대로 살 수 있다고 생각하다니 어쩌면 그렇게 멍청할까?

　한동안 아무도 말이 없자, 국토안보부 직원이 우리의 침통한 얼굴을 바라보며 물었다. "실례지만, 결혼하는 데 무슨 문제라도 있습니까?"

펠리페는 안경을 벗고 눈을 문질렀다. 오랜 경험상 나는 그것이 극도의 피곤함을 나타내는 신호임을 알고 있다. 그는 한숨을 쉬며 말했다. "아, 톰, 톰, 톰……."

두 사람이 서로 이름을 부를 정도로 친해진 줄은 몰랐다. 여섯 시간이나 심문을 하다 보면 분명 그렇게 되리라고 짐작은 했다. 특히나 상대가 펠리페 같은 사람일 경우에는.

"정말 몰라서 묻는 겁니다. 대체 뭐가 문젠가요?" 톰 경관이 물었다. "두 분은 이미 동거 중이지 않습니까? 서로 사랑하고, 기혼자들도 아니고……."

"그게 말이죠, 톰." 펠리페는 상체를 앞으로 내밀며 현재 우리의 상황에 어울리지 않는 친근한 태도로 설명했다. "리즈와 나는 둘 다 과거에 너무 너무 힘든 이혼을 겪었거든요."

톰 경관은 작은 소리를 냈다. 충분히 이해한다는 듯한 부드러운 "아……" 비슷한 소리. 그러더니 이번에는 톰 경관이 안경을 벗고 눈을 문질렀다. 본능적으로 나는 그의 왼손 가운뎃손가락을 힐끗 보았다. 반지는 없었다. 반지 없는 왼손, 그리고 반사적으로 나타나는 피곤한 연민의 반응으로 보아 나는 재빠른 진단을 내렸다. 그도 이혼한 것이다.

여기서부터 우리의 면담은 초현실적인 방향으로 흘러갔다.

"혼전 계약서를 작성할 수도 있죠." 톰 경관이 제안했다. "또다시 이혼할 경우, 온갖 재정 문제를 다시 처리하는 게 걱정된다면 말입니다. 결혼 자체가 두려운 거라면 함께 상담을 받아보는 방법도 있고요."

이 상황이 믿기지 않았다. 지금 미합중국 국토안보부 대리인이 결혼에 대한 충고를 해주는 건가? 그것도 댈러스의 포트워스 국제공항 지하에 있는 심문실에서?

나는 마침내 입을 열어 기막힌 해결책을 제안했다.

"결혼 말고 차라리 제가 어떻게든 이이를 고용하면 어떨까요? 그러면 이이가 남편이 아닌, 고용인으로서 미국에 입국할 수 있지 않을까요?"

펠리페가 상체를 똑바로 세우며 외쳤다. "달링! 그거 정말 기막힌 생각인데!"

톰 경관은 정말 이상한 사람들이라는 표정으로 우리를 바라보더니 펠리페에게 물었다. "정말로 이 여자분이 아내보다는 상사가 되기를 원하십니까?"

"당연하죠!"

톰 경관은 "무슨 이런 사람들이 다 있어"라는 말이 튀어나오려는 것을 꾹 참는 눈치였다. 그는 직업 정신이 투철한 사람이었기에 그런 말은 하지 않았다. 대신 목청을 가다듬으며 "애석하게도 방금 하신 제안은 이 나라에서는 불법입니다"라고 말했다.

이번에도 펠리페와 나의 어깨가 한 치의 오차도 없이 동시에 축 처졌고, 침통한 침묵이 흘렀다.

오랜 침묵 끝에 내가 다시 입을 열었다. "좋아요." 나는 패배를 인정한 목소리로 말했다. "그럼 더 이상 시간 끌지 말죠. 내가 지금 당장 여기서 펠리페와 결혼하면 오늘 바로 이 사람을 입국시켜줄 수 있나요? 공항에 결혼식을 주례해주는 목사님이 있겠죠?"

살다 보면 평범한 사람의 얼굴이 인간이 아닌 신처럼 보일 때가 있는데 지금이 바로 그 순간이었다. 배지를 달고 똥배가 나온, 지친 표정의 텍사스 국토안보부 직원인 톰이 슬프면서도 상냥하고, 그러면서도 연민이 가득한 미소를 지은 것이다. 이 퀴퀴한 냄새의 몰인간적인 방과는 전혀 어울리지 않는 미소였다. 별안간 그가 목사님처럼 보였다.

"오, 안 됩니다. 죄송하지만 그런 식으로는 안 돼요." 그가 부드럽게 말했다.

지금 와서 생각해보면 톰 경관은 앞으로 우리에게 닥칠 일을 우리보다 훨씬 더 잘 알고 있었던 것이 분명하다. 그는 공식적으로 미합중국의 약혼 비자를 받는 일이 결코 만만치 않다는 것을 알고 있었다. 특히나 우리처럼 '국경 사고'가 있었던 경우에는. 톰 경관은 우리 앞에 펼쳐질 험난한 일들을 이미 내다보고 있었다. 장차 적어도 세 나라의─그것도 각기 다른 대륙의─변호사들이 필요한 법적 서류들을 모두 준비해야 하고, 지금까지 펠리페가 살았던 모든 나라로부터 연방 경찰 보고서를 받아야 했다. 우리가 진짜 연인임을 증명하기 위해 편지, 사진, 그 외에 함께 시간을 보낸 잡다한 증거품들도 모아야 했다(정말 아이러니하게도 여기에는 공동 은행 계좌와 같은 증거도 포함된다. 우리가 계좌를 따로 관리하느라 얼마나 많은 공을 들였는데!). 지문을 채취하고, 예방 접종도 맞고, 폐결핵 검사를 하기 위해 반드시 흉부 X레이 사진도 찍어야 했다. 외국에 있는 미국 대사관에서 인터뷰를 봐야 했고, 35년 전에 펠리페가 브라질 군대에 있었다는 군사 기록을 어떻게든 복원시켜야 했다. 또한 이 모든 과정이 진행되는 동안,

펠리페는 많은 시간과 돈을 들여가며 외국에서 지내야 했다. 거기다 가장 힘든 것은 우리의 이런 노력이 결실을 맺을 수 있을지 불확실하다는 사실이다. 다시 말해 (이 부분에서는 꼭 엄하고 보수적인 아버지처럼 구는) 미합중국 정부가 어떤 남자에게도 보내기 싫어서 눈을 벌겋게 뜨고 지키는 딸의 남편으로 펠리페를 받아줄지 알 수가 없었다.

그러니까 톰 경관은 이 모든 것을 이미 알고 있었던 것이다. 앞으로 고생길이 훤한 우리에게 그가 동정을 표했다는 사실은 이 망연자실한 상황에서 전혀 기대하지 못했던 뜻밖의 온정이었다. 그 전까지는 내가 지면상으로 국토안보부 직원이 친절하다고 쓰는 날이 오리라고는 상상도 못했다. 그러니 지금의 이 상황이 얼마나 괴상한지 알 수 있을 것이다. 게다가 톰 경관은 우리에게 또 다른 온정의 손길을 베풀었다. (그러니까 펠리페의 손에 수갑을 채워 진짜 범죄자들이 우글거리는 댈러스 카운티 감옥으로 보내기 전에 말이다.) 우리가 둘만의 작별 인사를 할 수 있도록 무려 2분 동안이나 자리를 비워준 것이다.

세상에서 가장 사랑하는 사람에게 작별 인사를 할 시간이 단 2분이라면, 게다가 그 사람을 다시 보게 될지도 불투명하다면, 동시에 말하고 행동하고 상황을 정리하느라 머리가 포화상태가 될 것이다. 심문실에 둘만 남은 2분 동안 우리는 서둘러 숨가쁘게 계획을 세웠다. 나는 필라델피아로 돌아가 전셋집을 빼고 세간을 몽땅 창고에 넣어둔 뒤, 이민 전문 변호사를 찾아내서 법적 싸움을 시작할 것이다. 펠리페의 계획이야 물론 감옥에 갔다가 호주로 강제 추방되는 것이다. 엄밀히 말해 '강제 추방'은 아니라지만. (이 책에서 계속 '강제 추방'이라는 단어가 사용되는 것을 용서해주기 바란다. 하지만 사람을 나라 밖으로 쫓아내는 것을 달리 뭐라고 해야 할지 모르겠다.) 펠리페는 더 이상 호주에 아무런 연고지도 없었다. 집도, 통장이나 카드도 없어 가능한 한 빨리 생활비가 더 싼 곳—동남아시아 정도?—으로 옮겨야 했다. 나는 이쪽에서의 일이 시동이 걸리는 대로 그가 있는 지구 반대편으로 가서 언제 끝날지 모르는 이 불확실한 시기를 함께 견뎌낼 것이다.

펠리페는 내가 다른 사람들에게 자신의 상황을 알릴 수 있도록 변호사와 장성한 아이들, 동업자의 전화번호를 적어 내려갔다. 그동안 나는 가방을 털어 그가 감옥에서 편하게 지내는 데 조금이라도 도움이 될 만한 물건을 미친 듯이 찾았다. 껌, 수중에 있던 현찰 전부, 생수 한 통, 함께 찍은 사진, 비행기에서 읽던 책을 그에게 주었다. 공교롭게도 책의 제목은 『사랑에 빠진 사람들의 행동(The People's Act of Love)』이었다.

그러자 펠리페가 눈물을 글썽이며 말했다. "내 인생에 들어와줘서 고마워. 지금 무슨 일이 생기고, 당신이 앞으로 어떤 결정을 내리든 당신이 내게 생애에서 가장 즐거운 2년을 선사해주었다는 사실은 변하지 않을 거야. 그리고 내가 절대 당신을 잊지 않으리라는 걸 알아줘."

그 순간, 불현듯 깨달았다. 맙소사, 이 남자는 지금 내가 자기를 버릴 것이라고 생각하는구나. 나는 그의 반응에 놀란 동시에 가슴이 뭉클했지만, 무엇보다도 나 자신이 부끄러웠다. 톰 경관의 입에서 결혼이라는 해결책이 나온 후로, 내가 펠리페와의 결혼을 거부하고 그가 추방되도록 수수방관할 수도 있다는 생각은 한 번도 하지 않았다. 하지만 그는 분명 지금 자신이 이대로 버림받을 수도 있다고 생각하는 모양이었다. 무일푼으로 체포되어 막막한 상황에 처한 그를 내가 그대로 팽개치고 떠날지도 모른다고 두려워하는 것이다. 그는 나를 그런 사람으로 생각했던 걸까? 우리의 사랑이라는 작은 영토 안에서조차도 나라는 여자는 장애물이 나오자마자 배에서 뛰어내리는 그런 사람으로 통한다는 말인가? 우리의 상황이 반대였더라면, 나는 단 한순간도 펠리페가 나를 버릴지 모른다는 의심은 하지 않았을 것이다. 오히려 그가 나를 위해 어떤 희생이라도 기꺼이 치르리라고 철석같이 믿었을 것이다. 그에게 나도 그렇게 믿음직스런 존재가 될 수는 없었을까?

솔직히 말해서 이런 일이 10년이나 15년 전에 일어났다면, 위험에 처한 애인을 두고 내뺐을 확률이 높다. 부끄럽지만 젊은 시절의 나는 의리를 지키기는커녕, 변덕과 경솔한 행동이 주특기였다. 하지만 이제는 신의가 두터운 사람이 되는 일이 내게도 중요해졌으며, 나이를 먹을수록 그 중요성은 더욱 커졌다. 그래서 바로 그 순간— 펠리페와 함께할 수 있는 시간이 일 분밖에 남지 않았을 때—내가 사랑하는 이 남자를 위해 유일하게 올바른 행동을 했다. 절대 그를 떠나지 않을 것이며, 무슨 일이 있어도 이 일을 해결할 것이고, 설사 어쩌다가 미국에서 함께 살 수 없게 되더라도 우리는 어딘가에서, 지구상의 어딘가에서 언제나 함께할 것이라고 맹세한 것이다. 심지어 그가 내 진심을 느낄 수 있도록 귀에 대고 말해주었다.

톰 경관이 다시 돌아왔다.

마지막 순간에 펠리페가 속삭였다. "당신을 너무나 사랑해. 당신하고라면 결혼도 할 수 있어."

40

"나도 당신을 너무 사랑해서 결혼도 할 수 있어요." 내가 약속했다.

그러자 친절한 국토안보부 직원들이 우리를 갈라놓았고, 펠리페의 손에 수갑을 채워 데려갔다. 일단 감옥에 집어넣었다가 나중에 추방하기 위해서.

행복한 신부가 되기 위한
열 달 동안의 여행

그날 밤 혼자 비행기를 타고 이제는 무용지물이 된 필라델피아의 작은 거처로 돌아가는 동안, 내가 했던 약속을 좀 더 침착하게 되새겨보았다. 놀랍게도 울고 싶다거나, 공황 상태에 빠지지는 않았다. 그러기에는 지금의 이 상황이 너무도 심각했다. 오히려 무서울 정도로 머리가 맑았다. 이번 일은 극도로 신중하게 접근해야 한다는 생각뿐이었다. 불과 몇 시간 만에 펠리페와 함께했던 내 삶은 우주의 거대한 뒤집개에 의해 깔끔하게 뒤집어졌다. 그리고 이제는 결혼을 약속한 사이가 되어버렸다. 참으로 엉겁결에 이루어진 이상한 약혼이었다. 제인 오스틴보다는 카프카의 작품에 나올 법한 이야기지만, 그래도 엄연히 공식적인 약혼이었다.

그럼 좋아. 그렇게 하지 뭐. 궁지에 몰려 어쩔 수 없이 결혼한 사람이 우리 집안에 나만 있는 것도 아니다. 적어도 나는 실수로 임신하지는 않았지만, 해결책은 같았다. 즉 가능한 한 빨리 평생 가약을 맺을 것. 우리도 그렇게 할 것이다. 그런데 진짜 큰 문제는 내가 결혼이 무엇인지 전혀 모른다는 것이다. 혼자서 필라델피아로 돌아가

41

는 비행기 안에서 깨달은 사실이 바로 그것이었다.

결혼의 기억 자도 모른 채 결혼 생활을 시작하는 실수는 이미 저지른 적이 있다. 머리에 피도 안 마른 스물다섯 살 때 아무런 준비도, 대책도 없이 결혼에 뛰어들었다. 무턱대고 수영장에 뛰어드는 래브라도(Labrador)처럼. 스물다섯의 나는 너무도 무책임했기에 미래를 선택하는 것은 고사하고, 내가 쓸 치약을 고를 자격도 없었다. 여러분도 짐작하겠지만 나는 이 경솔한 선택으로 인해 큰 대가를 치르게 된다. 6년 후, 엄숙한 이혼 법정에서 된통 당하게 된 것이다.

내 결혼식 날을 회상해보면 리처드 알딩턴(Richard Aldington)의 소설 『영웅의 죽음(Death of a Hero)』이 떠오른다. 그 책에서 저자는 불운한 결혼 생활을 앞둔 소설 속의 어린 연인들에 대해 이렇게 썼다. "죽음이 그들을 갈라놓을 때까지 함께하겠다고 선언하는 조지 아우구스투스와 이사벨의 무지함, 그들의 상대적 무지함은 체계적으로 따질 수 없을 정도였다." 나 역시 한때는 소설 속의 이사벨처럼 변덕스런 어린 신부였다. 알딩턴은 이사벨을 이렇게 묘사했다. "그녀는 광범위한 인간의 지식을 거의 대부분 모르고 있었다. 과연 아는 것이 무엇인지 찾아내기 힘들 정도였다."

이제는 서른일곱이라는 훨씬 덜 변덕스러운 나이가 되었는데도, 제도화된 반려 관계인 결혼의 현실에 대해 예전보다 아는 것이 별로 없었다. 나는 결혼에 실패했고, 따라서 결혼이 두려웠지만 그렇다고 해서 그 일로 결혼의 전문가가 되지는 않았다. 오히려 실패와 두려움의 전문가가 되었는데, 그 방면의 전문가들은 이미 차고 넘친다. 그런데도 무슨 운명의 장난인지 하늘은 내게 다시 결혼하라고 요구했다. 지금까지 살면서 운명의 장난은 때로 우리가 가장 두려워하는 문제를 해결하고 심지어 그것을 극복하라는 신호가 되기도 한다는 사실을 배웠다. 상황에 떠밀려 자신이 가장 싫어하고 두려워하는 일을 하다 보면, 그것이 최소한 내적으로 성장할 수 있는 흥미로운 기회라는 사실을 군이 대단한 천재가 아니더라도 깨닫기 마련이다.

이제 내 세상은 송두리째 뒤집혔고, 애인은 추방되었으며, 결혼 선고까지 떨어졌다. 필라델피아행 비행기에 혼자 앉은 내 머릿속에 서서히 한 가지 생각이 떠올랐다. 어쩌면 다시 한 번 결혼에 뛰어들기 전에 이 시기를 이용해 어떻게든 혼인 제도와 화해를 해야 할지 모른다. 이 어리둥절하고 성가시고 모순적이면서도 끈질기게 존속해오는 결혼 제도의 정체를 알아내기 위해 조금 노력해보는 것도 현명한 일일 것이다.

그래서 나는 그렇게 했다. 그 후 열 달간 내가 유일하게 생각하고 읽고 사람들과 이야기했던 주제는 결혼이었다. 열 달 동안 나는 정처 없는 추방길에 오른 펠리페와 함께 여행했으며, 그와 다시 미국으로 돌아가 안전하게 결혼하기 위해 혼신의 노력을 기울였다. (호주나 다른 나라에서 결혼해봐야 국토안보부 직원들의 짜증만 더해지고, 이민 절차만 더디어질 것이라고 톰 경관이 경고했다.)

필라델피아에 있는 언니(마침 언니는 역사학자다)에게 결혼에 대한 책을 몇 상자씩 보내달라고 부탁하기도 했다. 어느 나라에 머물든지 간에 나는 호텔 방에 틀어박혀 몇 시간이고 책을 읽으며 결혼에 대해 연구했다. 스테파니 쿤츠(Stephanie Coontz)와 낸시 코트(Nancy

Cott) 같은—전에는 들어본 적도 없는 사람들이었지만 이제는 내 영웅이자 스승이었다—결혼을 연구한 저명한 역사학자들의 책이었다. 솔직히 말해서, 이 연구 때문에 여행은 제대로 할 수 없었다. 여행하는 동안 아름다우면서도 매혹적인 곳들을 숱하게 돌아다녔지만, 아쉽게도 주위 경관을 대충 볼 때도 있었다. 어차피 이번 여행은 자유로운 모험이라기보다 추방과 도피의 성격이 강했다. 다시는 집에 돌아갈 수 없어서, 둘 중 하나가 집으로 돌아가는 것이 법적으로 금지되어 있어서 하는 여행이 어찌 즐겁겠는가?

게다가 재정 상태도 걱정이었다. 당시는 『먹고 기도하고 사랑하라』로 짭짤한 수입을 올리기 일 년 전이었으며, 아직은 그런 반가운 기미가 전혀 보이지 않았다. 그런 일을 기대하지도 않았다. 펠리페의 수입이 완전히 끊긴 상태라서 우리는 내가 마지막으로 계약했던 책의 계약금으로 생활했는데, 그 돈으로 언제까지 버틸 수 있을지 불확실했다. 한동안은 괜찮겠지만 영원히 그 돈만으로 살 수는 없었다. 최근에 새 소설도 쓰기 시작했지만, 지금은 펠리페의 추방 때문에 제대로 연구하고 글을 쓸 처지가 아니었다. 그리하여 우리는 돈을 아끼면 하루 30달러로 그럭저럭 살아갈 수 있는 동남아시아로 가게 되었다. 그 추방 기간 동안 고생스러웠다고는 말할 수 없다(우리가 아사 직전의 정치적 망명자는 아니었으니까). 하지만 가뜩이나 이상하고 긴장된 생활은 불확실한 수입으로 인해 더 긴장되고 이상해졌다.

우리는 거의 일 년 가까이 방랑 생활을 하며 시드니에 있는 미국 영사관으로부터 인터뷰 연락이 오기를 기다렸다. 그동안 이 나라 저 나라를 떠돌아다니는 우리의 모습은 이상하게 불편한 침대에서 어떻게든 편안한 자세를 찾으려고 뒤척이는 불면증 커플과 다를 바가 없었다. 실제로도 나는 이상하게 불편한 침대에서 많은 밤을 걱정으로 지새웠다. 어둠 속에 누워 내가 읽는 책 속의 모든 정보를 걸러내고, 결혼에 대한 갈등과 편견을 지워나가며 마음에 위안이 되는 결론을 찾아 역사 속으로 파고들었다.

내가 공부했던 책들은 서구 문화권의 결혼을 연구한 책들로 한정되며, 따라서 이 책에도 그런 문화적 제약이 존재한다는 사실을 분명히 밝히는 바다. 결혼 역사학자라든가 인류학자들은 이 책을 허점투성이라고 할 수도 있다. 중대한 혼인의 개념들을 건너뛰기는 예사고(하나만 예를 들자면 일부다처제), 지구상의 모든 대륙과 모든 세기에 걸친 인간사를 다루지도 않았기 때문이다. 지구상의 모든 결혼 풍습을 좀 더 심도 있게 고찰하는 것도 즐겁고 교육적일 테지만, 내게는 그럴 만한 시간이 없었다. 예를 들어, 이슬람 사회에서 혼인이 갖는 복잡한 성질 한 가지만 연구하는 데도 몇 년이 걸리는데 내가 처한 급박한 상황에서 그런 장기간의 연구는 불가능했다. 내게는 마감이 있었고, 시계는 똑딱거렸다. 좋든 싫든, 준비가 되었든 되지 않았든 나는 일 년 안에 결혼해야 했다. 그런 상황이었기에 내가 부모님으로부터 물려받은 결혼에 대한 근거 없는 개념, 우리 가족사, 내가 가진 여러 불안감을 더 잘 이해하기 위해서는 부득이하게 일부일처제의 서구 결혼의 역사를 풀어나가는 데만 집중해야 했다.

나는 이 모든 연구가 결혼에 대한 내 뿌리 깊은 혐오감을 조금이나마 누그러뜨리는 데 도움이 되기를 바랐다. 과연 그것이 가능할지는 확신할 수 없었지만, 과거의 경험상 뭔가에 대해 더 알게 될수록 그 대상이 덜 무서워졌다. (럼펠스틸스킨의 이야기처럼 때로는 감춰진 이름을 알아내서 정체를 파악하는 것만으로도 두려움이 사라진다.) 무엇보다 내가 가장 원했던 것은 결전의 날이 되었을 때 딱딱하고 징그러운 알약을 삼키듯 내 운명을 삼키는 것이 아니라, 펠리페와의 결혼을 기꺼이 받아들일 수 있는 방법을 찾아내는 것이었다. 구식인지는 몰라도 나는 결혼식 날에 행복한 신부가 되고 싶었다. 행복하면서도, 앞으로 자신에게 닥칠 일을 충분히 의식하고 있는 신부.

이 책은 내가 어떻게 그런 신부가 되었는가에 관한 이야기이다.

그리고 이 이야기는 북부 베트남의 어느 산골 마을에서 시작된다. 모든 이야기는 반드시 어딘가에서 시작되는 법이니까.

Committed

제2장

감히 결혼 생활이 행복해지기를
기대할 수 있을까?

남자는 어떤 여자하고든 행복하게 살 수 있다.
그 여자를 사랑하지만 않는다면.

_ 오스카 와일드

베트남 몽족에게
결혼에 대해 묻다

그날 작은 소녀가 내게 다가왔다.

펠리페와 나는 시끄럽고 더러운, 구 소련제 야간 기차를 타고 하노이를 출발해서 그 다음 날 아침 이 마을에 도착했다. 어쩌다 그 산골 마을에 가게 되었는지는 정확히 기억나지 않지만, 젊은 덴마크 배낭여행자들의 추천을 받았던 것 같다. 어찌됐건 시끄럽고 더러운 기차에서 내린 뒤에 다시 시끄럽고 더러운 버스를 한참 동안 타고 갔다. 마침내 버스는 눈이 번쩍 뜨일 정도로 아름다운 마을에 우리를 떨어뜨려놓았다. 중국과의 국경에 아슬아슬하게 걸쳐 있는 외딴 마을로 신록이 우거지고, 아직 개발이 덜 된 곳이었다. 우리는 호텔을 찾아냈다. 나는 기차와 버스에 시달려 뻣뻣해진 다리도 풀어줄 겸 혼자서 마을 구경에 나서기로 했다. 내가 호텔 밖으로 나오자, 한 소녀가 다가왔다.

나중에야 그 아이가 열두 살이라는 것을 알게 되었다. 그 애는 내가 봤던 어떤 열두 살짜리 미국 소녀보다도 몸집이 작았다. 그리고 너무나 예뻤다. 건강한 피부는 까무잡잡했으며, 땋아 내린 머리카락은 윤기가 흘렀고, 울로 만든 짧은 튜닉을 입은 아담한 몸집은 단단하고 당당했다. 때는 여름이었고, 푹푹 찌는 더운 날이었는데도 튜닉 밑에는 역시 울로 만든 밝은 색깔의 레깅스를 신고 있었다. 소녀는 중국제 플라스틱 샌들을 신은 발을 시종일관 탁탁거렸다. 아까부터 호텔 주위를 어슬렁거리다가—체크인 하러 왔을 때도 이 아이를 봤다—이제 나 혼자 호텔에서 나오자 작정하고 다가온 것이다.

"아줌마는 이름이 뭐예요?" 소녀가 물었다.

"난 리즈야. 네 이름은 뭐니?"

"전 마이에요. 아줌마가 정확한 철자를 알 수 있도록 영어로 쓸 수도 있어요."

"영어를 정말 잘하는구나." 내가 칭찬했다.

소녀는 대수롭지 않다는 듯이 어깨를 으쓱였다. "물론이죠. 관광객들하고 자주 연습하는걸요. 전 베트남어, 중국어, 그리고 일본어도 약간 할 줄 알아요."

"저런, 불어는 못하는 거니?" 내가 농담으로 물었다.

"Un peu(조금요)." 소녀는 날 훔쳐보며 다시 물었다. "아줌마는 어디서 왔어요?"

"난 미국에서 왔단다." 소녀는 이 마을 아이가 분명한 것 같았기에 나는 장난삼아 물었다. "넌 어디에서 왔니, 마이?"

아이는 내 장난을 금세 알아채고 이렇게 응수했다. "난 우리 엄마

뱃속에서 왔어요." 이 대답을 들은 순간, 나는 마이를 사랑하게 되었다.

물론 마이는 베트남 사람이었지만, 나는 나중에 마이가 한 번도 자신을 베트남인이라고 부른 적이 없다는 것을 깨달았다. 그 아이는 몽족이었다. 몽족은 베트남, 태국, 라오스, 중국의 고산 지대에 고립되어 사는, 자부심이 강한 소수 민족이다(인류학자들은 그들을 소위 '원형 민족'이라 부른다). 크루드인들처럼 몽족도 자신들이 사는 나라의 국민이 된 적이 없다. 그들은 지금까지도 세상에서 가장 독립적인 민족에 속한다. 유목민이자 이야기꾼이며, 전사, 타고난 반순응주의자로 자신들을 지배하려 하는 나라에게 끔찍한 해악을 끼친다.

몽족이 지금까지 지구상에서 존속해온 것이 얼마나 대단한 일인가 하면 모호크족이 수세기 동안 살아왔던 것과 똑같은 방식으로 계속 뉴욕시에 산다고 생각하면 된다. 전통 의상을 입고, 자신들만의 언어를 사용하고, 다른 민족에게는 절대로 동화되지 않으면서 말이다. 따라서 21세기에 그런 몽족의 마을에 우연히 가게 된 것은 놀라운 일이다. 그들의 문화를 보면 구시대의 인간들이 어떻게 살았는지 엿볼 수 있다. 다시 말해, 4천 년 전 우리 조상들의 삶은 몽족의 삶과 비슷했으리라는 뜻이다.

"마이, 오늘 하루 내 통역사가 돼줄래?" 내가 물었다.

"왜요?"

몽족은 직설적이기로 유명한 사람들이라서 나도 돌려 말하지 않았다.

"오늘 너희 마을의 아줌마들과 결혼에 대해 이야기하고 싶거든."

"왜요?" 마이가 또 물었다.

"아줌마가 곧 결혼할 건데 충고를 듣고 싶어서."

"아줌마는 시집가기에는 너무 늦었어요." 마이가 상냥하게 말했다.

"아줌마 남자 친구도 나이가 많아. 쉰다섯이란다."

마이는 날 자세히 들여다보더니 나지막이 휘파람을 불었다. "와, 운 좋은 아저씨네."

그날 왜 마이가 날 돕기로 결심했는지는 잘 모르겠다. 호기심이 발동해서? 심심해서? 내가 돈푼이라도 쥐어줄 것이라고 생각해서? (물론 그러기는 했다.) 동기가 무엇이든 간에 마이는 날 도와주기로 했다. 근처의 가파른 산비탈을 올라가자, 이내 상상할 수 있는 그 어떤 골짜기보다 예쁜 골짜기에 자리 잡은 마이의 조그만 돌집이 나왔다. 검댕이 잔뜩 낀 새까만 집에는 조명이라고 해봐야 작은 창문 두세 개로 들어오는 빛이 전부였다. 마이는 날 집 안으로 데려가서 안에 있던 여러 여자들에게 소개했다. 여자들은 하나같이 천을 짜거나 요리하거나 청소하고 있었다. 많은 여자들 가운데 내가 가장 끌리는 사람은 마이의 할머니였다. 120미터의 키에 이빨이 몽땅 빠진 할머니는 지금까지 내가 봤던 할머니들 가운데 가장 명랑하고 행복해 보였다. 게다가 나만 보면 자지러지게 웃어댔다. 내가 모든 면에서 할머니의 배꼽을 빠지게 하는 것 같았다. 할머니는 높다란 몽족 모자를 내 머리에 씌우더니 날 손가락질하며 깔깔 웃었다. 내 품에 조그만 몽족 아기를 안기더니 날 손가락질하며 깔깔 웃었다. 오색찬란한 몽족의 직물을 내 몸에 걸치더니 날 손가락질하며 깔깔 웃기도 했다.

나는 전혀 기분 나쁘지 않았다. 머나먼 낯선 나라를 방문한 거구의 외국인 여행객에게는 놀림감이 되는 일이 일종의 도리라는 것을 오래전에 터득했기 때문이다. 예의 바른 손님으로서 최소한 그 정도는 해야 한다. 곧 더 많은 여자들이—이웃사람과 친척들—집 안으로 봇물처럼 쏟아져 들어왔다. 그들도 자신들이 짠 천을 보여주고, 내 머리에 모자를 씌우고, 내 품에 아기들을 잔뜩 안기더니, 날 손가락질하며 깔깔 웃었다.

마이의 설명대로 그 애의 가족은—전부 합해 열두 명쯤 된다—이 방 하나짜리 집에서 살았다. 다들 마룻바닥에 누워서 함께 잔다. 한쪽에는 부엌이, 반대쪽에는 겨울을 대비한 장작 난로가 있다. 부엌 위의 다락에는 쌀과 옥수수가 비축되어 있고, 돼지, 닭, 물소는 항상 집 근처에서 키운다. 집 전체를 통틀어 분리된 공간은 딱 하나뿐이었는데 그나마 빗자루를 넣어두는 벽장만 한 크기였다. 나중에 책을 통해서야 그곳이 신혼부부들을 위한 공간이라는 것을 알게 되었다. 신혼부부들은 결혼 후 그곳에서 단둘이 자면서 다른 가족들 눈에 띄지 않게 은밀한 성적 탐색을 할 수 있다. 하지만 그마저도 처음의 몇 달뿐이다. 그 후에는 신혼부부들도 남은 평생을 다른 가족들과 함께 마룻바닥에서 자야 한다.

"우리 아빠가 돌아가셨다는 말 했나요?" 내게 집 구경을 시켜주던 마이가 말했다.

"안됐구나. 언제 돌아가셨니?"

"4년 전에요."

"어쩌다가?"

"그냥 돌아가셨어요." 마이는 무덤덤하게 말했고, 그것으로 끝이

53

었다. 그 애 아빠는 그냥 돌아가신 것이다. 아마도 지금처럼 죽음의 원인을 잘 알지 못했을 때는 많은 사람들이 그냥 그렇게 죽었을 것이다. "아빠가 돌아가셨을 때 장례식에서 온 가족이 물소 고기를 먹었어요." 그렇게 말하는 마이의 얼굴에는 복합적인 감정이 스쳐갔다. 아빠를 잃은 슬픔과 맛있는 물소 고기를 먹은 즐거움이 뒤섞인 표정이었다.

"엄마가 외로워하시니?"

마이는 어깨를 으쓱였다.

사실 이렇게 복작거리는 집에 살면 외로울 새가 없을 것이다. 이런 집에서 외로움의 쌍둥이 언니이자 외로움보다는 좀 더 행복한 '프라이버시'를 찾기가 불가능한 것처럼, 마이와 그 애의 엄마는 늘 수많은 사람들에게 둘러싸여 지낸다. 그런 모습을 보니 상대적으로 현대 미국 사회가 너무 고립되어 보인다는 생각이 들었다(지금까지 여행 다니면서 처음으로 하는 생각은 아니었지만). 내가 살던 곳에서는 '가족 단위'를 구성하는 요소가 최소한으로 축소된 실정이라, 이렇게 와글와글한 대가족을 이루고 사는 몽족이 본다면 아마 가족으로 쳐주지도 않을 것이다. 현대 서구 사회의 가족을 연구하기 위해서는 전자 현미경이라도 필요할 판이다. 보통 두 명, 잘해야 세 명, 때로는 네 명의 식구들이 어마어마하게 넓은 공간에서 네 활개를 치며 산다. 각자가 물리적으로나 심리적으로 자신만의 공간을 가지며, 다른 가족들과 완전히 떨어진 상태에서 하루의 상당한 시간을 보낸다.

그렇다고 해서 현대 사회의 축소된 가족 형태가 모든 면에서 나쁘다고 말할 생각은 없다. 분명 출산하는 아이의 숫자가 줄어들면서 여성들의 삶과 건강은 더 향상되었고, 이는 복작거리는 씨족 문화의 함정과 철저한 대조를 이룬다. 또한 각기 다른 연령대의 많은 일가 친척들이 가까이에서 모여 살다 보면 근친상간과 아동 성추행이 증가한다는 것은 오래전부터 사회학계의 정설이다. 그렇게 큰 집단 안에서는 개인의 차별성을 지키기는 고사하고, 각자의 행방을 파악하고 보호하기도 힘들다.

그렇다고는 해도 현대적이며 극도로 개인주의적이고 고립된 서구의 가족 제도에는 분명 뭔가 아쉬운 점이 있다. 몽족 여자들이 서로 소통하는 모습을 보고 있노라니, 유사 이래 가장 축소되고 핵가족화된 서구 가족 제도가 결혼에 지나친 의미를 부여하는 것이 아닌가 의심스러워졌다. 예를 들어, 몽족 사회에서는 남녀가 그다지 많은 시간을 함께 보내지 않는다. 배우자가 있는 것도 맞고, 배우자와 섹스를 하는 것도 맞고, 공동 재산을 가진 것도 맞고, 서로를 사랑하는 것도 맞다. 하지만 그것과 별개로 남자와 여자의 삶은 성별에 따른 역할 분담에 의해 꽤나 확고하게 분리된다. 남자들은 다른 남자들과 어울리며 일하고, 여자들은 다른 여자들과 어울리며 일한다. 일례로 그날 마이의 집 어디에서도 남자는 찾아볼 수 없었다. 남자들은 밖에서 무슨 일을 하든지(가축을 키우든, 술을 마시든, 수다를 떨든, 도박을 하든) 어딘가에서 남자들끼리만 모여 그 일을 했다. 여자들의 세계와 완전히 분리된 것이다.

몽족 남편은 아내의 가장 친한 친구이자, 가장 친밀한 의논 상대가 될 필요가 없다. 아내가 감정을 다스리도록 조언해주고, 지적으로 아내와 동등해야 하며, 슬플 때 아내를 위로해줄 필요도 없다. 대신 몽족 여자들은 자매, 이모나 고모, 엄마, 할머니 같은 여자들에게서 감정적 위안과 응원을 얻는다. 몽족 여자의 삶에는 많은 사람들이 있고, 그들의 의견과 감정적 버팀목이 늘 그녀를 에워싼다. 팔만 뻗으면 사방이 친족들이고, 많은 여자들의 도움은 삶의 고단한 짐을 훨씬까지는 아니더라도 한결 가볍게 해준다.

결혼을 자기 삶의 중심에 두지 않는 몽족

모든 인사가 끝나고, 모든 아기들을 한번씩 다 얼러주고, 웃음소리가 전부 잦아들며 차츰 예의를 차리게 되자, 우리는 다함께 자리에 앉았다. 나는 통역사인 마이를 통해 할머니에게 몽족의 결혼식에 대해 말해달라고 부탁했다.

"결혼식은 아주 간단해." 할머니는 찬찬히 설명을 시작했다. "전통 혼례를 치르기 전에 신랑 측 부모가 신부 측 부모를 찾아가야 해. 두 집안이 흥정을 하고, 택일을 하고, 계획을 세우지. 이때 조상님께 바치기 위해 항상 닭을 잡아. 결혼식 날짜가 정해지면, 돼지들을 여러 마리 잡지. 피로연을 준비하고, 결혼식을 축하하기 위해 각지에서 친척들이 찾아와. 비용은 양쪽 집안에서 함께 분담해. 신랑 신부는 피로연 장소까지 행진을 하고, 신랑 측 친척 한 명은 항상 우산을 가지고 있어야 해."

이 대목에서 내가 끼어들어 우산이 무엇을 의미하는지 묻자, 다들 혼란스러워했다. 아마도 '의미'라는 단어가 무슨 의미인지 몰라서였을 것이다.

"우산은 그냥 우산이야." 할머니가 대답했다. "우산을 들고 가는 건 결혼식에서 항상 그랬기 때문이야. 달리 무슨 이유가 있겠어. 우산은 그냥 빠지면 안 돼."

그렇게 우산과 관련된 의문이 풀리자, 할머니는 전통적인 몽족의 결혼 관습인 보쌈에 대한 설명으로 넘어갔다.

"보쌈은 아주 오래된 관습인데 요즘에는 많이 사라졌어. 그래도 아직 남아 있기는 하지. 신부에게 보쌈을 미리 알릴 때도 있고, 그냥 할 때도 있어. 어쨌거나 미래의 남편감이 신부를 보쌈해다가 말에 태워 자기 집에 데려가는 거야. 이건 아주 엄격하게 진행되고, 특별한 날에만 할 수 있어. 장이 선 후의 기념일에만 가능하지. (그냥 아무때나 신부를 보쌈할 수는 없어. 규칙이라는 게 있으니까.) 보쌈당한 아가씨는 사흘간 남자네 식구들과 함께 살면서 그 남자와 결혼할지 말지 결정해. 대개는 여자가 승낙을 해야 결혼이 진행되지. 아주 드문 경우지만, 보쌈당한 신부가 남자를 거절하기도 해. 그러면 여자는 사흘 후에 다시 자기 집으로 돌아가고 혼인은 없었던 이야기가 되지."

보쌈하는 것치고는 나름 합리적인 방법인 듯했다.

여기서 내가 할머니에게 당신의 결혼에 대해 이야기해달라고 하면서부터 대화는 완전히 이상한 방향으로 흘러갔다. 그 질문은 결혼에 얽힌 할머니의 개인적인 혹은 감동적인 일화를 끌어내기 위해서였다. 하지만 내가 그 질문을 하자마자, 할머니는 혼란스러워했다.

"할머니는 할아버지를 처음 만나셨을 때 어떻게 생각하셨어요?"

쭈글쭈글한 할머니의 얼굴에 당황스런 표정이 드러났다. 나는 할머니 혹은 마이가 질문을 잘못 이해한 줄 알고 질문을 바꿔보았다.

"할머니가 꿈꾸던 남자가 할아버지일지도 모른다는 걸 언제 깨달으셨어요?"

이번에도 할머니는 어리둥절해했다.

"할아버지가 특별한 사람이라는 걸 첫눈에 알아보셨어요?" 내가 다시 물었다. "아니면 살면서 서서히 알게 되셨어요?"

이제는 방 안에 있던 여자들 몇 명이 숨죽여 킥킥거렸다. 살짝 정신 나간 사람을 봤을 때의 그 웃음소리였다. 그들의 눈에는 내가 그런 사람으로 보이는 모양이었다.

나는 후퇴해서 다른 방법으로 접근해보았다.

"그럼 언제 할아버지를 만나셨어요?"

이 질문에 할머니는 잠시 기억을 더듬었지만, "오래전에"라고 애매하게 대답할 뿐이었다. 할머니에게는 전혀 중요한 질문이 아닌 듯했다.

"그럼 어디서 할아버지를 만나셨어요?" 최대한 질문을 단순화해서 다시 물었다.

이번에도 할머니는 그것이 왜 궁금한지 이해할 수 없다는 표정이었지만, 예의 바르게 대답했다. "결혼하기 전에 우리 영감을 따로 만난 적은 없어." 할머니가 설명했다. "물론 오며가며 보기는 했지. 주위에는 항상 많은 사람들이 있는 법이니까. 하지만 정확히 어디서 봤는지는 기억나지 않아. 어쨌거나 처녀 때 우리 영감을 알았는지 아닌지가 뭐가 중요하겠어? 이제는 분명히 아는 사이인데." 할머니의 결론에 방 안의 다른 여자들이 킥킥거렸다.

"하지만 언제 할아버지와 사랑에 빠지셨어요?" 마침내 내가 단도직입적으로 물었다.

마이가 이 질문을 통역한 순간, 예의 바른 할머니만 제외한 방 안의 모든 여자들이 박장대소했다. 자기들도 모르게 터져나온 유쾌한 웃음소리였다. 그러더니 그들은 다시 예의 바르게 손으로 입을 가리며 웃음을 참으려 했다.

여러분은 아마도 내가 기가 죽었으리라고 생각할 것이다. 어쩌면 그래야 했는지도 모르겠다. 하지만 나는 왁자지껄한 웃음소리에도 아랑곳하지 않고 끈질기게 다음 질문을 던졌고, 그 질문에 웃음소리는 더욱 커졌다.

"그리고 행복한 결혼 생활의 비결이 뭐라고 생각하세요?" 나는 진지하게 물었다.

이제 여자들은 모두 자제력을 잃고 말았다. 할머니마저도 대놓고 미친 듯이 웃어댔다. 내가 무슨 실수라도 했나? 앞서도 말했듯이 나는 타국 땅에서는 다른 사람을 즐겁게 하기 위해 스스로 놀림감이 되는 것을 기꺼이 받아들일 용의가 있다. 하지만 솔직히 말해서 이 경우에는 뭐가 웃기는지 전혀 이해하지 못한 터라, 이 떠들썩한 분위기가 약간 불안했다. 이 몽족 여인들과 내가 지금 완전히 다른 언어로 말하고 있다는 사실만은 분명했다(물론 이들과 내가 실제로 전혀 다른 언어로 말하고 있기는 했지만, 여기서는 단지 언어가 다르다는 것 이상의 의미다). 하지만 대체 내 질문의 어떤 점이 그렇게 우스운 거지?

그 후로 몇 주간 나는 머릿속으로 그날의 대화를 곱씹으며, 대체 무엇이 결혼이라는 주제에 있어서 그들과 나를 그토록 이질적으로

만들었는지 생각해봤다. 그 결과, 다음과 같은 이론을 세우게 되었
다. 할머니나 그 방 안에 있었던 몽족 여인들은 결혼을 삶의 중심에
두지 않았으며, 내게는 그 점이 몹시 낯설었던 것이다. 내가 살던 산
업화된 서구 사회에서 사람의 인격을 가장 잘 드러내는 요소를 하나
만 꼽으라면, 아마 어떤 배우자를 선택했느냐일 것이다. 배우자는
곧 가장 반짝이는 거울이 되어 그 사람의 개성을 세상에 반사한다.
뭐니 뭐니 해도 배우자를 선택하는 일은 가장 사적인 문제이고, 그
선택은 그가 어떤 사람인지 상당히 많은 것을 말해준다. 따라서 현
대 서구 사회의 평범한 여성에게 언제, 어떻게 남편을 만났고, 왜 남
편을 사랑하게 되었는지 묻는다면 십중팔구 복잡하게 얽히고설킨,
지극히 개인적인 이야기를 듣게 될 것이다. 그 이야기는 실제 사건
에 조심스럽게 살이 덧붙여졌을 뿐 아니라, 그녀가 자신이 어떤 사
람인지에 대한 단서를 찾기 위해 수차례 곱씹고 내면화하고 샅샅이
훑어본 이야기이기도 하다. 설사 상대가 생면부지의 남일지라도, 그
녀는 허심탄회하게 그 이야기를 들려줄 확률이 높다. 사실 나는 "남
편을 어떻게 만나셨어요?"라는 질문이 대화의 물꼬를 트는 데 최고
라는 것을 오래전에 알게 되었다. 상대의 결혼 생활이 천당이든 지
옥이든 상관없다. 그 이야기는 그녀가 어떤 사람인지 잘 보여줄 것
이다. 아마도 그녀가 어떤 사람인지 '가장' 잘 보여주는 이야기가 될
것이다.

어떤 이야기든 간에 그 속에는 두 명의 등장인물—그녀와 남편—
이 있다. 그들은 소설이나 영화 속 주인공처럼 서로 각자의 삶을 살
다가 운명적인 순간에 삶의 여정이 교차하게 된다(예를 들어, "그해 여

름에 난 샌프란시스코에 살았어요. 다른 곳으로 이사 갈 생각이었죠. 그런데 파티에서 짐을 만난 거예요.")。 그 이야기에는 아마도 드라마와 서스펜스도 있을 것이다("짐은 내가 파티에 함께 갔던 남자 파트너가 내 애인인 줄 알았대요. 그 친구는 게이였는데 말이에요!")。 또한 미심쩍은 부분도 있다("사실 짐은 내 스타일은 아니었어요. 난 원래 더 지적인 남자에게 끌리거든요.")。 결정적으로 그 이야기는 구원으로 끝나거나("이제 그이 없는 삶은 상상도 할 수 없어요.") 일이 틀어졌을 경우에는 발등을 찧으며 후회하는 것으로 끝난다("그이가 알코올 중독자에다 거짓말쟁이라는 걸 왜 처음부터 인정하지 않았는지 몰라요.")。 세부 사항이야 어떻든 간에 한 가지 확실한 것은 현대 서구 여성들은 온갖 각도에서 자신의 러브스토리를 검토한다는 것이다. 아울러 오랜 세월을 거치며 그녀의 이야기는 훌륭한 대서사시로 다듬어지거나, 씁쓸한 교훈적 이야기로 방부 처리된다.

감히 한마디 하자면, 몽족 여자들은 그런 것 같지 않았다. 적어도 내가 만난 몽족 여자들은 그랬다.

나는 인류학자도 아니며, 따라서 몽족 문화에 대해 이런저런 추측을 하는 것은 주제넘은 짓임을 잘 알고 있다. 몽족 여자들과의 교류라고 해봐야 열두 살짜리 소녀를 통역사로 내세워 오후 한나절 대화를 나눈 것이 전부다. 그러니 아마도 내가 유구한 역사를 가진 이 복잡한 사회의 뉘앙스를 조금은 놓쳤다고 봐야 안전할 것이다. 또한 그 여인들은 내 질문을 지나친 참견이라고 생각했을 것이다. 기분 나빠 하지 않았다는 것이 다행일 정도다. 그들이 오지랖 넓은 서양 여자에게 굳이 자신들의 가장 사적인 이야기를 해야 할 필요가 뭐가 있겠는가? 설사 그들이 자신들의 결혼 생활에 대해 말해주려 했다

61

할지라도, 잘못된 통역이나 서로 다른 문화에서 비롯된 이해 부족으로 미묘한 메시지가 중간에서 누락되었을 확률이 높다.

하지만 이 모든 것을 감안해도 나는 기자로 일하면서 상당히 오랫동안 여러 사람들을 인터뷰했고, 따라서 상대의 말을 경청하는 능력과 관찰력은 누구에게도 뒤지지 않는다. 게다가 낯선 사람들의 집에 갈 때마다 그들이 사물을 보거나 행동하는 방식이 우리 가족과 어떻게 다른지 금방 파악한다. 그러니 그날 몽족 집에서의 내 역할은 평균 이상으로 표현이 풍부한 사람들에게 평균 이상의 주의를 집중했던, 평균 이상의 관찰력을 가진 여행객이었다고 해두자. 그런 전제 조건하에서, 오로지 그런 전제 조건하에서만 나는 그날 마이네 집에 서 있었던 일들을 자신 있게 보고할 수 있다. 그날 그 집에 둘러앉았던 여자들은 결혼에 대해 어떤 미화되거나, 씁쓸한 이야기도 풀어내지 않았다. 그 사실이 그토록 인상적인 까닭은 내가 만난 전 세계의 여자들은 조금만 유도하면 자신의 결혼에 대해 미화되거나 씁쓸한 이야기를 술술 털어놓았기 때문이다. 주위에 누가 있든 상관하지 않는다. 하지만 몽족 여자들은 그런 일에 전혀 관심이 없어 보였다. 게다가 장대하면서도 복잡한 자신들의 대서사시 속에서 '남편'을 영웅이나 악당으로 만들지도 않았다.

그렇다고 해서 그녀들이 남편을 사랑하지 않는다거나, 남편을 한 번도 사랑한 적이 없다거나, 아예 사랑을 모른다는 것은 아니다. 그것은 어불성설이다. 세상 사람들은 누구나 사랑에 빠지고, 언제나 그래왔기 때문이다. 낭만적인 사랑은 인류의 보편적 경험이며, 열정적인 사랑의 증거는 지구 곳곳에서 발견된다. 모든 문화마다 사랑 노래와 사랑의 주문, 사랑의 기도가 있다. 사회, 종교, 성별, 나이, 문화에 상관없이 사람들은 실연의 아픔을 겪는다. (인도에서는 5월 3일이 실연의 날이다. 파푸아뉴기니의 한 종족에게는 결혼 적령기를 넘겼는데도 결혼하지 못한 남자들의 비극적인 사연을 담은 '나마이'라는 노래가 있다고 한다.) 내 친구 케이트는 몽고 전통 가수의 공연에 간 적이 있다. 좀처럼 해외 공연을 하지 않는 사람이었는데, 오랜만에 뉴욕을 비롯한 여러 나라의 순회공연에 나선 참이었다. 케이트는 몽고어를 전혀 모르지만, 그의 노래를 들었을 때 미치도록 슬펐다고 한다. 콘서트가 끝난 후, 케이트는 악단의 단장에게 가서 그 노래가 무엇에 관한 노래인지 물었다. 그는 이렇게 대답했다고 한다. "우리 노래는 다른 나라 사람들과 똑같은 걸 노래하고 있지요. 떠나버린 사랑, 그리고 가장 빠른 말을 도둑맞은 심정요."

그러니 몽족도 당연히 사랑을 할 것이다. 특별한 한 사람에게 다른 사람보다 호감을 느낄 것이고, 죽은 사람을 그리워도 할 것이며, 누군가의 특별한 체취나 웃음소리에 끌리기도 할 것이다. 하지만 어쩌면 그들은 그런 낭만적인 연애가 결혼의 실제적 이유는 되지 못한다고 생각할 수 있다. 남녀 관계의 초기에서든, 남녀 관계 전체를 통틀어서든 사랑과 결혼이라는 전혀 다른 개체가 꼭 교차될 필요는 없다고 생각할지도 모른다. 결혼은 완전히 별개의 것이라고 믿을 수도 있다.

이런 개념이 너무나 낯설거나 천부당만부당하다고 생각할지 모르지만, 서구 문화권에서도 결혼을 낭만과 거리가 먼 관점에서 생각한 것이 그다지 오래전의 일만은 아니다. 물론 중매 결혼—보쌈은 말할 것도 없고—은 미국에서 두드러진 현상은 아니었지만, 분명 정략 결혼은 꽤 최근까지도 우리 사회에서 어느 정도 일상적인 일이었다. 여기서의 '정략 결혼'은 두 개인의 이익보다는 더 큰 집단의 이익이 우선시되는 결혼을 말한다. 그런 결혼은, 예를 들면 미국 농경 사회에서 오랜 세대를 걸쳐 지속되었다.

"좋은 남편도 나쁜 남편도 아니야. 그냥 남편이야"

알고 보니 내 주위에도 그런 정략 결혼을 한 사람이 있었다. 나는 어렸을 때 코네티컷 주의 시골 마을에서 자랐는데, 내가 가장 좋아했던 이웃은 백발이 성성한 웹스터 노부부였다. 웹스터 가문은 전형적인 양키의 가치관을 금과옥조로 여기며 살아가는 낙농업자 집안이었다. 노부부는 겸손하고 검소하며 너그럽고 근면하고 은근히 신앙심이 깊으며, 품행이 방정한 사람들로 세 자녀를 훌륭하게 키워냈다. 또한 한없이 친절했다. 아서 할아버지는 날 '컬리'라고 불렀고, 아스팔트가 깔린 그 집의 주차장에서 내가 몇 시간이고 자전거를 타고 놀도록 허락해주었다. 릴리언 할머니는 가끔씩 내가 말을 잘 들으면, 할머니가 모아둔 골동품 약병들을 가지고 놀게 해주었다.

몇 년 전, 릴리언 할머니가 돌아가셨다. 할머니가 돌아가신 지 몇 달 후에 나는 할아버지와 저녁을 먹으러 나갔고, 우리는 할머니에 대해 이야기하게 되었다. 나는 두 분이 어떻게 만났고, 어떻게 사랑에 빠졌는지 알고 싶었다. 두 분이 처음 사랑에 빠졌을 때의 그 모든 낭만적인 일들을 알고 싶었다. 다시 말해 나는 몽족 여자들에게 했던 질문을 할아버지에게도 했던 셈인데, 역시나 같은 대답이 돌아왔다. 아니, 그때도 대답다운 대답은 거의 듣지 못했다. 나는 할아버지에게서 결혼의 발단에 관련된 낭만적인 기억을 하나도 끌어내지 못했다. 할아버지는 릴리언 할머니를 언제 처음 만났는지조차 정확히 기억나지 않는다고 털어놓았다. 할머니는 언제나 곁에 있었다고 했다. 분명 첫눈에 반한 사랑은 아니었다. 어떤 짜릿함도, 순간적으로 이끌려 불꽃이 튀는 일도 없었다. 어떤 식으로든 할머니에게 홀딱 빠진 적이 없는 것이다.

"그럼 왜 할머니와 결혼하셨어요?" 내가 물었다.

할아버지는 특유의 솔직하고 담담한 태도로 자신이 결혼한 이유는 형이 시켰기 때문이라고 설명했다. 할아버지는 곧 가족이 경영하던 농장을 물려받아야 했고, 따라서 부인이 필요했다. 트랙터 없이 농장을 경영하기가 불가능한 것처럼 아내 없이 농장을 경영하기도 불가능하다. 참으로 멋대가리 없는 이유이지만, 원래 뉴잉글랜드에서 낙농업을 한다는 것 자체가 멋대가리 없는 일이고, 할아버지는 형의 명령이 지당하다고 생각했다. 그리하여 근면하고 순종적인 아서 할아버지는 세상으로 나가 열심히 아내를 찾아다녔다. 할아버지의 이야기를 듣고 있노라면, 꼭 릴리언 할머니가 아니라 다른 어떤 여자라도 '웹스터 부인'의 역할을 맡을 수 있었을 것이라는 생각이 든다. 당시에는 다들 그렇게 결혼했을 것이다. 할아버지는 시내 교육청에서 일하는 금발 머리 여자를 점찍었다. 나이도 적당한 데다 예쁘고 건강하고 착했다. 이 여자면 될 것 같았다.

그러니까 두 분의 결혼은 분명 열렬하고 강렬한 사랑에서 시작되지는 않았다. 몽족 할머니의 결혼처럼 말이다. 그렇다면 우리는 여기서 이런 결혼을 '사랑 없는 결혼'이라고 추정하기 쉽지만, 그런 결론을 내리는 데 매우 조심해야 한다. 나는 그 결론이 사실이 아님을 알기 때문이다. 적어도 웹스터 부부의 경우에는 그렇다.

릴리언 할머니는 건강이 악화되면서 알츠하이머 진단을 받았다. 한때 원기 왕성했던 할머니는 그 후로 거의 10년간 지켜보는 마을 사람들이 괴로울 정도로 쇠약해졌다. 실용주의자에 늙은 양키 농부인 아서 할아버지는 할머니가 돌아가실 때까지 집에서 할머니를 돌봤다. 할머니를 목욕시키고, 밥을 먹이고, 외출도 하지 않은 채 늘 할머니 곁을 지키고, 치매로 인한 할머니의 끔찍한 행동을 참는 법도 배웠다. 할머니가 더 이상 할아버지를 못 알아보게 된 후로도, 심지어 할머니가 더 이상 자기 자신조차 못 알아보게 된 후로도 할아버지는 오랫동안 할머니를 보살폈다. 일요일마다 아서 할아버지는 릴리언 할머니에게 예쁜 옷을 입히고, 휠체어에 태워 두 분이 거의 60년 전에 결혼식을 올렸던 그 교회로 예배를 드리러 갔다. 할아버지가 그렇게 한 이유는 할머니가 평소에 그 교회를 좋아했기 때문이다. 아울러 할머니의 정신이 온전했다면, 할아버지의 그런 배려를 무척 고마워했으리라는 것도 알기 때문이다. 할머니가 할아버지에게서 조금씩 멀어져 망각으로 빠져드는 동안에도 할아버지는 일요일마다 할머니의 손을 잡은 채 예배석에 앉아 있었다.

이것이 사랑이 아니라면, 대체 뭐가 사랑인지 설명해달라. 아마

날 자리에 앉히고 꽤 열심히 설명해야 할 것이다.

그렇다고 해서 역사상의 모든 중매 결혼, 혹은 정략 결혼, 혹은 보쌈으로 시작된 결혼이 만족스러웠으리라고 결론을 내리는 것도 위험하다. 웹스터 부부는 운이 좋았다고 할 수 있다. (그분들도 결혼 생활을 유지하기 위해 분명 많은 노력을 했겠지만.) 하지만 아서 할아버지와 몽족의 공통점은 아마도 결혼 생활이 시작될 때보다는, 오랜 세월을 동고동락한 후 결혼 생활이 끝나갈 무렵에 부부가 서로에게 갖는 감정이 훨씬 더 중요하다는 생각일 것이다. 아울러 그들은 우리의 인생을 마법처럼 완벽하게 만들어줄 특별한 누군가가 우리를 기다리는 것이 아니라, 우리와 함께 좋은 관계를 만들어갈 수 있는 사람들이 얼마든지 있다고(아마 당신이 속한 집단 속에) 생각할 것이다. 따라서 언젠가는 상대에게 호감과 애정이 생기리라 기대하면서, 앞으로 오랜 세월을 함께 먹고 자고 할 수 있는 것이다.

마이네 집을 나설 때쯤에는 나도 이들의 그런 개념을 명징하게 파악할 수 있었다. 내가 자그마한 몸집의 할머니에게 던진 마지막 질문 역시 할머니에게는 괴상하고 낯설게 느껴진 듯하다.

"할아버지는 좋은 남편이신가요?" 내가 물었다.

할머니는 자신이 제대로 들었는지 확인하게 위해 손녀에게 재차 물었다. 할아버지는 좋은 남편이신가요? 그러더니 당황스럽다는 표정으로 날 바라보았다. 마치 "할머니가 사는 이 산의 돌은 좋은 돌인가요?"라는 질문이라도 받은 듯한 표정이었다.

할머니가 생각해낼 수 있는 최선의 대답은 이것이었다. "우리 영감은 좋은 남편도 나쁜 남편도 아니야. 그냥 남편이야. 원래 남편이란 게 그렇잖아." 할머니가 그렇게 말할 때의 '남편'은 지극히 아끼는 사람이거나, 꼴 보기 싫은 원수의 의미라기보다는 업무와 관련된 단어 같았다. 심지어 종(種)의 이름 같기도 했다. "남편의 역할은 간단해. 남은 생애 함께 살면서 남편으로서의 의무를 만족스럽게 해내는 거지." 할머니가 말했다. "다른 여자들의 남편도 마찬가지야. 아주 재수가 없어서 아무 짝에도 쓸모없는 남자를 만난 경우만 아니라면. 어떤 남자와 결혼하는가는 별로 중요하지 않아. 아주 예외적인 경우만 제외하면, 남자는 다 거기서 거기니까."

"그게 무슨 뜻이죠?" 내가 물었다.

"남자나 여자나 다 똑같다는 소리야. 그건 누구나 다 아는 사실이지."

다른 몽족 여자들도 동의의 뜻으로 고개를 끄덕였다.

행복 추구권은
우리 문화의 트레이드마크

여기서 잠깐 뻔한 불평을 한마디 해야겠다.

나는 몽족이 되기에는 너무 늦었다.

게다가 아마 웹스터 부부처럼 되기에도 너무 늦었을 것이다.

나는 20세기 말의 중산층 가정에서 태어났다. 비슷한 환경에서 태어난 수많은 현대인들과 마찬가지로 나 역시 내가 특별하다고 믿으며 자랐다. 우리 부모님은(두 분은 히피도, 급진주의자도 아니다. 사실 로널드 레이건에게 두 번이나 투표하셨다.) 당신 자식들이 다른 아이들과 차별화되는 특출한 재능과 꿈을 가졌다고 믿었다. 나의 '나다움'은 언제나 높이 평가받았고, 나아가 언니의 '언니다움'이나 친구들의 '그들다움' 그리고 다른 사람들의 '다른 사람들다움'과 다르게 인식되었다. 분명 부모님은 날 버릇없이 키우지는 않았지만, 내 개인의 행복이 중요하다고 믿었다. 아울러 내가 개인으로서 만족감을 추구하는데 도움이 되고, 그 바람이 반영된 삶의 행적을 만들어가야 한다고 믿었다.

친구들과 친척들 역시 정도의 차이는 있어도 그런 믿음을 가지고 자랐다. 내가 아는 사람들 거의 모두가 기본적으로 개인을 존중하는 이런 문화적 관념을 가지고 있다. 예외가 있다면 아주 보수적인 집안, 혹은 아주 최근에 이민 온 집안 정도일 것이다. 종교가 무엇이고, 경제 사정이 어떻든 간에 우리는 최소한 같은 교리를 받아들였다. 역사가 짧으면서도 매우 서구적인 그 교리는 한마디로 이렇게 요약된다. "너는 중요한 사람이다."

그렇다고 해서 몽족들이 자기 아이들을 중요한 사람이 아니라고 생각했다는 뜻은 아니다. 오히려 인류학계에서는 몽족이 지구상에서 이례적으로 화목한 가정을 이루기로 정평이 나 있다. 하지만 몽족 사회는 분명 개인의 선택을 숭배하는 사회는 아니다. 대부분의 전통 사회와 마찬가지로 몽족의 교리는 아마도 "너는 중요한 사람이다"가 아닌, "너의 역할이 중요하다"로 요약될 것이다. 그 마을 사람들이 모두 아는 바와 같이 우리의 인생에는 본분이라는 것이 있다. 남자는 남자만의 본분이 있고, 여자는 여자만의 본분이 있다. 누구나 능력을 최대한 발휘해 자신의 본분을 다해야 한다. 그 일을 잘해 냈다면 자신이 좋은 남자 혹은 좋은 여자라는 자부심을 가지고 잠자리에 들 수 있다. 인생이나 배우자에게 그 이상의 것을 기대해서는 안 된다.

몽족 여자들을 만난 날, 옛 속담 하나가 떠올랐다. "기대를 심으면 실망을 수확하게 되리라." 몽족 할머니는 아내를 미칠 듯이 행복하게 해주는 것이 남편의 의무라고 배우지 않았다. 애초에 미칠 듯이 행복해지는 일이 자신의 본분이라고 배운 적도 없다. 처음부터 그런 기대를 한 적이 없으니 당연히 결혼 생활에 특별히 환멸을 느낄 일도 없다. 할머니의 결혼은 그 역할을 완수했고, 사회에서 요구하는 본분을 다했으며, 결혼의 의미에 부합되니 그것으로 된 것이다.

반대로 나는 행복을 추구하는 것이 타고난(심지어는 국가적) 권리라고 배웠다. 행복 추구권은 우리 문화의 트레이드마크라고도 할 수 있다. 그것도 그냥 단순한 행복이 아닌 심오한 행복, 심지어는 가슴이 뛸 정도의 행복 말이다. 낭만적 사랑만큼 사람을 날아오를 듯이 행복하게 만드는 것이 뭐가 있겠는가? 나만 해도 결혼은 낭만적 사랑이 무성하게 번성할 수 있는 비옥한 온실이 되어야 한다는 문화적 가르침을 받으며 자랐다. 따라서 금방이라도 무너질 듯했던 내 첫 결혼의 온실 속에 원대한 기대감을 심고 또 심었던 것이다. 그야말로 조니 애플시드(Johnny Appleseed, 19세기 미국 중서부를 돌아다니며 개척자들에게 사과나무 종묘를 나누어주었다—옮긴이)가 되어 원대한 기대감을 사방에 뿌리고 다녔고, 그로 인해 쓰디쓴 열매만 수확하게 되었다.

여러분도 짐작하겠지만 설사 내가 이 모든 사실을 몽족 할머니에게 열심히 설명했다 해도, 할머니는 내 말을 전혀 이해하지 못했을 것이다. 아마도 예전에 이탈리아 남부에서 만났던 할머니와 똑같은 반응을 보였을 것이다. 내가 결혼 생활이 불행해서 남편과 헤어졌다고 말했을 때 그 이탈리아 할머니는 이렇게 말했다.

"누구는 행복해서 사나?" 미망인이었던 할머니는 대수롭지 않다는 듯이 어깨를 으쓱였고, 그것으로 그 이야기는 끝이었다.

결혼이라는 배에 용량보다
훨씬 많은 기대를 싣고 있다

그렇다고 해서 경치 좋은 시골에 사는 사람들의 단순한 삶을 미화하는 우를 범하고 싶지는 않다. 분명히 말하지만, 내 삶을 베트남 몽족 마을에서 만난 여자들의 삶과 바꾸고 싶은 마음은 추호도 없다. 치아 문제 하나만으로도 나는 그런 삶은 바라지 않는다. 게다가 내가 그들의 세계관을 받아들이는 것도 우스꽝스럽고 모욕적인 일일 것이다. 거침없이 뻗어나가는 산업화의 물결을 감안할 때 오히려 앞으로는 몽족이 내 세계관을 받아들일 확률이 더 높다.

사실상 그 일은 이미 진행 중이다. 마이와 같은 어린 소녀들은 관광객들 속에서 나 같은 현대 서양 여자들을 접하면서 자신들의 문화를 주저하게 되는 중대한 첫 번째 단계를 경험한다. 나는 이 시기를 '잠깐만'의 순간이라 부른다. 지금까지 전통 문화에 따라 살아왔던 소녀들이 문득 열세 살의 나이에 결혼해 아기를 낳고 사는 것이 과연 자신에게 좋은 일인지 생각하는 중대한 순간이 온 것이다. 자신을 위해 다른 삶을 선택하는 것이 낫지 않을까, 아니면 자신에게 과연 선택권이 있는지 고민하기 시작한다. 폐쇄된 사회의 소녀들은 이런 생각을 하면서부터 고생길이 시작된다. 3개 국어를 하는 똑똑하고 순종적인 마이는 이미 다른 삶의 방식을 엿보았다. 머지않아 그 애에게는 자신만의 욕구가 생길 것이다. 다시 말해, 이제는 몽족조차도 계속 몽족으로 살기에는 너무 늦었다는 말이다.

그러니 나로서도 내 개인적 욕망을 선선히 포기할 생각이 없다. 게다가 그것은 아마도 불가능할 것이다. 그 모든 욕망은 현대인으로서 내가 갖는 생득권이나 다름없다. 대부분의 인간들과 미친가지로 일단 내게 선택권이 있다는 것을 알게 된 이상, 나는 삶에서 더 많은 선택권을 원할 것이다. 내 의사를 표현하는 선택을 하고, 내 개인의 취향이 반영된 선택을 하고, 때로는 아무도 납득하거나 옹호할 수 없는 위험한 선택도 할 것이다. 하지만 이 모든 것이 내 선택이다. 사실 몽족 할머니에게 내가 지금까지 살면서 얼마나 많은 선택—대다수가 부끄러울 정도로 형편없는 선택들이었지만—을 했는지 말해준다면, 아마 할머니의 눈이 튀어나올 것이다. 그런 자유를 누린 결과 내 삶은 내 것이 되었고, 나를 닮게 되었다. 북부 베트남의 언덕 마을에 사는 사람들로서는 상상도 할 수 없을 정도로. 그들과 비교하면 나는 완전히 다른 종의 여자였다(아마 호모 리미트리스니스〔Homo limitlessness, 한계 없는 인간이라는 뜻으로 저자가 만들어낸 말—옮긴이〕쯤 되지 않을까?). 그러나 이 멋지고 새로운 종인 우리들이 거의 무한할 정도로 장대하고 무수한 가능성을 갖는 반면, 선택으로 가득 찬 우리의 삶에는 또 나름대로의 고충이 있다는 사실을 간과해서는 안 된다. 우리는 감정적 불안과 신경 쇠약에 걸리기 쉽다. 아마 몽족에게는 이런 증상이 없을 테지만, 이를 테면 볼티모어에 사는 현대인들에게는 만연해 있다.

이 문제점을 간단히 요약하자면, 동시에 모든 것을 선택할 수 없다는 것이다. 따라서 뭘 선택해야 할지 몰라 겁에 질리거나, 모든 선택이 잘못될 수도 있다는 두려움 속에서 살게 될 위험이 있다. (내 친구 한 명은 늘 강박적으로 자신이 한 일을 후회한다. 오죽했으면 그 애의 남편이 언젠가 아내의 자서전이 나온다면 제목을 '나는 새우 요리를 먹지 말았어야 했다'로 해야 한다는 농담까지 했을까.) 마찬가지로 선택을 했으나, 훗날 그로 인해 내 존재의 다른 일면을 말살해버렸다는 느낌이 들 때도 마음이 착잡하다. 3번 문을 선택함으로써 1번 문이나 2번 문으로 나갈 때에만 발현될 수 있는 영혼의 또 다른—하지만 똑같이 중요한—부분들이 일소될까 두려운 것이다.

철학자 오도 마쿼드(Odo Marquard)는 '둘'을 뜻하는 독일어 'zwei'와 '의심'을 뜻하는 단어 'zweifel' 사이의 연관성을 설명한 적이 있다. 어떤 상황이든 가능성이 두 개만 되어도 우리 삶에는 자동적으로 불확실성이 생겨난다는 것이다. 그러니 매일 단순히 두세 개가 아닌 수십 개의 가능성이 있는 삶을 상상해보라. 현대 사회가 그 많은 장점에도 불구하고 왜 그렇게 많은 신경 쇠약증 환자를 배출하는 기계가 돼버렸는지 감이 잡힐 것이다. 그렇게 가능성이 많은 세상에서는 많은 사람들이 아무것도 결정하지 못한 채 맥이 빠질 수 있다. 혹은 자꾸만 현재의 인생 행로에서 탈선해 처음에 선택하지 않았던 문들로 나가보려고 애쓴다. 이번에는 어떻게든 제대로 하겠다고 벼르면서. 아니면 강박적으로 자신과 남을 비교할 수도 있다. 우리의 삶을 늘 타인의 삶과 비교하며 그 사람과 같은 길을 갔어야 하지 않나 남몰래 고민하기도 한다.

그렇게 강박적으로 자신과 남을 비교하다 보면, 당연히 니체가 말했던 'Lebensneid', 즉 "삶 전체에 대한 질투"라는 무기력한 증상만 초래한다. 즉 다른 누군가가 나보다 훨씬 더 운이 좋다고 확신하는 것이다. 따라서 내가 그녀와 같은 몸매, 같은 남편, 같은 아이들, 같은 직업만 갖게 된다면 만사가 훨씬 쉽고 즐거워질 것이다. (상담가인 내 친구는 이 증상을 간단히 이렇게 정의했다. "싱글인 사람들은 내심 결혼하고 싶어 하고, 결혼한 사람들은 내심 싱글이고 싶어 하는 증상이지.") 자신의 결정에 대한 확신을 얻기가 너무도 힘들다 보니, 누군가의 결정이 다른 누군가에게는 기소 대상이 되어버렸다. 그리고 이제는 더 이상 우리를 '좋은 남자' 혹은 '좋은 여자'로 만들어주는 보편적인 기준이 없어졌으므로, 인생의 항로를 찾기 위해서는 스스로의 감정을 헤아리고 탐색해야 한다.

이 모든 선택과 갈망으로 인해 우리 삶에는 이상한 유령이 어른거리게 되었다. 선택받지 못한 다른 가능성들이 그림자 세상에서 우리 주위를 영원히 맴돌며 계속 이렇게 묻는 것이다. "이게 정말로 네가 원하는 거야?" 그리고 이 질문이 우리를 가장 끈질기게 따라다니는 곳이 바로 결혼이다. 극도로 사적인 선택이니만큼 감정적 갈등이 심하기 때문이다.

진정 현대 서구 사회의 결혼은 몽족의 전통 혼례보다 권장할 만한 장점이 훨씬 많다(우선 보쌈이 없는 것부터 시작해서). 그리고 다시 한 번 말하지만, 나는 그들처럼 살고 싶은 마음이 전혀 없다. 그들은 내가 가진 자유를 절대 알지 못할 것이다. 절대 나처럼 교육받지도, 나처럼 건강하지도, 돈을 많이 벌지도 못할 것이다. 자기 본성을 구석구석 탐색할 기회도 얻지 못할 것이다. 하지만 전통 혼례를 올리는 몽족 신부들이 결혼식 날 갖는 결정적인 특권 한 가지가 있다. 현대 서구 사회의 신부들에게 요원한 그 특권은 바로 확신이다. 자기 앞에 놓인 길이 하나뿐일 때 우리는 대체로 올바른 길을 가고 있다고 확신하게 된다. 그리고 애초에 행복에 대한 기대치가 불가피하게 낮은 신부는 아마도 훗날 실망감에 몸서리칠 확률도 더 낮을 것이다.

솔직히 말해서 지금까지도 이 사실을 어떻게 받아들여야 할지 잘 모르겠다. "욕심내지 말자!"를 내 인생의 모토로 만들 수는 없다. 게다가 결혼을 앞둔 젊은 신부에게 행복해지기 위해서 인생의 기대치를 낮추라고 충고하는 것도 상상이 되지 않는다. 그런 사고방식은 지금까지 내가 받아들인 현대적 가르침에 위배되기 때문이다. 또한 나는 그 전략의 폐해도 보았다. 내가 아는 한 대학 동창은 마치 지나치게 야심만만한 기대를 갖지 않도록 예방 접종이라도 맞은 것처럼 일부러 인생의 선택 폭을 줄였다. 직장 생활도 하지 않고, 해외 여행의 유혹도 뿌리치고, 고향으로 돌아가 고등학교 때 사귀었던 남자 친구와 결혼했다. 자신은 '오로지' 현모양처만 되겠다고 자신만만하게 선언했다. 그녀에게는 이렇게 단순화된 삶이 더없이 안전하게 느껴졌다. 특히 (나를 포함해) 더 큰 야망을 가지고 있던 동창들이 이러지도 저러지도 못하며 괴로워하던 것에 비하면. 하지만 12년 뒤, 남편이 어린 여자와 눈이 맞아 그 친구를 떠났을 때 그녀의 분노와 배신감은 하늘을 찌를 정도였다. 그녀는 사실상 분노로 내면이 산산이 부서진 상태였다. 그것은 남편에 대한 분노라기보다, 자신과 신성한 약속을 했다고 믿었던 우주에 대한 분노였다. "내가 무슨 욕심을 냈다고!" 그녀는 그 말을 반복했다. 마치 자신은 많은 것을 바라지 않았으니 어떤 실망감으로부터도 보호받을 자격이 있다는 것처럼. 하지만 나는 그녀가 실수했다고 생각한다. 사실 그 친구는 무리한 요구를 한 것이다. 감히 행복을 요구했고, 감히 결혼 생활이 행복하기를 요구했다. 그보다 더 큰 욕심이 어디 있겠는가.

하지만 두 번째 결혼을 앞둔 지금, 나 역시도 무리한 요구를 하고 있다고 인정해야 할 것 같다. 최소한 나 자신에게라도 그 사실을 인정하는 게 도움이 될 것이다. 당연히 나도 무리한 요구를 하고 있다. 그것은 우리 시대의 상징이다. 세상은 내게 최고의 것들을 기대하라고 허락해주었다. 역사상의 그 어떤 여자들에게 허용된 것보다도 더 많은 것들을 삶과 사랑에서 기대하라고 허락해주었다. 남자를 사귈 때 나는 상대로부터 많은 것을 원했고, 그것도 모두 동시에 원했다. 그러고 보니 옛날에 언니가 해줬던 이야기가 생각난다. 1919년 겨울에 미국을 방문했던 어느 영국 여성이 고국으로 보낸 편지에는 이 미국이라는 이상한 나라에는 몸 구석구석이 동시에 따뜻해지기를 바라는 사람들이 산다고 아연실색했다는 대목이 나온다. 그날 오후 몽족과 결혼에 대해 이야기하고 나자, 나도 감정상으로는 그와 똑같지 않을까 고민하게 되었다. 즉 연인이 내 감정의 모든 부분을 마법처럼 동시에 따뜻하게 해줘야 한다고 믿는 것이다.

미국인들은 종종 결혼이 '고역'이라고 말한다. 몽족들이 과연 그 개념을 이해할지 잘 모르겠다. 삶은 당연히 고역이고, 일하는 것도 고역이다. 몽족도 이 두 가지 사실에는 동의하리라고 확신한다. 하지만 왜 결혼이 고역이 되는 걸까? 그 이유는 이러하다. 행복에 대해 평생 간직해온 기대를 한 사람의 손에 전부 쏟아붓는 순간부터 결혼은 고역이 된다. 그런 상태가 계속 유지되는 것이 고역이다. 미국의 젊은 여성들을 대상으로 한 최근의 설문조사에 따르면, 요즘 여성들이 원하는 남편상은 다름 아닌 자신에게 '영감'을 주는 남자라고 한다. 이는 어떤 기준으로 봐도 무리한 요구다. 1920년대의 비슷한 연령대의 여자들이라면 '예의'나 '정직' 같은 덕목을 기준으로 남편감을 선택했을 확률이 높다. 그런데 이제는 그것만으로는 충분하지 않다. 이제는 배우자로부터 무려 영감을 받고 싶어 하는 것이다! 그것도 매일! 자기는 할 수 있어, 해봐!

그러나 내가 과거에 사랑에게 요구했던 것도 바로 그것(영감, 가슴 뛰는 행복)이며, 지금 다시 펠리페에게 요구하려고 하는 것도 바로 그것이다. 서로가 서로의 기쁨과 행복을 모든 면에서 책임져야 한다는 기대감. 배우자로서의 업무 내역이 서로에게 가장 중요해야 한다는 기대감.

어쨌거나 과거의 나는 늘 그렇게 생각해왔다.

그리고 아마도 몽족을 만나지 않았다면 계속 그렇게 태평한 생각을 했을 것이다. 몽족과 만난 후에 결정적으로 변한 점이 하나 있다. 난생 처음으로 내가 사랑하는 사람에게 너무 무리한 요구를 한다는 생각이 든 것이다. 아니면 최소한 배우자에게 너무 무리한 요구를 하고 있었다. 아마도 나는 낡아서 삐걱거리는 결혼이라는 이상한 배에 원래 용량보다 훨씬 더 많은 기대를 실었던 것 같다.

Committed

제3장

결혼은 수세기 동안 계속 움직인다

결혼은 사회의 첫 번째 굴레다.

_ 키 케 로

강제 추방되는 것보다
결혼이 낫다

　　　　결혼이 우리를 열락으로 데려다주는 운반선이
아니라면, 결혼은 과연 무엇일까?

　내게는 이것이 너무도 대답하기 힘든 질문이다. 결혼이란—어쨌
거나 역사적 실체로서—결코 간단하게 정의할 수 없는 특성이 있기
때문이다. 결혼은 한시도 가만히 앉아 있지 않아서 누구도 그 초상
을 또렷하게 그릴 수가 없다. 결혼은 계속 움직인다. 아일랜드의 날
씨처럼 수세기 동안 끊임없이, 예측불가능하게, 시시각각 변한다.
심지어 한 남자와 한 여자 간의 신성한 결합이라는 간단한 정의조차
안전하지 않다. 무엇보다 기독교 전통 안에서조차도 결혼이 늘 '신
성하게' 여겨지지는 않는다. 그리고 솔직히 오랜 세월 동안 결혼은
주로 한 남자와 여러 여자들 간의 결합이었다.

　간혹 결혼이 한 여자와 여러 남자들 간의 결합이 되기도 한다(인도

남부에서는 여러 형제가 한 명의 신부를 둔다). 또한 결혼은 때에 따라 두 남자 간의 결합이 되기도 하고(고대 로마에서는 남자 귀족들 간의 결혼이 한때 법으로 인정되었다), 두 혈육 간의 결합이 되기도 하며(중세 유럽에서 귀중한 재산을 지키기 위해), 자식 간의 결합이 되기도 하고(이것 역시 중세 유럽에서 부모가 재산을 지키기 위해 혹은 교황이 막강한 권력을 행사하기 위해), 태어나지 않은 아이들 간의 결합이 되기도 하고(이하 동문), 같은 사회 계급에 속한 사람들끼리의 결합이 되기도 한다(중세 유럽에서는 농민들이 자신보다 신분이 높은 사람과 결혼하는 일이 종종 금지되었다. 이는 사회 계층을 엄격하게 유지하기 위해서였다).

때에 따라 결혼은 의도적이고 일시적인 결합이 되기도 한다. 예를 들어, 현대 이란에서는 젊은 연인이 지방 판사에게 '시게(sighch)'라는 특별 결혼을 요청할 수 있다. 이는 24시간 동안 연인의 혼인을 허가해주는 제도로, 하루 동안만 유효하다. 이 허가를 받은 남녀는 마음 놓고 사람들 앞에 함께 다닐 수 있으며, 심지어 섹스조차도 합법이다. 그야말로 코란에 어긋나지 않으면서, 일시적으로 애정을 표현할 수 있는 결혼 보호 제도인 것이다.

중국에서는 한때 살아 있는 여자와 죽은 남자 간의 신성한 결합이 결혼이 되기도 했다. 그런 결합을 영혼 결혼이라 불렀다. 두 집안이 동맹을 맺기 위해 상류층의 젊은 여자가 좋은 집안의 죽은 남자와 결혼하는 것이다. 천만다행히 산 사람이 실제로 해골과 접촉하는 일은 없지만(관념상의 결혼에 더 가깝다고 할 수 있다), 현대인들이 생각하기에는 여전히 엽기적이다. 그렇기는 해도 일부 중국 여성들은 이 관습을 매우 이상적인 사회 제도로 인정하게 되었다. 19세기 상하이

지방에서는 비단 장사를 하는 여자들이 부지기수였는데, 그중 일부는 큰 부를 거머쥐었다. 그들은 경제적으로 더욱 독립하기 위해 살아 있는 남자와 결혼하는 것보다 영혼 결혼식을 간청했다. 야심만만한 여성 사업가에게 좋은 집안의 시체와 결혼하는 것만큼 자율성을 보장받는 길은 없었기 때문이다. 이는 실제로 아내 노릇을 하는 데서 오는 어떤 불편함이나 제약 없이 결혼이 주는 모든 사회적 지위를 누릴 수 있는 방법이다.

설사 결혼을 남녀 간의 결합이라 정의 내린다 해도 그 목적이 오늘날 우리가 생각하는 것과 늘 같았다고 할 수는 없다. 서양 문명 초창기에 남자와 여자는 신체적 안전을 목적으로 결혼하는 경우가 많았다. 체계화된 국가가 생기기 전인 기원전, 비옥한 초승달(서아시아 고대 문명 발생지인 나일 강과 티그리스 강 그리고 페르시아 만을 잇는 농업지대를 가리킨다—옮긴이)에서는 한 사회의 가장 기본적인 노동 단위가 가족이었다. 사람에게 필요한 기본적인 사회 복지의 모든 것들이 가족으로부터 나온다. 단지 동반자와 출산만이 아닌, 음식, 주택, 교육, 종교적 가르침, 건강 관리, 그리고 아마도 가장 중요한 요소일 방어까지. 문명의 요람이던 이 시기에 바깥세상은 위험천만한 곳이었다. 혼자 있다가는 죽음의 표적이 되기 십상이다. 혈족이 많을수록 더 안전했기에 사람들은 친척의 수를 늘일 목적으로 결혼했다. 그 당시 개인에게 가장 큰 협력자는 배우자가 아니라, 대가족 전체였다. 생존하기 위한 끊임없는 전투 속에서 그 대가족은 하나의 협력체 역할을 하는 것이다(몽족과 같다고 할 수 있다).

그런 대가족이 일족을 이루고, 그 일족이 왕국을 이루며, 왕국에서 왕조가 생겨나고, 왕조는 다른 왕조를 정복하고 학살하기 위해 잔인한 전쟁을 벌이며 서로 싸운다. 초창기의 히브리인들은 바로 이런 체제 속에서 탄생했다. 구약이 그토록 가족 중심적이고, 이방인을 혐오하며, 호화찬란한 족보를 자랑하는 것도 바로 그 때문이다. 구약에는 아버지, 어머니, 형제, 자매, 상속자, 그 밖의 사돈의 팔촌들에 관한 이야기로 가득하다. 물론 이 구약 속에 등장하는 가정이 늘 건강하고 화목하지만은 않다(형제들끼리 서로 죽이기도 하고, 서로를 노예로 팔아넘기는가 하면, 딸은 아버지를 유혹하고, 배우자는 서로 간음한다). 그러나 이야기의 중심축은 늘 혈족의 진보와 박해이며, 결혼이 그 이야기를 영속시키는 데 중심 역할을 한다.

그러나 신약—다시 말해 예수 그리스도의 출현—은 이 유구한 가족 중심제를 무너뜨린다. 당시로서는 가히 혁명적일 정도였다. 예수는 유대인들의 선민사상을 타파하고 우리 모두가 선택된 사람들이며, 인간이라는 거대한 가족 체계 안에서는 모두가 형제자매라고 가르쳤다. (예수가 독신남이라는 사실은 구약에 등장했던 위대한 가부장 영웅들과 뚜렷한 대조를 이룬다.) 그것은 전통적인 일족 중심 체제에서는 결코 통용될 수 없는, 극도로 급진적인 생각이다. 피를 나눈 진짜 형제와 기꺼이 의절이라도 하지 않는 한 낯선 사람을 형제로 받아들일수는 없는 노릇이다. 예부터 내려온 사회 규범을 전복하지 않는 한 불가능하다. 우리에게 혈족의 신성한 의무를 부과한 동시에 혈족 관계가 불분명한 외부인을 자동으로 배척하게 만든 것이 바로 그 규범이기 때문이다. 혈족을 향한 그 열렬한 충성심이야말로 기독교의 타파 대상이었다. 예수는 이렇게 가르쳤다. "무릇 내게 오는 자가 자기 부모와 처자와 형제와 자매와 더욱이 자기 목숨까지 미워하지 아니하면 능히 내 제자가 되지 못하리라."(누가복음 14장 26절)

물론 이런 사상에는 한 가지 문제가 있다. 가족이라는 사회 제도를 와해시킨다면, 무엇으로 그 제도를 대체할 것인가? 이에 대한 초창기 기독교의 계획은 어처구니없을 정도로 이상적이고, 심지어는 비현실적이기까지 하다. 바로 지상낙원을 설립하는 것이다. "결혼을 포기하고 천사를 본받아라."730년에 '다마스쿠스의 존(John of Damascus)'은 새로운 기독교의 이상을 분명하게 설명하면서 그렇게 가르쳤다. 그렇다면 어떻게 해야 천사를 본받을 수 있을까? 그거야 당연히 인간적 충동을 억제하는 것이다. 모든 혈연 관계를 끊고, 신과 하나가 되고 싶다는 욕망을 제외한 다른 모든 욕망과 충성심은 억눌러야 한다. 하늘에 사는 천사들에게는 남편도 아내도 부모도 조상 숭배도 혈연도 혈족에 의한 복수도 열정도 질투도 육신도 없으며, 무엇보다도 섹스를 하지 않는다.

따라서 그것이 새로운 인간의 패러다임이고, 예수 자신이 그 본보기였다. 그는 금욕 생활을 하고, 공동체 의식을 가지며, 절대적으로 순수하다.

이렇게 성과 결혼을 거부하는 것은 구약의 사고방식에서 크게 벗어난다. 히브리 사회는 언제나 모든 사회 제도 가운데 결혼을 가장 도덕적이며 고귀한 제도로 보았기 때문이다(사실 유대인 성직자들은 의무적으로 결혼해야 한다). 아울러 그들은 결혼이라는 계약 안에서의 섹스를 언제나 솔직히 인정했다. 물론 고대 유대인 사회에서도 간음은 범죄로 간주되었지만, 부부가 사랑을 나누거나 그것을 즐기는 것은 금지되지 않았다. 결혼 안에서의 섹스는 죄가 아니다. 결혼 안에서의 섹스는…… 그냥 결혼이다. 히브리 아이들이 만들어지는 것도 결국 섹스를 통해서가 아닌가. 히브리 아이를 더 많이 만들지 않으면 어떻게 일족을 이루겠는가?

그러나 초창기의 기독교 이상주의자들은 생물학적 차원의(모태 신앙으로서의) 기독교인을 만드는 데 별 관심이 없었다. 대신 지적인 차원에서 기도교인으로 개종시키는 데 관심이 있었다(스스로의 선택에 의해 구원받게 되는 성인으로서의 기독교인). 반드시 기독교인으로 태어나야만 기독교인이 될 수 있는 것은 아니다. 성인이 되어서 기독교인이 되겠다고 선택했을 때 은총을 받고 세례식을 거쳐 기독교인이 될 수 있다. 이 세상에는 개종해아 할 잠재적 기독교인들이 더 많으므로, 굳이 추악한 성교를 통해 아기를 만들어가며 스스로를 더럽힐 필요가 없다. 따라서 더 이상 아기를 낳을 필요가 없다면, 당연히 더 이상 결혼할 필요도 없는 것이다.

기독교는 종말을 예언하는 종교라는 것을 명심해야 한다. 그런 경향은 지금보다 초창기에 훨씬 더 심했다. 초기 기독교인들은 내일 당장이라도 종말이 올 수 있다고 믿었기에 미래의 왕조를 이루는 데 별로 관심이 없었다. 사실상 그들에게 미래는 존재하지 않았다. 피할 수 없는 아마겟돈이 임박한 상황에서 새롭게 세례를 받은 기독교 개종자들에게는 단 하나의 임무밖에 없었다. 곧 다가올 종말에 대비해 인간으로서 최대한 순결해지는 것이다.

결혼＝아내＝섹스＝죄악＝불결함.

그러므로 결혼하지 말 것.

요즘에는 '하늘이 맺어준 인연'이라거나 '신성한 결혼'을 운운하지만, 사실 기독교는 거의 10세기 동안 결혼을 신성하게 여기지 않았으며 숭앙하지도 않았다는 사실을 기억해야 한다. 결혼 생활은 분명 도덕적 존재의 이상적인 상태가 아니었다. 오히려 초기 기독교 교부들은 결혼이라는 풍습이 섹스, 여자, 세금, 재산과 연관되었을 뿐 신성함이라고는 어디서도 찾아볼 수 없는, 다분히 혐오스러운 세상사로 보았다.

따라서 현대의 보수적인 기독교인들은 결혼이 지난 수천 년간 이어져온 신성한 전통이라며 흐뭇해하지만, 사실 그것은 유대교에만 국한되는 말이다. 역사적으로 볼 때 기독교는 유대교처럼 결혼을 열렬하고도 일관되게 숭배해오지는 않았다. 최근에 와서는 그렇게 되었지만 처음부터는 아니라는 말이다. 기독교 역사의 초기 천 년간, 교회는 일부일처제나 매춘이나 오십보백보라고 보았다. 심지어 성 제롬(Saint Jerome)은 인간의 신성함을 1에서 100까지 매길 때 동정은 완벽한 100에 해당되고, 배우자와 사별한 뒤부터 금욕 생활을 한 사람은 60쯤 되며, 결혼한 사람들은 놀랍게도 30이라는 낮은 수치에 해당된다고 썼다. 성 제롬은 그렇게 점수를 매기는 것이 도움이 되기는 해도, 이런 비교 자체는 한계가 있음을 인정했다. 엄밀히 말해 동정을 지키는 사람과 결혼한 사람은 비교 대상조차 되지 못한다고 그는 썼다. "사악함과 선함을 비교하는 것"자체가 불가능하기 때문이다.

이런 구절을 읽을 때마다(초기 기독교에는 이런 견해가 비일비재하게 등장한다), 스스로를 기독교인이라 생각하는 친구와 친척들이 생각난다. 그들 가운데는 흠잡을 데 없는 삶을 살려고 혼신의 노력을 했으나 결국 이혼한 사람들도 있다. 나는 그 선하고 도덕적인 사람들이 이혼 후 창자를 도려내는 듯한 죄책감에 빠지는 것을 오랫동안 지켜봐왔다. 혼인 서약을 어기는 것이 곧 가장 신성하고 오랜 역사를 지닌 기독교의 윤리를 어기는 것이라고 확신했기 때문이다. 나 자신도 이혼했을 때 그런 덫에 빠졌다. 우리 집안은 그런 근본주의 기독교 집안도 아니었는데 말이다. (부모님은 기껏해야 온건한 기독교 신자였고, 내가 이혼했을 때 친척들 가운데 누구도 날 손가락질하지 않았다.) 그런데도 결혼 생활이 무너져갈 때 나는 숱한 밤을 뜬눈으로 지새우며, 과연 남편과 헤어져도 신에게 용서받을 수 있을지 괴로워했다. 그리고 이혼 후에는 인생에 실패했을 뿐 아니라 이상하게 죄를 지었다는 느낌이 아주 오랫동안 떠나지 않았다.

그런 수치심은 너무도 뿌리가 깊었던 터라 하룻밤 사이에 사라질 수는 없었을 것이다. 그래도 솔직히 내가 도덕적 고뇌에 시달리던 그 시기에 기독교가 오랫동안 결혼을 적대시해왔다는 사실을 조금이라도 알았다면, 도움이 되었을 것이다. 비교적 근대인 16세기에 와서도 영국의 한 목사는 "그 악취가 나는 가족 의무 따위는 집어치워라!"라고 설교했다. 오늘날 우리가 가족의 가치라고 부르는 생각들을 입에 거품을 물고 규탄한 것이다. "가족 의무라는 허울 아래 무시무시한 위선과 악의, 사악한 비약이 이빨을 드러낸 채 우리를 물어뜯으려 하고 있다!"

사도 바울(Saint Paul)을 봐도 그렇다. 고린도서에 실린 그의 유명한 편지에는 "남자가 여자를 가까이 아니함이 좋다"라고 적혀 있다.

사도 바울은 어떤 상황에서든 남자가 여자를 가까이 해서는 안 된다고 믿었다. 설사 자신의 아내일지라도. 사도 바울이 그랬다면, 모든 기독교인들도 그처럼 금욕을 지켜야 했을 것이다. (그는 곧바로 "나는 모든 사람이 나와 같기를 원하노라"라고 선선히 인정한다.) 하지만 사도 바울은 그 요구가 무리라는 것을 알고 있을 만큼 이성적이었다. 그래서 대신 기독교인들에게 가능한 한 결혼을 자제해달라고 당부한다. 결혼하지 않은 사람들에게는 절대 결혼하지 말며, 배우자와 사별했거나 이혼한 사람들에게는 다른 사람과 재혼할 생각은 삼가라고 이른다. ("아내에게서 놓였느냐. 아내를 구하지 말라.") 모든 면에서 볼 때 사도 바울은 기독교인들에게 자제력을 잃지 말고, 육체적 욕망을 억누르고, 혼자서 금욕 생활을 해 지상에서도 천국에서처럼 살기를 간곡히 당부했다.

"만일 절제할 수 없거든 결혼하라. 정욕에 불같이 타는 것보다 결혼하는 것이 나으니라." 마침내 사도 바울은 허락한다.

아마 이것은 유사 이래 가장 떨떠름하게 결혼을 인정해주는 발언이 아닐까 한다. 하지만 사도 바울의 이 말은 최근 나와 펠리페가 내렸던 결정, 즉 강제 추방되는 것보다는 결혼하는 것이 낫다는 결정을 연상시켰다.

인간으로서의 존재가
말소된 여성들

　　　　당연한 말이지만, 나는 사람들이 결혼해서는

안 된다고 주장하기 위해 이런 글을 쓴 것이 아니다. 지극히 독실한 신자들을 제외하고, 대다수의 기독교 신자들은 금욕주의 사명을 어긴 채 섹스와 결혼을 일삼았고(종종 섹스 먼저, 결혼은 나중에), 성직자로부터 어떤 감시도 받지 않았다. 예수가 죽은 뒤 몇 세기 동안 서구 유럽 전역에 걸쳐 연인들은 여러 가지 즉흥적인 방식으로(유대교, 그리스, 로마, 프랑스-독일의 결혼에 영향을 받은) 사랑의 서약을 했다. 그런 다음, 마을이나 시의 문서에 자신들을 '부부'로 등록했다. 이들 가운데도 결혼에 실패하는 사람들이 있었고, 그럴 경우에는 놀랍도록 자유방임적인 초기 유럽 법정에 이혼을 청구했다. (예를 들어 10세기 웨일스 지방의 여자들은 그로부터 7세기 후인 청교도 시대의 미국 여자들보다 이혼과 가족 재산에 있어서 더 많은 권리를 주장할 수 있었다.) 이들은 종종 새로운 사람과 재혼했고, 나중에 가구와 농장, 자녀들에 대한 권리를 두고 전 배우자와 싸웠다.

초창기 유럽 사회에서 결혼은 순수한 시민 제도였다. 이 시기에는 결혼이 완전히 다른 양상으로 전개되었기 때문이다. 이제 사람들은 사방이 트인 사막에서 생존을 위해 싸우기보다는 도시와 마을에서 살았던 터라 결혼은 더 이상 개인의 안전을 지키기 위한 기본 전략이 되지 못했다. 일족을 세우기 위한 도구도 될 수 없었다. 대신 결혼은 재산 경영과 사회 질서의 가장 효과적인 형태로 간주되어, 더 큰 공동체 차원의 체계적인 구조를 필요로 하게 되었다.

은행과 법, 정부가 아직 불안정하기 짝이 없던 시대에는 결혼이 일생에서 가장 중요하면서도 유일한 사업 계약이었다. (지금도 그렇다고 주장하는 사람도 있을 것이다. 오늘날에도 우리의 재정 상태에 배우자만큼 큰 영향을—좋은 쪽으로든 나쁜 쪽으로든—미치는 사람은 없다.) 그러나 중세 시대의 결혼은 분명 돈, 가축, 상속인, 혹은 재산을 다음 세대에 물려주는 가장 안전하면서도 원활한 수단이었다. 오늘날의 거대한 다국적 기업들이 신중한 합병과 인수로 재산을 보존하는 것과 마찬가지로, 막강한 부를 자랑하는 가문은 결혼을 통해 재산을 보존했다. (당시의 부유한 집안들은 그야말로 다국적 기업이었다.) 작위나 상속 재산을 가진 부유한 자제들은 그 집안의 재산이 되어 투자주처럼 조작, 거래되었다. 단지 딸만이 아니라 아들도 마찬가지였다는 사실을 명심해야 한다. 상류층 자제들은 사춘기가 되기도 전에 예닐곱 명의 신붓감들과 약혼했다 파혼하기를 반복하기 일쑤였고, 최종 결정은 가족과 변호사의 손에 달려 있었다.

중산층에서도 경제 사정은 남녀 모두에게 중요했다. 당시 좋은 배우자와 결혼하는 것은 좋은 대학에 합격하거나, 종신 교수로 임명받거나, 우체국에 취직하는 것과 같았다. 다시 말해, 안정된 미래가 보장되었다. 물론 서로에게 끌리는 경우도 있고, 자상한 부모들은 자녀의 행복을 위해 그들이 가장 만족스러워하는 결혼을 시켜주려고도 했지만, 중세 시대의 결혼은 대체로 기회주의적이었다. 일례로 흑사병으로 7억 5천만 명이 사망한 직후, 중세 유럽 전역에는 거센 결혼 열풍이 불었다. 생존자들에게는 별안간 결혼을 통해 사회적으로 신분 상승을 할 수 있는, 전례 없는 기회가 생긴 것이다. 유럽 전역에서 수천 명의 미망인과 홀아비들이 생겨났고, 그들은 자신들이 소유한 상당한 재산을 공유할 배우자를 기다렸다. 아마 생존한 상속자도 없었을 것이다. 그 후의 사태는 일종의 결혼 골드러시, 상류층 사람들의 땅 차지하기였다. 이 시대의 법정 기록을 보면 스무 살짜리 남자가 노부인과 결혼하는 수상쩍은 경우가 다반사였다. 이 남자들은 바보가 아니다. 그들은 이 미망인들이 기회라고 생각했고, 그래서 놓치지 않고 붙잡은 것이다.

전반적으로 결혼에 대한 애틋함이 전혀 없었던 이 시대의 풍조를 고려할 때, 유럽의 기독교인들이 자기 집에서 평상복을 입고, 가족들끼리만 모여서 결혼식을 올렸다는 사실은 놀랍지 않다. 오늘날 우리가 '전통'이라고 생각하는, 흰색 웨딩드레스를 입은 낭만적인 결혼식은 19세기 이후의 일이다. 10대 소녀였던 빅토리아 여왕이 레이스가 달린 하얀색 드레스를 입고 결혼식장에 들어가면서, 비로소 시대를 초월한 결혼의 패션 트렌드가 탄생된 것이다. 그 전까지 유럽의 일반적인 결혼식 날은 평상시와 별로 다를 바 없었다. 연인들은 대개 몇 분 만에 끝나는 즉흥적인 의식에 따라 혼인 서약을 한다. 이런 결혼식에서는 증인이 중요했는데, 나중에 이 부부가 정말로 결혼에 합의했는지를 두고 법정에서 다투는 일이 없도록 하기 위해서였다. 돈, 땅, 자녀가 걸려 있을 때 이것은 매우 중대한 문제가 된다. 법정이 개입하는 이유는 오로지 사회 제도를 유지하기 위해서였다. 역사학자 낸시 코트가 썼듯이 "결혼은 의무를 처방하고, 특혜를 조제"해주며 시민들에게 분명한 역할과 책임을 분배했다.

현대 서구 사회에서도 이는 상당 부분 사실이다. 오늘날에도 법이 결혼에 있어서 관심을 갖는 유일한 대상은 돈, 재산, 자식뿐이다. 성직자나 랍비, 이웃사촌, 부모님은 결혼을 다른 관점에서 볼지라도, 현대 사회의 세속적인 법의 관점에서 볼 때 결혼이 중요한 이유는 하나뿐이다. 두 사람이 함께 살면서 그 결합으로 인해 뭔가가 만들어졌는데(자식, 재산, 사업, 빚), 이런 것들이 잘 처리되어야 시민 사회가 질서정연하게 돌아가고, 정부는 버려진 아이들을 키운다거나 파산한 이혼 남녀를 부양하는 것 같은 골치 아픈 일을 피할 수 있기 때문이다.

예를 들어 2002년, 내가 이혼 소송을 시작했을 때 판사는 우리 부부의 감정이나 도덕성에는 아무 관심도 없었다. 우리가 감정적 고충을 겪는다거나, 마음에 큰 상처를 입었다거나, 신성한 혼인 서약을 깨뜨렸다거나 하는 것에도 상관하지 않았다. 분명 우리의 영혼에는 털끝만큼도 관심이 없었다. 그녀의 관심사는 집문서를 누가 소유할 것인가였다. 세금 문제였다. 아직 6개월이 남은 자동차 할부금을 매달 누가 낼 것인가였다. 앞으로 내가 출판하는 책의 인세 권리를 누가 가질 것인가였다. 만약 우리에게 자식이 있었다면(천만다행으로 자식이 없었지만), 판사는 누가 아이들의 학비와 의료비를 대고, 누가 아이와 함께 살면서 아이를 키울 것인지 대단한 관심을 보였을 것이다. 그녀는 뉴욕 주로부터 부여받은 권한에 의해 사회의 한 귀퉁이를 깨끗하게 정돈하는 것이다. 그런 의미에서 2002년의 판사는 중세 시대의 결혼 개념을 따른다. 다시 말해, 결혼은 시민의 세속적인 일이지, 종교적이고 도덕적인 문제가 아니라는 것이다. 그녀의 판결은 10세기 유럽 법정에서도 통했을 것이다.

그러나 초기 유럽 사회의 결혼(과 이혼)에서 내가 가장 놀랐던 점은 자유분방함이었다. 사람들은 경제적이고 개인적 이유로 결혼했지만, 또한 경제적이고 개인적 이유로 헤어졌다. 그것도 그 이후의 시대와 비교하면 꽤 수월하게. 당시의 시민 사회는 "인간의 가슴은 많은 것을 약속하지만, 머리는 변한다"라는 사실을 이해했던 것 같다. 아울러 사업 계약도 얼마든지 변할 수 있다. 중세 독일에서는 심지어 서로 다른 두 종류의 법적 결혼이 존재했다. 구속력이 강한 평생 계약인 'Muntehe'와 '가벼운 결혼'이라는 말에 해당되는 'Friedelehe'가 그것이다. 후자는 결혼에 합의한 두 성인이 지참금이라든지, 상속법을 전혀 고려하지 않은, 보다 부담 없는 계약이다. 이 계약은 언제든 한쪽에 의해 폐기될 수 있었다.

하지만 13세기에 이르러 이런 자유분방함은 사라지게 되는데, 교회가 다시—다시라기보다는 처음으로—결혼에 개입했기 때문이다. 초기 기독교 교부들의 유토피아저인 꿈은 끝난 지 오래였다. 성직자들은 더 이상 수도 생활을 하며 지상 낙원을 창조하려는 학자들이 아니었다. 이제 그들은 점점 커지는 제국을 통제하는 데 몰두한 막강한 정치 세력이었다. 당시 교회가 당면한 행정상의 가장 큰 문제는 유럽 왕족들의 결혼을 관리하는 일이었다. 그들의 결혼과 이혼은 종종 새로운 정치 동맹을 만들기도 하고, 기존의 동맹을 깨뜨리기도 했는데, 그것이 늘 교황에게 이로운 쪽으로만 전개되지는 않았기 때문이다.

그러다 1215년이 되면서부터 교회는 영원히 결혼을 장악하게 되고, 합법적 결혼의 전제 조건에 관한 엄격한 칙령을 발표한다. 그전까지는 결혼에 합의한 두 성인의 구두 서약만으로도 그 합법성이 인정되었으나, 이제는 교회가 그런 서약은 허용되지 않는다고 우기고 나섰다. "비밀스런 결혼은 절대 금하는 바다(바꿔 말하면, 모든 결혼은 반드시 교회에서 행해져야 한다)"가 새로운 교리였다. 왕자나 귀족이 감히 교회가 탐탁지 않게 여기는 결혼을 하려고 했다가는 별안간 파문을 당했고, 그런 구속은 서민층에게까지 조금씩 스며들었다. 교황 이노센트 3세는 더욱 더 강력하게 통치하고자 어떤 이혼도 금지시켰다. 다만 교회에서 혼인 무효화를 승인하는 경우에만 가능했는데, 이는 종종 제국을 건설하거나 해체하는 도구로 이용되었다.

한때 가족과 시민 법정에서 주관해오던 세속적 제도였던 결혼이 이제는 금욕을 지키는 성직자들에 의해 감시되는 가혹한 종교적 거사가 되어버린 것이다. 게다가 교회에서 새롭게 발표한 엄격한 이혼 금지령은 결혼을 종신형으로 만들어버렸다. 이는 역사상 전례가 없는 일로 고대 히브리 사회에서조차 없었던 일이다. 이혼은 유럽 사회에서 계속 불법으로 남아 있다가, 16세기에 헨리 8세가 요란법석을 떨면서 예전 관습으로 돌아가게 된다. 하지만 그 후로 대략 2세기 동안—종교 개혁 후에도 계속 가톨릭 국가로 남아 있었던 나라들은 훨씬 더 오랫동안—불행한 부부들은 틀어진 결혼 생활로부터 달아날 법적 출구가 전혀 없었다.

결국 이런 족쇄는 남자보다 여자들의 삶을 훨씬 더 힘들게 만들었다. 최소한 남자들은 집 밖에서 연애나 섹스가 허용되었지만, 여자들은 사회적으로 묵인되는 배출구가 전혀 없었다. 특히 상류층 여자들은 혼인 서약에 갇혀 남편이 무슨 짓을 하든 감내해야 했다. (농민들은 좀 더 자유롭게 배우자를 선택하거나 버릴 수 있었다. 하지만 결혼에 많은 재산이 걸려 있는 상류 사회에서는 그럴 여지가 없었다.) 유력한 집안의 딸들은 열다섯 살 전후에 말도 통하지 않는 나라로 보내져 마구잡이로 결정된 남편의 영지에서 시들어 죽었다. 당시 영국 상류사회의 어느 사춘기 소녀가 쓴 글에는 곧 다가올 결혼에 대한 계획을 설명하며 "매일 지옥으로 떠날 준비를 하고 있다"라고 통탄하는 대목이 있다.

유럽 전역의 법정에서는 부를 경영하고 유지하려는 통제권을 더욱 강화할 목적으로 '일체(體, coverture)'라는 법적 개념을 강력하게 지지했다. 이는 여성이 시민으로서 갖는 존재가 결혼하는 순간 사라진다는 개념이다. 이 시스템하에서는 아내가 남편에 의해 적절한 '보호(cover)'를 받게 되므로, 더 이상 자신만의 법적 권리를 주장할 수 없으며 어떤 개인 재산도 소유할 수 없다. 원래 프랑스에서 시작된 이 개념은 곧 유럽 전역에 퍼져 영국 불문법에 깊이 뿌리내린다. 심지어 19세기에 와서도 영국의 윌리엄 블랙스톤(William Blackstone) 판사는 법정에서 '일체' 개념을 옹호하며 유부녀는 법적으로 존재하지 않는다고 주장했다. 그는 "결혼 생활을 하는 동안 여성의 존재는 보류된다"고 썼다. 그런 이유로 블랙스톤은 설사 남편 본인이 원한다 해도 아내는 어떤 재산도 남편과 공유할 수 없다는 판결을 내렸다. 그것이 예전에 아내의 재산이었다 할지라도 마찬가지다. 남편이 아내에게 재산 소유를 허락한다는 것은 아내가 남편으로부터 분리된 '개별 존재'라는 전제 조건이 깔려 있는데, 그것은 불가능하기 때문이다.

그렇다면 '일체'라는 것은 두 개인을 합한다는 의미라기보다, 남자의 권력을 두 배로 만든다는, 거의 부두교와도 같은 섬뜩한 개념이다. 두 배로 늘어난 남자의 권력 속에서 여자의 권력은 흔적도 없이 증발해버리는 것이다. 결혼은 교회의 강력한 이혼 방지 정책과 결합되어 13세기에 이르러서는 여성을 완전히 매장해버리는 제도가 되었다. 이런 현상은 특히 상류층에서 심했다. 인간으로서의 존재가 철저히 말소된 이 여성들이 얼마나 외로운 삶을 살았을지는 상상조차 할 수 없다. 그들은 대체 무엇을 하며 시간을 보냈을까? 발자크(Balzac)는 결혼에 갇혀 옴짝달싹할 수 없는 이 불행한 여인들에 대해 이렇게 썼다. "그들은 권태에 시달려 종교나 고양이, 강아지, 혹은 신을 거스르는 다른 열망에 빠져들었다."

결혼에 대한
우스꽝스러운 편견들

그건 그렇고 결혼이란 제도에 대해 내가 가진 타고난 공포를 단번에 끌어낼 수 있는 단어가 있다면 바로 '일체'다. "결혼 계약서를 읽고도 결혼하는 여자가 있다면, 그녀는 어떤 결과든 달게 받아들여야 한다"라는 이사도라 던컨(Isadora Duncan)의 말도 이 '일체'를 염두에 두고 한 말일 것이다.

결혼에 대한 내 반감이 비논리적인 것만은 아니다. '일체'의 개념은 수세기 동안 서구 문명에 필요 이상으로 지속되어 왔고, 먼지 쌓인 낡은 법전의 가장자리에 악착같이 매달려 있었다. 아울러 여성의 바람직한 역할에 대한 보수적 견해와 늘 밀접한 관계를 맺어왔다. 예를 들어, 1975년 전까지 코네티컷 주의 기혼 여성은—우리 엄마도 포함해서—남편의 승인 문서 없이 대출을 받거나 은행 계좌를 만드는 일이 불법이었다. 1984년 뉴욕 주에서 '혼인 강간 면제'라는 역겨운 개념을 뒤엎기 전까지 남편은 아내에게 성적으로 자신이 원하는 일은 무엇이든 할 수 있었다. 아무리 잔인하거나 강압적인 일이라 할지라도. 아내의 몸은 남편 소유이고, 사실상 아내가 곧 남편이기 때문이다.

'일체'의 영향을 받은 법률 가운데 지금의 내 상황을 고려할 때 가장 와 닿는 조항이 하나 있다. 사실 미국 정부가 펠리페와의 결혼을 허락하면서 그 과정에서 내게 국적을 포기하라고 강요하지 않는 것만으로도 나는 행운아다. 1907년 미합중국 의회는 미국 여성이 외국인과 결혼할 경우, 그녀가 원하든 원하지 않든 결혼과 함께 미국 시민권을 포기하고 자동으로 남편 나라의 시민이 돼야 한다는 법률을 통과시켰다. 법정은 이것이 불쾌한 법이라고 인정했지만, 그 후로도 수년간 그 필요성을 주장했다. 그에 대한 대법원의 판결대로, 미국 여성이 외국인과 결혼한 후에도 시민권이 유지되도록 허락한다는 것은 곧 아내의 시민권이 남편의 시민권보다 우세하도록 허락하는 것이기 때문이다. 이는 아내가 자신을 남편보다 우월하게 만드는 뭔가를 소유하고 있다는 뜻이며, 설사 그것이 아무리 사소하다 할지라도 이는 명백히 부당한 일이다. 어느 미국인 판사가 설명했듯이 그것은 혼인 계약의 "유구한 개념" 즉, "남편과 아내의 신분을 합해 남편에게 지배권을 주는" 개념에 저해된다. (엄밀히 말해 이는 신분을 합하는 것이 아니라 강탈하는 것이지만. 어쨌거나.)

두말할 필요도 없이 이 반대의 경우는 지극히 합법적이다. 미국 남자가 외국인 여자와 결혼할 때는 남편이 계속 시민권을 가질 수 있고, (남편의 보호 아래 놓인) 아내도 미국 시민이 될 수 있다. 단 외국인 신부는 공식적 귀화 조건에 해당되어야 한다(다시 말해, 그 여자가 흑인, 혼혈, 말레이 인종〔갈색 인종으로 마리나 제도, 필리핀, 수단, 인도차이나에 거주하는 인종을 일컬음―옮긴이〕, 그 밖에 미합중국이 바람직하지 않다고 보는 인종이 아닐 경우에).

여기까지 이야기하다 보니, 결혼 제도상의 또 다른 거슬리는 주제가 생각난다. 결혼법 전반에 걸친 인종주의 문제다. 인종주의는 매우 최근까지도 미국 역사에 존재했다. 미국의 결혼사에서 가장 사악한 인물을 꼽으라면 단연 폴 포페노(Paul Popenoe)다. 그는 원래 캘리포니아 주에서 아보카도를 재배하던 농부였는데, 1930년대 로스앤젤레스에 '인간 개량 협회'라는 이름의 우생학 병원을 개업한다. 아보카도의 품종 개량에서 영감을 받은 그는 더 개량된(이라고 쓰고 '더 하얀'이라고 읽는다) 미국인을 양성하는 일에 헌신한다. 포페노는 피부색이 잘못된 사람들은 위험할 정도로 많이 번식하는 데 반해, 백인 여성들은 최근 대학에 진학하기 시작하면서 결혼이 늦어지거나 자녀를 적게 낳는 점을 우려했다. 또한 그는 '부적합한' 사람들 간의 결혼과 출산을 매우 염려한 나머지, 번식할 자격이 없다고 판단한 사람들에게 불임 수술을 시행하는 일을 최우선으로 삼았다. 이런 일이 익숙하게 들리는 까닭은 포페노의 연구에 감명을 받은 나치가 그들의 저술에서 그를 자주 인용했기 때문이다. 나치는 진정으로 포페노의 생각에 동조했다. 결국 독일에서는 40만 명에게 불임수술을 실시한 반면, 포페노의 프로그램을 실시한 미국에서는 겨우 6만 명이 불임 수술을 받았다.

섬뜩한 사실은 포페노의 병원이 미국 역사상 첫 결혼 상담소였다는 것이다. 이 상담소의 목적은 '적합한' 커플들(북유럽의 자손인 백인, 신교도의 후손들) 간의 결혼과 출산 장려였다. 미국 우생학의 아버지인 포페노가 『레이디스 홈 저널(Ladies' Home Journal)』에 "이 결혼이 구원받을 수 있을까?"라는 칼럼을 쓰기 시작했다는 사실은 더더욱 소름끼친다. 그는 상담 센터를 설립한 것과 같은 의도에서 그런 칼럼을 썼다. 즉 백인 커플을 장려해 그들이 더 많은 백인 아이들을 낳도록 하기 위해서였다.

인종 차별은 미국인의 결혼에 큰 영향을 미쳐왔다. 놀라운 일도 아니지만, 남북 전쟁 전의 남부 노예들은 결혼이 허락되지 않았다. 노예들의 결혼을 반대하는 논리는 간단히 말하자면 "불가능한 일"이라는 것이다. 서구 사회에서의 결혼은 상호 동의에 바탕을 둔 협약인데 노예는 어디까지나 노예이기 때문에 스스로 결정권을 갖지 못한다. 노예의 일거수일투족은 주인에 의해 결정되며, 따라서 노예는 다른 인간과 어떤 협약도 맺을 수 없다. 그런데 노예에게 결혼을 허락하는 것은 노예가 자신만의 약속을 할 수 있다는 뜻이고, 이는 명백히 불가능한 일이다. 따라서 노예는 결혼할 수 없다. 논리가 빈약하기 짝이 없는 이 주장은(아울러 이 주장을 강화한 혹독한 정책은) 그 후로 몇 세대에 걸쳐 미국 흑인 사회의 결혼을 효과적으로 말살했다. 오늘날까지도 우리 사회에 끈질기게 남아 있는 수치스러운 유산이다.

그 다음은 서로 다른 인종 간의 결혼 문제가 있는데, 이것은 꽤 최근까지 미국에서 불법으로 간주되었다. 미국 역사에서 다른 인종과 사랑에 빠지는 일은 최소한 감옥에 갈 만한 범죄 행위였다. 그러다가 1967년에 와서야 버지니아 주 시골에 사는, 너무도 시적인 이름의 러빙 부부 재판을 통해서 모든 것이 바뀌었다. 리처드 러빙은 백인이었고, 그가 열일곱 살 때부터 사랑했던 아내 밀드레드는 흑인이었다. 두 사람이 결혼을 결심한 1958년에는 미국의 열다섯 개 주는 물론 버지니아 연방에서도 타인종 간의 결혼이 아직 불법이었다. 그리하여 젊은 연인들은 워싱턴 D.C.로 가서 사랑의 서약을 한다. 하지만 신혼여행을 마치고 고향으로 돌아온 즉시 지방 경찰에게 체포되었다. 경찰은 한밤중에 러빙 부부의 침실을 습격해 그들을 체포했다. (원래는 섹스 현장을 덮쳐 타인종과의 성교 혐의로도 기소하려고 했으나 운이 따르지 않았다. 러빙 부부는 그냥 잠만 잤다.) 그래도 결혼했다는 사실만으로도 두 사람을 감옥에 처넣기에 충분했다. 리처드와 밀드레드는 워싱턴에서 했던 결혼이 유지될 수 있는 권리를 달라고 법원에 청원했다. 그러나 버지니아 주의 판사는 그들의 혼인 서약을 폐기하고, 친절하게도 판결문에서 이렇게 설명했다. "전지전능하신 하느님은 백인, 흑인, 황인, 말레이인, 인디언을 창조하셨고, 그들을 각기 다른 대륙에 흩어져 살게 하셨다. 신께서 각 인종을 갈라놓았다는 사실은 그분께서 인종이 섞이는 것을 원치 않았음을 보여준다."

아, 그러세요?

러빙 부부는 두 번 다시 버지니아 주로 돌아왔다가는 징역을 선고받을 것이라는 경고를 받고, 워싱턴 D.C.로 이사했다. 그들의 사연은 여기서 끝났을 수도 있다. 하지만 1963년 밀드레드는 NAACP(전미 유색인 지위 향상 협회)에 편지를 써서 잠시라도 고향인 버지니아 주를 방문할 수 있도록 도와달라고 부탁했다. "우리가 거기서 살 수 없다는 건 압니다만, 가족들과 친구를 만나기 위해 가끔이라도 고향에 가고 싶습니다"라고 러빙 부인은 간청했다.

ACLU(미국 시민 자유 연맹)의 두 변호사가 이 사건을 맡았고, 이 사건은 1967년에 대법원까지 가게 된다. 사건을 맡은 판사들은 현대 시민법 사상이 성서의 해석을 따라야 할 필요는 없다는 데 만장일치로 동의한다. (로마 교황청에서는 그 판결이 나기 몇 달 전, 인종 간의 결혼을 지지하지 않는다는 공식 성명을 발표했다. 어련하실까.) 대법원에서는 9 대 0으로 리처드와 밀드레드의 결혼이 합법임을 선언하며, 단호한 성명서를 발표한다. "결혼의 자유는 자유로운 인간의 행복 추구에 있어서 가장 핵심적인 권리로 오랫동안 인정되어 왔다."

당시의 실문 조사에 따르면, 70퍼센트의 미국인들이 이 판결에 격렬하게 반대했다. 다시 한 번 말하겠다. 미국 현대 역사에서 열 명 가운데 일곱 명의 미국인들이 다른 인종 간의 결혼이 여전히 범죄 행위라고 믿었다. 그러나 이 문제에 관해 법정은 일반 대중들보다 도덕적으로 앞서 있었다. 이로써 미국 결혼법의 법전에서 마지막 인종 장애물이 제거되었고, 삶은 계속되었다. 사람들은 새로운 현실에 익숙해졌고, 결혼 제도는 영역을 조금 더 넓힌 후에도 와해되지 않았다. 이 세상에는 지금도 인종 간의 결합을 혐오스러워하는 사람들도 있다. 하지만 극도의 미치광이 인종 차별주의자가 아니고서야 타인종 간의 결혼이 법적으로 허용돼서는 안 된다고 소리 높여 주장하는 사람은 없다. 게다가 이 나라에서 그런 혐오스러운 근거를 펼쳐 고위직에 당선된 정치인은 한 명도 없다.

다시 말해, 우리는 진화한 것이다.

동성 결혼은 결코
결혼 제도를 파괴하지 않는다

여러분은 이제 내가 무슨
이야기를 꺼내려는지 알 것이다.

그보다는 이제 역사가 어떤 방향으로 흐르고 있는지 알 것이다.

따라서 지금 내가 잠시 동성 간의 결혼을 논의한다 해도 놀라운
일은 아닐 것이다. 사람들이 이 주제에 강한 반감을 가진다는 것은
잘 알고 있다. "결혼이 한없이 유연해질 수 있고, 장난감 찰흙처럼
이리저리 마구 잡아당겨도 결혼의 핵심적인 안정성과 사회적 의미
가 파괴되지 않을 것이라는 믿음은 오만이다"라는, 1996년 당시 미
주리 주의 국회의원이었던 제임스 M. 탤런트(James M. Talent)의 발
언은 많은 이들의 심정을 대변한 것이다.

하지만 그 발언의 문제점은 역사적으로나, 결혼의 정의상으로나
결혼이 지금까지 유일하게 해온 일이 있다면 변화라는 것이다. 서방
세계에서 결혼은 새로운 사회적 기준과 정당함의 새로운 개념에 끊
임없이 적응하며 매 세기마다 변화를 거듭했다. 사실 장난감 찰흙
같은 결혼 제도의 유연함이야말로 우리가 지금까지 이 제도를 고집
하는 유일한 이유다. 오늘날 13세기의 결혼 개념을 받아들이는 사람
은 거의 없을 것이다(내가 장담하건대 탤런트 씨도 포함해서). 다시 말해,
결혼은 진화했기 때문에 살아남았다. (아마 진화를 믿지 않는 사람들에게
는 이 말이 그다지 설득력이 없겠지만.)

이 대목에서 내가 동성 결혼을 지지한다는 사실을 분명히 해두는
것이 옳을 듯하다. 나로서는 당연한 일이다. 나는 그런 부류의 사람

이다. 애초에 이 주제를 꺼낸 이유도 내가 결혼을 통해 대다수의 친구들과 동료 납세자들이 갖지 못하는 중요한 사회적 특권에 접근하게 되었다는 사실이 너무나 짜증났기 때문이다. 혹시라도 펠리페와 내가 동성 커플이었다면, 댈러스 포트워스 공항에서의 사건이 정말로 큰 난관이 되었으리라는 사실도 나를 한층 더 짜증나게 한다. 국토안보부는 우리 관계를 조금도 진지하게 받아들이지 않고서 내 연인을 영영 추방했을 것이다. 우리에게는 결혼을 통해 훗날 미국에 다시 입국할 수 있다는 희망도 없었을 것이다. 오로지 내가 이성애자라는 이유만으로 나는 펠리페에게 미국 여권을 마련해줄 수 있다. 그렇게 쓰고 보니 곧 다가올 내 결혼이 회원들만 이용할 수 있는 컨트리클럽의 멤버십 카드처럼 보이기 시작한다. 나와 동등한 이웃들은 사용하지 못하는 귀중한 시설을 제공해주는 수단인 것이다. 그런 식의 차별대우는 불편하기 짝이 없고, 결혼이라는 제도에 대한 기존의 의구심만 증폭시킬 뿐이다.

그렇기는 해도, 이 특정한 사회 쟁점을 더 자세히 이야기하는 것은 주저하게 된다. 동성 결혼이 너무도 뜨거운 이슈라서 그에 관한 책을 내는 것조차도 아직 너무 이르기 때문이다. 내가 이 문단을 쓰기 2주 전에 코네티컷 주에서는 동성 결혼이 합법화되었다. 그로부터 일주일 후, 캘리포니아 주에서는 동성 결혼이 불법이라는 판결을 내렸다. 몇 달 후, 내가 이 문단을 다듬을 때는 아이오와 주와 버몬트 주가 이 문제로 난리법석이었다. 그리고 얼마 후, 뉴햄프셔 주는 미국에서 여섯 번째로 동성 간의 결혼이 합법화된 주가 되었다. 따라서 내가 오늘 미국에서의 동성 결혼 쟁점에 관해 무슨 말을 쓰든지 간에 다음주 화요일 오후에는 무용지물이 될 확률이 높다.

하지만 내가 이 문제에 대해 한 가지 확실하게 말할 수 있는 사실은 동성 결혼의 합법화는 피할 수 없는 물결이라는 것이다. 비합법화된 동성 결혼이 이미 미국에 존재하고 있기 때문이다. 주에서 동성 커플의 관계를 공식적으로 허가해주든 말든 동성애자들은 이미 공개적으로 함께 살고 있다. 그들은 함께 아이를 키우고, 세금을 내고, 집을 짓고, 사업을 운영하고, 부를 이루고, 심지어는 이혼도 한다. 시민 사회가 원활히 돌아가기 위해서는 기존의 동성 관계와 사회적 책임이 법에 의해 관리되고 정리되어야 한다. (2010년 미국 인구 조사에서 미국의 실제 인구를 정확히 도표화하기 위해 동성 커플을 '기혼'으로 분류하려는 이유도 바로 이 때문이다.) 타인종 간의 결혼 문제가 그랬듯이 결국에는 연방 정부도 이 문제에 진력날 것이고, 상호동의가 이루어진 성인 간의 모든 결혼을 허락하는 것이 각 주, 혹은 헌법의 수정안, 보안관, 개인의 편견에 따라 각기 다른 판결을 내리는 것보다 훨씬 간단하다는 결론을 내릴 것이다.

물론 보수주의자들은 결혼의 목적이 아이를 낳는 것이기에 동성 결혼은 여전히 잘못되었다고 주장한다. 그렇다면 불임이거나, 자녀가 없거나, 폐경기에 접어든 이성애자 커플의 결혼도 반대해야 하는 것 아닌가? 하지만 그런 결혼에는 아무도 반대하지 않는다. (일례로 극단적 보수주의인 정치 칼럼니스트 팻 뷰캐넌도 부인과의 사이에서 자녀가 없다. 하지만 친자식이 없다는 이유로 그들의 결혼을 무효화해야 한다고 주장하는 사람은 아무도 없다.) 아울러 동성 결혼이 결국에는 사회를 타락시킬 것이라고 생각하는 사람들도 있는데, 지금까지 이를 법정에서 증명한 사람은 아무도 없다. 오히려 수백 개의 과학 단체와 사회 단체들이—미국 가정 의학 아카데미에서부터 미국 심리학 협회, 미국 아동 복지 연맹에 이르기까지—동성 결혼과 동성 커플의 자녀 입양을 공개적으로 지지했다.

그러나 동성 결혼이 사리잡게 될 가장 큰 이유는 결혼이란 본디 종교적 문제가 아닌 세속의 문제이기 때문이다. 동성 결혼의 반대 이유에는 거의 빠짐없이 성경이 등장하는데, 미국에서는 어느 누구의 법적 맹세도 성경 구절의 해석에 영향받지 않는다. 적어도 대법원이 리처드와 밀드레드 러빙 부부의 결혼을 지지한 이후로는 그렇게 되었다. 교회에서 올리는 결혼식이 멋있기는 해도 그것은 미국에서 결혼이 법적 효력을 갖기 위한 필수 조건도, 구성 요소도 아니다. 미국에서 결혼이 법적 효력을 갖기 위한 구성 요소는 두 당사자들이 서명하고, 주에 신고한 혼인 증명서다. 결혼의 도덕성은 당사자와 하느님 사이의 문제고, 이 지상에서 결혼 맹세를 공식적으로 만들어 주는 것은 바로 그 세속적인 종이쪼가리인 것이다. 그렇다면 결국 결혼법의 원칙을 결정하는 주체도 미국 교회가 아닌 미국 법정이 될 것이며, 동성 결혼의 공방 역시 그 법정에서 판가름 날 것이다.

어쨌거나 솔직히 말해서 사회적 보수주의자들이 동성 결혼을 열렬히 반대하는 처사는 약간 정신 나간 행동으로 보인다. 결혼이라는 제도 안에서 가능한 한 많은 가족들이 온전하게 사는 것이 사회 전반적으로도 매우 긍정적인 일이기 때문이다. 그것도 결혼에 지극히 회의적인 한 사람으로서—이제는 다들 그 사실에 동의할 것이다—하는 말이다. 사실이 그렇다. 합법적인 결혼은 난잡한 성생활을 억

제하고, 사람들에게 사회적 의무라는 멍에를 씌우기 때문에 질서정
연한 사회 성립에 없어서는 안 될 주춧돌이다. 결혼이 당사자들을
항상 행복하게 만들어주는 제도인지는 잘 모르겠으나, 그것은 다른
문제다. 일반적으로 결혼 제도가 사회 질서를 상당 부분 안정시키
고, 아이들에게 최적의 환경을 제공한다는 점에는 의심의 여지가 없
다.* 나처럼 결혼을 반대하는 사람이 생각하기에도 말이다.

따라서 만약 내가 보수주의자라면—다시 말해, 사회의 안정과 경
제적 번영, 일부일처제를 몹시 중시하는 사람이라면—가능한 한 많
은 동성 커플들이 결혼하기를 바랄 것이다. 가능한 한 온갖 종류의
커플들이 결혼하기를 바랄 것이다. 보수주의자들은 동성애자들이
결혼 제도를 무너뜨리고 타락시킨다고 걱정하나 본데, 그런 걱정은
동성 커플들이 사실은 결혼 제도를 구제하기 위해 지금 이 시점에
등장했다는 명백한 가능성을 간과하는 것이다. 한번 생각을 해보라!
서구 사회 전반에 걸쳐 결혼은 심각한 쇠퇴기를 맞고 있다. 설사 결

• 잠깐 실례. 이 말은 너무도 중요하고 복잡한 문제라서 이 책에서 유일하게 각주를 달게 되었다. "결혼한
부부가 있는 가정이 아이들에게 최적의 환경이다"라는 사회학자들의 주장에 담긴 진정한 의미는 '안정된
환경'이 아이들에게 가장 좋다는 뜻이다. 불안한 감정적 변화를 자주 겪는 환경, 예를 들어, 엄마나 아빠의
연인이 늘 바뀌면서 집을 들락날락하는 환경이 아이들에게 나쁘다는 사실은 이미 명백하게 밝혀진 바다. 결
혼은 가족을 안정시키고, 큰 변화를 막아주는 편이지만, 꼭 그렇지는 않다. 예를 들어, 요즘에는 스웨덴의(스
웨덴에서는 법적 결혼이 점차 쇠퇴하는 추세지만, 가족 간 유대감은 돈독하다) 동거 커플 사이에서 태어난 아이가
미국의 (미국에서는 아직 결혼이 존중되기는 하나, 이혼이 급속도로 확산되고 있다) 부부 사이에서 태어난 아이들
보다 같은 부모와 함께 살 확률이 훨씬 높다. 아이들에게는 일관성과 친숙함이 필요하다. 결혼이 가족 간의
돈독함을 장려하기는 하지만, 반드시 보장하지는 않는다. 법적인 혼인 제도에서 벗어난 동거 커플이나 한부
모, 심지어 조부모가 아이를 키우는 경우에도 아이가 잘 자랄 수 있는 안정되고 평온한 환경이 조성될 수 있
다. 그 점을 분명히 밝혀두는 바다. 방해해서 죄송하고, 감사하다.

혼을 한다 해도 그 연령대가 점점 더 늦어지고 있으며, 결혼하지 않은 상태에서도 마구잡이로 아이를 낳고, (나처럼) 결혼이라는 제도 자체를 양가적 감정, 심지어는 적대적으로 바라보는 사람도 있다. 우리는 더 이상 결혼을 믿지 않는다. 대다수의 양성애자들은 그렇다. 우리는 결혼이 불필요하다고 믿는다. 결혼은 해도 그만, 안 해도 그만이라고 생각한다. 그 때문에 늙은 결혼 제도는 차가운 현대화의 바람 속에서 잔뜩 움츠리고 있다.

그런데 모든 사람이 결혼에 흥미를 잃은 것 같은 이 시점에, 결혼이 새끼발가락이나 맹장처럼 진화적 소모품이 되어버리려 하는 이 시점에, 사회 전반의 흥미 감소로 인해 결혼 제도가 서서히 시들어서 잊혀질 것 같은 이 시점에 동성 커플이 등장해 자기들도 결혼하게 해달라고 요구하는 것이다! 아니, 요구하는 정도가 아니라 애걸복걸하고 있다. 아니, 전력을 다해 싸우고 있다. 사회 전반적으로는 매우 유용하나 나를 포함한 많은 사람들에게 불편하고, 시대에 동떨어진 구식 유물로 전락한 제도에 자신들도 참여하게 해달라고 말이다.

동성애자들이—오랜 세월 사회의 변두리에서 자유분방하게 살며 예술 활동을 해온 그들이—그런 사회 주류의 전통에 참여하고 싶어 한다는 것 자체가 아이러니다. 분명 사회에 동화되고 싶어 하는 동성애자들의 바람을 이해하지 못하는 사람들도 있을 것이다. 심지어 같은 동성애자들도 그렇다. 영화 제작자인 존 워터스만 하더라도 게이로 사는 것의 유일한 장점은 군대와 결혼에서 면제된 것이라고 말했다. 그렇기는 해도, 대다수의 동성애자 커플은 사회에 온전히 통합되고 싶어 한다. 사회적인 책임을 지고, 가족을 이루고, 세금도 내고, 꼬마 야구단의 코치도 하고, 사회봉사 활동도 하고, 존경받는 시민으로서 살고 싶어 하는 것이다. 그러니까 그들을 반갑게 맞아주면 어떨까? 그들을 잔뜩 고용해서 결혼 제도를 구해내면 어떨까? 게으르고 결혼에 냉담한 나 같은 이성애자 식충이들에게 잔뜩 두들겨 맞아 축 처져 있는 결혼 제도를……

어쨌거나 동성 결혼이 앞으로 어떻게 될지는 몰라도 한 가지는 장담할 수 있다. 훗날 우리가 그 문제에 관해 논쟁을 벌였다는 것 자체가 코미디가 될 날이 반드시 오리라는 것이다. 한때 영국의 농부들이 다른 계급의 사람들과 결혼하거나, 백인 미국인이 '말레이 인종'과 결혼하는 것이 법으로 엄격히 금지되었던 사실이 오늘날에는 우습기 짝이 없는 것처럼. 여기서 동성 결혼이 허락될 수밖에 없는 마지막 이유를 알 수 있다. 지난 몇 세기 동안 서구 세계에서의 결혼은 조금 더 공정한 방향으로, 개인의 프라이버시가 조금 더 강화되는 방향으로, 두 당사자들의 의사가 조금 더 존중되는 방향으로, 선택의 자유가 조금 더 주어지는 방향으로 느리지만 꾸준히 움직여 왔다.

이른바 '자유 결혼 운동'이라는 것은 18세기 중반 무렵부터 시작되었다고 할 수 있다. 자유 민주주의가 대두하면서 세상은 변했다. 유럽과 미국 전역에 걸쳐 다른 사람의 바람과 상관없이 자신만의 행복을 추구하기 위해 더 많은 자유, 더 많은 프라이버시, 더 많은 기회를 요구하는 목소리가 높아졌다. 남자나 여자나 할 것 없이 선택의 욕구를 입 밖으로 드러내기 시작했다. 그들은 지도자를 선택하고, 종교를 선택하고, 운명을 선택하고, 심지어 배우자도 선택하고 싶어 했다.

게다가 산업 혁명의 발달과 개인 수입의 증가로 연인들은 다른 식구들과 영원히 함께 살 필요 없이 자신들만의 집을 살 수 있는 경제력을 갖추게 되었다. 그러한 사회 변화가 결혼에 미친 영향을 결코 과소평가할 수 없다. 자신들만의 새 집을 마련함으로써 이른바 프라이버시가 생겼기 때문이다. 자신만의 생각, 자신만의 시간은 자신만의 바람과 자신만의 사고방식으로 이어졌다. 집의 문이 닫히는 순간, 내 삶은 오로지 내 것이다. 나는 운명의 주인이 될 수 있고, 감정의 신장이 될 수 있다. 나만의 낙원을 추구하고, 나만의 행복을 발견할 수 있다. 천국까지 갈 것도 없다. 피츠버그 시내 한복판에서 사랑하는 부인과 함께 살면 그곳이 곧 천국인 것이다(경제적인 이득을 얻기 위해서도 아니고, 집안에서 정해준 상대여서도 아니고, 그저 웃는 모습이 좋아서 내가 직접 선택한 배우자).

자유 결혼 운동에 있어서 개인적으로 내 영웅은 1887년경, 캔자스 주에 살았던 릴리언 허먼과 에드윈 워커 부부다. 릴리언은 여성 참정권론자이자 유명한 무정부주의자의 딸이었고, 에드윈은 급진적 저널리스트이자 페미니즘 지지자였다. 이런 천생연분이 또 어디 있겠는가. 사랑에 빠진 두 사람은 자신들의 관계를 확실하게 매듭짓기로 결정했다. 그러나 그들은 목사에게도, 판사에게도 가지 않았다. 대신 자신들이 '자율주의적 결혼'이라고 부르는 의식을 거행했다. 그들은 각자 혼인 서약을 하고, 이 결합이 절대적인 프라이버시를 갖는다고 선언했다. 에드윈은 어떤 식으로든 아내를 지배하지 않겠다고 맹세하고, 릴리언도 남편의 성을 따르지 않겠다고 맹세했다. 릴리언은 한술 더 떠 에드윈에게 영원한 정절을 지키는 맹세도 거부했다. 하지만 "반드시 지킨다고 약속하지는 않겠지만, 언제나 내 양심과 판단력이 지시하는 대로 행동할 권리를 유지하겠다"고 분명하게 선언했다.

그들이 관습을 우롱한 죄로 체포되었음은 두말할 나위 없다. 그것도 결혼식 날 밤에. (자고 있는 사람을 체포해가는 것이 항상 결혼사의 새로운 시대를 여는 신호탄일까?) 두 사람은 혼인 신고와 결혼식을 기만한 죄로 고소되었고, 어느 판사는 "E.C. 워커와 릴리언 허먼의 결합은 결혼이 아니며, 두 사람은 어떤 처벌을 받아도 싸다"라고 말했다.

하지만 한번 나온 치약은 다시 튜브 속으로 들어갈 수 없다. 릴리언과 에드윈이 원했던 것은 당시 사람들이 원하던 것과 별반 다르지 않았기 때문이다. 그들은 교회나 법, 가족의 어떤 간섭에서도 벗어나 자신들이 정한 조건에 따라 지극히 개인적인 이유로 원할 때 결혼하고, 원할 때 헤어질 수 있는 자유를 원했다. 결혼 생활에서 서로가 동등하고 공평하기를 원했다. 하지만 그들이 가장 원했던 것은 자신들이 생각하는 사랑의 정의에 기초해 둘만의 관계를 규정할 수 있는 자유였다.

물론 이런 과격한 사상에 대한 반감은 심했다. 1800년대 중반에도 벌써 까다롭고 신경질적인 보수주의자들이 등장해서 결혼에 개인의 의사가 반영되는 풍토는 사회 기반의 붕괴로 이어질 것이라고 주장했다. 특히 변덕스러운 개인의 호감이나 사랑에만 바탕을 두고 평생 동반자 관계를 맺었다가는 이혼율이 기하급수적으로 치솟고, 결손 가정이 늘어갈 것이라고 예측했다.

지금 생각하면 참으로 어리석은 일이다.

그러나 문제는 그들의 말이 맞았다는 것이다.

이혼의 고통은 사랑했던 사람이 원수가 되는 것을 지켜보는 일

19세기 중반이 되면서 이전까지 서구 사회에서 거의 찾아볼 수 없었던 이혼이 증가하기 시작힌다. 사람들이 오로지 사랑이라는 이유만으로 배우자를 선택하기 시작하면서부터다. 그리고 결혼이 '제도적'(더 큰 사회의 요구를 바탕으로 하는)이라기보다 점차 '개인주의적'(나의 요구를 바탕으로 하는)이 되면서 이혼율은 계속 높아만 갔다.

훗날 밝혀진 바와 같이 이는 매우 위태로운 일이었다. 이 지점에서 내가 결혼사를 통틀어 알게 된 가장 흥미로운 사실이 등장하기 때문이다. 시대를 불문하고 전 세계적으로 어떤 사회에서나 정혼이라는 보수적인 문화가 쇠퇴하고, 사랑하는 사람을 배우자로 선택하는 문화가 등장하면서부터 이혼율은 즉시 기하급수적으로 증가했다. 여기에는 예외가 없다. (일례로 지금 우리가 이런 이야기를 하는 동안, 인도에서도 그런 현상이 벌어지고 있다.)

사랑하는 사람을 배우자로 선택할 수 있는 권리를 달라고 요구한 지 채 5분도 되지 않아, 사랑이 식은 뒤에는 그 배우자와 이혼할 수 있는 권리를 달라고 주장할 것이다. 게다가 법정에서도 이혼을 허락하기 시작했다. 한때 서로를 사랑했던 두 사람이 이제는 철천지원수가 되었는데도 계속 함께 살라고 강요하는 것은 너무 가혹하다는 이유에서였다. ("어느 부부의 행실이 못 마땅해서 그들을 벌주고 싶다면, 징역형을 살게 할지언정 그들이 영원히 부부로 살게 하지는 마라"라고 조지 버나드 쇼는 주장했다.) 사랑이 결혼에서 가장 중요한 요소가 되면서 판사들은 불행한 배우자를 동정하게 되었다. 아마도 몰락한 사랑이 얼마나 고통스러운지 그들이 몸소 경험했기 때문일 것이다. 1849년 코네티컷 주 법정에서는 배우자가 폭행했거나 무시했거나 불륜을 저질러서만이 아니라, 단순히 내가 불행하다는 이유만으로도 법적으로 이혼할 수 있다는 판결을 내놓았다. "원고의 행복을 영구히 파괴하는 어떤 행동도 결혼의 목적을 무효화한다"라고 판사는 발표했다.

이는 실로 혁신적인 판결이었다. 결혼의 목적을 행복으로 간주하는 일은 유사 이래 처음이었기 때문이다. 이런 생각은 결혼학자 바바라 화이트헤드(Barbara Whitehead)가 '표현적 이혼'이라고 했던 현상의 출현으로 이어졌다. 표현적 이혼이란 단지 사랑이 식었다는 이유로 이혼하는 경우를 말한다. 특별한 문제가 있어서가 아니다. 배우자에게 맞았거나, 배우자가 바람을 피운 것도 아니다. 단지 사랑이 변했고, 마음속의 실망감을 가장 잘 표현해주는 수단이 이혼이기 때문이다.

나는 화이트헤드 여사가 말한 표현적 이혼이 무엇인지 정확히 알고 있다. 내 첫 번째 이혼도 바로 그랬기 때문이다. 물론 상황이 걷잡을 수 없이 힘들어질 때 '그냥' 불행하다고 할 수만은 없다. 예를 들어 몇 달간 계속 울거나, 집에 생매장당한 듯한 기분이 드는 이유는 '그냥'이 아니다. 하지만 한편으로는 그 말이 옳기도 하다. 내가 전남편을 떠난 이유는 '그냥' 그와 함께하는 삶이 비참해졌기 때문이다. 그리고 그런 이유로 이혼했다는 사실은 내가 진정한 현대 여성이라는 것을 보여준다.

따라서 사업 계약이었던 결혼이 호감의 징표로 변모함에 따라 이 제도는 시간이 갈수록 약화되었다. 나중에 밝혀졌듯이 사랑에 바탕을 둔 결혼은 사랑만큼이나 깨지기 쉽기 때문이다. 당장 펠리페와 나의 관계만 생각해봐도, 우리를 하나로 묶어주는 실은 가냘프기 짝이 없다. 간단히 말해서 내가 펠리페를 원하는 이유는 지난 오랜 세월 동안 여자들이 남자를 필요로 했던 이유와 완전히 다르다. 나는 그가 신체적으로 날 보호해주기를 원하는 것이 아니다. 이미 치안이 잘되어 있는 사회에 살고 있기 때문이다. 그가 날 먹여 살려주기를 원하는 것도 아니다. 내 생계는 늘 내가 책임졌기 때문이다. 혈족 관계를 넓히기 위해서도 아니다. 내게는 좋은 친구와 이웃들이 많고, 나만의 가족도 있기 때문이다. '유부녀'라는 사회적 지위를 얻기 위해서도 아니다. 우리 문화는 독신 여성도 충분히 존중하기 때문이다. 아이를 낳기 위해서도 아니다. 나는 엄마가 되지 않기로 결심했기 때문이다. 하지만 설사 아이를 원한다 해도 진보한 과학 기술과 자유로운 사회 분위기 덕분에 결혼하지 않고도 아이를 갖고, 혼자서 키울 수 있었을 것이다.

그렇다면 우리는 왜 결혼하려는 것일까? 왜 나는 이 남자를 필요로 하는 것일까? 그저 그가 좋고, 그와 함께 있는 것이 즐겁고 편안하며, 내 친구 할아버지의 말씀대로 "인생은 때로는 혼자이기에 너무 힘들고, 너무 즐겁기" 때문이다. 펠리페도 마찬가지다. 그는 단지 나와 함께 있고 싶을 뿐이다. 대단한 것 같지만, 사실은 별로 대단한 것이 아니다. 오로지 사랑하기 때문이다. 그리고 사랑에 기초한 결혼은 혈연 관계나 재산에 기초한 결혼처럼 평생 구속력이 보장되지 않는다. 보장될 수가 없다. 김새는 일이지만, 알 수 없는 이유로 좋아진 것은 언제나 알 수 없는 이유로 싫어질 수 있다. 그리고 둘만의 천국은 금세 둘만의 지옥으로 추락한다.

게다가 이혼하는 과정에서 감정적으로 지독하게 황폐해지는 경우가 많기 때문에 사랑만으로 이뤄진 결혼의 심리적 위험률은 극도로 높아진다. 오늘날 환자의 스트레스 정도를 측정하기 위해 의사들이 가장 많이 쓰는 통계는 1970년대에 토마스 홈스(Thomas Holmes)와 리처드 레이히(Richard Rahe)라는 두 연구가가 만들어낸 평가표다. 홈스-레이히 스트레스 지수에 따르면 '배우자의 죽음'이 가장 높은 수치로, 인간이 살면서 겪는 일들 가운데 가장 큰 스트레스를 준다고 한다. 그런데 두 번째가 뭔지 아는가? 바로 이혼이다. 이 조사에 따르면 '이혼'은 '가까운 가족의 죽음'보다도 근심 걱정을 더 많이 유발한다. (아마 자녀의 죽음보다도 더 높을 것이다. 이 항목은 너무 끔찍해서 따로 조사하지는 않았지만.) 그리고 '심각한 질병'이나 '실직' 심지어는 '투옥'보다도 훨씬 많은 스트레스를 준다. 하지만 이 홈스-레이히 지수에서 내가 가장 놀랐던 점은 '부부간의 화해'도 꽤 많은 스트레스를 준다는 것이다. 이혼하기로 했다가 막판에 다시 합치는 일조차도 감정을 피폐하게 할 수 있다.

따라서 사랑에 기반을 둔 결혼이 높은 이혼율로 이어진다는 사실은 결코 가볍게 받아들일 수만은 없다. 사랑이 실패했을 때의 감정적, 재정적, 심지어는 신체적 손실은 당사자와 가족을 파멸시킬 수도 있다. 사람들은 전 배우자를 스토킹하기도 하고, 신체적으로 공격하기도 하고, 죽이기도 한다. 설령 극도의 신체적 폭력을 사용하지 않는다 해도, 이혼 자체만으로도 당사자들의 심리와 감정, 재정 상태는 한 방에 무너진다. 실패한 결혼 생활을 해봤거나 그 근처에라도 가본 사람은 누구나 이 말에 동의할 것이다.

이혼이 그토록 힘든 것은 이율배반적인 감정 때문이기도 하다. 이혼한 사람들이 전 배우자에게 오로지 슬픔만, 오로지 분노만, 오로지 안도감만 느끼는 경우는 매우 드물거나 아예 불가능하다. 그보다는 여러 감정들이 종종 불편할 정도로 설익은 모순의 반죽 속에 오랫동안 뒤엉켜 있는 경우가 부지기수다. 그렇기 때문에 전남편에게 화가 나는 동시에 그를 그리워한다. 전 부인이 죽이고 싶을 만큼 미우면서도, 한편으로는 그녀가 걱정된다. 이는 더없이 혼란스러운 일이다. 또한 대개는 이혼을 누구의 탓으로 돌려야 할지도 명확하지 않다. 내가 지금까지 본 바에 따르면 어떤 이혼이든 양쪽 당사자 모두에게 조금이라도 책임이 있다(어느 한쪽이 완전한 사이코패스가 아닌 경우에는). 그러니 결혼이 실패했을 때 당신은 어떤 역할을 맡을 것인가? 피해자인가 아니면 가해자인가? 쉽지만은 않은 일이다. 이 둘을 나누는 선은 촘촘하게 맞물려 섞여 있다. 마치 공장에서 폭발사고가 일어나 유리 조각과 쇳조각(산산조각 난 남자와 여자 마음의 파편)이 이글거리는 불꽃 속에서 융합돼버린 것처럼. 그 파편을 모두 분리하려고 했다가는 완전히 미쳐버리고 말 것이다.

하지만 정작 이혼의 가장 끔찍한 고통은 한때 자신이 사랑하고 보호했던 상대가 자신을 물어뜯으려는 원수가 되는 것을 지켜보는 일이다. 이혼 소송이 한창 진행 중일 때 나는 담당 변호사에게 이 일을 어떻게 견디는지 물어본 적이 있다. 한때 서로 사랑했던 연인들이 법정에서 서로를 죽일 듯이 물어뜯는 모습을 어떻게 매일 볼 수가 있느냐고. 그녀는 이렇게 대답했다. "난 이 직업이 보람 있는 일이라는 걸 알게 됐어요. 이혼하는 당사자들은 모르는 사실을 알기 때문이죠. 이혼이 일생의 가장 끔찍한 경험인 것은 맞아요. 하지만 난 언젠가 그들이 이 일을 뒤로 하고 괜찮아지리라는 걸 알죠. 그러니까 당신 같은 사람이 일생일대의 끔찍한 사건을 헤쳐나가도록 도와주는 건 뿌듯한 일이에요."

그녀의 말은 어떻게 보면 옳지만(이혼을 해도 결국에는 괜찮아진다), 또 어떻게 보면 완전히 틀렸다(그러나 우리는 결코 이혼을 완전히 떨쳐내지 못한다). 이런 면에서 볼 때 이혼한 사람들은 20세기의 일본과 비슷하다. 우리에게는 전쟁 전의 문화도 있고, 전후의 문화도 있으며, 그 둘 사이에는 연기를 내뿜는 거대한 구멍이 있다.

그런 대재앙을 다시 겪지 않기 위해 나는 무슨 짓이든 할 것이다. 하지만 또 다른 이혼의 가능성은 언제나 존재한다는 것을 깨달았다. 내가 펠리페를 사랑하기 때문에, 그리고 사랑에 기초한 결합은 이상하게 약해지는 성향이 있기 때문이다. 분명히 말하지만, 나는 사랑을 포기하지 않았다. 나는 여전히 사랑을 믿는다. 하지만 바로 그 점이 문제인지도 모르겠다. 어쩌면 이혼은 감히 사랑을 믿는 문화, 아니면 감히 사랑을 결혼 같은 중요한 사회 계약과 연결 짓는 문화에서 사는 대가로 우리가 다함께 내야 하는 세금 같은 것인지도 모른다. 어쩌면 사랑과 결혼은 말과 마차처럼 함께 가는 것이 아닌지도 모른다. 말과 마차처럼 함께 가는 것은…… 사랑과 이혼인지도 모른다.

첫 번째보다도 훨씬
겸손한 마음으로 재혼할 것이다

따라서 이것은 단순히 누구는 결혼해도 되고, 누구는 결혼하면 안 되고의 문제가 아니라 여기서 짚고 넘어갈 필요가 있는 사회적 문제다. 인류학적 관점에서 볼 때 오늘날 남녀 관계의 진정한 딜레마는 만약 개인적 호감을 바탕으로 동반자를 직접 고르는 사회를 이루고 싶다면, 피할 수 없는 결과에 대비해야 한다는 것이다. 분명 실연한 사람도 나올 것이고, 삶이 엉망이 되어버린 사람도 나올 것이다. 인간의 마음은 그야말로 수수께끼이기 때문에("참으로 역설적인 신체 조직"이라고 빅토리아 시대의 과학자 헨리 핑크 경이 말한 것처럼) 사랑은 우리의 모든 계획과 의도를 위험천만한 도박으로 만들어버린다. 아마도 초혼과 재혼의 유일한 차이점은 재혼할 때는 자신이 도박을 하고 있다는 사실을 안다는 것뿐이리라.

몇 년 전 뉴욕의 한 출판 기념 파티에서 만났던 젊은 여자와의 대화가 생각난다. 당시 나는 인생의 가장 힘든 시간을 보내고 있었다.

전에도 다른 모임에서 한두 번 만난 적이 있는 그 여자는 왜 남편과 함께 오지 않았느냐고 정중히 물었다. 나는 지금 이혼 소송 중이라서 남편은 오지 않을 것이라고 솔직히 말했다. 그녀는 건성으로 위로의 말을 몇 마디 건네더니 "전 벌써 결혼한 지 8년째인데 너무 행복답니다. 이혼은 절대 하지 않을 거예요"라면서 접시 위의 치즈를 게걸스럽게 먹어대기 시작했다.

이런 말에는 뭐라고 대꾸해야 할까? 이제 겨우 8년밖에 안 된 결혼 생활이 성공하신 걸 축하드려요? 이제는 그 여자가 결혼에 무지했다는 것을 안다. 16세기 베니스의 어린 신부와 달리 그녀는 운 좋게도 집안에서 정해준 남자와 정략 결혼을 할 필요가 없었다. 하지만 바로 그런 이유 때문에, 오로지 사랑만으로 배우자를 선택했기 때문에 그녀의 결혼은 본인이 생각하는 것보다 깨지기 쉽다.

결혼식 날의 맹세는 결혼의 그런 부질없음을 숨기려는 고귀한 노력이다. 우리의 인연은 정말로 전능하신 신께서 맺어주신 것이며, 아무도 우리를 갈라놓을 수 없다고 스스로를 설득하는 것이다. 하지만 불행히도 그런 혼인 서약을 하는 사람은 전능하신 신이 아닌, (전능하지 못한) 인간이다. 그리고 인간은 언제나 맹세를 깨뜨릴 수 있다. 설사 출간 기념 파티에서 만났던 그 젊은 여자가 자신은 절대 남편을 버리지 않을 것이라고 확신할지라도, 그것은 전적으로 그녀 혼자서 결정할 수 있는 문제만은 아니다. 그 침대 속에 있는 사람은 그녀만이 아니기 때문이다. 모든 연인들, 심지어 세상에서 가장 죽고 못 사는 연인일지라도 자신들의 의지와 달리 상대에게 버림받을 수 있다. 그것은 진리다. 나도 나와 헤어지고 싶어 하지 않는 남자를 버리기도 하고, 제발 떠나지 말라고 간청했던 남자에게 버림받기도 했으니까. 그 모든 사실을 알기에 나는 첫 번째 결혼보다 훨씬 겸손한 마음으로 재혼을 할 것이다. 펠리페도 그럴 것이다. 겸손한 마음만 있다고 해서 결혼 생활이 유지되지는 않지만, 적어도 이번에는 겸손함을 잃지 않을 것이다.

재혼은 아픈 경험을 이겨낸 희망의 승리라는 말이 있지만, 나는 그 말에 완전히 동의하지는 못하겠다. 내가 생각하기에는 첫 번째 결혼이 더 희망에 부풀고, 원대한 꿈으로 가득해서 세상이 온통 장밋빛으로 보이는 것 같다. 반면 두 번째 결혼은 다른 뭔가로 덮여 있다. 아마도 우리의 의지보다 강력한 힘에 대한 존중일 것이다. 심지어 경외와도 가까운 손승.

폴란드에 이런 속담이 있다. "전쟁터에 나가기 전에는 한 번 기도하고, 바다에 나가기 전에는 두 번 기도하고, 결혼하기 전에는 세 번 기도하라."

나는 사시사철 기도할 작정이다.

Committed

제4장

결혼, 낭만적인 사랑의 미혹을 넘어서다

무엇보다도 사랑이 되어라. (조금) 더 조심스럽게.

_ e.e. 커밍스

약혼 비자를 기다리며 라오스를 가다

지금은 2006년 9월이다.

펠리페와 나는 여전히 동남아시아를 떠돌고 있다. 시간을 때우는 것 말고는 달리 할 일이 없다. 이민 신청은 완전히 정지된 상태다. 엄밀히 말해서 우리만이 아니라, 미국 정부에게 약혼 비자를 신청한 모든 커플이 그런 상태다. 현재 이민 시스템 전체가 완전히 폐쇄되어버렸다. 불행히도 국회에서 새로운 이민법이 통과되었고, 지금은 누구나 최소한 넉 달가량의 업무 중단 상태를 견뎌내야 한다. 새로운 법안에 따르면 이제부터 외국인과 결혼하려는 미국 시민은 모두 FBI의 조사를 받아야 한다. FBI는 신청자에게 중죄의 전과가 없는지 조사할 것이다.

그렇다. 외국인과 결혼하고 싶은 모든 미국인은 FBI의 조사를 받아야 한다.

신기하게도 이 법안은 개발도상국 출신의 가난한 외국 여성들이 유죄 판결을 받은 강간범, 살인범, 혹은 배우자를 학대한 경험이 있는 남자와 결혼하는 것을 막기 위해 통과되었다. 이는 최근 들어 심각한 사회 문제로 대두되었기 때문이다. 미국 남자들은 예전의 소련 연합국이나 아시아, 남미에서 신붓감을 그야말로 돈을 주고 산다. 그렇게 해서 미국으로 온 이 여성들은 종종 매춘부나 성노예가 되어 끔찍한 삶을 살거나, 강간과 살인 전과가 있는 미국인 남편에게 살해당한다. 따라서 외국인 신부들이 미래의 괴물과 결혼하는 것을 막기 위해 외국인과 결혼하려는 모든 미국인을 조사하는 새로운 법안이 탄생된 것이다.

좋은 법안이고, 공정한 법안이다. 이런 법안에 반대할 수는 없다. 그러나 문제는 왜 하필 지금 이 시점에 이 법안이 통과되었느냐는 것이다. 강간범이나 불쌍한 여자들을 죽이는 연쇄 살인범의 프로필에 전혀 들어맞지 않는 내가 정말로 그런 전과가 없는지 미국 FBI가 조사하는 동안, 우리의 비자 신청은 이제 최소한 넉 달이 더 걸리게 되었다.

나는 사나흘에 한 번씩 필라델피아에 있는 변호사에게 이메일을 보내 일의 진행 상황과 일정, 가능성을 확인했다.

"새로운 소식은 없습니다." 변호사의 답장에는 늘 그렇게 적혀 있었다. 가끔씩 혹시라도 내가 잊었을까봐 "어떤 계획도 잡지 마세요. 확실한 건 아무것도 없습니다"라고 덧붙이기도 했다.

그리하여 이 모든 일이 진행되는 동안(아니, 아무 일도 진행되지 않는 동안) 펠리페와 나는 라오스에 입국했다. 태국 북부에서 비행기를 타고, 고대 도시 루앙프라방으로 향했다. 비행기 아래로 신록이 우거진 정글이 펼쳐졌는데 높이 깎아지른 에메랄드빛 산들이 심하게 출렁이는 초록 물결처럼 연달아 솟아 있었다. 비행기가 도착한 공항은 미국 시골 마을의 우체국과 비슷했다. 우리는 자전거 택시를 타고 루앙프라방 시내로 들어갔다. 루앙프라방은 메콩 강과 남칸 강 사이의 삼각주에 아름답게 자리한 보석 같은 도시였다. 또한 지난 수천 년간 그 작은 면적에 어떻게든 40개의 절을 쑤셔 박은 정밀한 도시이기도 하다. 덕분에 여기서는 어딜 가든 스님들과 마주치게 된다. 열 살에서(동자승) 아흔 살에(큰 스님) 이르는 스님들 수천 명이 언제 어느 때건 루앙프라방에 살고 있다. 따라서 스님 대(對) 일반인의 비율이 5 대 1쯤 되는 것 같다.

동자승들은 지금까지 내가 봤던 어떤 소년들보다도 아름답다. 황금빛 피부의 소년들은 삭발을 하고, 밝은 오렌지 색깔의 법복을 입었다. 매일 새벽마다 손에 시주 그릇을 들고 나와, 일렬로 행진하며 마을 사람들에게 시주를 받는다. 사람들은 거리에 무릎을 꿇고 스님들에게 쌀을 바친다. 이미 여행에 질려버린 펠리페는 이 의식을 보면서 "새벽 다섯 시부터 웬 난리법석이야"라고 했지만, 나는 이 의식이 좋았다. 그래서 매일 아침 동트기 전에 일어나서, 금방이라도 무너질 듯한 호텔 베란다로 몰래 나가 의식을 지켜보았다.

나는 스님들에게 홀딱 반해버렸다. 그들은 흥미로운 피사체였고, 나는 눈을 뗄 수가 없었다. 사실 너무 반해버린 나머지, 라오스의 이 작은 마을에서 아무것도 안 하며 며칠간 빈둥거린 뒤에는 그들을 몰래 엿보기 시작했다.

인터넷 카페에서
스님의 연애편지를 훔쳐보다

　　　　　　　　　　　　　　알고 있다. 스님을 훔쳐보는 일은 아마 나쁜 짓일 것이다(부처님께서 용서해주시기를). 하지만 도저히 거부할 수가 없었다. 나는 이 소년들이 누구인지, 무슨 생각을 하는지, 인생에서 원하는 것이 무엇인지 알고 싶어 몸살이 날 지경이었다. 하지만 공개적으로 그 정보를 알아내는 데는 한계가 있었다. 언어 장벽은 둘째치고, 여자는 스님들을 쳐다봐서도 안 되며, 가까이 가서도 안 되기 때문이다. 스님과 이야기를 나누는 일은 꿈도 꿀 수 없다. 다들 똑같이 생긴 터라 특별히 한 사람의 개인 정보를 수집하기도 힘들었다. 이들에게 똑같이 생겼다는 말은 모욕도, 인종 차별적인 발언도 아니다. 애초에 그들이 삭발을 하고, 똑같은 오렌지색 법복을 입은 의도가 바로 그것이기 때문이다. 불교에서 이런 법복을 만든 이유는 동자승들이 한 개인으로서의 자신을 잊고, 공동체의 일원으로 융합되도록 도와주기 위해서다. 승려들 자신도 스스로를 타인과 구별해서는 안 된다.

　하지만 우리는 루앙프라방에 꽤 오래 머물렀고, 오랫동안 그들을 염탐하다 보니 똑같은 법복을 입고 똑같이 삭발한 승려들을 서서히 한 명씩 구분해낼 수 있게 되었다. 점차 온갖 종류의 어린 승려들이 있다는 것을 알게 되었다. 다른 스님의 어깨를 딛고 올라서서 절의 담 너머를 훔쳐보며 "헬로, 미시즈 레이디!"라고 외치는 대담한 장난꾸러기 승려들도 있다. 그런가 하면 밤에 절 밖에서 법복처럼 오렌지색으로 타오르는 담배를 몰래 피우는 초보 승려들도 있다. 팔굽

혀펴기를 하는, 몸집이 건장한 승려도 있고, 황금빛 어깨에 뜻밖에 조직 폭력배들처럼 문신을 새긴 승려도 있다. 어느 날 밤에는 취침 시간이 훨씬 지났는데도 열 명 정도 되는 승려들이 나무 아래 모여 밥 말리의 노래를 부르기도 했다. 심지어 이제 갓 열 살이 넘은 동자 승들이 발길질을 하면서 싸우는 것도 봤다. 전 세계 아이들의 장난 이 다 그렇듯이 순식간에 폭력적인 싸움으로 변할 수 있는, 선의의 시합이었다.

하지만 나를 가장 놀라게 한 사건은 어느 오후, 루앙프라방의 작 고 어두컴컴한 인터넷 카페에서 일어났다. 펠리페와 나는 이메일을 확인하고, 다른 가족들이나 변호사와 통화하기 위해 서너 시간씩 이곳을 이용하곤 했다. 나 혼자서 올 때도 많았는데, 그럴 때면 미 국의 부동산 사이트에 들어가서 필라델피아 지역의 집들을 훑어보 곤 했다. 나는 그 어느 때보다도, 아니 평생 처음으로 향수병에 시 달렸다. 그러니까 집이 그리운 것이다. 나만의 집, 주소, 작은 공간 이 미칠 듯이 갖고 싶었다. 창고에 있는 책들을 몽땅 풀어다가 책꽂 이에 알파벳순으로 꽂아두고 싶었다. 애완동물도 기르고, 집에서 만든 음식을 먹고, 오랜 친구들도 만나고, 언니네 가족 곁에서 살고 싶었다.

최근에 여덟 살이 된 조카에게 생일을 축하해주려 전화를 걸었더 니, 조카가 매우 슬퍼했다.

"왜 이모는 여기 없어요? 왜 내 생일 파티에 안 와요?" 미미가 물 었다.

"이모는 갈 수가 없단다. 지금 지구 반대편에 발이 묶여 있거든."

127

"그럼 내일이라도 오면 되잖아요?"

나는 이 일로 펠리페에게 부담을 주고 싶지 않았다. 내가 향수병에 시달리는 것을 알게 되면 그는 무력감을 느낄 테고, 우리가 라오스 북부까지 오게 된 것도 자기 탓이라고 생각할 것이다. 그래도 집 구경은 여전히 내 즐거움이었다. 펠리페 몰래 부동산 사이트에 올라온 집들을 훑어보고 있으면, 마치 포르노를 보는 것 같은 죄책감이 들었지만 그래도 멈출 수가 없었다. "아무 계획도 세우지 마세요"라고 변호사는 늘 말했지만, 나도 이런 나를 어쩔 수가 없었다. 나는 계획을 꿈꿨다. 집을 꿈꿨다.

그리하여 루앙프라방의 어느 무더운 오후, 나는 인터넷 카페에 혼자 앉아 획획 바뀌는 컴퓨터 화면을 바라보며 델라웨어 강 근처의 석조 저택(내 작업실로 쉽게 개조할 수 있는 작은 헛간까지 딸린) 사진에 감탄하고 있었다. 그때 깡마른 어린 스님 하나가 갑자기 내 옆자리로 다가오더니 딱딱한 나무 의자 가장자리에 앙상한 엉덩이를 살짝 걸치고 앉았다. 지난 몇 주 동안 스님들이 이곳에서 컴퓨터를 사용하는 모습은 익히 보아왔지만, 오렌지색 법복을 입고 삭발한 진지한 표정의 소년들이 인터넷을 서핑하는 모습은 여전히 문화적 충격이다. 나는 가끔씩 그 소년들이 대체 컴퓨터로 무엇을 하는지 궁금한 나머지, 자리에서 일어나 주변을 돌아다니며 컴퓨터를 살펴보았다. 소년들은 대체로 게임을 했고, 간혹 영어로 열심히 타자를 치며 자기 일에 완전히 빠져 있는 경우도 있었다.

그런데 이날은 어린 승려가 바로 내 옆에 앉았다. 소년과의 거리가 너무도 가까워서 소년의 앙상한 연갈색 팔에 살짝 솟은 털까지 보일 정도였다. 컴퓨터 두 대도 밀착되어 있어 소년이 바라보는 컴퓨터 화면이 또렷하게 보였다. 잠시 후, 소년이 뭘 하는지 보려고 힐끗 훔쳐본 나는 그 애가 연애편지를 읽는 중이라는 것을 알았다. 연애편지가 아니라 연애 이메일이라고 해야겠지만. 어쨌거나 그 메일의 발신인은 칼라라는 이름이었고, 분명 라오스어가 아닌 영어 구어체로 적혀 있었다. 그렇다면 칼라는 미국인이다. 영국인일 수도 있고, 호주인일 수도 있다. 컴퓨터 화면 속의 한 문장이 눈에 들어왔다. "난 아직도 당신이 내 연인이기를 갈망합니다."

그 문장을 보자 정신이 번쩍 들었다. 맙소사, 내가 지금 왜 다른 사람의 편지를 읽고 있지? 그것도 당사자가 바로 옆에 있는데? 나는 내가 한 짓이 부끄러워 얼른 소년의 컴퓨터에서 시선을 거뒀다. 이 일은 내가 상관할 바가 아니다. 나는 다시 델라웨어 밸리의 저택 목록으로 주의를 돌렸지만, 당연히 더 이상 그 일에 집중하기가 힘들었다. 대체 칼라가 누구일까?

애초에 서양 여자와 라오스 승려가 어떻게 만났을까? 그 여자는 몇 살일까? 그리고 "난 아직도 당신이 내 연인이기를 갈망합니다"라는 말은 "난 당신과 사귀고 싶어요"라는 뜻일까? 아니면 두 사람은 이미 육체관계를 맺었고, 이제 그녀는 둘이 함께했던 그 열정적인 기억을 소중히 간직한다는 뜻일까? 만약 칼라와 그 승려가 육체관계를 맺었다면 대체 어떻게 가능했을까? 언제? 루앙프라방으로 휴가를 온 칼라가 여차저차해서 이 소년과 이야기를 나누게 된 걸까? 하지만 여자는 승려를 쳐다봐서도 안 되는데? 이 소년이 칼라에게 "헬로, 미시즈 레이디!"라고 외쳤고, 그래서 어쩌다 보니 둘이 육체

관계를 맺은 것일까? 이제 두 사람은 어떻게 될까? 소년은 자신의 서약을 깨고 호주로(혹은 영국, 혹은 캐나다, 혹은 멤피스로) 떠날까? 아니면 칼라가 다시 라오스로 돌아올까? 두 사람은 다시 만날 수나 있을까? 만약 이 사실이 들통 나면, 소년은 법복을 벗어야 할까? (불교에서도 이런 표현이 쓰이나?) 이 연애는 소년의 인생을 파멸시킬까? 아니면 칼라의 인생을? 아니면 두 사람 모두의 인생을?

소년은 반쯤 넋이 나간 상태로 연애편지를 뚫어지게 바라보았다. 어찌나 열심히 바라보는지 바로 옆에서 내가 뭘 하는지는 안중에도 없었다. 소년은 말없이 자신의 앞날을 걱정하고 있었다. 그리고 나 역시 소년이 걱정되었다. 이 아이가 너무 감당하기 힘든 상황에 처하지는 않았는지, 이 일의 여파로 마음에 큰 상처를 입지나 않을지 걱정스러웠다.

하지만 세상을 휩쓰는 욕망의 물결을 막을 수는 없다. 때로는 그것이 부적절해 보이는 욕망일지라도. 어리석은 선택을 하고, 가장 어울리지 않는 사람과 사랑에 빠지고, 불 보듯 뻔한 재앙에 스스로를 몰아넣는 것이야말로 인간의 특권이다. 그러니 칼라도 승려를 사랑할 수 있다. 그게 뭐가 어떻단 말인가? 어찌 내가 그녀를 나무랄 수 있겠는가? 지금까지 살면서 나 역시 부적절한 남자들과 숱하게 사랑에 빠지지 않았던가? 그중에서도 특히 아름답고, 젊고, '영적인' 존재들이야말로 가장 매력적이지 않았던가?

어린 승려는 칼라에게 답장을 하지 않았다. 적어도 그날 오후에는 하지 않았다. 그 애는 마치 경전을 공부하듯이 편지를 몇 번 더 열심히 읽더니, 양손을 무릎에 가볍게 올리고 명상하는 것처럼 두 눈을 감은 채 한참 동안 말없이 앉아 있었다. 마침내 소년이 움직였다. 그 애는 칼라의 메일을 출력해 이번에는 지면상의 글로 한 번 더 읽었다. 그리고 종이학을 접듯이 종이를 조심스럽게 접어 오렌지색 법복 안에 집어넣었다. 어린아이 같아 보이는 이 아름다운 소년은 이제 인터넷과의 접속을 끊고, 인터넷 카페를 나가 강가에 자리 잡은 고대 도시의 폭염 속으로 걸어갔다.

나는 일 분쯤 후에 자리에서 일어나 그 애를 뒤따라갔다. 물론 들키지 않게. 소년은 오로지 앞만 똑바로 바라보면서 언덕 위 절이 있는 방향으로 천천히 걸어갔다. 이내 한 무리의 어린 승려들이 내 곁을 지나가더니 서서히 그 애를 따라잡았고, 칼라의 연인은 조용히 그 대열에 합류해 어린 승려들 틈으로 사라져버렸다. 마치 자신과 똑같이 생긴 형제들 무리 속으로 사라져버리는 오렌지색 금붕어처럼. 나는 똑같이 생긴 소년들 속에서 금세 그 애를 놓쳐버렸다. 하지만 똑같아 보이는 이 소년들은 분명 똑같지만은 않다. 이 어린 라오스 승려들 가운데 오직 한 사람만 칼라에게서 온 연애편지를 접어 법복 안에 숨기고 있다. 그 승려는 지금 매우 위험하면서도 정신 나간 게임을 하고 있는 것이 사실이지만, 나는 흥분되지 않을 수 없었다.

결과가 어떻게 되든 간에 지금 그 승려에게는 무슨 일이 벌어지고 있었다.

사랑의 미혹은
인간 욕망 중 가장 위험한 것

붓다는 인간의 모든 고통은
욕망에서 비롯된다고 가르쳤다. 이것은 누구나 다 아는 진리다. 원
했던 것을 가져보지 못한 경험이 있는 사람이라면 누구나 붓다가 말
한 고통의 의미를 잘 알 것이다. 그중에서도 다른 사람을 원하는 것
은 가장 위험한 욕망이다. 누군가를 원하는 순간, 우리는 수술용 바
늘로 그 사람의 살갗에 우리의 행복을 봉합해놓는다. 따라서 그 사
람과 조금만 떨어져도 찢기는 듯한 고통을 느낀다. 무슨 수를 써서
든 그 욕망의 대상을 손에 넣어 다시는 떨어지지 말아야 한다는 생
각뿐이다. 앉으나 서나 머릿속에는 온통 그 사람 생각뿐이다. 그런
원초적 욕망에 사로잡히면 더 이상 자신의 주인이 될 수 없다. 욕망
의 하인으로 전락하는 것이다.

그러니 타인으로부터 평안하게 분리되는 것이 해탈의 지름길이라
가르쳤던 붓다는 아마도 이 어린 승려가 칼라에게서 온 연애편지를
몰래 가지고 다니는 것을 탐탁지 않게 여길 것이다. 이런 밀회는 수
행에 방해가 된다고 여겼을 것이다. 정염에 바탕을 둔 은밀한 관계
는 더더욱 용납하지 않았을 것이다. 하지만 붓다는 원래 어떤 성적
관계나 연인 관계도 별로 좋아하지 않았다. 그는 평범한 인간일 때
도 거칠 것 없는 영적 여정을 떠나기 위해 아내와 자식을 버린 사람
이다. 초기 기독교 교부들처럼 붓다도 금욕 생활을 하며 혼자 지내
야만 깨달음을 얻을 수 있다고 가르쳤다. 따라서 불교는 전통적으로
결혼에 회의적이다. 불교 신자가 된다는 것은 애착을 버리는 여정이

고, 결혼은 배우자, 자식, 가정에 대한 본질적인 애착을 불러일으키는 상태다. 득도의 길은 이 모든 것을 버리는 것에서 시작된다.

전통적인 불교문화에도 결혼한 사람들의 역할이 존재하기는 하지만, 조연에 불과하다. 붓다는 결혼한 사람들을 '가장'이라고 불렀다. 심지어 좋은 가장이 되기 위해 해야 할 일들까지 분명히 지시했다. 배우자에게 잘해줄 것, 거짓말하지 말 것, 정절을 지킬 것, 가난한 사람들에게 베풀 것, 화재와 홍수를 대비해 보험을 들 것……. 농담이 아니다. 붓다는 정말로 결혼한 사람들에게 재산도 보험에 들어두라고 충고했다.

환상의 베일을 젖히고, 조금도 더럽혀지지 않은 완벽함으로 넘어가는 문턱에 서 있는 듯한 흥미로운 여정은 아니다. 하지만 붓다는 결혼한 사람들에게 깨달음은 요원하다고 말했다. 그런 면에서도 그는 배우자에 대한 애착은 천국으로 가는 길에 방해가 될 뿐이라고 믿었던 초기 기독교 교부들과 비슷하다. 이쯤 되면 왜 그렇게 깨달음을 얻은 이들이 연인 관계에 반대했는지 생각해보게 된다. 그들은 왜 그렇게 낭만적이고 성적인 결합, 심지어는 안정된 결혼 생활까지 적대시했을까? 왜 그렇게 사랑을 거부했을까? 어쩌면 사랑이 문제가 아닌지도 모른다. 예수와 붓다는 지구상에서 사랑과 연민의 가장 위대한 스승이기 때문이다. 이 위대한 성인들이 걱정했던 것은 욕망에 수반되는 위험이 사람의 영혼과 정신, 마음의 평정 상태에 미치는 영향이었을 것이다.

문제는 바로 우리 모두가 욕망으로 들끓고 있다는 사실이다. 욕망은 우리 감정의 가장 큰 특징이며, 우리를 파멸로 이끌 수 있다. 아울러 타인들까지도. 욕망에 관한 가장 유명한 학술서인 『향연(The Symposium)』을 보면, 연회에 참석한 극작가 아리스토파네스가 왜 인간은 타인과 그토록 하나가 되기를 갈망하는지, 왜 우리의 그런 시도는 때로 불만족스럽고 심지어 파괴적이기까지 하는지 신화적으로 풀어준다.

아리스토파네스의 말에 따르면 옛날 옛적 하늘에는 신들이 살았고, 땅에는 인간들이 살았다. 하지만 당시 인간들의 모습은 지금과 달랐다. 머리가 두 개, 팔 다리가 각각 네 개씩으로, 두 사람이 아귀가 딱 들어맞게 하나로 합쳐진 상태였다. 인간의 성별은 각자에게 가장 잘 맞는 형태가 무엇인지에 따라 남/여, 남/남, 여/여, 이렇게 세 기지로 나뉘었다. 완벽한 파트너와 살을 맞대고 있으니 인간은 모두 행복했다. 그리하여 머리는 두 개, 사지는 여덟 개의 흡족한 생명체인 인간은 우주 안을 떠다니는 행성들처럼 질서정연하게, 원활하게, 즐겁게 지상을 돌아다녔다. 인간에게는 어떤 부족함도, 채워지지 않은 욕구도 없었고, 다른 누구도 필요치 않았다. 분쟁이나 혼돈도 없었다. 우리는 완전했다.

그러나 너무 완전함을 느낀 나머지 인간들은 자만하게 되었다. 자만심에 신을 섬기는 일을 소홀히 했고, 그러자 전능하신 제우스가 벌을 내려 머리 두 개에 사지 여덟 개인 인간을 반으로 갈라놓았다. 그렇게 머리 하나, 두 팔과 두 다리를 가진, 잔인하게 절단된 비참한 생명체가 탄생한 것이다. 수많은 인간들을 반으로 갈라놓으며 제우스는 인간에게 가장 고통스런 감정을 주입했다. 즉 자신이 결코 완전하지 않음을 어렴풋이, 그리고 끊임없이 느끼는 것이다. 그 후로 인간은 태어날 때부터 어딘가가 허전하다는─나 자신보다도 더 사랑하는 잃어버린 반쪽에 대한─상실감을 느낀다. 아울러 그 반쪽이 세상 어딘가에서 다른 사람의 형체로 떠돌아다닌다고 느낀다. 또한 열심히 찾아다니면 언젠가 그 사라진 반쪽, 또 다른 영혼을 찾게 되리라고 믿는다. 다른 사람과의 결합을 통해 원래의 모습으로 돌아갈 수 있고, 그렇게 되면 다시는 외롭지 않은 것이다.

이는 친밀감을 갈망하는 인간의 마음을 가장 잘 비유한 이야기다. 1 더하기 1이 언젠가는 여차저차해서 하나가 된다는 이야기.

하지만 아리스토파네스는 이렇게 사랑을 통해 완전해지는 꿈이 불가능하다고 경고했다. 우리는 하나의 종으로서 너무 심하게 찢어진 탓에 단순한 결합만으로는 결코 완전히 복구될 수 없다. 인간이 사지가 여덟 개였을 때의 원래 반쪽들은 너무 멀리 흩어져버려, 어느 누구도 잃어버린 반쪽을 되찾을 수 없다. 성행위를 통한 결합은 일시적으로 완전한 만족감을 주지만, 결국에는 이래저래 다시 혼자가 될 것이다(아리스토파네스는 인간을 불쌍히 여긴 제우스가 오르가슴이라는 축복을 주었을 것이라고 짐작했다. 그래야 우리가 일시적으로나마 다시 하나가 되었다고 느끼고, 절망이나 우울감에 죽지 않을 테니까). 그리하여 외로움은 계속되고, 인간들은 완벽한 일치를 찾아 계속 엉뚱한 사람과 결혼한다. 가끔씩 진정한 반쪽을 찾았다는 생각이 들 때도 있지만, 우리가 찾은 것은 그저 또 다른 반쪽을 찾아 헤매던 누군가일 확률이 더 높다. 자신도 완벽한 반쪽을 찾았다고 간절히 믿고 싶어 하는 누군가.

그래서 사랑에 미혹되기 시작한다. 미혹은 인간이 갖는 욕망의 가장 위험한 측면이다. 이것은 심리학자들이 소위 '침입적 사고'라고 부르는 상태로 이어지는데, 집착하는 대상 외에는 아무것에도 집중할 수 없는 상태를 말한다. 일단 사랑에 미혹되기 시작되면, 그 사람에 대한 환상을 키우는 것 외의 다른 모든 일, 대인 관계, 책임, 섭생, 수면에는 관심이 없어진다. 그 환상은 시도 때도 없이 불쑥불쑥 떠오르고, 계속 반복되어 우리의 진을 빼놓는다. 이런 상태에서는 뇌의 작용까지 변해 마치 마약이나 자극제를 잔뜩 복용한 상태가 된다. 최근에 과학자들이 사랑에 미혹된 사람들의 뇌사진을 찍고 감정 기복을 조사한 결과, 그들의 상태가 마약 중독자와 놀랍도록 유사하다는 것을 발견했다. 그도 그럴 것이 이런 미혹 상태는 중독이고, 중독은 뇌에 상당한 화학 작용을 하기 때문이다. 인류학자이자 미혹 전문가인 헬렌 피셔(Helen Fisher) 박사는 사랑에 미혹된 사람들은 마약 중독자처럼 "마약을 확보하기 위해서라면 건강도 해치고, 치욕적이며, 심지어 신체적으로 위험한 일까지 서슴지 않는다"라고 말했다.

열정적 사랑이 막 시작되었을 때야말로 마약의 효과가 가장 강력하다. 피셔 박사는 연애가 처음 시작된 6개월 사이에 임신되는 경우가 부지기수라고 했는데, 이는 주목할 만한 사실이다. 최면성 집착은 열락에 빠진 자포자기 상태로 이어질 수 있고, 이런 자포자기 상태야말로 우연히 임신되기에 가장 좋은 상태이기 때문이다. 사실 인류학자들 가운데는 미혹이야말로 왕성한 번식의 도구가 될 수 있다고 주장하는 사람들도 있다. 사랑에 미혹된 인간들은 임신의 위험을 무릅쓸 만큼 무모해지고, 따라서 이 지구를 계속 인간들로 채울 수 있게 되는 것이다.

또한 피셔 박사의 연구에 따르면, 힘든 시기를 겪을 때 사랑에 더 쉽게 미혹된다. 감정적으로 불안정할수록 앞뒤 가리지 않고, 순식간에 사랑에 빠지는 것이다. 그러고 보면 사랑에 미혹되는 것은 동면 상태의 바이러스에 감염되는 것과 비슷하다. 우리의 감정 면역 체계가 약해지면 동면하던 바이러스가 즉각 공격해오는 것이다. 예를 들어 생전 처음으로 집과 든든한 가족 품을 떠나 정서 상태가 불안한 대학생들은 사랑에 미혹되기 쉽다. 그리고 낯선 땅을 여행하는 여행자들이 하룻밤 사이에 생판 모르는 남과 사랑에 빠진다는 이야기는 다들 한번쯤 들어봤을 것이다. 여행의 흥분감에 들떠 있다 보면 방어 체계가 쉽사리 무너져버린다. 이는 한편으로는 멋진 일이지만(마드리드의 버스 터미널 앞에서 스페인 남자와 키스했던 일은 죽을 때까지 내게 짜릿한 기억으로 남을 것이다), 이런 상황에서는 철학자 파멜라 앤더슨 (Pamela Anderson)의 금쪽같은 충고를 귀담아 듣는 편이 현명하다. "휴가 중에는 절대 결혼하지 마라."

가족이 죽었다거나, 직장을 잃어서 감정적으로 힘든 시기를 겪는 사람도 불안정한 사랑에 빠지기 쉽다. 몸이 아프거나 부상당한 사람, 겁에 질린 사람들도 갑작스런 사랑에 빠지기로 유명하다. 전장에서 부상당한 병사들이 간호사와 결혼하는 경우가 많은 것도 그 때문이다. 부부 관계에 위기를 맞은 기혼자들 역시 새로운 연인과의 사랑에 미혹되기 쉽다. 첫 번째 결혼이 끝나갈 무렵에 그런 난리법석을 겪은 경험자로서 나도 그 말이 옳다고 증언할 수 있다. 나는 홀로 세상으로 나가겠다고 단호히 결심했고, 남편의 곁을 떠나자마자 다른 남자와 미친 듯이 사랑에 빠졌다. 너무도 불행했고, 자아가 산산조각난 상태였기에 사랑에 미혹되기 딱 좋았고, 홀려도 아주 단단히 홀려버렸다. 그 상황에서는(지금 생각해보면 하품 날 정도로 뻔한 예지만) 새로운 사랑 위에 '출구'라고 커다랗게 적힌 간판이 걸려 있는 것만 같았다. 나는 새로운 사랑을 핑계 삼아 무너져가는 결혼 생활에서 도피하기 위해 그 출구를 향해 온몸을 내던졌다. 이 사람이야말로 내 삶에 필요한 전부라고 신경질적으로 부르짖으면서.

그러니 그와의 사이가 틀어졌을 때 내가 얼마나 충격을 받았겠는가.

당연한 말이지만, 문제는 이런 미혹 상태가 신기루요 눈속임이라는 것이다. 실제로는 내분비 계통의 속임수라고 한다. 사랑에 미혹되는 것을 꼭 사랑이라고 할 수는 없다. 그것은 늘 돈을 꿔가기만 하고, 한 직장에서 진득이 일하지 못하는, 사랑의 육촌쯤 된다. 사랑에 미혹된 사람이 바라보는 대상은 연인이 아니다. 생면부지의 남에게 자신의 완성된 꿈을 투사해놓고 잔뜩 흥분한 자기 모습에 사로잡혀 있는 것이다. 그런 상태에서는 사실 여부와 관계없이 연인에게 온갖 대단한 미사여구를 갖다 붙이기 마련이다. 심지어 연인에게서 거의 신적인 면까지 발견하게 된다. 친구와 가족들이 몰라주더라도 상관없다. 어차피 내 눈에 비너스가 다른 사람 눈에는 창녀요, 내 눈에 아도니스가 다른 사람 눈에는 하품 나오는 땅꼬마 찌질이로 보일 수 있기 때문이다.

물론 연인들이 상대를 너그러운 시선으로 보는 것은 당연하고, 또 그래야 마땅하다. 연인의 미덕을 과장하는 것은 자연스럽고도 적절한 일이다. 칼 융(Carl Jung)은 연애가 시작되고 6개월까지는 상대가 누가 됐든 순수하게 투사하는 시기라고 했다. 그러나 사랑에 미혹되면 탈선된 투사를 한다. 미혹에 바탕을 둔 연애에서는 제정신이 도망가버리고, 끝없는 착각과 근거 없는 관점만 존재한다. 프로이트(Freud)는 사랑에 미혹된 상태를 한마디로 "상대에 대한 과대평가"라고 정의했다. 괴테는 한술 더 떠 "두 사람이 서로에게 진정으로 만족한다면, 그들이 착각에 빠져 있다고 봐도 무방하다"라고 말했다. (그건 그렇고, 괴테도 참 딱한 사람이다. 그렇게 지혜롭고 연륜이 쌓인 그도 사랑에는 면역되지 않았다. 그 지조 있는 노신사가 일흔한 살이라는 나이에 얼토당토하지 않게도 열아홉 살의 아름다운 소녀인 울리케와 열정적인 사랑에 빠진 것이다. 울리케는 그의 열렬한 청혼을 거절했고, 이 노령의 천재는 너무 상심한 나머지 스스로 자신의 진혼곡을 썼다. 그 진혼곡은 "나는 온 세상을 잃었다. 나 자신도 잃었다"라는 문장으로 끝난다.)

20대, 첫눈에 반하는
사랑이 내 전공

그렇게 열에 들뜬 상태에서 제대로 된 관계를 맺기란 불가능하다. 제정신으로 하는 진짜 성숙한 사랑, 매해 융자금을 갚고 방과 후에 아이들을 데리러 가는 그런 사랑은 미혹이 아닌 애정과 존경에 바탕을 둔다. '바라보다'라는 뜻의 라틴어 'respicere'에서 파생된 '존경(respect)'이라는 단어에는 '실제로 우리 곁에 있는 사람을 바라본다'는 뜻이 내포되어 있다. 그런데 연애 감정이 안개처럼 우리를 휘감으며 현혹하는 상태에서는 결코 상대방을 제대로 볼 수 없다. 미혹이 무대에 등장하는 순간, 현실성은 퇴장해버리고 이내 정신이 멀쩡한 상태에서는 꿈도 꿀 수 없었던 온갖 미친 짓을 하는 자신을 발견하게 된다. 이를테면, 어느 날 컴퓨터 앞에 앉아 라오스에 있는 열여섯 살짜리 승려에게 사랑을 고백하는 이메일을 쓴다든가 하는 식으로. 몇 년 후에 흥분이 가라앉고 나면, '대체 내가 무슨 생각으로 그런 짓을 했지?'라고 자문하게 될 것이다. 대부분의 경우 그 대답은 '아무 생각도 없었다'이다.

심리학자들은 이렇게 무엇인가에 홀려 미친 상태를 '자기애적 사랑'이라고 부른다.

나는 이것을 '내 20대'리 부르겠다.

잠깐만, 여기서 내가 원래 열정을 싫어하는 사람이 아니라는 것을 분명히 밝혀둬야겠다. 아니고말고! 내가 지금까지 살면서 가장 신났던 때는 연애 감정에 휩싸였을 때다. 그런 사랑에 빠지면 우리는 영웅이자 신화적 존재, 인간을 초월한 불멸의 존재가 된 기분이 든다. 기운이 넘치고, 잠도 필요 없다. 사랑하는 사람이 산소가 되어 폐를 채워준다. 설사 막판에 고통스럽게 끝날지라도(내 경우에는 늘 그랬지만), 나는 모든 사람들이 평생 한 번쯤은 그런 환희에 들떠 내가 아닌 다른 사람으로 살아보기를 바란다. 내가 칼라와 사귀는 승려를 보고 흥분한 것도 그런 맥락이다. 나는 두 사람이 마약과도 같은 환희를 맛보게 되어서 매우 기쁘지만, 한편으로는 그 당사자가 내가 아니라는 사실이 더더욱 기쁘다.

왜냐하면 불혹의 나이가 다 되어서야 한 가지 깨달은 사실이 있기 때문이다. 나는 더 이상 사랑에 미혹되고 싶지 않다. 그것은 날 죽음으로 이끈다. 항상 내 자신이 갈기갈기 찢기는 듯한 아픔으로 끝난다. 세상에는 분명 화톳불처럼 타오르는 집착에서 시작했다가, 세월이 흐르며 건강하고 장기적인 연인 관계라는 깜부기불로 누그러져 가는 사랑도 있다. 하지만 나는 그런 요령을 배우지 못했다. 내게 사랑에 미혹된다는 것은 오로지 한 가지 의미뿐이다. 그것은 꽤 빠른 속도로 모든 것을 파괴한다.

하지만 어렸을 때는 사랑에 미혹된 상태의 그 황홀감을 사랑했고, 그래서 습관적으로 사랑에 빠졌다. 여기서 '습관'이라 함은 마약 중독자들의 습관과 같은 맥락, 즉 주체할 수 없는 충동을 돌려 말하는 것이다. 나는 어디를 가든 열정적인 사랑을 찾아다녔다. 그리고 그것을 마음껏 흡입했다. 그레이스 페일리(Grace Paley)의 소설 속에 등장하는 여자처럼 남자 없이는 못 사는 여자, 심지어 이미 남자가 있는데도 또 다른 남자를 원하는 그런 여자였다. 10대 말과 20대 초반에는 아예 첫눈에 반하는 사랑이 내 전공이었다. 그것도 일 년에 네 번 이상 가능했다. 사랑에 미쳐서 삶을 송두리째 내던진 적도 있었다. 연애 초기에 사랑을 위해 나 자신을 내던졌다가, 이내 울며불며 토하는 걸로 끝나곤 했다. 그 과정에서 잠도 못 자고, 정신도 흐려졌다. 지금 생각해보면 그 모든 과정이 마치 술에 취해 정신이 끊기는 것과 비슷하다. 술만 마시지 않았을 뿐이다.

그런 철부지 아가씨가 스물다섯의 나이에 결혼했어야 할까? 지혜와 신중은 그러지 말라고 충고했을 것이다. 하지만 나는 지혜와 충고를 결혼식에 초대하지 않았다. (내 변명을 하자면, 신랑도 그들을 초대하지 않았다.) 당시 나는 모든 면에서 철딱서니 없는 아가씨였다. 예전에 수천 평의 숲에 불을 지른 남자의 기사를 읽은 적이 있다. 그는 하루 종일 국립공원에서 차를 몰고 다녔는데, 머플러를 질질 끌고 다니는 바람에 마른 관목에 불꽃이 일었고, 몇 미터 간격으로 계속 자은 불을 지피고 다녔다. 다른 운전자들이 경적을 누르고 손을 흔들면서 상황을 알리려고 했지만, 그 남자는 등 뒤에서 벌어지는 일을 까맣게 모른 채 그저 느긋하게 라디오를 들었다고 한다.

그것이 바로 젊은 시절의 내 모습이다.

30대 초반이 돼서야, 전남편과의 결혼이 완전히 끝나고 나서야, 내 삶이 완전히 무너지고 나서야(뿐만 아니라 소수의 아주 착한 사람들과 소수의 별로 착하지 않은 사람들과 아무 죄 없는 몇몇 구경꾼들의 삶까지 무너지고 나서야) 마침내 나는 차를 멈췄다. 그러고는 차에서 나와 온통 시커멓게 그은 주변을 둘러보고 눈을 한두 번 깜박인 다음, "설마 이 난장판이 다 나 때문이라는 건 아니겠죠?"라고 물었다.

그러자 우울이 밀려들었다.

퀘이커교 지도자인 파커 팔머(Parker Palmer)는 자신에게 우울증이란 스스로 끝없이 만들어내던 거짓 환희에 사로잡혀 둥둥 떠다니던 자신을 구제하기 위해 신께서 보내준 친구라고 말했다. 팔머의 말처럼 우울증은 그를 다시 지상으로 끌어내렸고, 마침내 그는 현실 속에서 안전하게 서서 걸어다닐 수 있게 되었다. 나 역시 지난 수년간 아무 생각 없이 열정만을 좇으며 부자연스럽게 둥둥 떠다니던 상태라서 현실 세계로 내려갈 필요가 있었다. 내게도 우울이, 아울러 슬픔과 엄격함이 꼭 필요한 시기가 온 것이다.

나는 이 시기를 이용해서 나 자신을 탐구하고, 고통스런 질문에 솔직히 대답하고, 상담의 도움을 받아 내 파괴적인 행동의 근원이 무엇인지 밝혀내는 작업을 했다. 여행도 했고(버스 터미널에서 잘생긴 스페인 남자들을 피해 다녔다), 건강한 형태의 즐거움을 부지런히 추구했다. 혼자서 많은 시간을 보냈는데, 이는 난생처음 있는 일이었다. 그래도 무사히 그 시간을 견뎌냈다. 기도하는 법을 배웠고, 내가 태워버린 황무지에 대해 최대한 속죄했다. 하지만 가장 중요한 것은 나 자신을 달래주는 새로운 기술을 연마하고, 찰나적인 연애와 섹스의 유혹이 있을 때마다 "이 선택이 장기적으로 볼 때 어느 한 사람에게라도 이득이 될까?"라는 어른스러운 질문으로 그 모든 유혹을 이겨냈다는 것이다. 한마디로 나는 성장했다.

철학자 임마누엘 칸트(Immanual Kant)는 인간은 감정적으로 너무도 복잡한 존재이기에 인생에서 두 번의 사춘기를 겪는다고 했다. 몸이 섹스를 할 수 있을 만큼 성숙해지는 때가 첫 번째 사춘기요, 마음이 섹스를 할 수 있을 만큼 성숙해지는 때가 두 번째 사춘기라고 했다. 이 두 시점 사이에는 아주 오랜 세월의 간극이 존재할 수 있다. 하지만 철없던 어린 시절에 연애에 실패해보고, 그로 인한 교훈을 얻어야만 비로소 감정적으로 성숙해지지 않을까? 불혹의 여자들도 이해하는 데 수십 년이 걸렸던 인생의 진리를 스무 살짜리 철부지에게 어떻게든 알아서 이해하라는 것은 너무 무리한 요구다. 누구나 첫 번째 사춘기의 고뇌와 실수를 겪어야만 비로소 두 번째 사춘기에 도달할 수 있지 않을까?

어쨌거나 나는 고독과 자립을 한창 실험하던 중에 펠리페를 만났다. 그는 상냥하고 충직하며 자상했고, 우리는 천천히 가까워졌다. 10대들의 사랑은 아니었다. 풋사랑도 아니었고, 여름 캠프 마지막 날의 사랑도 아니었다. 표면적으로 볼 때 우리의 사랑이 더할 나위 없이 낭만적으로 보인다는 것은 나도 인정한다. 우리는 무려 열대의 낙원 발리에서, 바람에 흔들리는 야자수 밑에서 만났으니까. 이보다 더 낭만적인 배경은 찾아낼 수 없을 것이다. 당시 필라델피아 교외에 살고 있던 언니에게 이 꿈만 같은 사건을 이메일로 적어 보냈던 기억이 난다. 지금 생각해보면 언니는 아마도 그런 내가 얄미웠을 것이다. 아이를 둘이나 돌보며 대대적인 집수리를 하고 있었던 언니는 이런 답장을 보냈다. "그래, 나도 이번 주말에 브라질인 남자 친구랑 열대 섬으로 놀러 갈 예정이야……. 그런데 길이 너무 막혀서 말이지."

그러니까 나와 펠리페의 연애에는 온갖 낭만적인 요소가 다 들어 있었고, 나는 언제나 그런 점을 소중히 간직할 것이다. 하지만 나는 사랑에 미혹된 상태는 아니었고, 내가 그런 판단을 내릴 수 있었던 이유는 다음과 같다. 첫째, 나는 그가 내 인생의 위대한 해방자나 내 삶의 근원이 되기를 바라지 않았다. 또한 나 역시 형체를 알아볼 수 없는, 비비 꼬인 기생충 같은 호문클루스가 되어 그의 흉강 속으로 사라지지 않았다. 펠리페와 오랜 기간 연애하면서도 나는 온전히 나 자신으로 남았고, 펠리페를 있는 그대로 보려고 했다. 서로의 눈에 우리는 아마도 세상에서 제일 멋지고 완벽한 영웅으로 보였을 테지만, 그래도 현실에서 눈을 떼지 않았다. 나는 사랑스럽지만 초췌한 이혼녀로, 멜로드라마 같은 연애를 꿈꾸거나 상대에게 터무니없는 기대를 하는 성향을 조심해야 했다. 한편 펠리페는 다정다감하고 머리가 벗겨지기 시작한 이혼남으로, 음주 문제와 가슴속 깊이 자리한 배신의 두려움을 잘 달래야 했다. 우리는 각자 인생에서 엄청난 실망감을 맛보았고, 그로 인한 상처를 간직했으나 그래도 충분히 좋은 사람들이었고 서로에게 오로지 가능한 것만 요구했다. 약간의 친절함, 약간의 배려, 서로가 서로를 믿고 싶은 공동의 욕망 같은 것들이었다.

지금까지 나는 펠리페에게 어떻게든 날 완벽하게 채워달라는 부담을 준 적이 한 번도 없다. 설사 그가 원한다 할지라도 그것은 불가능한 일임을 이 나이가 되고 보니 알게 되었다. 내가 얼마나 불완전한 존재인지 숱하게 겪고 나니, 이제는 그것이 온전히 내 문제임을 깨닫게 되었다. 이 중요한 진실을 배운 뒤로는 어디까지가 내 영역이고, 어디서부터 다른 사람의 영역이 시작되는지 구분할 수 있게 되었다. 별것 아니라고 생각할지 몰라도, 나로서는 사리분별을 잃지 않은 친밀함의 한계를 배우기까지 무려 35년이 걸렸다. C.S. 루이스 (C.S. Lewis)는 그 한계를 멋지게 정의한 바 있다. "내 불행은 아내의 몫이 아닌 온전히 내 몫이요, 아내의 불행은 내 몫이 아닌 온전히 그녀의 몫이라는 것을 우리 부부는 알고 있다."

다시 말해, 때로는 1 더하기 1이 2가 되어야 한다는 것이다.

존 F. 케네디 부류냐,
해리 트루먼 부류냐

하지만 내가 다시 누군가에게 미혹되지 않으리라는 것을 어떻게 장담할 수 있을까? 내 마음을 믿을 수 있을까? 펠리페의 정절은 또 얼마니 굳건할까? 우리기 세상의 유혹에 넘어가 갈라서지 않으리라는 것을 어떻게 확신할 수 있을까? 펠리페와 내가, 언니의 표현대로 하자면 서로의 '무기 징역수'라는 것을 깨달은 순간부터 그런 의문들이 떠올랐다. 솔직히 말하면 펠리페보다는 나를 더 믿을 수 없었다. 펠리페의 연애사는 나보다 훨씬 단순하다. 그는 못 말릴 정도로 일부일처제에 충실한 사람이어서, 한빈 누군가를 선택하면 느긋하게 그 사람에 대한 징절을 지키며 그것으로 만족한다. 그는 모든 면에서 하나밖에 모른다. 한번 마음에 드는 식당이 생기면, 기꺼이 매일 밤마다 그곳에서 식사하며 절대 싫증내지 않는다. 마음에 드는 영화가 있으면, 수백 번이고 보고 또 본다. 마음에 드는 옷이 있으면, 몇 년이 지나도 그 옷만 입는다. 내가 처음으로 그에게 신발을 사주려고 했을 때 그는 "아, 정말 고맙기는 한데 난 이미 신발이 있어"라고 말했다.

펠리페의 이혼은 불륜 때문이 아니었다(이미 신발이 있는데 왜 또 다른 신발을 사겠는가?). 가족들에게 부담이 되는 불행한 사건들이 한꺼번에 터지면서 부부 사이가 소원해졌고, 마침내 유대감이 깨져버린 것이다. 참으로 애석한 일이다. 왜냐하면 펠리페는 평생 한 사람과 해로할 타입이기 때문이다. 나는 진심으로 그렇게 믿는다. 그는 세포 속까지 충직한 사람이다. 여기서 '세포 속까지'라는 의미는 말 그대로다. 요즘 진화학계의 이론에 따르면 세상에는 두 종류의 남자가 있다고 한다. 아이를 만드는 남자와 아이를 기르는 남자. 전자는 성 관계가 문란하고, 후자는 한 사람만 바라본다.

이것이 바로 그 유명한 '아빠냐 망나니냐' 이론이다. 진화학적으로 보자면 이 문제는 도덕적으로 시시비비를 논하기보다, DNA 차원에서 따져야 한다. 남자에게는 실제로 '바소프레신 수용기관 유전자'라는 중요한 화학적 변이 유전자가 있다. 바소프레신 수용기관 유전자를 가진 남자는 믿음직스럽고 든든한 섹스 파트너로 오랫동안 한 배우자만 고수하며, 아이들을 키우고, 안정된 가정을 꾸려나 간다. (이런 남자들을 '해리 트루먼 부류'라고 부르자.) 반면 이 바소프레신 수용기관 유전자가 부족한 남자들은 여자들에게 집적거리고, 바람을 잘 피우며 언제나 성적 변화를 추구한다. (이런 남자들을 '존 F. 케네디' 부류라고 부르자.)

여성 진화 생물학자들 사이에는 이런 농담이 있다고 한다. 여자들이 장래의 배우자가 될 남자에게서 유일하게 길이를 걱정해야 할 부위는 바소프레신 수용기관 유전자의 길이라는 농담이다. 바소프레신 수용기관 유전자가 짧은, 존 F. 케네디(John F. Kennedy) 부류는 세상을 떠돌며 지구상에 자신의 씨를 뿌리고 다닌다. 아울러 인간의 DNA 코드를 계속 뒤죽박죽으로 섞어놓는 역할을 한다. 이는 인간이라는 종의 측면에서는 좋은 일이다. 그런 남자들에게 사랑받았다 버림받은 대부분의 여자들에게는 불행한 일이겠지만. 긴 유전자를 가진 해리 트루먼(Harry Truman) 부류는 결국 존 F. 케네디 부류가 만든 아이들을 키우는 경우가 종종 있다.

펠리페는 해리 트루먼 부류이고, 우리가 처음 만났을 때 나는 존 F. 케네디 부류에게 진절머리가 난 상태였다. 나는 그들의 넘치는 매력과 사람의 마음을 졸이는 변덕에 너무도 지쳐서 안심할 수 있는 확고부동한 관계를 원했다. 그렇다고 해서 펠리페의 좋은 성품을 당연시한다거나, 내 정절을 지키는 일을 소홀히 하는 것은 아니다. 사랑과 욕망의 왕국에서는 누구나 무슨 짓이든 저지를 수 있다는 것을 역사가 가르쳐주기 때문이다. 살다 보면 대쪽 같은 정절도 휘청거리게 만드는 '상황'이 일어나는 법이다. 어쩌면 우리가 결혼할 때 가장 두려워하는 것이 바로 그런 상황인지도 모른다. 주체할 수 없는 열정에 휩쓸린 나머지 언젠가 부부간의 유대감마저 끊어버리는 상황.

어떻게 해야 그런 상황을 피해갈 수 있을까?

이 주제에 관해 내가 유일하게 위안을 얻은 책은 거의 평생 동안 부부간의 불륜을 연구했던 심리학자 셜리 P. 글래스(Shirley P. Glass)의 저서였다. "왜 그런 일이 일어날까?"가 그녀의 화두였다. 다시 말해, 그렇게 착하고 점잖고 심지어 해리 트루먼 같던 사람들이 어쩌다 갑작스런 욕망의 급류에 휩쓸려 자신도 모르게 스스로와 가족의 삶을 파괴하는 걸까? 여기서 우리가 말하는 사람은 계속 불륜을 저질러온 상습범이 아니라, 훌륭한 판단력과 도덕성을 겸비했는데도 어쩌다 방황하게 된, 믿을 수 있는 사람들이다. "처음부터 바람피울 생각은 없었어. 그냥 어쩌다 보니 그렇게 된 거야"라는 말을 한 번쯤 들어봤을 것이다. 그런 말을 들으면 불륜이 꼭 교통사고처럼 들린다. 위험한 길모퉁이 너머에 숨어서 아무것도 모르는 운전자가 오기를 기다리는 빙판길인 것이다.

그러나 글래스는 연구를 통해 사람들의 불륜을 좀 더 파헤쳐보면, 반드시 그 시작점을 알 수 있다고 했다. 그 시작은 처음으로 몰래 외간 여자나 남자와 키스하기 한참 전으로 거슬러 올라간다. 글래스는 남편이나 아내가 새로운 이성 친구를 사귀고, 둘 사이에 아무런 해악도 없는 친밀감이 싹트면서 대부분의 불륜이 시작된다고 말했다. 배우자가 새로운 이성 친구를 사귀는 것은 위험한 일이 아니다. 친구를 사귀는 것은 잘못이 아니기 때문이다. 설사 결혼했다 해도 이성 친구—혹은 동성 친구든—가 생기는 것은 자연스러운 일 아닌가?

글래스 박사는 기혼자들이 이성 친구를 사귀는 것은 아무런 잘못이 없지만, 거기에는 한 가지 단서가 붙는다고 했다. 부부 관계의 '벽과 창문'이 올바른 자리에 남아 있어야 한다는 것이다. 글래스 박사의 이론에 따르면 건강한 부부 관계는 창문과 벽으로 이뤄져 있다. 창문은 부부가 세상에 공개하는 그들 관계의 한 측면이다. 다시 말해 창문은 가족이나 친구들과 상호작용하기 위해 꼭 필요한 구멍이다. 반면 벽은 부부간의 가장 은밀한 비밀을 세상 사람들에게 드러내지 않고 지키기 위한 신뢰의 장벽이다.

그런데 이른바 아무런 해악도 없는 우정이 지속되면서, 우리는 결혼 생활 안에 감춰야 할 은밀한 비밀들을 새로운 친구와 터놓고 이야기하기 시작한다. 자신의 비밀—가장 은밀한 욕망과 좌절들—을 털어놓고, 그렇게 털어놓았다는 사실이 기분 좋게 느껴진다. 단단한 벽을 세워야 할 곳에 창문을 낸 격이고, 이내 이 새로운 사람에게 심중을 털어놓게 된다. 괜히 배우자의 질투심을 부추기고 싶지 않기에 그 사소한 사실은 배우자에게 비밀로 한다. 이제 그 과정에서 문제가 생긴다. 아무런 장벽도 없이 빛과 공기가 마음껏 순환되어야 하는 부부 사이에 벽이 생긴 것이다. 따라서 부부간의 친밀함이라는 구조물 전체가 완전히 재배치된다. 벽이 있던 자리에 대형 전망창이 생기고, 창문이 있던 자리는 마약을 거래하는 창고처럼 죄다 널빤지로 막아버린다. 그렇게 자신도 모르는 사이에 불륜의 완벽한 청사진이 완성되는 것이다.

그런 실정이다 보니 어느 날 새로운 친구가 나쁜 소식을 듣고 울면서 사무실로 들어오면, 어느새 서로 껴안게 되고(그저 위로해주고 싶은 마음에!), 서로의 입술이 부딪치면서 아찔한 깨달음이 찾아온다. 난 이 사람을 사랑하는구나! 난 언제나 이 사람을 사랑했어! 이때는 돌이키기에 너무 늦다. 퓨즈에 불이 들어왔기 때문이다. 이제 결혼생활이 파탄나고, 배신감에 몸을 떠는 배우자를 (당신이 아직도 많이 좋아하는 사람) 앞에 두고 누구에게도 상처를 줄 생각은 없었으며, 일이 이렇게 될 줄 몰랐다고 흐느끼면서 구구절절 설명하는 일은 시간문제다.

일이 이렇게 될 줄 몰랐다는 말은 사실이다. 정말로 몰랐다. 그러나 그런 짓을 저지른 것은 사실이고, 좀 더 빨리 행동했더라면 일이 이렇게까지 커지지는 않았을 것이다. 글래스 박사의 말에 따르면 배우자와 이야기해야 할 비밀을 새로운 친구에게 이야기하는 순간, 우리는 보다 현명하고 정직한 길을 택해야 한다. 집으로 가서 남편이나 아내에게 그 일을 말하는 것이다. 아마 이런 식으로 말할 수 있을 것이다. "좀 걱정되는 일이 있어. 이번 주에 마크랑 두 번이나 점심을 먹었는데, 그 사람과의 대화가 너무 친밀해지고 있다는 생각이 들었어. 예전에 당신하고만 했던 이야기를 마크에게 하고 있더라고. 우리도 처음 사귈 때는 그렇게 속마음을 터놓았는데—그리고 난 그게 너무 좋았는데—이제는 더 이상 그러지 않는 거 같아서 두려워. 당신하고 그렇게 이야기하던 때가 그리워. 우리가 옛날처럼 다시 가까워질 수 있는 방법은 없을까?"

솔직히 말해서, 그 대답은 "없다"일 수도 있다.

부부가 처음 사귈 때처럼 가까워질 수 있는 방법은 없을지도 모른다. 내 친구는 남편에게 위와 똑같은 말을 한 적이 있는데, 남편은 "난 당신이 누구를 만나고 다니든 관심 없어"라고 대답했다. 놀랄 일도 아니지만 두 사람의 결혼 생활은 곧 끝났다. (그리고 그런 결혼 생활이라면 끝나야 한다고 나는 생각한다.) 그러나 배우자가 그 말에 조금이라도 반응을 보인다면, 그 혹은 그녀는 당신의 솔직한 고백 뒤에 숨어 있는 바람을 들었을 것이고 뭔가 다른 행동을 취할 것이다. 설사 그것이 자신의 바람과 반대되는 일일지라도.

끝내 문제를 해결하지 못할 가능성도 있다. 그러나 훗날 적어도 결혼 생활의 창문과 벽을 계속 보존하기 위해 진정으로 노력했다는 사실은 알게 될 것이다. 그리고 그런 사실은 큰 위안이 된다. 또한 이혼이 불가피할지라도 배우자를 배신하는 일만은 피할 수 있는데, 이것만으로도 큰 성과라 할 수 있다. 변호사인 내 오랜 친구가 말했듯이 "인류 역사상 배우자의 불륜으로 인한 이혼만큼 순식간에, 간단히, 적은 비용으로 끝나는 가여운 이혼은 없다."

어찌되었든 불륜에 관한 글래스 박사의 연구를 읽으면서 내 마음
은 환희에 가까운 희망으로 가득 차게 되었다. 결혼 생활에서 정절
을 유지하는 비결에 관한 그녀의 조언은 특별할 것이 없었지만, 그
래도 전에는 그런 방법이 있다는 것조차 몰랐다. 결혼 생활 주변에
서 일어나는 일들을 우리가 어느 정도 통제할 수 있다는 이 효과적
인 개념을 나는 거의 모르고 있었다. 부끄럽지만 사실이다. 나는 한
때 욕망이란 인간이 손쓸 도리가 없는 토네이도와 같다고 믿었다.
인간이 할 수 있는 일은 그저 토네이도가 우리 집을 강타해서 공중
분해하지 않기만을 바라는 것뿐이라고 생각했다. 수십 년이 지나도
금실이 좋은 부부들은 그냥 운이 좋다고, 운 좋게 토네이도를 피해
간 사람들이라고 생각했다. (그들이 토네이도에 대비해서 지하에 함께 대피
소를 짓고, 바람이 거세질 때마다 그 대피소로 피신했으리라고는 한 번도 생각하
지 못했다.)

인간의 마음이 끝없는 욕망으로 가득 차고, 세상에 온갖 유혹과 다
른 멋진 대안들이 우글거릴지라도 우리는 사랑에 미혹될 위험을 다
스릴 수 있는 총명한 선택을 할 수 있다. 그리고 만약 결혼 후에 발생
할 미래의 '문제'가 걱정이라면, 그런 문제가 꼭 아무 이유 없이 '그
냥' 일어나지만은 않는다는 사실을 이해하는 것이 좋다. 문제라는 것
은 부주의하게 동네방네 뿌리고 다닌 작은 페트리 접시(세균 배양 용기
—옮긴이) 속에서 무심코 배양되는 경우가 많기 때문이다.

여러분에게는 이 모든 사실들이 너무 뻔할지 모르겠지만, 내게는
전혀 그렇지 않다. 10년도 더 전에 내가 처음 결혼했을 때 이런 사실
을 알았더라면 매우 큰 도움이 되었을 것이다. 당시에는 이런 사실

들을 전혀 몰랐다. 이런 유용한 정보를 모른 채, 혹은 이외의 다른 많은 유용한 정보를 하나도 모른 채 무턱대고 결혼했다는 사실에 가끔씩 등골이 오싹한다. 지금 생각하면 내 첫 번째 결혼은 여자들이 병원에서 출산 후에 처음으로 아기를 넘겨받던 때의 감정과 비슷한 것 같다. 친구들 말에 의하면 간호사에게서 그 꼬물꼬물한 젖먹이를 넘겨받는 순간, '맙소사, 지금 이 사람들이 나더러 이 애를 데리고 집에 가라는 말이야? 난 어떻게 해야 할지 하나도 모르는데?' 라는 생각에 겁이 덜컥 난다고 한다. 하지만 당연히 병원에서는 엄마에게 아기를 맡기고, 아기를 집으로 데려가게 한다. 모성애라는 것은 다분히 본능적이기 때문이다. 설사 엄마가 육아 경험이 전무하고, 육아라는 힘든 일에 대한 훈련을 전혀 받지 못했어도 자연스럽게 그 방법을 터득하게 된다. 아기에 대한 사랑이 가르쳐줄 것이다.

우리는 결혼에 대해서도 그와 똑같은 믿음을 갖게 된 것이 아닌가 싶다. 두 사람이 진정으로 서로를 사랑하면, 당연히 친밀감이 싹트고, 결혼 생활도 단지 사랑의 힘만으로 영원히 지속되리라고 믿는 것이다. 우리에게 필요한 것은 오직 사랑뿐이라고 믿기 때문이다! 적어도 젊은 날의 나는 그랬다. 결혼 생활에 무슨 전략이나 도움, 도구, 통찰력은 불필요하다고 믿었다. 그리하여 전남편과 나는 엄청나게 무지하고, 엄청나게 미성숙하고, 아무런 준비도 안 된 상태에서 단지 결혼하고 싶다는 이유만으로 용감하게 결혼에 뛰어들었다. 우리의 결합을 안전하게 유지하는 방법은 하나도 모른 채 혼인 서약을 한 것이다.

우리가 집으로 돌아가서 머리털이 보송보송한 아기를 떨어뜨린 것은 놀랄 일도 아니다.

결
혼
해
도

괜
찮
아

제대로 된 결혼을 위해
혼전 계약서를 작성하다

그로부터 12년의 세월이 흐른 지
금, 또 다른 결혼을 준비하며 제대로 된 마음가짐을 갖는 것이 순서
인 듯하다. 국토안보부 덕분에 뜻밖에 긴 약혼 기간을 갖게 되었고,
그로 인한 장점은 결혼의 문제점과 고민을 토론할 시간이 넘쳐났다
는 것이다(몇 달째 깨어 있는 시간은 늘 붙어 다녔으니까). 우리는 결혼의
문제점을 하나도 빼놓지 않고 모두 이야기했다. 가족들 곁을 떠나
객지에서 지내며 10시간 동안 버스를 타고, 또 타다 보니 가진 것
은 시간뿐이었다. 그래서 이야기하고, 또 이야기하고, 또 이야기하
며 매일 우리가 원하는 형태의 결혼 계약을 좀 더 분명하게 다듬어
갔다.

물론 정절을 지키는 것이 가장 중요한 요소였다. 그것은 결혼 생
활에서 협상의 여지가 없는 부분이다. 부부간의 신뢰는 한 번 깨지
면 다시 이어붙이기가 불가능할뿐더러, 설사 가능하다 해도 매우 힘
들고 고통스럽다는 것을 우리 둘 다 알고 있다. (환경 엔지니어로 일했
던 아버지가 수질 오염에 대해 말한 것처럼 "일단 오염된 강을 다시 정화하는 것
보다는 처음부터 오염되지 않도록 하는 편이 훨씬 쉽고 비용도 적게 든다.")

장래 핵폭탄이 될 우려가 있는 집안일과 가사 노동도 꽤 간단하게
해결되었다. 우리는 이미 함께 살았던 경험이 있어서, 공정한 가사

분담이 수월하게 이뤄졌기 때문이다. 아기를 갖는 문제에서도 펠리페와 나는 의견이 같았고(즉, 고맙지만 사양합니다), 이 중대한 주제에서 의견이 일치한 덕분에 훗날 부부간의 갈등을 일으킬 잠재적 요소의 상당 부분이 삭제되었다. 다행히 속궁합도 잘 맞아 성적으로 문제가 생길 일도 없어 보였다. 문제가 없는 부분을 괜히 파헤치는 것은 현명하지 못한 처사다.

이것저것 다 제하고 나니 우리의 결혼에 문제가 될 만한 중대한 요소는 딱 하나였다. 바로 돈. 그리고 돈에 관해서라면 상의해야 할 문제가 꽤 많았다. 우리는 인생에 있어서 중요한 것(맛있는 음식)과 중요하지 않은 것(그 맛있는 음식을 담을 비싼 그릇)에 대해서는 쉽게 의견이 일치했지만, 돈에 대한 가치관과 신념은 상당히 달랐기 때문이다. 나는 내가 번 돈을 쓰는 데 신중하고 조심스러우며, 돈만 생겼다 하면 저축을 하고, 기본적으로 절대 빚을 지지 못하는 성격이다. 이것은 지금도 하루하루를 1929년 10월 30일(미국에서 대공황이 막 시작되었던 시기─옮긴이)이라고 생각하며 사는 부모님, 내가 초등학교 2학년 때 벌써 내 명의의 통장을 만들어준 검소한 부모님으로부터 배운 교훈들이었다.

반면 펠리페는 근사한 차 한 대를 낚싯대와 훌쩍 바꿔버린 아버지 밑에서 자랐다. 그는 도박을 좋아하는 타고난 사업가 기질이 있어서, 나와는 달리 가진 것을 몽땅 잃고 처음부터 다시 시작하기를 주저하지 않는다. (다시 말해, 나는 가진 것을 몽땅 잃고 처음부터 다시 시작하기를 아주 싫어한다.) 게다가 금융 기관에 대한 불신이 매우 심하다. 화폐가치가 요동치는 나라에서 자란 탓이라고 했는데, 딱히 틀린 말은 아니다. 그는 어릴 때 어머니가 인플레이션 때문에 매일 통장 잔고를 재조정하는 모습을 보면서 산수를 배웠다고 한다. 따라서 그에게 현찰은 아무 의미도 없다. 은행에 저축하는 것은 밑 빠진 독에 물붓기다. 통장의 돈은 우리가 도저히 어찌할 수 없는 이유로 인해 하룻밤 사이에 사라져버릴 수 있는 "종이 위의 동그라미"에 불과하다. 따라서 펠리페는 은행보다는, 예를 들면 보석이나 부동산의 형태로 재산을 관리하는 것을 선호했다. 그는 자신의 이런 신념은 절대 변하지 않을 것이라고 못박았다.

그렇다면 좋다. 그거야 어쩔 수 없지. 하지만 정 그렇다면 생활비와 가계비 지출 관리는 내가 맡아도 되겠느냐고 물었다. 매달 전기세와 수도세를 지수정으로 낼 수는 없으니, 공과금을 내기 위해서는 공동의 은행계좌를 만들어야 한다. 다행히도 그는 내 제안에 동의했다.

그보다 더 다행스러운 일은 우리가 함께 여행했던 몇 달 동안—숱하게 장거리 버스를 타는 동안—펠리페가 기꺼이 나와 함께 혼전 계약서를 작성해주었다는 것이다. 그것도 아주 신중하면서 예의 바르게. 사실 그는 나만큼이나 혼전 계약서의 필요성을 주장했다. 혼전 계약서를 왜 쓰는지 이해할 수도, 받아들일 수도 없는 독자들도 있겠지만, 우리는 사정상 그럴 수밖에 없었다는 것을 이해해주기 바란다. 글을 쓰며 자수성가한 여자로서 나는 언제나 내 생계를 책임졌고, 만나는 남자들까지 먹여 살린 과거가 있다(지금도 전남편에게 생활비를 대주고 있다). 따라서 이 문제는 내게 매우 중요했다. 이혼으로 마음에 큰 상처를 입었을 뿐 아니라 알거지가 된 펠리페도 마찬가지였다.

언론 매체에서 혼전 계약서라고 하면 주로 돈 많고 나이 많은 남자가 자기보다 훨씬 어리고 예쁜 여자와 결혼할 때 언급되는 경우가 많다. 따라서 이 주제는 언제나 추잡하게 들리고, 서로를 못 믿는 사람들이 섹스와 돈을 거래하는 계약처럼 느껴진다. 하지만 펠리페와 나는 재벌도 아니고, 결혼을 통해 한몫 잡아보려는 사람들도 아니다. 그저 남녀 관계란 때로는 깨질 수도 있다는 사실을 깨달을 만큼 세월의 풍파를 많이 겪었다. 내게는 절대 그런 일이 일어나지 않으리라고 믿는 것은 제멋대로이고 유치한 생각이다. 어쨌거나 청춘 남녀가 아닌, 중년 남녀가 결혼할 때는 돈 문제가 항상 어려운 법이다. 각자의 세계가 있고, 그 세계에 발을 디딘 채 결혼하려는 것이기 때문이다. 우리의 세계에는 경력, 사업, 자산, 그의 아이들, 내 인세, 그가 수십 년 동안 공들여 모아온 보석, 내가 스무 살에 식당 웨이트리스로 아르바이트를 하면서부터 모아온 노후 연금 등이 포함되어 있고, 우리는 이 모든 중요 사항들을 충분히 고려하고 참작하고 의논해야 했다.

결혼을 앞두고 몇 달째 함께 생활하며 혼전 계약서를 작성한다는 말이 별로 낭만적으로 들리지는 않겠지만, 그런 대화가 오가는 동안 서로에게 애틋함을 느끼기도 했다. 특히 서로가 상대를 더 배려해 싸우고 있다는 것을 깨닫는 순간에 그랬다. 물론 불편하고, 긴장감이 감돌던 때도 있었다. 더 이상 이 문제를 토론할 수 없는 시점이 오면 잠시 휴식을 취하고 주제를 바꿔야 했다. 심지어 두세 시간 떨어져 있었던 적도 있다. 재미있는 사실은 그로부터 2년 뒤, 우리가 함께 유언장을 작성할 때도 그와 똑같은 일을 겪었다는 것이다. 우리는 너무 지쳐서 한동안 그 문제를 입에 올리지 않았다. 최악의 상황을 대비해 계획을 세우는 것은 우울한 일이다. 유언장이나 혼전 계약서를 작성할 때 "그런 일은 없어야겠지만 행여나"라는 말이 몇 번이나 나왔는지 모른다.

그래도 우리는 그 일에 매달렸고, 두 사람 모두를 '행복'하게 해주는 항목들로 이루어진 혼전 계약서가 작성되었다. 연애를 시작한 지 얼마 안 된 상태에서 비상구로 탈출할 작전을 세우는 일에 '행복'이라는 단어는 어울리지 않을 것이다. 사랑의 끝을 상상하는 것은 잔인한 일이지만, 그래도 우리는 해냈다. 결혼은 둘만의 연애사가 아닌, 엄격한 규율이 집행되는 사회적, 경제적 계약이기 때문이다. 그렇지 않다면 결혼에 왜 그렇게 많은 국내법과 주법, 연방법이 개입되겠는가? 또한 언젠가 피도 눈물도 없는 생면부지의 타인이 무자비한 법정에서 이혼 조건을 정하는 것보다는 우리가 직접 정해두는 편이 낫다는 것도 알고 있기 때문이다. 하지만 우리가 어색함과 불편함을 이겨내고 꿋꿋하게 돈 이야기를 할 수 있었던 가장 큰 이유는 둘 다 나이를 먹으면서 반박의 여지가 없는 냉엄한 진실을 알게 되었기 때문이다. 즉 사랑에 한껏 취해 있을 때 돈 이야기를 하는 것이, 마음속에 우울함과 분노가 가득하고 상대에 대한 사랑이 식었을 때 이야기하는 것보다 쉽다는 것이다.

물론 그런 일은 없어야겠지만.

갈매기도 25퍼센트는
이혼한다

하지만 우리의 사랑이 영원하기를 바라는 것은 정말로 망상일까? 과연 그런 꿈조차 꿀 수 없는 걸까? 함께 여행을 다니는 동안 나는 우리 관계의 순조로운 점들을 줄줄이 적어 내려갔다. 또한 네잎 클로버를 모으듯이 우리의 장점을 수집해 호주머니 속에 잔뜩 넣고 다니며 확신이 필요할 때마다 초조하게 만지작거렸다. 부끄럽지만 여행 다니는 내내 그랬던 것 같다. 가족과 친구들은 이미 펠리페를 좋아한다. 그 사실은 내 선택에 대한 의미 있는 성원일 뿐 아니라 행운의 부적과도 같았다. 현명하고 선견지명이 있는 내 오랜 친구, 오래전 내 첫 번째 결혼을 유일하게 반대했던 그 친구마저도 우리가 천생연분이라고 인정해주지 않았던가? 퉁명스럽기가 둘째가라면 서러워할 아흔한 살의 우리 할아버지도 펠리페를 좋아한다. (펠리페를 처음 만났을 때 할아버지는 주말 내내 그를 찬찬히 관찰하더니 마침내 판결을 내렸다. "자네가 마음에 드는구먼, 펠리페. 어떤 일이든 이겨낼 수 있을 것 같아. 그게 자넬 위해서도 좋을 거야. 우리 손녀는 이미 산전수전 다 겪었으니까.")

내가 주위 사람들의 이런 성원에 매달리는 것은 펠리페에 대한 확신이 부족해서가 아니라 나에 대한 확신이 부족해서다. 할아버지가 노골적으로 말씀하셨듯이, 연인을 고르는 안목이 떨어지는 사람은 다름 아닌 나였다. 나는 형편없는 남자들을 선택했던, 파란만장한 과거를 가지고 있다. 그렇기에 지금 올바른 남자를 선택했다는 확신을 얻기 위해 다른 사람의 의견에 의존하는 것이다.

뿐만 아니라 내게 힘이 되는 증거에도 의존하고 있다. 지금까지 2년 간 함께 살면서, 나는 우리 커플이 이른바 심리학자들이 말하는 '충돌 회피형'이라는 사실을 알게 되었다. 이는 "양쪽 배우자 모두 식탁 반대편의 상대에게 접시를 집어던지지 않는" 유형을 줄여 말한 것이나. 사실 펠리페와 나는 다투는 일이 거의 없어서 걱정될 정도다. 옛 말에 의하면, 부부란 모름지기 싸우면서 내면의 불만을 분출해야 한다고 하지 않았던가. 하지만 우리는 거의 다투지 않았다. 이것은 우리가 진정한 분노와 원한을 억누르고 있다는 뜻일까? 그러다 언젠가 그 분노가 폭발하면 길길이 날뛰면서 폭력까지 휘두르는 것은 아닐까? 그럴 것 같지는 않았다. (하지만 당연히 그럴 리가 없다고 생각할 것이다. 그것이야말로 억압의 교활한 속임수니까.)

하지만 좀 더 연구한 결과, 나는 조금 안심하게 되었다. 연인들 가운데는 심각한 부작용 없이도 수십 년간 큰 충돌을 피하며 잘 사는 경우도 있다고 한다. 그런 연인들은 '상호 수용적인 행동'을 기막히게 잘한다. 이는 조심스럽게 자신의 속마음을 슬쩍 내보였다가, 불화를 피하기 위해 뒤로 후퇴하는 것이다. 그러나 이 시스템은 양쪽 모두가 상대의 말을 잘 들어주는 성격일 때만 효과가 있다. 당연한 말이지만 한쪽은 힘없이 순종만 하고, 다른 한쪽은 늘 자기주장만 내세우는 괴물 혹은 고집 센 심술쟁이일 경우에는 건강한 결혼 생활이 이루어질 수 없다. 그러나 두 사람 모두 원할 경우에는, 서로에게 순종적인 것이 성공적인 동반자 관계를 이루는 데 도움이 될 수 있다. 갈등을 피하는 커플들은 사사건건 싸우기보다는 불만이 저절로 사라지는 쪽을 선호한다. 영적인 관점에서는 내게 그 방법이 훨씬 더 와 닿았다. 붓다는 대부분의 문제들은 적당한 시간과 거리만 둔다면, 저절로 없어진다고 가르쳤다. 하지만 그렇게 따지면 왜 과거에 남자들을 사귀었을 때는 아무리 시간이 지나도 문제가 해결되지 않았을까? 나로서는 잘 모르겠다. 내가 분명히 아는 사실은 펠리페와 내가 죽이 척척 맞는다는 것이다. 그 이유는 나도 모른다.

어차피 누군가와 잘 맞고, 맞지 않고는 진정한 미스터리다. 인간만 그런 것이 아니다! 자연학자 윌리엄 조던(William Jordan)이 쓴 사랑스러운 책『갈매기들의 이혼(Divorce Among the Gulls)』을 보면, 심지어 평생 해로하는 것으로 알려진 갈매기들 사이에도 25퍼센트의 '이혼율'이 존재한다고 한다. 이는 다시 말해 전체 갈매기의 4분의 1이 첫 번째 결혼에서 실패한다는 것이다. 여기서 실패란 성격 차이가 너무 심해 헤어져야 하는 정도까지를 말한다. 어떤 새 두 마리가 왜 사이가 나쁜지는 아무도 이유를 밝혀낼 수 없다. 다만 분명한 것은 그 두 마리가 사이가 나쁘다는 것이다. 티격태격 다투기 일쑤고, 음식을 두고 서로 먹으려고 한다. 누가 둥지를 짓고, 누가 알을 지킬 것인지 다투기도 한다. 아마 날아다닐 때는 어느 방향으로 가야 하는지를 두고 싸울 것이다. 결국 그들은 건강한 새끼를 낳지 못한다. (그렇게 눈만 마주치면 싸워대는 새들이 애초에 왜 서로에게 끌렸는지, 왜 친구들의 경고를 듣지 않았는지는 미스터리다. 하지만 나는 그들을 손가락질할 처지가 못 된다.) 어쨌거나 숱하게 싸우며 한두 계절을 보내고 나면, 그 불행한 갈매기 커플은 함께 사는 것을 포기하고 다른 배우자를 찾아 나선다. 여기서 반전은 그렇게 재혼한 갈매기들이 더할 나위 없이 행복하고, 대다수가 해로한다는 것이다.

그러니 부디 생각해보라! 심지어 카메라 배터리만 한 뇌를 가진 새들끼리도 기본적으로 잘 맞는 상대가 있고, 그렇지 않은 상대가 있다. 조던의 설명에 따르면 이는 "기본적인 정신생물학적 차이의 토대"에 따른 듯한데, 그것이 정확히 무엇인지는 아직 과학자들도 밝혀내지 못했다. 새들에게도 오랫동안 함께 살며 서로를 묵인할 수 있는 상대가 있고, 그렇지 못한 상대가 있는 것이다. 이는 간단한 동시에 복잡한 진리다.

인간도 마찬가지다. 서로의 신경을 미칠 듯이 긁어대는 상대가 있는가 하면, 그렇지 않은 상대도 있다. 아마 이것은 인간의 힘으로 어찌해볼 수 없는 영역인지도 모른다. "결혼 생활이 불행한 것은 당사지들의 책임이 이니다"라고 에머슨(Emerson)이 썼듯이, 결혼 생활이 행복한 것도 특별히 당사자들의 공은 아니다. 어차피 모든 연애의 시작점은 다 똑같다. 생면부지의 두 사람이 만나 사랑에 빠지는, 애정과 욕망의 교차점에서 연애가 시작된다. 그러니 이제 막 연애를 시작한 연인들이 몇 년 뒤에 어떻게 될지 예측하기란 불가능하다. 상당 부분은 운이라고도 할 수 있다. 물론 어떤 관계든 계속 유지되기 위해서는 어느 정도 노력이 필요한 것도 사실이다. 하지만 내가 아는 부부들 가운데는 결혼 생활을 유지하기 위해 각고의 노력을 했는데도 결국 이혼으로 끝나는 경우가 있는가 하면, 특별히 더 착하지도 더 훌륭하지도 않은 사람들인데도 오랫동안 아무 문제없이 행복하게 잘 사는 부부들도 있다. 그런 부부들은 꼭 자동 세척 오븐 같다.

한번은 뉴욕시 이혼 법정 판사의 인터뷰를 읽은 적이 있는데, 9ㆍ

11 사태가 터진 직후에 이혼 소송을 준비 중이던 부부들 가운데 상당수가 소송을 취하했다고 한다. 그들은 눈앞에 펼쳐진 엄청난 비극에 충격을 받아 다시 결혼 생활을 유지하기로 결심한 것이다. 충분히 납득이 가는 일이다. 그런 대참사를 겪다 보면 누가 설거지를 할 것인가 같은 말다툼은 한없이 사소해 보이고, 오랜 앙금은 묻어두자는 욕구가 자연스럽게 차오르기 마련이다. 새로운 삶을 살아보자는 생각까지 들 것이다. 그것은 진정으로 훌륭한 결단이다. 그러나 이혼 판사가 말했듯이, 이혼을 취소했던 부부들은 한 쌍의 예외도 없이 6개월 뒤에 다시 법정으로 돌아와 이혼 소송을 시작했다. 누군가와 함께 사는 것을 도저히 견딜 수 없다면, 테러리스트가 쳐들어와도 결혼 생활을 지속할 수는 없는 것이다. 훌륭한 결단을 내리는 것과는 별개의 일이다.

사랑하기에 그를
보호하고 싶다

가끔씩 17년이라는 나이 차가 오히려 우리 관계에 더 이로운 것이 아닐까 하는 생각이 든다. 펠리페는 자신이 20년 전보다 지금이 훨씬 훌륭한 남자 친구라고 입버릇처럼 말한다. 그 세월 동안 그가 더욱 성숙해진 것이 나로서는 고맙기도 하고, 다행스럽기도 하다. 혹은 나이 차이 때문에 우리 관계가 얼마 남지 않았다는 사실을 잊으려야 잊을 수가 없어서 서로에게 극도로 조심하는 것인지도 모른다. 이미 50대 중반인 펠리페가 영원히 내 곁에 있어줄 수는 없다. 그러니 나도 그와 함께 있는 시간을 말다툼으로 낭비하고 싶지 않다.

25년 전, 할아버지가 돌아가신 할머니의 유골을 가족 농장에 묻는 모습을 지켜본 적이 있다. 때는 추운 겨울 저녁이었고, 장소는 뉴욕주 업스테이트였다. 나머지 가족들은 할아버지를 뒤따라 눈에 익은 초원을 자줏빛으로 물들인 낙조 속으로 걸어갔다. 할아버지가 할머니의 유골을 묻기로 한 곳은 강이 구부러져 흐르는 곳 근처의 땅이었다. 할아버지는 한 손에는 랜턴을 들고, 어깨에는 삽을 짊어졌다. 눈으로 뒤덮인 땅은 삽질하기가 힘들었다. 할아버지처럼 힘센 사람이 유골함처럼 조그만 단지 하나 들어갈 공간을 파기도 힘들었다. 하지만 할아버지는 헐벗은 나뭇가지에 랜턴을 걸고, 묵묵히 땅을 파 내려갔고, 그곳에 유골함을 묻었다. 그것으로 끝이다. 누군가를 잠시 내 곁에 둘 수는 있지만, 언젠가는 떠나보내야 한다.

우리 모두 마찬가지다. 사랑하는 이와 함께 있는 모든 연인들도 마찬가지다. (운이 좋아 오랜 시간을 함께했다 해도) 언젠가는 한 명이 다른 한 명을 위해 삽과 랜턴을 들고 가야 한다. 우리는 시간이라는 녀석과 한집에서 살아야 하고, 시간은 일상을 살아가는 우리 곁에서 계속 재깍재깍거리며 우리의 최종 목적지를 상기시킨다. 단지 어떤 사람에게는 시간이 재깍거리는 소리가 유달리 크게 들릴 뿐이다.

내가 지금 왜 이런 이야기를 하고 있느냐고?

펠리페를 사랑하기 때문이다. 여기까지 쓰는 동안 그 사실을 한 번도 밝히지 않았다는 것이 어처구니없지만, 어쨌거나 나는 그 남자를 사랑한다. 말도 안 되는 수없이 많은 이유로 그를 사랑한다. 호빗

족처럼 생긴 그의 튼튼한 정사각형 모양의 발도 사랑스럽고, 그가 저녁에 요리를 할 때마다 부르는 '장밋빛 인생'도 더할 나위 없이 감미롭다. (그가 저녁에 요리를 해준다는 사실도 두말할 나위 없이 좋다.) 그가 거의 원어민 수준의 영어를 구사하는 것도 좋지만, 그렇게 오랜 세월 영어를 쓰고도 가끔씩 기발한 단어를 만들어내는 것도 너무 사랑스럽다. (개인적으로 가장 좋아하는 단어는 '부들하다'이다. '자장가'를 '자장곡'이라고 부르는 것도 마음에 들지만.) 그가 영어식 표현에 익숙지 않아 자기 마음대로 만들어낸 표현도 좋다. (가장 대표적인 예는 "아직 닭 뱃속에 들어 있는 달걀은 세지 마라"〔원래 속담은 "아직 부화되지 않은 병아리는 세지 마라"—옮긴이〕, "뚱뚱한 여자가 노래하기 전까지는 아무도 노래하지 않는다"〔원래는 "뚱뚱한 여자가 노래하기 전까지는 오페라가 끝난 게 아니다"—옮긴이〕라는 표현 역시 좋아한다.) 펠리페가 매번 영화배우들의 이름을 제멋대로 부르는 것도 사랑스럽다. ('조지 크루즈'와 '톰 피트'가 가장 대표적이다.)

펠리페를 사랑하기에 나는 그를 보호하고 싶다. 심지어 나 자신으로부터도 보호하고 싶은 심정이다. 그 말이 이해가 될지 모르겠지만. 나중에 무슨 문제가 생겨서 우리에게, 그에게 피해가 가는 일이 없도록 결혼에 필요한 모든 것을 다 준비하고, 만사를 튼튼히 해두고 싶다. 그와 그렇게 많은 이야기를 나누고, 내 나름대로 연구도 하고, 법적 문제도 해결하고 있지만, 여전히 결혼과 관련된 중대한 뭔가를 놓치고 있지 않을까 걱정돼서 최근에는 우여곡절 끝에 럿거 대학(Rutgers University)의 보고서까지 입수했다. 『단둘만의 관계: 미국 결혼의 변천사(Alone Together: How Marriage Is Changing in America)』

라는 제목의 보고서였는데 나는 그 보고서에 푹 빠지게 되었다. 지난 20년간 미국인들의 결혼 생활을 조사한, 이 벽돌만 한 두께의 보고서는 결혼에 관한 연구 가운데 가장 광범위하게 이루어진 것이라고 한다. 나는 그 보고서가 마치 주역(周易)이라도 되는 양 한 글자도 놓치지 않고 꼼꼼히 읽었다. 통계를 보고 마음의 위안을 얻기도 하고, '결혼 복원력'에 관한 도표를 보며 조바심을 치기도 하고, 비교 가능한 변수 도표들 속에서 펠리페와 내 모습을 찾아보기도 했다.

내가 이해한 바로는(비록 보고서를 전부 다 이해하지는 못했을지라도), 이 보고서는 확실한 인구통계학적 변수라는 통계치를 바탕으로 '이혼 경향'을 밝혀내려 한 것 같다. 이에 따르면 다른 부부에 비해 특별히 이혼할 확률이 높은 부부를 어느 정도 예측할 수 있다. 이혼 확률을 높이는 요소들 가운데는 익숙한 것들도 있다. 부모님이 이혼한 경우에 자식들도 이혼할 확률이 높다는 것은—마치 이혼이 또 다른 이혼을 낳는 것처럼—다들 아는 사실이다. 그리고 거기에 해당되는 예는 세대를 초월해 찾아볼 수 있다.

하지만 그 보고서에는 비교적 덜 알려진, 거기다 마음에 위안까지 되는 사실들도 있다. 예를 들어, 나는 한 번 이혼했던 사람들이 통계적으로 다시 이혼할 확률이 높다는 말을 늘 들어왔는데 이는 사실이 아니었다. 그러니까 꼭 그렇지는 않다는 것이다. 다행스럽게도 룻거 대학의 조사에 따르면 대다수의 재혼 부부들은 남은 생애를 해로했다. (갈매기들과 마찬가지로 첫 선택은 잘못되었을지라도, 두 번째 파트너는 훨씬 잘 고른 것이다.) 다만 파괴적인 행동 습관이 고쳐지지 않고, 다음 결혼까지 그대로 이어질 경우에는 문제가 발생한다. 예를 들면, 알코올 중독이나 도박 중독, 정신 질환, 폭력, 바람기 같은 습관들이다. 이런 짐을 지고 있는 상태에서는 누구와 결혼하든 결과는 똑같다. 그로 인한 증상들 때문에 결국 결혼 생활은 파국을 맞을 수밖에 없기 때문이다.

그 다음에 생각해봐야 할 것은 50퍼센트라는 미국의 부끄러운 이혼율이다. 이제는 전통이 되어버린 그 수치를 모르는 사람은 없을 것이다. 그 수치는 끊임없이 논의되어 왔고, 사실 듣기만 해도 불쾌할 정도다. 이에 관해 인류학자 라이오넬 타이거(Lionel Tiger)가 신랄하게 쓴 적이 있다. "이런 상황에서도 결혼이 여전히 합법적이라는 것이 놀라울 따름이다. 만약 다른 일에 있어서 절반가량이 나쁜 결과를 가져왔다면, 정부는 당장 그것을 금지시켰을 것이다. 식당에서 나오는 타코의 절반이 손님에게 설사를 일으켰거나, 가라테를 배우는 사람들의 절반이 손가락이 부러졌거나, 롤러코스터를 타는 사람의 겨우 6프로만 귀에 이상이 있어도, 시민들은 즉각 정부에게 대책을 내놓으라고 촉구했을 것이다. 그런데도 가장 흔한 재앙인 결혼은…… 반복적으로 계속 이뤄지고 있다."

그러나 그 50퍼센트라는 수치는 인구 통계학적으로 분석해볼 때 보기보다 상당히 복잡하다. 특히 가장 고려해야 할 대상은 결혼 당시의 연령이다. 어린 나이에 결혼할수록 나중에 이혼할 확률이 높다. 사실 조혼의 이혼 확률은 놀랄 만큼 높아서, 10대나 20대 초반에 결혼하는 사람들은 30대나 40대에 결혼하는 사람들보다 이혼할 확률이 두세 배 높다.

그 이유는 다들 너무도 잘 알 터라서 여기에 적었다가는 독자들을

모욕하게 될까봐 두렵지만, 어쨌거나 적어보겠다. 어릴 때는 책임감
도 약하고, 자기 자신에 대한 자각도 덜 되어 있으며, 경솔하고, 경
제적으로도 불안정한 편이다. 따라서 너무 어린 나이에는 결혼하지
말아야 한다. 그런 이유로 18세 신혼부부들의 이혼율은 50퍼센트가
아니라 무려 75퍼센트에 달하며, 이 때문에 이혼의 평균치가 상승한
다. 스물다섯 살은 마법의 한계점인 듯하다. 스물다섯 전에 결혼하
는 사람들은 스물여섯 혹은 그 이후에 결혼하는 사람들보다 이혼 성
향이 크게 두드러진다. 늦은 나이에 하는 결혼일수록 이혼율은 떨어
진다. 50대까지 결혼을 미룬다면, 이혼 법정에 서게 될 확률은 거의
없다. 이 사실은 내게 큰 용기를 주었다. 펠리페와 내 나이를 합해
반으로 나눈 우리의 평균 나이는 마흔여섯쯤 되기 때문이다. 나이에
있어서만큼은 우리는 걸릴 것이 전혀 없다.

완벽한 척하면서
그를 유혹하고 싶지 않다

　　　　　　　　　　물론 고려해야 할 대상은 나이만
이 아니다. 룻거 보고서에 따르면 결혼 복원력에 영향을 미치는 요
소들은 다음과 같다.

1. 교육. 통계적으로 학력이 높을수록 결혼 생활이 순조로울 확률도 높
다. 특히 고학력 여성일수록 결혼 생활이 더 행복하다. 대학을 졸업
하고, 자기 일을 하면서 늦은 나이에 결혼한 여성들이야말로 결혼

생활을 오래 할 확률이 가장 높은 사람들이다. 이것은 희소식이고, 우리 커플의 점수도 약간 올라간다.

2. **자녀.** 통계에 따르면 어린 자녀를 둔 부부는 장성한 자녀를 두었거나, 자녀가 없는 부부들보다 결혼 생활의 '환상이 깨질' 확률이 더 높다. 특히 갓난아기를 돌보는 일은 부부 관계에 상당한 영향을 미치는데, 그 이유는 아기를 낳아본 사람이라면 누구나 알 것이다. 이 사실이 미래 사회에 어떤 영향을 미칠지는 모르겠지만, 펠리페와 내게는 좋은 소식이다. 나이도 많고, 고학력이고, 자녀가 없는 우리 커플은 이 항목에서 꽤 높은 점수를 얻는다. 적어도 룻거 대학의 보고서에 따르면 그렇다.

3. **동거.** 아, 하지만 여기서부터는 우리가 불리해지기 시작한다. 결혼 전에 동거했던 사람들은 그렇지 않은 사람들보다 이혼 확률이 좀 더 높은 것 같다. 사회학자들은 아직 그 이유를 완전히 밝혀내지 못했다. 다만 결혼 전에 동거를 했다는 것은 서로를 진지하게 생각하지 않는다는 의미가 아닐까 짐작할 뿐이다. 이유야 어쨌든 간에 우리 커플은 스트라이크 하나.

4. **이형배우자.** 이 항목도 날 우울하게 만들지만 어쨌거나 설명하겠다. 커플 간의 인종, 나이, 종교, 민족성, 문화 배경, 직업이 비슷할수록 이혼 확률도 낮아진다. 나와 다르다는 것은 매력적이기는 해도 때로는 견뎌내기 힘든 법이다. 사회학자들은 세월이 흐르며 사회적 편견이 사라질수록 이런 성향도 줄어들 것이라고 보지만, 어쨌거나 현재로서는 그렇다. 나보다 훨씬 나이가 많고, 가톨릭 신자이며, 남미에서 태어난 사업가를 애인으로 둔 나는 스트라이크 둘.

5. 사회적 융화. 친구나 가족들과의 관계가 단단한 커플일수록 결혼 생활도 단단해진다. 현대의 미국인들은 이웃과도 잘 모르고 지내 며, 사교 클럽에도 가입하지 않고, 친척들과도 멀리 떨어져 산다. 이 모두가 전반적으로 결혼 생활을 불안정하게 만드는 데 심각한 영향을 미친다. 보고서를 읽을 당시, 가족이나 친구들과 떨어져 라 오스 북부의 허름한 호텔에서 단둘이서만 지내는 우리 커플은 스트 라이크 셋.

6. 종교. 신앙심이 돈독한 커플일수록 결혼 생활이 유지될 확률이 높 다. 그러나 그 상승폭은 매우 낮다. 신앙심이 깊은 미국 기독교인들 은 무신론자들보다 이혼 확률이 겨우 2퍼센트 낮다. 아무래도 종교 색이 강한 미국 남부 지역에서는 너무 어린 나이에 결혼하기 때문이 아닐까? 어쨌거나 나와 우리 예비 신랑은 이 항목에서 어디에 해당 되는지 모르겠다. 신에 대한 우리 커플의 견해를 합친다면, 아마도 '대충 종교적인 단계'쯤에 해당될 것이다. (펠리페가 말했듯이 "한 명은 종교가 있고, 한 명은 그냥 대충 믿는 정도"이기 때문이다.) 룻 거 보고서는 대충 종교적인 커플의 결혼 복원력이 어느 정도인지는 따로 설명해두지 않았다. 그러니 이 항목은 보류.

7. 남녀의 평등. 이것이 가장 흥미로운 항목이다. 가정에서 여성의 역 할에 대해 보수적이고 제한된 시각을 가진 부부일수록 더 불행하고 유대감도 약했다. 바꿔 말하면, 서로를 동등하게 여기고, 전통적으 로 여성들이 해오던 자질구레한 집안일에도 남편이 참여하는 부부 가 더 행복하다는 말이다. 이 항목에 있어서 펠리페와 내가 어떤지 는 긴말하지 않겠다. 다만 예전에 펠리페가 손님에게 하는 말을 우

연히 들은 적이 있다. 그는 집에서 여자가 있어야 할 곳은 항상 부엌이라고 했다. 부엌의 푹신한 의자에 앉아 테이블에 발을 올리고, 와인 한 잔을 마시면서 남편이 요리하는 모습을 지켜보는 것이 여자의 할 일이라고. 나는 이 항목에서 추가 점수를 받을 수 있지 않을까?

이 목록은 이후에도 계속되는데, 어느 정도 시간이 흐르자 이 많은 정보에 약간 짜증이 나게 되었다. 스탠포드 대학의 통계학자인 내 사촌 메리는 이런 보고서에 너무 큰 의미를 두지 말라고 경고했다. 그런 통계치는 점괘가 아니라는 것이다. 메리는 '행복'과 같은 개념을 측정하는, 결혼에 관한 연구는 특히 더 조심해야 한다고 했다. 행복은 과학적으로 측정할 수 없기 때문이다. 게다가 과학적 연구가 어떤 두 사건 간의 연관성을 보여준다 해도(예를 들어 고학력과 이혼의 가능성), 하나가 꼭 다른 하나에서 기인하지는 않는다고 했다. 그러면서 메리는 이런 예를 들어주었다. 통계에 따르면 미국에서 아이스크림 판매량이 가장 높은 지역이 익사율도 가장 높다고 한다. 하지만 그렇다고 해서 아이스크림을 사먹는 행위 자체가 익사로 이어지지는 않는다. 그보다 아이스크림은 해변가에서 잘 팔리고, 사람들은 바다에서 익사하는 경우가 많기 때문이다. 아이스크림과 익사라는 완전히 별개인 두 개념을 연결시키는 것이야말로 가장 대표적인 논리의 오류다. 그리고 통계에는 그런 혼란스러운 정보들이 넘쳐난다. 어느 날 밤, 나는 룻거 보고서를 들고 앉아 미국에서 이혼 가능성이 가장 낮은 커플을 조합해보았는데, 아니나 다를까 웬 프랑켄슈타인 같은 커플이 탄생했다.

우선 그들은 인종, 나이, 종교, 문화적 배경, 지적 수준이 같아야 하고, 부모님은 절대 이혼한 적이 없어야 한다. 이런 두 사람이 계속 미혼으로 지내다가 마흔다섯 살쯤에 결혼해야 한다. 물론 그 전에 동거를 해서는 안 된다. 두 사람 모두 신앙심이 두터워야 하고, 가족의 가치를 최우선시해야 하며, 자식이 없어야 한다. (게다가 남편은 반드시 열렬한 페미니즘 신봉자여야 한다.) 두 사람은 각자의 가족들과 같은 동네에 살아야 하고, 이웃들과 함께 볼링을 하거나 카드놀이를 해야 한다. 또 한편으로는 화려한 학벌을 가진 사람들답게 각자 성공적인 커리어를 쌓아야 한다.

정녕 세상에 이런 사람들이 존재한단 말인가?

게다가 나는 또 뭐하는 짓인가? 리오스의 후덥지근한 호텔 방에 앉아 땀을 뻘뻘 흘려가며 통계 자료를 눈이 빠져라 들여다보고, 완벽한 미국인 커플이나 조합해보고 있다니. 이 통계치에 집착하다 보니, 과거의 한 장면이 떠올랐다. 케이프 코드의 어느 화창한 여름날, 친구 베키와 나는 산책을 하다가 젊은 엄마가 아들을 데리고 나와 자전거 타는 모습을 지켜봤다. 가엾은 아이는 머리부터 발끝까지 온통 보호 장비로 무장하고 있었다. 헬멧, 무릎 패드, 손목 보호대, 보조 바퀴, 오렌지색 경고 깃발, 야광 조끼까지. 게다가 엄마는 자전거에 묶인 밧줄을 손에 쥔 채 미친 듯이 아이를 쫓아가고 있었다. 단 한순간도 아이가 자기 곁에서 벗어나지 않도록 하기 위해서였다.

베키는 그 광경을 유심히 바라보더니 한숨을 쉬었다. "저게 다 무슨 소용이야. 언젠가는 저 애도 진드기에게 물릴 텐데."

우리는 늘 전혀 예상치 못했던 부분에서 허를 찔리는 것이다.

다시 말해, 뚱뚱한 여자가 노래하기 전까지는 오페라가 끝난 것이 아니다.

하지만 그렇다고는 해도, 위험을 최소화하는 노력은 할 수 있지 않을까? 신경쇠약증에 걸리지 않고도 그렇게 할 수 있는 방법이 있지 않을까? 나는 그 방법을 모르기에 결혼을 준비하는 과정에서 계속 시행착오를 겪고, 모든 사항들을 다 고려하고, 상상할 수 있는 모든 가능성을 예견하려는 것이다. 그리하여 내가 마지막으로 가장 하고 싶었던 일은 펠리페에게 자신이 어떤 사람과 결혼하는지 알리는 것이었다. 정직하고 싶다는 강렬한 욕망에서 비롯된 바람이었다. 나는 그를 감언이설로 속이거나, 완벽한 인간인 척하면서 그를 유혹하고 싶지 않았다. 유혹은 욕망의 하녀일 뿐이다. 유혹은 보는 이의 눈을 속인다. 원래 유혹이 하는 일이 그것이다. 우리가 집을 떠나 함께 지내는 동안, 유혹이 우리 관계를 화려하게 포장하는 것은 원치 않았다. 사실 이 부분에 있어서 나는 너무도 단호했기에 어느 날, 펠리페를 메콩 강 강둑에 앉히고 내 성격의 가장 큰 결점들을 적은 목록을 읽어주었다. 그에게 분명히 경고해주고 싶었기 때문이다. (이를 혼전 고지에 입각한 동의서라 부르자.) 가장 유감스러운 내 단점들, 다섯 가지로 추리느라 고심한 최고의 단점들은 다음과 같다.

1. 나는 내 의견을 매우 높이 평가한다. 대체로 세상사에 대해 내가 가장 잘 안다고 생각한다. 따라서 어느 누구보다도 당신이 이런 내 생각의 희생양이 될 것이다.

2. 나는 마리 앙트와네트 뺨칠 정도로 타인의 절대적인 관심을 받고 싶

173

어 한다.

3. 나는 실제 내가 가진 에너지보다 삶에 대한 열정이 훨씬 크다. 따라서 흥분한 나머지 항상 체력적으로나 감정적으로 감당할 수 없는 일들을 벌인다. 그 결과, 당연히 기진맥진해져서 울고불고한다. 내가 능력 이상의 일을 벌여놓고 실패할 때마다 그 뒤처리는 늘 당신 몫이 될 것이다.

4. 나는 대놓고 잘난 척하며, 은근히 남을 비난하고, 비겁하게 모순적이다. 때로는 이 세 가지가 결탁해서 날 새빨간 거짓말쟁이로 만든다.

5. 하지만 가장 치욕스런 단점은 따로 있는데, 이를 인정하기까지 꽤 오랜 시간이 걸렸다. 나는 일단 누군가를 용서할 수 없다는 판단을 내리면, 평생 그 사람을 용서하지 못한다. 따라서 상대에게 제대로 된 경고나 설명을 해주지도 않고 관계를 완전히 끊어버리는 경우가 많으며, 절대 여지를 주지 않는다.

너울거리는 차이점 위에
균형 잡고 바로 서다

별로 매력적인 목록은 아니다. 읽는 동안 나도 많이 찔렸으며, 지금까지 이렇게 적나라하게 내 단점을 체계적으로 정리한 적도 처음이었다. 그러나 내가 이 유감스러운 목록을 발표하는 동안, 그는 전혀 동요하지 않았다. 오히려 빙긋 미소를 지으며 "그건 이미 내가 다 아는 사실인데? 뭐 새로운 사실은 없어?"라고 물었다.

"그런데도 날 사랑해요?" 내가 물었다.

"물론이지." 그가 단호하게 말했다.

"어떻게 그럴 수가 있어요?"

이것은 아주 중요한 질문이었다. 일단 눈의 콩깍지가 벗겨지고 나면, 눈앞의 상대는 우둔한 바보로 변하게 된다. 그런 상태에서도 과연 쉽게 서로 사랑하고 용서할 수 있을까?

펠리페는 오랫동안 침묵을 지키다가 마침내 입을 열었다.

"내가 보석을 사러 브라질에 갈 때마다 종종 '꾸러미'라고 하는 걸 사지. 여러 보석으로 이루어진 컬렉션인데, 광부든 도매상이든 날 속이려는 사람들이 보석을 한데 모아서 파는 거야. 꾸러미에는 전형적으로, 글쎄, 스무 개나 서른 개쯤 되는 남옥이 들어가. 그러니까 낱개로 사기보다 이렇게 한번에 사는 게 훨씬 이익이야. 하지만 조심해야 해. 장사꾼들은 당연히 바가지를 씌우려고 하니까. 진짜 좋은 보석 몇 개에 형편없는 보석을 끼워서 파는 게 그 사람들 목적이야.

처음 보석 사업을 시작했을 때는 꾸러미 때문에 큰 낭패를 보곤 했어. 완벽한 남옥 한두 개에 눈이 멀어서, 다른 보석들이 완전 쓰레기라는 걸 눈치채지 못했거든. 당할 만큼 당한 후에야 마침내 나도 똑똑해져서 완벽한 보석은 무시해야 한다는 걸 배우게 됐지. 완벽한 보석은 두 번 볼 필요도 없어. 내 눈을 멀게 하니까. 좋은 보석들은 옆으로 치워두고, 정말 형편없는 녀석들을 꼼꼼히 살펴봐야 해. 오랫동안 들여다보면서 '과연 이게 쓸모가 있을까? 이걸로 뭘 만들 수

나 있을까?' 하고 자문해봐야지. 안 그랬다가는 좋은 보석 한두 개가 섞인 쓰레기 더미를 사는 값으로 터무니없이 많은 돈을 지불하게 되니까.

나는 남녀 관계도 그와 같다고 생각해. 사람들은 언제나 상대방의 가장 좋은 면을 보고 사랑에 빠지지. 누군들 안 그러겠어? 상대방의 가장 훌륭한 점을 사랑하는 일은 누구든 할 수 있어. 그건 똑똑한 게 아니야. 진짜 똑똑한 건 상대의 단점도 받아들이는 거야. 파트너의 단점을 솔직하게 바라보면서 '이건 그럭저럭 넘길 수 있어. 어떻게 해볼 수 있을 거야'라고 말할 수 있느냐는 거지. 왜냐하면 좋은 건 없어지지 않거든. 항상 예쁘게 반짝거릴 거야. 하지만 그 밑에 있는 쓰레기는 우리를 파멸시킬 수 있어."

"그러니까 당신은 내 쓰레기 같고 하찮은 결점들도 웃어넘길 수 있을 만큼 똑똑하다는 거예요?" 내가 물었다.

"내 말은 나는 이미 오랫동안 당신을 유심히 봐왔다는 거야. 그래서 당신 전부를 받아들일 수 있다는 결론을 내렸어."

"고마워요." 그 말은 진심이었다. 내 존재의 모든 결점들도 진심으로 고마워했다.

"이제 내 최악의 단점들이 뭔지 알려줄까?" 그가 물었다.

솔직히 말해서, 그 말을 들었을 때 '당신의 최악의 단점들이 뭔지 난 이미 알고 있다고요, 아저씨'라고 생각했다. 하지만 내가 그 말을 꺼내기도 전에, 그는 자신의 단점들을 재빨리, 솔직하게 나열했다. 자기 자신을 잘 아는 사람만이 할 수 있는 행동이었다.

"난 돈 버는 일에 소질이 있지. 하지만 관리하는 법을 몰라. 와인을 너무 많이 마시고, 자식들을 과잉보호하지. 아마 당신도 늘 과잉 보호하려고 할 거야. 피해망상증이 있어서—타고난 브라질인 기질 때문이야—뭔가 조금이라도 잘못되는 것 같으면 항상 최악의 경우를 상상해. 그런 성격 때문에 많은 친구를 잃었고, 늘 후회하지. 하지만 그게 나란 사람인 걸 어쩌겠어. 반골 기질도 좀 있고, 다혈질에 남의 지적을 잘 못 받아들여. 규칙적인 생활을 좋아해서 아마 함께 살면 재미는 없을 거야. 그리고 바보들에게 너그럽지 못해." 그는 미소를 지으며 잠시 뜸을 들였다. "그리고 당신을 볼 때마다 안고 싶어서 미치겠어."

"그건 괜찮아요." 내가 말했다.

상대방을 완전히 받아들이는 것, 그 사람의 단점에도 불구하고 그를 사랑하는 것만큼 우리가 타인에게 줄 수 있는 훌륭한 선물은 없다. 내가 이 말을 하는 까닭은 서로의 단점을 솔직하게 까발리는 일은 사랑스러운 이벤트가 아니라, 각자 성격의 어두운 면까지 드러내려는 진정한 노력이기 때문이다. 그 단점들은 결코 웃어넘길 문제들이 아니다. 우리의 관계를 해칠 수 있다. 우리의 결혼을 무효로 만들 수 있다. 나 잘난 맛에 빠져 이것저것 해달라고 요구하는 내 단점을 내버려뒀다가는 우리 관계를 망칠 수 있다. 돈에 있어서 무모하거나, 불확실한 상황에서 성급하게 최악의 경우를 상상하는 펠리페의 단점도 위험하기는 마찬가지다. 자신의 그런 단점을 잘 파악했다면, 그것을 완벽하게 고칠 수는 없을지라도 통제하려고 부단히 노력해야 한다. 펠리페 자신이 고칠 수 없었던 단점을 내가 고쳐줄 수 있다고 믿는 것도 어리석은 짓이다. 물론 그 반대도 마찬가지다. 우리가 고칠 수 없는 단점들 가운데는 아주 한심한 것들도 있다. 이런 단점들을 다 알고도 나를 계속 사랑해준다는 것이야말로 인간의 행위 가운데 가장 기적에 가까운 일이다.

붓다와 초기 가톨릭 금욕주의자들에게는 송구스럽지만, 가끔씩 어떤 인연도 맺지 말고 혼자서 도를 닦으라는 가르침이 인간에게 가장 중요한 뭔가를 부정하는 것이 아닌가 싶을 때가 있다. 타인과의 친밀한 관계를 포기하면 오랫동안 매일 누군가를 용서하는, 지극히 세속적이면서도 인간적이며 손톱 밑 때만큼의 축복이라 할 수 있는 기회를 놓치는 것이다. "인간은 누구나 단점이 있다. 인간은 누구나 욕구가 있고, 유혹에 약하며, 스트레스를 받는다. 남녀가 오랫동안 함께 살다 보면 서로의 단점을 알게 되지만, 또한 상대방과 나의 존경스럽고 훌륭한 점이 무엇인지도 알게 된다"라고 엘리너 루스벨트(Eleanor Roosevelt)는 썼다. (파란만장하고 가끔씩 불행하기도 했지만, 궁극적으로는 훌륭한 결혼 생활을 했던 사람의 말이기에 틀린 말은 아닐 것이다.)

누군가의 모순—심지어는 어리석음까지도—을 받아들일 수 있을 정도로 마음의 그릇을 넓히는 것은 신성한 일이다. 득도는 사람이 살지 않는 산꼭대기나 수도원에서만 이루어지지 않는다. 식탁에서 매일같이 배우자의 제일 짜증나고 꼴 보기 싫은 단점을 받아들이는 것도 곧 득도다.

그렇다고 해서 배우자가 당신을 학대하거나 무시하거나 경멸하거나 투명인간 취급을 한다거나 알코올 중독이라거나 바람기가 있는데도 무조건 '참아야' 한다는 뜻은 아니다. 결혼 생활이 이미 악취가 풍기는 슬픔의 무덤이 되어버렸다면, 기운을 내서 다시 잘해보려고 노력할 필요는 없다고 본다. "대체 내 심장은 얼마나 더 코팅을 해야 딱딱해질까?" 이혼한 내 친구가 울면서 했던 말이다. 그리고 양심이 있는 사람이라면 그 친구에게 왜 불행한 결혼 생활에서 도망쳤느냐고 야단치지는 못할 것이다. 세상에는 시간이 흐르면 그냥 썩어버리는 결혼도 있는데, 그런 결혼은 반드시 끝내야 한다. 그렇게 말라비틀어진 결혼 생활을 끝내는 것을 꼭 도덕적 실패라고 할 수는 없을 것이다. 그것은 때로 끝의 정반대, 즉 희망의 시작이 된다.

그러니까 여기서 내가 말하는 '참아야 한다'는 상대의 지독한 행동들까지 참아내라는 뜻이 아니다. 평상시에는 좋은 사람이 가끔씩 아주 꼴 보기 싫은 눈엣가시처럼 구는 것을 가능한 한 너그럽게 받아들이라는 뜻이다. 그런 의미에서 부엌은 리놀륨 장판이 깔린 작은 신전이 되고, 우리는 그곳에서 매일같이 상대를 용서하는 법을 수련해야 한다. 결국에는 우리도 상대에게 용서받고 싶기 때문이다. 너무 재미없게 들린다고? 사실이다. 성직자들이 신을 섬기면서 경험하는 무아지경과 같은 순간은 없을 것이다. 그러나 집안에서 벌어지는 그런 사소한 용서 역시 또 다른 의미의—조용하면서도 무한한—기적이 아닐까?

그런 결점들 말고도 펠리페와 나 사이에는 서로가 절대 받아들일 수 없는 차이점도 있다. 그는 절대 나와 함께 요가 수업을 받지 않을 것이다. 분명 그도 좋아하게 될 거라고 (사실은 절대 좋아할 리가 없지만) 내가 아무리 설득해도 소용없다. 함께 주말 영성 휴가에 참가해 명상하는 일도 없을 것이다. 육류 섭취량을 줄이라거나, 재미삼아 나와 함께 몸을 정화하는 단식을 해보자는 제안도 절대 따르지 않을 것이다. 그의 다혈질 성격은 절대 누그러지지 않을 것이며, 때로는 도를 넘기도 할 것이다. 우리가 함께 손을 잡고 마을에 선 장을 구경하러 간다거나, 함께 등산을 가서 들꽃 이름을 알아맞히고 다니는 일도 없을 것이다. 그리고 내가 왜 헨리 제임스를 좋아하는지 하루 종일 떠들어대도 그는 기꺼이 옆에 앉아 내 이야기를 들어주기는 할 테지만, 절대 내 옆에 있는 헨리 제임스 전집을 꺼내어 읽는 일은 없을 것이다. 그러니 헨리 제임스를 읽는 그 지극한 즐거움은 오로지 나만의 즐거움으로 남을 것이다.

마찬가지로 그의 입장에서도 절대 나와 함께 즐길 수 없는 것들이 있다. 우리는 어린 시절을 각기 다른 시대에, 다른 땅덩어리에서 보냈다. 따라서 나는 가끔씩 그가 말하는 문화적 현상이나 농담을 손톱만큼(사실은 팔뚝만큼) 못 알아듣는다. 함께 자식을 키우지 않았기 때문에 아이들의 어린 시절을 이야기하며 몇 시간이고 함께 향수에 젖는 일도 없다. 만약 그가 전 부인과 계속 살았더라면 가능했을 일이다. 펠리페에게 좋은 와인을 마시는 것은 신을 영접하는 것과도 같은 즐거움이지만, 나는 와인의 맛을 구분할 줄 모른다. 그는 불어로 말하기를 좋아하지만, 나는 불어를 할 줄 모른다. 그는 아침에 나와 함께 침대에서 뒹굴거리기를 좋아하지만, 나는 일단 눈을 뜬 뒤에는 뭔가 생산적인 일을 하지 않으면 몸에 경련이 일어난다. 지독한 양키 기질 때문이다. 게다가 펠리페는 자신이 원하는 고즈넉한 삶을 살지 못할 것이다. 그는 혼자 있기를 좋아하지만, 나는 아니기 때문이다. 나는 강아지처럼 떼 지어 있기를 좋아하고, 그는 고양이처럼 조용한 집을 좋아한다. 나와 결혼하는 한 우리 집은 조용한 날이 없을 것이다.

게다가 이런 것들은 사실 빙산의 일각일 뿐이다.

이런 차이점들 가운데는 중요한 것도 있고 별로 중요하지 않은 것도 있지만, 모두 고칠 수 없는 것들이다. 결국 누군가와 친밀해지면 필연적으로 따르기 마련인 실망감을 퇴치하기 위해서는 용서만이 유일하게 현실적인 해독제인 것 같다. 우리 인간들은—아리스토파네스가 너무도 아름답게 설명했듯이—자신이 둘로 쪼개졌다고 느끼며 이 세상에 내려왔고, 따라서 우리를 알아봐주고 원래대로 돌아가게 해줄 누군가를 절실하게 찾아다닌다. 누군가와의 완벽한 결합을 갈구하고 원하며 피 흘리는 욕망은 탯줄이 끊긴 배꼽처럼 언제나 우리를 따라다닌다. 그런 우리를 간호해주는 것이 용서다. 용서는 한 치의 틈도 없는 완벽한 융합은 불가능하지만, 우리가 예의를 지키고 친절을 베풀고 피를 너무 많이 흘리지 않도록 조심한다면 누군가와 함께 살아갈 수도 있다는 것을 알고 있다.

가끔씩 펠리페와 나 사이의 틈이 눈에 보일 때도 있다. 내가 평생토록 연인의 사랑으로 완전해지기를 갈망했고, 완벽한 짝이자 반대로 날 완벽한 짝으로 생각해주는 사람을 만나려고 오랫동안 그토록 부단히 노력했다 할지라도, 그 틈은 언제나 우리를 갈라놓을 것이다. 우리의 차이점과 단점은 너울거리는 그림자처럼 언제나 우리 곁을 맴돌 것이다. 그러나 가끔씩 시야의 한쪽 구석에 친밀감이라는 녀석이 너울거리는 차이점 위에 서서 균형을 잡고 있는 모습이 보인다. 녀석은 실제로 우리 둘 사이에 서서 썩 잘해내고 있다(하늘이 도왔다).

Committed

제5장

여성과 결혼이라는 주제는
사방이 수수께끼다

아무런 명칭도 얻지 못한,
오늘날의 문제점은 일과 사랑 가정 육아라는
네 개의 공을 떨어뜨리지 않고
동시에 돌리는 것이다.

_ 베티 프리단

집집마다 이혼과 맹장염
사연은 하나씩 있는 법!

루앙프라방에 머물렀던 마지막 주에 우리는 케오라는 청년을 알게 되었다.

당시 메콩 강 유역의 작은 호텔에 투숙하고 있었는데, 케오는 그 호텔 주인인 캄시의 친구였다. 나는 캄시에게 혹시 영어를 할 줄 알면서, 차를 가진 친구가 있는지 물었다. 루앙프라방 구석구석을 걸어서 혹은 자전거를 타고 다니며 샅샅이 구경하고, 승려들도 질리도록 염탐하고, 이 작은 도시의 온갖 골목과 절까지 모두 파악하고 나자, 시내에는 더 이상 구경할 거리가 없었기 때문이다. 새로운 가이드에게 시내 외곽의 산을 구경시켜 달라고 할 생각이었다.

그래서 캄시는 친절하게도 케오를 소개해줬고, 케오는 친절하게도 친척 아저씨의 자동차를 끌고 나왔다. 그렇게 우리는 구경에 나섰다.

185

케오는 다방면에 관심이 많은 스물한 살의 청년이다. 내가 그 사실을 아는 까닭은 처음 만난 날 케오가 그렇게 말했기 때문이다. "난 다방면에 관심이 많은 스물한 살의 청년이에요." 또 케오는 자신이 찢어지게 가난한 집에서 태어났지만—동남아시아에서 가장 가난한 나라의 가난한 집에서 일곱 자녀 중 막내로—열심히 공부한 덕분에 학교에서 늘 일등이었다고 했다. 한 해에 한 학생에게만 '영어를 제일 잘하는 학생'이라는 호칭이 붙는데, 그 호칭은 항상 케오의 차지였다. 수업 시간에 선생님들도 늘 케오를 찾을 정도였다. 케오는 언제나 정답을 알기 때문이다. 케오는 음식에 대해서도 모르는 것이 없다고 했다. 프랑스 식당에서 일한 경험이 있어서 라오스 음식뿐 아니라 프랑스 음식에도 빠삭하다는 것이다. 따라서 음식에 대해서도 많은 것들을 알려줄 수 있다고 했다. 또한 관광객을 위한 코끼리 캠프에서도 일한 적이 있어서 코끼리에 대해서도 모르는 게 없었다.

자신이 코끼리에 대해 얼마나 잘 아는지 증명하기 위해 케오는 날 보자마자 질문을 던졌다. "코끼리 앞발에는 발가락이 몇 개일까요?"

난 찍어서 세 개라고 대답했다.

"틀렸어요. 다시 맞힐 기회를 드리죠."

이번에는 다섯 개라고 대답했다.

"아쉽지만 이번에도 틀렸어요. 정답을 말씀드리죠. 코끼리의 앞발에는 발가락이 네 개예요. 자, 그럼 뒷발에는 발가락이 몇 개일까요?"

난 네 개라고 대답했다.

"아쉽지만 틀렸어요. 다시 맞힐 기회를 드리죠."

난 세 개라고 대답했다.

"이번에도 틀렸어요. 코끼리의 뒷발에는 발가락이 다섯 개예요. 자, 그럼 코끼리는 코로 물을 몇 리터나 들 수 있을까요?"

난 정답을 맞히지 못했다. 코끼리가 코로 물을 몇 리터나 들 수 있는지 상상조차 되지 않았다. 하지만 케오는 알고 있었다. 무려 8리터! 그것은 그가 코끼리에 대해 알고 있는 다른 수백 가지 사실들 가운데 하나에 불과했다. 따라서 케오와 함께 차를 타고 하루 종일 라오스의 산을 구경 다니는 것은 곧 코끼리에 대해 학습하는 시간이었다. "내가 알려줄 수 있는 게 코끼리만은 아니에요. 난 버들붕어에 대해서도 아주 많이 알아요"라고 그가 조심스럽게 말했다.

스물한 살의 청년 케오는 바로 그런 사람이다. 그런 이유로 펠리페는 루앙프라방 외곽 여행에 동참하지 않겠다고 선언했다. 펠리페의 단점들 가운데 하나는(비록 지난번에는 말해주지 않았지만) 스물한 살의 진지한 청년이 코끼리 발가락에 대한 문제들을 쉴 새 없이 퍼부어대는 것을 견디지 못하기 때문이다.

하지만 나는 케오가 좋았다. 원래 케오와 같은 부류에게 호감이 간다. 케오는 호기심이 왕성한 열정적인 사람이고, 따라서 내 호기심과 열정도 잘 참아주었다. 내가 무슨 질문을 하든, 그것이 아무리 엉터리 질문일지라도 그는 항상 대답하려고 애썼다. 가끔은 그의 대답에 라오스의 역사에 대한 풍부한 지식이 섞이기도 했지만, 대개는 간략하게 대답해주었다. 예를 들어, 어느 오후 우리는 아주 가난한 산동네를 차로 둘러보고 있었다. 그곳 사람들이 사는 집은 그냥 맨땅으로 된 바닥에 문도 없었으며, 창문이라고 해봐야 골이 파인 슬

187

레이트에 대충 커다란 구멍을 뚫은 정도였다. 하지만 지금까지 내가 둘러본 라오스의 많은 시골집들과 마찬가지로 대부분이 지붕에 값비싼 텔레비전 위성 접시가 달려 있었다. 나는 왜 위성 접시를 살 돈으로 차라리 문을 달지 않는지 곰곰이 생각했다. 그러다가 마침내 케오에게 물었다. "이 사람들에게는 위성 접시를 다는 게 왜 그렇게 중요하죠?" 케오는 그저 어깨를 으쓱이며 대답했다. "여기는 텔레비전 수신 상태가 아주 나쁘니까요."

하지만 내가 케오에게 했던 질문들은 대부분 결혼에 관한 것이다. 올해 내 주제가 결혼이니만큼 당연한 일이다. 케오는 라오스에서 결혼이 어떻게 진행되는지 기꺼이 설명해주었다.

"라오스 사람들에게 결혼식은 가장 중요한 행사예요. 결혼식만큼 중요한 사건이라면 누가 태어나거나 죽는 것뿐인데, 그 두 가지는 경우에 따라 잔치를 할 수 없을 때도 있거든요. 그래서 결혼식은 늘 큰 행사예요. 난 작년에 결혼했는데 하객으로 칠백 명을 초대했어요. 보통 그 정도쯤 돼요. 라오스인들이 다 그렇겠지만, 나도 친척이랑 친구들이 아주 많거든요. 그 사람들을 전부 초대해야 하니까요."

"그 칠백 명이 전부 결혼식에 왔어요?" 내가 물었다.

"아뇨. 천 명도 넘게 왔어요. 라오스에서는 결혼식 하객들이 자신의 친척과 친구들도 전부 초대하거든요. (그리고 때로는 하객의 하객이 또 다른 하객을 데려오기도 하고요.) 주인은 그 사람들을 한 명도 돌려보내면 안 되기 때문에 인원은 걷잡을 수 없이 금방 불어나죠. 이제 라오스의 전통 결혼식에서 신랑 신부가 전통적으로 받는 선물에 대해 알려드릴까요?"

나는 알고 싶다고 대답했고, 케오는 설명을 시작했다. 라오스에서는 연인이 결혼하면 하객들에게 청첩장을 보낸다. (봉투에 각자의 이름과 주소가 적힌) 청첩장을 받은 하객들은 카드를 접어 작은 봉투 모양을 만든 다음, 그 안에 돈을 넣는다. 결혼식 날 하객들은 이 봉투를 거대한 나무 상자에 집어넣는다. 신혼부부는 이 두둑한 축의금으로 새로운 삶을 시작할 수 있다. 케오가 결혼식에 그렇게 많은 사람들을 초대한 것도 가능한 한 축의금을 많이 마련하기 위해서다.

나중에 피로연이 끝나면, 신랑 신부는 밤새 축의금을 센다. 신랑이 돈을 세는 동안, 신부는 노트를 들고 앉아 누가 얼마를 넣었는지 정확하게 적어 내려간다. 나는 와스프(WASP, 미국의 앵글로색슨 백인 프로테스탄트계의 사람들을 말함—옮긴이)답게 그것이 나중에 감사 편지를 쓸 때 참고하기 위해서일 것이라고 속단했다. 하지만 내 짐작과 달리 그것은 얼마를 받았는지 영구 보존해두기 위해서였다. 그들은 은행 장부나 다름없는 그 노트를 안전한 장소에 보관하고, 앞으로 여러 차례 뒤적여야 한다. 예를 들어, 5년 후에 비엔티엔에 사는 사촌이 결혼한다면 그 노트를 뒤져서 그가 내 결혼에 얼마나 부조했는지 확인한다. 그런 다음, 사촌의 결혼식에 그만큼의 돈을 돌려주는 것이다. 사실은 이자 삼아 약간의 돈을 더 보탠다고 한다.

"물가 상승을 감안하는 거죠!" 케오가 자랑스럽게 설명했다.

그렇다면 축의금은 선물이 아니라 대출금인 것이다. 꼼꼼하게 정리해두었다가 이자까지 보태줘야 하는 대출금. 이 대출금은 이집 저집 돌아다니며 새로운 삶을 시작하는 신혼부부들에게 전달된다. 그들은 축의금으로 자리를 잡고, 땅을 사거나 작은 사업을 시작할 수 있다. 어느 정도 안정이 되면 오랜 세월에 걸쳐서 그 돈을 서서히 돌려주는 것이다. 결혼식이 있을 때마다.

이런 시스템은 경제적 혼란과 극심한 기아에 시달리는 나라에서 대단히 효과적이다. 라오스는 아시아 국가 가운데서도 가장 억압된 공산주의의 '죽의 장막(Bamboo Curtain)' 뒤에서 오랜 세월 고통받았다. 무능한 정부가 연이어 집권하는 동안 경제 정책은 초토화되었고, 국영 은행들은 무능력하고 부패한 관료들의 손에 시들시들 죽어 갔다. 이에 서민들은 푼돈을 모아 축의금을 매우 효과적인 은행 제도로 만들었다. 이 나라에서 유일하게 믿을 만한 시스템이 된 것이다. 이러한 사회 계약은 축의금이 신랑 신부의 소유가 아니라는 공동의 이해에 바탕을 둔다. 그 돈은 어디까지나 공동체의 소유이며, 신랑 신부는 이자를 붙여서 반드시 그 돈을 돌려주어야 한다. 이는 다시 말해 결혼도 완전히 개인의 영역만은 아니라는 뜻이다. 결혼은 어느 정도 공동체의 영역이며, 공동체는 각각의 결혼에서 배당금이 나오기를 기대하고 있다. 그러므로 개인의 결혼이라는 것은 사실상 주위 사람들이 자신의 몫을 투자한 사업이나 다름없다.

내가 이런 지분의 개념을 더 명확히 알게 된 계기가 있었다. 어느 오후, 케오와 나는 루앙프라방에서 멀리 떨어진 산속에 자리한, 반파놈이라는 작은 마을을 찾아갔다. 그곳은 '루'라는 소수 민족들이 사는 저지대의 마을이다. 루족은 중국인들의 편견과 박해를 피해 서너 세기 전에 라오스로 도망쳐왔다. 그들이 가져온 재산이라고는 누에와 농업 기술뿐이었다. 케오의 대학 동창이 이 마을 출신이었는데, 그녀는 다른 루족 여인들과 마찬가지로 지금은 그 마을에 살면서 옷감 짜는 일을 하고 있었다. 우리는 그녀와 그녀의 어머니를 만나 결혼에 대해 이야기하기로 했고, 케오가 통역을 맡기로 했다.

두 모녀는 콘크리트 바닥이 깔린, 사각형의 깨끗한 대나무 집에서 살았다. 강렬한 햇살을 차단하기 위해 창문이 없었다. 덕분에 집 안으로 들어가면 고리버들로 만든 거대한 바구니 안에 있는 기분이었다. 옷감 짜는 재능을 가진 이들의 문화에 어울리는 집이었다. 어머니가 조그만 앉은뱅이 의자와 물 한 컵을 가지고 나왔다. 집 안은 가구가 거의 없어 텅 비다시피 했지만, 거실에는 귀중품들이 중요도에 따라 일렬로 늘어서 있었다. 새 베틀, 새 오토바이, 새 텔레비전 순이었다.

케오의 대학 동창은 조이라고 했고, 그녀의 어머니는 팅이었다. 팅은 동그란 얼굴의 매력적인 40대 여성이었다. 조이가 말없이 앉아서 실크 옷감의 가장자리를 감치는 동안, 팅은 신나게 떠들어댔다. 그래서 나는 궁금한 점을 모두 팅에게 물어보았다. 먼저 이 마을의 전통 결혼이 어떤 식으로 진행되는지 물었다. 팅은 아주 간단하다고 대답했다. 남자가 마음에 드는 여자가 생기고, 여자도 남자가 마음에 들면, 부모끼리 만나서 결혼 계획을 세운다. 아무 문제가 없으면 양가 가족이 함께 스님을 찾아간다. 스님은 음양 달력을 참고해 두 사람이 결혼하기에 좋은 날을 택일해준다. 그러면 두 사람은 공동체 사람들에게서 축의금을 받아 결혼한다. 팅은 반파놈 마을에는 이혼 같은 것이 없기 때문에 한 번 결혼하면 평생 간다고 열심히 설명했다.

나는 여행을 다니면서 전에도 그런 말을 들었는데, 이제는 그 말을 곧이곧대로 믿지 않는다. '이혼 같은 것이 없는' 곳은 세상에 없기 때문이다. 조금만 더 파보면, 반드시 어딘가에 실패한 결혼 이야기가 묻혀 있다. 예외는 없다. 그럴 때마다 이디스 워튼(Edith Wharton)의 『환락의 집(The House of Mirth)』에서 남의 이야기하기 좋아하는 노부인의 말이 떠오른다. "집집마다 이혼과 맹장염 사연은 하나씩 있는 법이지." (여기서의 '맹장염'이란 에드워드 7세 시대에 '낙태'를 점잖게 이르는 표현이었다. 낙태 역시 어디에나 있는 법이다. 때로는 전혀 있을 법하지 않은 곳에도 버젓이 존재한다.)

하지만 이혼이 극도로 드문 사회가 있기는 하다.

팅 일가도 그러했다. 하지만 내가 좀 더 다그치자, 그녀는 어릴 적 친구가 남편에게 버림받아 라오스의 수도인 비엔티엔으로 이사 가야 했다고 털어놓았다. 하지만 그것이 지난 5년간 있었던 유일한 이혼이라고 했다. 어쨌거나 그녀의 말에 따르면, 이 마을에는 가정을 계속 유지시켜주는 시스템이 존재했다. 여러분도 짐작할 수 있듯이, 반파놈처럼 작고 가난한 마을은 경제적으로나 정신적으로 주민들간의 상호 의존도가 매우 높다. 따라서 가정이 깨지지 않고 유지되도록 긴급 대책을 실행해야 한다.

"결혼 생활에 문제가 생기면" 팅이 설명했다. "우리 마을에서는 4단계에 걸쳐 해결책을 모색하죠. 첫째로 집안의 평화를 유지하기 위해 아내가 최대한 남편의 뜻에 맞춰줘요. 결혼 생활은 선장이 한 명일 때가 가장 좋고, 특히 남편이 선장일 때 가장 순탄하니까요."

나는 정중히 고개를 끄덕이며, 이 말은 그냥 흘려듣고 가능한 한 빨리 다음 단계를 듣자고 마음먹었다.

"하지만 때로는" 팅은 설명을 계속했다. "부인이 절대적으로 순종해도 가정의 분란이 해결되지 않을 때가 있어요. 그럴 때는 외부에 도움을 청해야죠. 따라서 양가 부모님을 불러서 이 문제를 해결할 수 있는지 의논하는 게 두 번째 단계예요. 양가 부모들은 부모들끼리, 또 자식과 함께 의논하면서 다함께 한가족으로서 해결책을 모색하죠."

부모님의 도움으로도 성공하지 못하면, 세 번째 단계로 넘어가야 한다. 마을의 연장자들을 만나는 것이다. 그들은 애초에 두 사람을 결혼시킨 장본인이기도 하다. 연장자들은 그 문제를 공동 위원회에 상정하고, 이제 가정 불화는 벽의 낙서나 학교 세금처럼 주민 모두의 문제가 된다. 주민들은 다함께 머리를 맞대고 이 문제의 해결책을 찾는다. 이웃 사람들은 이런저런 아이디어와 해결책을 내놓거나, 실질적인 도움을 주기도 한다. 예를 들어, 부부가 다른 일에 신경 쓰지 않고 문제를 해결할 수 있도록 이웃들이 1, 2주 동안 자녀를 돌봐주는 것이다.

이 모든 것이 실패한 후의 4단계에서만 이제는 가망이 없다는 사실을 받아들인다. 집안 식구들이 힘을 모아도, 공동체가 머리를 모아도 분란이 해결되지 않으면(매우 드문 경우이기는 하지만), 이제는 대도시로 나가 법적인 이혼 절차를 밟는 일만 남는다.

팅의 설명을 들으며, 나도 모르게 실패한 첫 번째 결혼을 곱씹게 되었다. 만약 상황이 그토록 악화되기 전에 좀 더 일찍 손을 썼더라면, 한없이 추락하던 우리의 관계도 구제되었을까? 친구와 가족, 이웃을 모두 불러 긴급 회의를 열고, 도움을 청했더라면 어땠을까? 누군가가 시기적절하게 개입했더라면 우리를 일으켜 세워 먼지를 털어주고, 함께 제자리로 돌아가도록 이끌어주었을지 모른다. 우리는 이혼하기 직전에 6개월간 상담을 받기도 했다. 하지만 많은 상담가들이 안타까워하며 말하듯이 우리는 너무 늦게 찾아갔고, 그에 비해 노력은 미미했다. 일주일에 한 시간 상담으로는 이미 교착 상태에 빠진 결혼 생활을 해결하기에 역부족이었다. 시름시름 앓는 결혼 생활을 치료하기 위해 훌륭한 의사를 찾아갔지만, 의사로서는 그저 사후 병리 보고서를 써주는 정도밖에 할 수 없었던 것이다. 하지만 우리가 좀 더 빨리 손을 썼더라면, 혹은 좀 더 믿음을 가지고 치료를 계속했더라면 어떻게 되었을까? 혹은 가족과 공동체에게 도움을 청했더리면?

잘됐을 수도 있고, 잘되지 않았을 수도 있다.

우리 결혼 생활에는 문제가 많았다. 맨해튼 주민 전부가 우리 부부를 돕기 위해 나섰다고 해도, 과연 우리가 함께 견뎌낼 수 있었을지 잘 모르겠다. 게다가 개인의 문제에 가족이나 공동체가 개입하는 것은 미국 문화에서는 흔치 않은 일이다. 우리는 가족들과 수백 킬로미터 떨어져서 사는, 현대적이고 독립적인 미국인이 아닌가. 지금까지 일부러 타인에게 감춰왔던 사적인 문제들을 의논하기 위해 친척들과 이웃사촌을 불러 모아 회의를 한다는 것은 당시 우리 부부에게 가장 생경하고 부자연스러운 해결책이었을 것이다. 차라리 가정의 화합을 기원한다는 명목하에 닭이라도 한 마리 잡고, 그것으로 일이 해결되기를 바라는 편이 더 쉬웠으리라.

어쨌거나 그런 생각에는 한계가 있다. 실패한 결혼을 두고 끝없이 후회하고 가정하는 게임에 빠져서는 안 된다. 고뇌에 찬 왜곡된 생각들을 통제하기가 쉽지는 않겠지만. 그런 이유로 나는 이혼한 사람들의 최고 수호신은 고대 그리스 시대의 타이탄인 에피메테우스라고 확신한다. 그는 모든 일이 일어난 후에야 완벽한 진실을 깨닫는 재능을, 아니 저주를 타고났다. 에피메테우스는 좋은 신이었지만, 그가 가진 기술은 실생활에서는 별 도움이 안 된다. (재미있는 사실은 에피메테우스도 결혼을 했다는 것이다. 역시나 결혼한 후에야 아내를 잘못 골랐다는 것을 깨닫게 되었는데. 그의 아내 판도라는 약간 다혈질이었다. 참 재미있는 부부다.) 어쨌든 때가 되면 지나간 실수로 스스로를 학대하는 일은 멈추고, 현재에 충실해야 한다. 발등을 찍고 싶을 정도의 후회되는 실수일지라도. 아니면 펠리페의 독특한 표현대로 하자면 "과거의 실수에 연연하지 말고, 미래의 실수를 막는 데 노력해야" 한다.

그런 맥락에서 볼 때, 어쩌면 텅과 마을 사람들이 결혼에 대해 제대로 알고 있는 것인지도 모르겠다. 물론 집안에서는 남자가 선장이라는 믿음에는 동의할 수 없다. 그러나 공동체가 결속력을 유지하기 위해서는 구성원들이 돈과 자원뿐 아니라, 공동의 책임감도 공유해야 한다는 말은 일리가 있다. 어쩌면 세상의 모든 결혼은 거대한 사회적 베틀로 짠 천 속의 씨줄과 날줄처럼 어떤 식으로든 서로 연결되어 있는지도 모르겠다. 그래서 나는 그날 일기장에 이렇게 적어두었다. "펠리페와의 결혼 생활을 지나치게 사적인 문제로 만들지 말 것. 그랬다가는 산소도 부족하고, 고립되고, 외롭고, 상처받기 쉬운 결혼 생활이 될 것임."

자기 뜻대로 사는 미혼 여성,
'적군의 폭탄보다도 더 위험한 존재?'

　　　　　　　　　　나는 새로운 친구
팅에게 그녀도 마을의 연장자로서 다른 사람의 결혼 생활에 관여한
적이 있는지 묻고 싶었다. 하지만 내가 그 질문을 꺼내기 전에, 갑자
기 팅이 혹시 조이를 위해 미국에서 좋은 신랑감을 찾아줄 수 있느
냐고 물었다. 기왕이면 대학을 졸업한 남자로. 그러더니 조이가 짠
아름다운 실크 직물 하나를 자랑스럽게 보여주었다. 진홍색 강물에
서 춤추는 황금빛 코끼리가 수놓아진 태피스트리였다. 이렇게 아름
다운 작품을 만드는 아가씨와 결혼하고 싶은 미국 남자가 있지 않을
까요? 팅은 그렇게 물었다.

　팅과 내가 이야기하는 동안 조이는 묵묵히 바느질을 했다. 티셔츠
에 청바지를 입고, 머리는 느슨하게 뒤로 묶은 조이는 엄마가 하는
말을 얌전히 듣기만 했다. 그러다가 가끔씩 엄마의 입에서 창피한
말이 나오면, 딸들이 으레 그렇듯이 눈동자를 굴렸다.

　"교육받은 미국 남자들 가운데 우리 딸 같은 착한 루족 여자와 결
혼하고 싶어 하는 남자가 없을까요?" 팅이 재차 물었다.

　팅은 진심이었고, 긴장한 목소리로 보건대 무슨 사정이 있는 듯했
다. 나는 케오에게 무슨 사정인지 조심스럽게 알아봐달라고 부탁했
다. 팅은 재빨리 털어놓았다. 그녀의 말에 따르면 최근 이 마을에 심
각한 문제가 생겼다고 한다. 젊은 아가씨들이 젊은 남자들보다 돈을
더 많이 벌고, 공부도 더 많이 하게 된 것이다. 이 소수 민족 여인들
은 천을 짜는 데 남다른 재능이 있었는데, 서양 관광객들이 라오스

를 찾아오면서 여자들이 짠 직물을 사가기 시작한 것이다. 덕분에 마을 아가씨들은 꽤 두둑한 수입을 올리게 되었고, 어릴 때부터 그 돈을 모으기 시작했다. 그들은 그 돈으로 오토바이나 텔레비전, 베틀처럼 가족들을 위한 물건을 사기도 하고, 몇몇은 조이처럼 대학 등록금으로 쓰기도 했다. 반면 마을 청년들은 여전히 농사를 지으며 거의 돈을 벌지 못했다.

다 같이 가난할 때는 남자들이 돈을 못 벌어도 문제될 것이 없었다. 하지만 이제 돈을 잘 버는 부류—젊은 여자들—가 생겨나자, 모든 균형이 깨져버렸다. 마을의 아가씨들은 이제 스스로 생계를 유지할 수 있다는 생각에 익숙해졌고, 그로 인해 결혼을 미루기도 했다. 하지만 더 심각한 문제는 따로 있었다! 요즘 젊은 남자들은 결혼하고 나면, 아내가 벌어온 돈을 쓰는 데 금세 익숙해진다는 것이다. 그들은 더 이상 열심히 일하지 않는다. 자긍심이 전혀 발달되지 않았기에 술과 도박에 쉽게 빠져든다. 이런 현상이 벌어지는 것을 지켜본 미혼 여성들은 최근에는 아예 결혼하지 않겠노라고 마음을 먹는다. 이런 현상은 이 작은 마을의 사회 체제를 뒤집어놓았고, 온갖 복잡한 문제들과 긴장 관계를 양산했다. 팅이 딸 조이가 평생 혼자 살까 봐서 (내가 훌륭한 교육을 받은 미국 남자를 소개해주지 않는 한) 두려워하는 이유도 이 때문이었다. 그렇게 되면 집안의 대는 누가 잇겠는가? 여자들보다 뒤떨어져버린 이 마을의 남자들은 어쩐단 말인가? 이러다가 복잡하게 얽힌 마을 전체의 사회 조직이 와해되지는 않을까?

팅은 이런 현상을 '서구식 문제'라고 언급했다. 이런 현상은 오로지 서구에만 존재했기 때문이다. 그녀도 신문을 읽는 모양이었다. 여성들에게 돈을 버는 수단이 점점 더 늘어난 뒤로 서구 사회에서는 몇 세기째 그런 현상이 지속되어 왔다. 어떤 사회든 여성들이 돈을 벌기 시작하면서 발생하는 첫 번째 현상 가운데 하나가 바로 결혼이다. 이는 나라와 민족을 막론한다. 경제적으로 자립한 여성일수록 결혼을 아예 하지 않거나, 해도 늦은 나이에 한다.

이를 사회 붕괴라고 비난하며, 여성들의 경제적 자립이 행복한 결혼 생활을 망친다고 주장하는 사람들도 있다. 하지만 여성들이 집을 지키며 가족을 돌보고, 이혼율이 지금보다 훨씬 낮았던 평온한 시절을 그리워하는 전통주의자들이 간과해서는 안 될 사실이 있다. 수세기 동안 많은 여성들은 경제적 여유가 없었기 때문에 이혼하지 못한 채 비참한 결혼 생활을 계속했다. 오늘날에도 미국 여성들의 평균 수입은 이혼한 뒤로 30퍼센트가 줄어드는 실정이다. 그러니 과거에는 오죽했을까? 이런 현상을 정확히 경고하는 오랜 격언이 있다. "모든 여성에게 이혼의 다음 단계는 파산이다." 그러니 아이들은 아직 어리고, 교육도 받지 못해 스스로를 부양할 능력이 없는 여성들이 어디로 갈 수 있었겠는가? 결혼이 평생 지속되는 문화를 이상적으로 생각하지만, 결혼 생활의 지속도가 곧 결혼 생활의 만족도라고 단정 짓는 우를 범해서는 안 된다.

예를 들어, 대공황 시기에 미국의 이혼율은 곤두박질쳤다. 당시의 논평가들은 불경기가 부부 금실을 더욱 좋아지게 했다는 낭만적인 시각으로 해석했다. 하나로 똘똘 뭉친 가족들이 바닥에 쭈그리고 앉아 그릇 하나에 담긴 소량의 음식을 나눠먹는 정겨운 그림이 나오기도 했다. 그런 논평가들은 많은 가족들이 차는 잃었을지라도 영혼은 찾았다고 말하곤 했다. 하지만 실제로 심각한 경제 문제는 결혼 생활에 엄청난 압력을 가한다. 결혼 상담가라면 누구나 그 말에 동의할 것이다. 불륜과 폭력을 제외하고 가난, 파산, 빚보다 부부 관계를 더 좀먹는 것은 없다. 게다가 현대 역사학자들이 대공황 시대에 이혼율이 낮아진 현상을 좀 더 면밀히 조사한 결과, 많은 부부들이 단지 경제적으로 이혼할 여유가 없어서 함께 살았다는 사실이 밝혀졌다. 한 가정을 부양하기도 힘든데 하물며 두 가정은 말할 것도 없다. 많은 부부들이 거실 한가운데 대형 종이를 걸어두고 별거 생활을 하며 대공황을 견디는 쪽을 선택했다. 그 모습은 상상만 해도 가슴이 아프다. 실제로 별거한 부부들도 있었지만, 법정에서 법적으로 이혼 수속을 밟을 만큼의 돈은 없었다. 1930년대에는 가정을 버리는 남자들이 허다했다. 파산한 가장들은 어느 날 아침에 일어나 아내와 아이들을 남겨둔 채 가출해버렸고, 두 번 다시 가족들 앞에 모습을 나타내지 않았다. (그 많은 부랑자들이 다 어디서 왔겠는가?) 인구 조사국을 찾아가 남편의 실종을 신고한 사람은 극소수였다. 하루 벌어 하루 먹기도 바빴기 때문이다.

극도의 가난은 극도의 긴장감을 조성한다. 이 사실을 모르는 사람은 없을 것이다. 미국인들 가운데서도 교육 수준이 낮고, 경제적으로 불안정한 성인의 이혼율이 가장 높다. 물론 돈이 문제를 불러일으킬 때도 있지만, 대개는 선택의 자유를 준다. 돈으로 아이의 양육을 맡길 수 있으며, 욕실을 따로 쓸 수도 있고, 여행을 갈 수도 있고, 청구서를 두고 옥신각신할 필요도 없다. 안정된 결혼 생활을 영위하도록 도와주는 모든 일들이 가능해진다. 그리고 여성들이 스스로 돈을 벌고, 생계를 해결할 목적으로 결혼할 필요가 없어지면 모든 것이 변한다. 2004년에 이르러 미혼 여성의 수는 미국의 전 인구층에서 가장 빠르게 증가했다. 서른 살 여성이 2004년에 미혼일 확률은 1970년대의 동갑내기 여성이 미혼일 확률보다 세 배 이상 높다. 또한 아기를 낳을 확률도 훨씬 낮다. 낳아도 늦게 낳거나, 아니면 아예 낳지 않을 확률이 높다. 2008년에 들어서 자녀가 없는 미국 가정의 수는 역사상 최고치를 기록했다.

당연한 일이지만, 우리 사회는 전반적으로 이런 변화를 달가워하지만은 않는다. 기업에서 여성들이 가장 높은 연봉을 받는 일본만 봐도 알 수 있다. (일본이 지구상에서 출산율이 가장 낮은 나라라는 것도 우연은 아니다) 일본의 보수적인 사회학자들은 결혼과 출산을 거부하는 젊은 여성들을 '기생충 미혼 여성'이라고 부른다. 자녀가 없는 미혼 여성들이 국민으로서의 혜택은 마음껏 취하고(예를 들어, 경기 호황), 그 대가로 사회에 아무것도 환원하지 않는다는 (예를 들어, 아기) 뜻이다. 심지어 현대 이란처럼 억압적인 나라에서조차도 젊은 여성들이 공부와 직장에 집중하기 위해 결혼과 육아를 미루는 일이 빈번하다. 밤이 지나면 낮이 오듯이, 보수적인 논평가들은 이미 이런 현상을 비난하고 나섰다. 이란의 한 정부 관리는 그렇게 자기 뜻대로 사는 미혼 여성들이 "적군의 폭탄과 미사일보다 더 위험한 존재"라고 말했다.

한편, 아직 개발이 덜 된 라오스의 시골 마을에 사는 팅은 딸을 보며 복합적인 감정을 느꼈다. 한편으로는 대학까지 졸업하고, 훌륭한 직조 기술을 가진 딸이 자랑스러웠다. 딸 덕분에 베틀과 텔레비전, 오토바이도 전부 새로 장만할 수 있었으니까. 하지만 또 한편으로는 공부도 하고, 돈도 벌고, 독립적으로 사는 딸의 신세계를 거의 이해하지 못했다. 그러니 딸의 앞날만 생각하면 의문점투성이인 것이다. 이렇게 똑똑하고 박식하고 스스로를 부양할 수 있고, 무서울 정도로 현대적인 젊은 여자는 전통적인 루족 사회에서는 전례가 없었다. 이런 딸을 어찌해야 할까? 글도 제대로 못 읽는 무지렁이 총각들 가운데 과연 딸에게 걸맞은 짝이 있을까? 물론 거실에 오토바이를 둘 수도 있고, 오두막 지붕에 위성 접시를 달 수도 있다. 하지만 이런 딸은 어디로 시집보낸단 말인가?

우리의 이런 이야기에 조이가 어떤 관심을 보였는지 궁금하다고? 조이는 우리가 한창 이야기 중일 때 벌떡 일어나서 나가버렸다. 그 후로는 두 번 다시 그녀를 보지 못했다. 결혼이라는 주제에 대한 그녀의 의견은 한마디도 듣지 못한 것이다. 분명 조이도 결혼에 관심이 있을 것이다. 다만 나나 엄마와는 그에 대해 이야기하고 싶지 않았을 뿐이다. 대신 조이는 그 시간에 다른 일을 하기 위해 밖으로 나갔다. 여러분은 아마 그녀가 길모퉁이 슈퍼에 가서 담배나 한 갑 사고, 친구들과 영화를 보러 갔으리라 생각할 것이다. 하지만 이 마을에는 슈퍼도 담배도 극장도 없다. 그저 먼지 나는 길에서 꼬꼬댁거리는 닭들만 있을 뿐이다.

그러니 조이는 어디로 가고 있을까?

사실 그 질문에 모든 것이 함축되어 있다.

케오의 일상으로 들어가
또 하나의 결혼을 보다

그건 그렇고, 케오의 부인이 임신
했다는 말을 했던가? 사실 내가 케오를 만나 통역사 겸 가이드가 되
어달라고 했을 때는 출산 예정일이 얼마 남지 않은 상태였다. 곧 아
기가 태어날 예정이라서 부수입을 얻게 된 것이 기쁘다는 케오의 말
을 듣고, 나는 그의 아내가 임신했다는 사실을 알았다. 케오는 아이
가 생긴 것을 무척 자랑스러웠다. 루앙프라방에서의 마지막 날, 케
오는 펠리페와 나를 저녁 식사에 초대했다. 자신이 어떻게 사는지
보여주고, 임신한 어린 아내 노이를 소개해주기 위해서였다.

"우리는 학교 동창이었어요." 케오가 아내에 대해 설명했다. "처
음 본 순간부터 노이가 마음에 들었죠. 지금 겨우 열아홉이니까 나
보다 많이 어려요. 얼마나 예쁜지 몰라요. 그런 노이가 아기를 가졌
다는 게 너무 신기해요. 노이는 체구가 너무 작아서 몸무게가 거의
안 나갔거든요. 그런데 지금은 몸이 엄청 불었어요."

우리는 선물을 사들고 케오의 집으로 갔다. 케오의 친구인 호텔
주인 캄시가 차로 데려다주었다. 펠리페는 라오스 맥주인 비어라오
를 대여섯 병 샀고, 나는 성별에 관계없이 입을 수 있는 귀여운 아기
옷을 샀다. 시장에서 우연히 본 옷이었는데, 케오의 아내에게 선물
하고 싶었다.

케오의 집은 루앙프라방 근교로, 바퀴자국이 깊게 팬 비포장도로
끝에 자리했다. 비슷비슷한 집들이 늘어선 길의 맨 끝 집이었으며,
집 뒤는 밀림이었다. 가로 6미터 세로 9미터의 직사각형 부지의 절

반은 콘크리트 수조들로 뒤덮여 있었다. 수조 안에는 케오가 기르는 개구리와 버들붕어가 가득했다. 이 녀석들은 가끔씩 맡는 관광 가이 드와 더불어 초등학교 교사로 재직 중인 케오에게 부수입의 원천이 었다. 케오는 개구리를 식용으로 내다팔았다. 1킬로에 2만 5천 킵— 2달러 50센트—정도 하는데, 평균적으로 개구리 서너 마리면 금방 1킬로가 된다고 케오가 자랑스럽게 설명했다. 이 개구리들은 무게 가 꽤 나가기 때문이다. 따라서 개구리를 키우는 것은 좋은 부업이 었다. 개구리 말고 버들붕어도 키웠는데, 버들붕어는 한 마리당 5천 킵—50센트—이었고, 번식을 잘한다. 케오는 내기돈을 걸고 물고 기끼리 싸움을 붙이는 사람들에게 버들붕어를 팔았다. 그는 부모님 에게 짐이 되지 않기 위해 어릴 때부터 돈벌이에 나섰고, 그래서 버 들붕어를 키우기 시작했다고 한다. 케오는 자랑하는 것을 좋아하지 않지만, 자신이 루앙프라방에서 버들붕어를 가장 잘 번식시키는 사 람이라는 사실은 감추지 못했다.

부지의 나머지, 그러니까 개구리와 버들붕어의 수조로 뒤덮이지 않은 나머지 공간에 케오의 집이 있었다. 따라서 집 자체는 45평방 미터쯤 된다. 대나무와 합판으로 만들고, 골이 파인 슬레이트를 지 붕으로 얹은 집이었다. 원래 원룸이었는데 최근에 임시 벽을 설치해 두 공간으로 나누어서 하나는 거실로, 하나는 침실로 썼다. 임시 벽 이라고 해봐야 그저 합판 하나 세워둔 것에 불과했는데, 그래도『방 콕 포스트(Bangkok Post)』와『헤럴드 트리뷴(Herald Tribune)』같은 영자신문으로 깔끔하게 도배되어 있었다. (펠리페는 나중에 케오가 밤마 다 침실에 누워서 영어 공부를 하기 위해 벽에 붙은 영자 신문 속의 단어들을 죄다 외울 것 같다고 말했다.) 조명은 거실에 달린 알전구 하나뿐이었다. 좌변기와 대야가 있는 조그만 콘크리트 욕실도 있었다. 하지만 우리가 방문했던 그날 밤에는 대야에 개구리들이 가득 들어 있었다. 개구리 수조에 더 이상의 개구리가 들어갈 공간이 없었기 때문이다. (케오는 수백 마리의 개구리를 키워서 좋은 점이 하나 더 있다고 했다. "이 동네에서 우리 집에만 모기가 없죠.") 부엌은 집 밖에 있었는데, 작은 차양 아래의 맨땅을 그냥 빗자루로 깨끗하게 쓸어둔 공간이었다.

"언젠가 진짜 부엌 바닥을 만들어줄 거예요." 언젠가는 거실에 방한 설비를 할 것이라고 말하는 미국인 가장 같은 느긋한 태도로 케오가 말했다. "하지만 그러려면 우선 돈을 모아야죠."

집 안에는 식탁도 의자도 없었다. 옥외 부엌에는 자그마한 벤치가 있었고, 벤치 아래 이 집의 조그만 애완견이 있었다. 얼마 전에 새끼를 낳았다고 했는데, 새끼 강아지들은 게르빌루스쥐만 했다. 자신의 현대적인 삶에서 케오가 단 하나 부끄러워했던 것이 바로 애완견이 너무 작다는 것이었다. 그는 귀한 손님에게 이렇게 작은 강아지를 소개하는 것 자체가 염치없는 짓이라고 생각하는 듯했다. 마치 강아지의 작은 체구가 자기 삶의 수준이나 야망에 전혀 어울리지 않는다는 듯이.

"우리도 저 강아지가 너무 작아서 볼 때마다 웃어요. 더 큰 강아지가 아니라서 미안해요." 케오가 사과했다. "하지만 정말로 착한 개예요."

닭도 한 마리 있었다. 닭은 부엌에서 살았는데, 마당을 돌아다니기는 하되 도망치지 못하도록 밧줄로 벽에 묶어두었다. 닭은 작은 종이 상자에서 살았고, 거기서 매일 달걀을 하나씩 낳았다. 케오는 취미로 농사를 짓는 상류층 사람 같은 태도로 자랑스럽게 한쪽 팔을 쭉 뻗어 상자 속의 닭을 소개했다. "그리고 이게 바로 우리 닭입니다!"

그 순간, 나는 펠리페를 힐끗 훔쳐보았고 그의 얼굴에 착잡한 심경이 드러나는 것을 보았다. 다정함, 연민, 향수, 감탄, 그리고 약간의 슬픔이 차례로 스쳐갔다. 펠리페 자신도 브라질 남부의 가난한 마을에서 자랐지만, 케오처럼 언제나 자부심을 잃지 않았다. 사실 펠리페는 아직도 자부심이 대단해서 사람들에게 자신은 '가난한' 정도가 아니라 '찢어지게 가난한' 집에서 태어났다고 즐겨 말할 정도였다. 그 말에는 자신이 가난을 항상 일시적인 상태로 받아들였다는 의미가 담겨 있었다. (부모의 품에 안긴 무력한 아이로서 어쩌다가 돈이 조금 부족했다는 식으로.) 그리하여 케오처럼 펠리페도 일찌감치 어설픈 사업을 시작했다. 그는 아홉 살 때 처음으로 돈벌이 아이디어가 떠올랐다. 그가 사는 포르토 알레그레의 언덕 아래에 깊은 웅덩이가 있었는데, 차들이 매번 그 웅덩이에 빠져서 꼼짝 못하곤 했다. 그는 친구에게 도움을 청했고, 두 소년은 하루 종일 언덕 밑에서 기다렸다가 웅덩이에 빠진 차들을 밀어주었다. 운전자들은 감사의 표시로 푼돈을 쥐어주었고, 그 푼돈으로 그는 미국 만화책을 실컷 살 수 있었다. 열 살이 되었을 때는 고물 쇠붙이 사업에 뛰어들어 마을을 돌아다니며 쇳조각, 놋쇠, 구리 등을 모아 돈을 받고 팔았다. 열세 살에는 동네 정육점과 도살장의 쓰레기를 뒤져서 찾아낸 뼈를 풀 공장에 팔았다. 그 돈은 처음으로 브라질을 떠나는 배표를 살 때 보태 썼다.

그러니까 만약 개구리와 버들붕어가 돈이 된다는 사실을 알았다면, 펠리페도 분명 그 일을 했을 것이다. 의심의 여지가 없다.

지금까지 펠리페는 케오와 시간을 보낸 적이 없었다. 사실 펠리페는 오지랖 넓은 케오의 성격을 매우 짜증스러워했다. 하지만 케오의 집에 들어서서 신문지로 도배한 벽이며 빗자루로 쓴 땅바닥, 욕실의 개구리들, 상자 속의 닭, 보잘것없는 작은 개를 보고 나자 펠리페의 마음이 바뀌었다. 만삭이 다 되어 갑자기 몸이 엄청 불었다지만 여전히 자그마한, 케오의 아내 노이는 가스불 하나로 저녁을 요리하느라 구슬땀을 흘리고 있었다. 그런 노이를 바라보는 펠리페의 눈가는 감동으로 촉촉해졌다. 하지만 그는 너무도 예의 바른 사람이라 별다른 말은 하지 않고, 그저 그녀가 만드는 음식에 관심을 보였다. 노이는 수줍게 펠리페의 칭찬을 받아들였다. ("노이도 영어를 할 줄 알아요. 하지만 너무 소심해서 좀처럼 말하려고 하지 않죠." 케오가 말했다.)

우리는 작은 몸집에 낡은 푸른색 사롱만 둘렀는데도 여왕 같은 품위를 풍기는 노이의 엄마를 소개받았다. 케오는 그냥 '할머니'라고 소개했다. 내 예비 남편은 강한 본능에 따라 이 자그마한 여인에게 허리를 숙여 인사했다. 그의 거창한 인사에 할머니는 (눈으로만) 살짝 웃었고, 보일 듯 말 듯하게 고개를 까닥였다. "그런 인사를 받으니 기쁘네요, 선생님"이라고 넌지시 알리는 듯했다.

그 순간, 나는 펠리페가 너무나 사랑스러웠다. 언제, 어디서든 이보다 더 사랑스러웠던 적은 없었을 것이다.

비록 가구는 하나도 없었지만, 세 가지 사치품이 떡하니 자리 잡고 있었다. 스테레오 스피커와 DVD 플레이어가 장착된 텔레비전과

소형 냉장고, 선풍기가 그것이었다. 우리가 집 안에 들어가자, 이 세 가지 가전제품이 맹렬히 작동되며 우리를 반겼다. 선풍기에서는 바람이 나오고, 냉장고는 윙윙거리며 맥주에 들어갈 얼음을 만들었고, 텔레비전 소리는 집 안이 떠나갈 듯했다.

케오가 물었다. "저녁 먹는 동안 음악을 들을래요, 텔레비전을 볼래요?"

나는 음악을 듣는 것이 좋겠다고 말했다.

"서양의 하드락 음악을 들을래요, 부드러운 라오스 음악을 들을래요?" 그가 또 물었다.

나는 신경 써줘서 고맙다고 말한 뒤, 부드러운 라오스 음악을 듣고 싶다고 했다.

"알았어요. 당신들이 좋아할 만한 완벽한 라오스 음악이 있죠." 케오가 말했다. 그는 라오스의 사랑 노래를 틀고, 볼륨을 최대한으로 키웠다. 스테레오 스피커가 얼마나 좋은지 보여주기 위해서였다. 케오가 우리 코앞에 선풍기를 들이댄 것도 같은 이유에서였다. 그에게는 그렇게 사치스러운 편의 시설이 있었고, 우리가 최대한 그 혜택을 누리기를 원했다.

따라서 꽤나 시끌벅적한 저녁이었지만, 꼭 나쁘지만은 않았다. 떠들썩함은 흥겨운 분위기의 신호탄이고, 우리는 충실히 그 신호를 따랐다. 이내 다함께 비어라오를 마시며 웃고 떠들었다. 최소한 펠리페와 케오, 캄시, 나는 맥주를 마시며 깔깔거렸다. 하지만 만삭이 다 된 노이는 더위로 힘들어하는 것 같았다. 그녀는 맥주를 입에 대지 않았고, 말없이 딱딱한 땅바닥에 앉아 더 편한 자세를 취하기 위해 가끔씩 몸을 움직였다.

할머니는 맥주를 마시기는 했지만, 우리처럼 많이 웃지는 않았다. 그저 말없이 온화하게 우리를 바라볼 뿐이었다. 할머니는 중국과의 접경지대인 북쪽 지방에서 왔으며, 대대로 농사를 지었다고 한다. 또한 열 명의 자녀들을 두었는데, 모두 집에서 낳았다. 할머니가 이런 사실을 말해준 이유는 내가 직접 물었기 때문이다. 케오의 통역을 통해 할머니는 열여섯 살에 했던 당신의 결혼이 꽤나 '우발적'이었다고 말했다. 우연히 마을을 지나가던 남자와 결혼을 한 것이다. 그 남자는 할머니의 집에서 하룻밤 묵었는데, 할머니를 보고 사랑에 빠졌다. 그리고 며칠 후, 두 사람은 결혼했다. 나는 할머니에게 결혼에 대한 생각을 좀 더 물어보려고 했다. 하지만 할머니는 자신이 농사를 지었으며, 우발적으로 결혼했고, 열 명의 자녀를 두었다는 말만 되풀이했다. 나는 '우발적으로' 결혼했다는 말에 다른 의미는 없는지 너무도 궁금했지만(우리 집안의 많은 여자들 역시 '뜻밖의 사고로' 우발적인 결혼을 해야만 했기 때문이다), 더 이상의 정보를 캐낼 수 없었다.

"할머니는 당신의 과거에 대한 질문을 받는 데 익숙하지 않으세요." 케오의 설명에 나는 그만 묻기로 했다.

대신 그날 저녁 내내 할머니를 훔쳐보았다. 할머니는 저녁 내내 아주 먼 곳에서 우리를 관조하는 듯했다. 너무도 고요하고, 말수 없는 태도에서는 속세를 초월한 듯한 분위기가 흘러나와서 가끔씩 할머니가 정말로 사라져버릴 것 같았다. 할머니는 내 바로 맞은편에 있었고 팔만 뻗으면 닿을 거리였지만, 마치 달처럼 높은 곳에 마련된 자비로운 왕좌에서 우리를 굽어보는 듯했다.

케오의 집은 작았지만, 어쩌나 깔끔한지 바닥에 떨어진 음식도 집 어먹을 수 있을 정도였다. 그리고 실제로 우리는 그렇게 했다. 다함 께 대나무 깔개 위에 앉아 손으로 밥을 조금씩 덜어 주먹밥을 만들 어 먹으며 함께 식사했다. 라오스의 풍습에 따라 연장자부터 나이 순서대로 같은 잔에 술을 따라 마셨다. 우리가 먹은 음식은 혀에 착 착 감기는 매콤한 메기탕, 훈제 생선 소스를 곁들인 그린 파파야 샐 러드, 쌀밥, 그리고 개구리 고기였다. 그들은 개구리 고기를 메인 요 리로 자랑스럽게 내놓았다. 케오의 집에서 직접 기른 개구리로 만들 었기 때문에 꽤 많은 양이 나왔다. 전에도 개구리를 먹은 적이 있었 지만(엄밀히 말하자면 개구리 다리), 이 요리는 차원이 달랐다. 살집이 많은 거대한 황소개구리를 마치 닭을 고을 때처럼 크게 토막 내어서 껍질과 뼈째 푹 삶는다. 가장 먹기 곤욕스러운 부분은 껍질이었다. 아무리 요리를 했어도 미끌미끌한 점박이 무늬가 그대로 남아서 개 구리의 살갗임을 여실히 보여주었기 때문이다.

노이는 우리가 먹는 모습을 유심히 바라보았다. 그녀는 식사 도중 에 말이 거의 없었는데, 딱 한 번 "밥만 드시지 마세요. 고기도 드세 요"라고 말했다. 우리는 귀한 손님이니까 귀한 고기를 먹어야 한다 는 것이다. 그래서 우리는 군말 없이 그 질긴 개구리 고기를 껍질째, 때로는 뼈까지 꾸역꾸역 씹어 먹었다. 펠리페는 한 접시도 아니고 두 접시나 더 달라고 했다. 그의 부탁에 노이는 기쁨을 감추지 못하 고 얼굴을 붉히며, 만삭인 배를 보고 미소 지었다. 나는 펠리페가 삶 은 황소개구리 한 덩어리를 또 삼키느니, 차라리 자기 신발을 삶아 먹을 사람이라는 것을 알고 있었기에, 그의 착한 마음씨가 너무나 사랑스러웠다.

'이 남자는 지구 어디에 떨어져도 어떻게 처신해야 할지 알 거야.' 나는 자랑스럽게 생각했다.

저녁 식사가 끝나자, 케오는 우리를 즐겁게 해주는 동시에 교육시키기 위해 라오스의 전통 결혼식 춤을 찍은 비디오테이프를 틀어주었다. 진한 화장을 하고, 반짝이는 사롱을 두른 라오스 여자들 한 무리가 무대 위에서 춤을 추었다. 그들의 춤은 가만히 서서 몸은 움직이지 않은 채 손만 돌려대는 동작이 많았고, 얼굴에는 미소가 붙박여 있었다. 우리는 30분 동안 말없이 화면을 바라보았다.

"이 여자들은 실력이 뛰어난 전문 무용수들이에요." 마침내 이상한 몽상에 잠겨 있던 우리를 깨우며 케오가 말해주었다. "뒤에서 노래하는 사람은 라오스에서 아주 유명한 가수예요. 라오스의 마이클 잭슨이라고 할 수 있죠. 직접 만난 적이 있어요."

케오에게는 보기 딱할 정도로 순수한 구석이 있다. 사실 그의 가족 모두가 지금까지 내가 만났던 어떤 사람들보다 순수하다. 제아무리 텔레비전, 냉장고, 선풍기를 갖추고 살아도 그들은 현대화, 최소한 현대화의 차가운 교활함에 전혀 물들지 않았다. 오늘 케오네 식구들과 나눈 대화에서 아이러니나 냉소주의, 비꼬거나 현학적인 말은 전혀 찾아볼 수 없었다. 나는 이 식구들보다 훨씬 영악한 다섯 살배기 미국 꼬마를 알고 있다. 사실 내가 아는 미국의 모든 다섯 살배기들이 이 가족들보다 영악하다. 나는 이 집 전체에 거즈 같은 천을 둘러 세상으로부터 이들을 보호하고 싶었다. 이 집의 크기로 볼 때 그다지 큰 거즈가 필요할 것 같지도 않았다.

춤 관람이 끝나자, 케오는 텔레비전을 끄고 다시 자신과 노이가 꿈꾸고 계획하는 미래에 대한 이야기로 옮겨갔다. 아이가 태어나면 분명 더 많은 돈이 필요하기 때문에 케오는 개구리 사업을 확장할 계획이었다. 언젠가 개구리 번식장을 개발하고 싶다고 했다. 개구리 들이 번식하기에 가장 이상적인 계절인 여름과 비슷한 환경을 갖춘 번식장이라고 했다. 일종의 온실인 듯했다. 그 번식장에는 "가짜로 비가 오고, 가짜로 해가 뜨는" 최첨단 기술이 도입될 것이라고 했다. 개구리들은 가짜 날씨에 속아 겨울이 온 줄도 모를 것이고, 그렇게 만 된다면 큰 이득을 얻을 것이다. 겨울은 개구리 사업의 정체기이 기 때문이다. 겨울이 되면 개구리들은 동면을 하는데(케오는 "명상을 한다"고 말했다), 그동안 아무것도 먹지 않아서 무게가 준다. 따라서 무게로 값을 매기는 개구리 사업에 불리하다. 케오가 일 년 내내 개 구리를 키울 수 있게 된다면, 루앙프라방에서 유일하게 그 일을 해 내는 사람이 된다면, 사업은 크게 번창하고 가족들도 호강하게 될 것이다.

"기막힌 아이디어야, 케오." 펠리페가 말했다.

"노이의 아이디어예요." 케오가 말했다. 우리는 또다시 케오의 아 내, 겨우 열아홉 살에 만삭인 배를 안고 땅바닥에 어색하게 무릎을 꿇고 앉아 더위로 땀범벅이 된 예쁜 노이를 바라보았다.

"당신은 천재군요!" 펠리페가 감탄했다.

"천재라니까요!" 케오가 맞장구쳤다.

그 칭찬에 노이의 얼굴이 어찌나 빨개졌는지 금방이라도 기절할 듯했다. 그녀는 우리와 시선을 마주치지 못했다. 하지만 우리를 마주보지 않더라도, 그녀가 자랑스러워한다는 것을 알 수 있었다. 그녀는 남편이 자신을 얼마나 떠받드는지 잘 알고 있었다. 잘생기고 젊고 창조적인 케오는 아내를 너무도 떠받들었기에 귀한 손님들에게 자랑하지 않을 수 없었던 것이다! 그렇게 사람들로부터 자신의 가치를 인정받자, 내성적인 누이는 원래보다 몸이 두 배로 부풀어오를 것만 같았다(금방이라도 나올 것 같은 아기 때문에 이미 원래보다 몸이 두 배로 불어난 상태였지만). 솔직히 말해서 그 멋진 순간에 이 어린 예비엄마가 어찌나 흥분하고 들뜨던지, 나는 그녀가 하늘로 둥실 떠올라 할머니와 함께 달나라로 가버리지 않을까 두려웠다.

외할머니의 인생에서
가장 확고한 단어는 '퍼준다'

그날 밤, 차를 타고 호텔로 돌아가는 동안 외할머니가 생각났다.

올해 아흔여섯이 된 우리 외할머니, 모드 모르콤 여사는 생활수준이 나보다는 케오 부부와 훨씬 더 비슷한 집안에서 태어났다. 영국 북부에서 건너온 이민자 출신인 외할머니의 가족은 짐마차를 타고 미네소타 중부로 오게 되었다. 엉성하게 잔디로 지은 집(나무나 돌이 부족한 초원 지대에서 짓는 집—옮긴이)에 살며 혹독한 겨울을 이겨냈다. 오로지 죽어라고 일한 덕분에 땅을 사고, 작은 오두막을 짓고, 더 큰 집으로 이사 가고, 차츰 가축을 늘리며 자리를 잡았다.

외할머니는 1913년 1월, 추운 한겨울에 태어났다. 생명에 지장을 줄 수도 있는 심각한 장애를 가지고 태어났는데 구개 파열로 입천장에 구멍이 생기고, 윗입술이 찢어진 것이다. 4월이 다 되어 철로가 녹은 후에야 외증조할아버지는 외할머니를 로체스터에 데려가 기초적인 수술을 받을 수 있었다. 장애 때문에 젖도 못 먹었던 외할머니가 수술 받기 전까지 어떻게 목숨을 연명했는지는 지금도 의문이다. 외할머니는 아마도 외증조할아버지가 젖소를 키우는 집에서 고무호스를 빌어다가 어떻게 했을 것이라고 생각한다. 최근 들어 외할머니는 당신의 생후 첫 몇 달에 대해 좀 더 자세히 물어보지 못한 일이 후회된다고 말했다. 하지만 우리 외가는 원래 슬픈 추억을 곱씹거나 고통스런 대화를 나누는 집안이 아니다. 따라서 그 이야기는 한 번도 나온 적이 없었다.

외할머니는 불평을 모르는 분이지만, 당신의 삶은 누가 보더라도 험난했다. 물론 주위 사람들도 살기 힘들기는 마찬가지였다. 하지만 외할머니는 언청이라는 짐을 하나 더 짊어졌고, 그로 인해 말을 빨리하지 못했으며 얼굴 한가운데 눈에 띄는 흉터가 있었다. 당연히 외할머니는 극도로 내성적인 성격이 되었다. 그런 모든 이유 때문에 사람들은 외할머니가 평생 결혼하지 못하리라고 생각했다. 아무도 그 생각을 입 밖에 내어 말하는 사람은 없었지만, 다들 알고 있었다.

하지만 가장 불행한 운명이 때로는 뜻밖의 혜택을 가져다주기도 하는 법이다. 외할머니의 경우에 그 혜택이란, 외가에서 유일하게 제대로 된 정식 교육을 받았다는 것이다. 외할머니는 언젠가는 독신 여성으로서 스스로의 생계를 책임져야 했으므로 반드시 교육을 받아야 했고, 덕분에 공부에 몰두할 수 있었다. 남자아이들은 8학년만

돼도 학교를 빠지고 밭으로 끌려가기 일쑤였고, 여자아이들은 고등학교도 채 끝마치지 못하던 시절이었다(여자들은 학교를 마치기도 전에 결혼해서 아기를 낳는 경우가 다반사였다). 그런 상황에서 외할머니만 유일하게 시내로 나가 하숙을 하며 열심히 공부했다. 외할머니는 성적이 뛰어났다. 특히 역사와 영어를 좋아해서 언젠가 교사가 되고 싶어 했다. 또 교대 등록금을 마련하기 위해 남의 집을 청소하는 일도 했다. 하지만 대공황이 닥치면서, 대학 등록금을 마련하는 일은 영영 물 건너 가버렸다. 그래도 외할머니는 일을 계속했고, 당시 미네소타 중부의 최대 돌연변이가 되었다. 즉 스스로 생계를 책임지는 자주적인 아가씨가 된 것이다.

외할머니기 고등학교를 졸업한 이후에 있었던 일들은 언제 들어도 나를 매료시킨다. 당시 외할머니의 삶은 주위의 어떤 여자들과도 확연히 달랐기 때문이다. 외할머니는 결혼해서 곧바로 가정을 꾸리지 않고, 진짜 바깥세상으로 나가 다양한 경험을 했다. 외증조할머니는 농장을 떠나는 일이 거의 없어서 한 달에 한 번씩만 외할머니를 찾아가(그나마도 겨울에는 오지 않았다고 한다) 밀가루며 설탕, 깅엄 같은 생필품을 찬장에 채워놓고 갔다. 고등학교를 졸업한 뒤, 외할머니는 혈혈단신으로 몬태나 주에 갔다. 레스토랑에서 일하며 카우보이들에게 파이와 커피를 서빙했다. 그것이 1931년의 일이다. 외할머니는 우리 외가의 어떤 여자들도 상상하지 못했던 이국적이고 특이한 일들을 했다. 진짜 기차역에 있는 진짜 미장원에서 진짜 미용사에게 커트를 하고, 멋진 파마를 했다(거금 2달러를 들여서). 진짜 상점에서 날렵하고 유혹적인 노란색 드레스를 사기도 하고, 영화를 보러 가기도 하고, 책을 읽기도 했다. 미네소타 주로 돌아올 때는 외할머니와 비슷한 또래의 잘생긴 아들을 둔 어느 러시아 이민자의 트럭을 얻어 탔다.

몬태나 주에서의 모험을 마치고 고향으로 돌아온 뒤, 외할머니는 파커 부인이라는 부유한 노부인의 가정부 겸 비서로 취직했다. 그녀는 술과 담배를 즐기고, 잘 웃고, 신나게 사는 사람이었다. 외할머니는 파커 부인이 "심지어는 욕도 서슴지 않았다"고 했다. 또 집에서 연일 어찌나 호화로운 파티를 열었는지(최고급 스테이크, 최고급 버터, 떨어질 겨를이 없는 술과 담배) 바깥세상에서 대공황이 맹위를 떨친다는 것도 모를 정도였다. 게다가 인심도 좋고 자유분방한 성격이라서 자기가 입던 좋은 옷을 외할머니에게 주기까지 했다. 하지만 불행히도 외할머니는 파커 부인 체구의 절반밖에 되지 않아 그런 혜택을 제대로 누리지 못했다.

외할머니는 열심히 일하며 돈을 모았다. 그 사실은 강조할 필요가 있다. 외할머니에게는 당신만의 돈이 있었다. 수세기 전까지 거슬러 올라가 외할머니의 조상들을 눈 씻고 찾아봐도, 자신만의 돈을 모았던 여자는 찾지 못할 것이다. 외할머니는 심지어 언젠가 구순구개열 흉터를 제거하는 수술을 받기 위해 따로 돈을 모으기도 했다. 하지만 내 생각에 외할머니의 젊음과 자유를 가장 잘 나타내는 표상은 따로 있었다. 바로 외할머니가 1930년대 초반에 200달러나 주고 샀던, 진짜 모피가 달린 화려한 와인색 코트다. 그것은 우리 외가 여자들에게 전례가 없는 사치였다. 외증조할머니는 그렇게 천문학적인 액수의 돈을 한낱 코트에 탕진했다는 사실에 할 말을 잃었다고 한다. 다시 한 번 말하지만, 우리 외가의 족보를 이 잡듯이 뒤져도 외할머니 이전에는 자신을 위해 이렇게 고급스럽고 호화스러운 물건을 구입한 여자를 찾을 수 없을 것이다.

요즘도 그 코트에 대해 물어보면, 외할머니는 황홀한 표정으로 눈꺼풀을 파르르 떤다. 진짜 모피 칼라가 달린 그 와인색 코트는 외할머니가 평생 소유했던 물건들 가운데 가장 아름다웠고, 외할머니는 지금도 목과 턱을 간질이던 부드러운 털의 감촉을 기억했다.

그해 말, 아마도 그 매혹적인 코트를 입고 다녔을 시기에 외할머니는 칼 올슨이라는 젊은 농부를 만나게 된다. 칼의 동생이 외할머니의 동생을 쫓아다녔고, 칼은 외할머니와 사랑에 빠졌다. 훗날 우리 외할아버지가 될 칼은 낭만적인 성격이 아니었고, 시적이지도 않았으며, 부자는 더더욱 아니었다. (외할아버지의 재산과 비교하면 외할머니가 모은 얼마 안 되는 돈마저 대단해 보일 정도였다.) 하지만 외할아버지는 아찔할 정도의 미남이었고, 부지런했다. 올슨가의 형제들은 다들 잘생기고 부지런하기로 유명했다. 외할머니도 외할아버지와 사랑에 빠졌고, 모두의 예상을 깨고 모드 에드나 모르콤은 결혼하게 되었다.

이 이야기를 생각할 때마다 지금까지 내가 내렸던 결론은 결혼과 함께 모드 에드나 모르콤의 자유로운 생활도 막을 내렸다는 것이다. 결혼 후로 외할머니의 삶은 끝없는 고난과 노동의 연속이었고, 그런 삶은 아마도 1975년까지 계속되었을 것이다. 외할머니가 온실 속의 화초로 자란 사람은 아니었지만, 갑자기 삶이 순식간에 고달파졌다. 외할머니는 파커 부인의 호화로운 집에서 나와(이제는 스테이크도, 파티도, 수돗물도 안녕이었다) 외할아버지의 농장에서 살았다. 외할아버지의 집안은 엄격한 스웨덴 이민자 출신이었고, 외할머니는 시아버지, 도련님과 함께 조그만 농가에서 살아야 했다. 집안에 여자라고는 외할머니뿐이어서 세 남자를 위해 요리와 청소를 도맡아야 했고, 농장 일꾼들의 식사까지 준비하는 일이 빈번했다. 루스벨트 대통령의 농촌 전화(電化) 사업국 프로그램에 따라 마침내 마을에 전기가 들어왔지만, 외증조할아버지는 가장 낮은 와트의 전구만 사왔고 따라서 불이 켜질 때가 거의 없었다.

외할머니는 그 집에서 일곱 자녀 가운데 다섯을 키웠다. 우리 엄마도 그 집에서 태어났다. 외할머니의 첫 세 아이들은 달랑 전구 하나뿐인 방에서 모두 함께 지냈다. (시아버지와 도련님은 각각 방을 하나씩 차지했다.) 케오와 노이의 아이들도 그럴 것이다. 첫 아이가 태어났을 때는 의사에게 돈 대신 송아지 고기를 주었다. 더 이상 돈이 없었기 때문이다. 돈은 처음부터 없었다. 외할머니가 모아둔 돈, 구순구개열 흉터 수술을 받기 위해 모아두었던 돈은 이미 농장에 쏟아부은 지 오래였다. 큰딸이 태어나자, 외할머니는 그토록 아끼던 와인색 코트를 뜯어서 새로 태어난 아기의 크리스마스 의상을 만들어주었다.

내게 이 이야기는 우리 쪽 사람들에게 결혼이 어떤 것인지 가장 잘 보여주는, 효과적인 메타포였다. 여기서 '우리 쪽 사람들'이란 우리 집안의 여자들, 특히 내 뿌리이자 근원인 외가 쪽 여자들을 말한다. 왜냐하면 자식을 위해 평생 당신이 소유했던 물건 가운데 가장 아름다운 물건을 포기한 일은 우리 외할머니 세대의 모든 여성들(아울러 그 이전의 여성들)이 가족과 남편, 자식을 위해 했던 일이기 때문

217

이다. 그들은 자신의 가장 훌륭하고 자랑스러운 부분을 싹둑싹둑 잘라 아낌없이 주었다. 자신의 소유였던 물건들을 다시 본떠 가족을 위한 물건을 만들었다. 정작 본인들을 위해서는 아무것도 만들지 않았다. 저녁 식탁에 가장 마지막으로 앉는 사람도 그들이었고, 아침에 가장 먼저 일어나 다른 가족들을 위해 썰렁한 부엌을 따뜻하게 데운 것도 그들이었다. 그것만이 그들이 유일하게 할 줄 아는 일이었다. 그들의 길잡이이자, 인생의 가장 확고한 원칙이 되어준 단어는 '퍼준다'였다.

진짜 모피 칼라가 달린 와인색 코트 이야기만 생각하면 나는 언제나 눈물이 난다. 이 이야기가 결혼에 대한 내 감정을 단번에 결정짓지 않았다고 한다면, 거짓말일 것이다. 결혼 제도가 착한 여자에게서 무엇을 빼앗아갈 수 있는지를 깨닫고 내 마음속에 작고 고요한 슬픔이 벼려지지 않았다고 한다면, 그것도 거짓말이다.

하지만 이 이야기의 뜻밖의 반전을 밝히지 않는다면, 적어도 가장 중요한 사실을 알리지 않는다면, 그것 또한 내가 거짓말하는 셈이 될 것이다. 펠리페와 내가 국토안보부로부터 결혼을 선고받기 몇 달 전, 나는 외할머니를 만나러 미네소타 주에 갔다. 나는 사각형 모양의 퀼트를 만드는 외할머니 곁에 앉아 이런저런 이야기를 나누었다. 그러다 문득 한 번도 물어본 적이 없는 질문을 던졌다. "지금까지 사시면서 가장 행복했던 때가 언제였어요, 할머니?"

마음속으로는 이미 그 대답을 알고 있었다. 분명 1930년대 초, 외할머니가 파커 부인 집에 살면서 날씬한 노란색 드레스를 입고 미장원에서 머리를 손질하고, 재단사가 몸에 꼭 맞게 재단해준 와인색 코트를 입고 돌아다니던 시절일 것이다. 그것 말고 또 무슨 답이 있겠는가? 하지만 할머니들의 유일한 문제점은 다른 것은 다 퍼줘도 자신의 삶에 대한 견해만큼은 절대 양보하지 않는다는 것이다. 우리 외할머니 역시 이렇게 대답했다. "살면서 가장 행복했던 때는 네 외할아버지와 신혼 생활 하던 때였어. 올슨 가족 농장에서 함께 살던 때."

다시 한 번 말하지만, 두 분에게는 아무것도 없었다. 외할머니는 세 남자(그것도 걸핏하면 서로 싸워대는, 퉁명스러운 스웨덴 농부들)의 식모나 다름없었다. 게다가 난방과 조명도 제대로 되지 않고, 오줌을 지린 천기저귀들이 수북한 방 하나에서 갓난아이들과 함께 지내야 했다. 임신과 출산을 반복할 때마다 외할머니의 건강은 점점 나빠지고 쇠약해졌다. 집 밖에서는 대공황이 한창이었고, 시아버지는 집 안에 수도관을 설치하지 않겠다고 했다. 기타 등등, 기타 등등…….

"할머니." 나는 두 손으로 관절염에 걸린 외할머니의 손을 붙잡았다. "어떻게 그 시절이 살면서 가장 행복했을 수가 있어요?"

"정말이야. 난 행복했어. 나만의 가족이 있고, 남편도 있고, 아이들도 있었는걸. 그 모든 게 감히 내가 꿈도 꿔볼 수 없는 것들이었지."

외할머니의 말은 충격적이었지만, 나는 그 말을 믿었다. 하지만 외할머니의 말을 믿었다고 해서 외할머니를 이해한다는 뜻은 아니다. 사실 나는 살면서 그 시절이 가장 행복했다는 외할머니의 말을 이해하지 못했다. 그 후로 몇 달 뒤, 라오스에서 케오 부부와 함께 저녁 식사를 하기 전까지는 말이다. 땅바닥에 앉아 부른 배를 안고, 불편하게 자세를 바꿔가는 노이를 보면서 나는 자연스럽게 그녀의 삶에 대한 온갖 추측을 하기 시작했다. 꽃다운 나이에 결혼해서 고생하는 노이가 안쓰러웠고, 이미 황소개구리들로 점령당한 집에서 아이를 어떻게 키울지 걱정스러웠다. 하지만 케오가 어린 아내가 똑똑하다고 자랑했을 때(그것도 개구리 온실에 대한 훌륭한 아이디어를 냈다는 이유로!) 나는 이 어린 소녀(너무 수줍어서 저녁 내내 우리와 눈도 마주치지 못했던 그 소녀)의 얼굴에 기쁨이 퍼져가는 것을 보았다. 그 순간, 불현듯 외할머니와 마주하게 되었다. 그리고 노이를 통해 지금까지와는 전혀 다른 시선으로 외할머니를 보게 되었다. 외할머니도 분명 자부심과 생기에 넘치고, 자신의 처지를 감사하는 아내이자 어머니였을 것이다. 외할머니는 어떻게 1936년에 행복할 수 있었을까? 2006년에 노이가 행복한 것과 같은 이유다. 즉 자신이 누군가의 삶에 없어서는 안 되는 사람이라는 사실을 알았기 때문이다. 동반자가 있고, 그 동반자와 함께 미래를 만들어나가고, 두 사람이 만들어나가는 미래에 확신이 있고, 자신에게 그런 일이 일어났다는 사실이 놀라웠기 때문이다.

외할머니와 노이가 좀 더 큰 야망을 (아마도 내 야망과 이상에 좀 더 가까운 수준의 야망) 가졌어야 한다는 말로 두 사람을 모욕하지는 않을 것이다. 또한 남편 인생의 중심이 되고자 하는 욕구가 병적인 심리의 반영이라고도 말하지 않을 것이다. 나는 외할머니나 노이가 자신들이 원하는 행복이 무엇인지 알았다고 인정할 것이며, 그들의 그런 삶에 경의를 표한다. 그들의 삶은 정확히 그들이 원하던 바였다.

그것으로 된 것이다.

정말 그럴까?

문제가 더 복잡해지겠지만, 여기서 그날 미네소타에서 우리의 대화가 끝나갈 무렵에 외할머니가 했던 말을 전해야만 하겠다. 외할머니는 최근에 내가 펠리페라는 남자와 사랑에 빠진 것을 알고 있었고, 우리 관계가 진지해지고 있다는 것도 익히 들은 상태였다. 외할머니는 (손녀딸과 달리) 오지랖이 넓은 성격이 아니다. 하지만 우리는 마음을 터놓은 이야기를 나누는 중이었고, 따라서 외할머니는 단도직입적으로 물어봐도 되겠다고 생각한 모양이었다.

"이 남자와 어떻게 할 계획이냐?" 외할머니가 물었다.

"잘 모르겠어요. 그저 워낙 친절하고, 사랑스럽고, 날 성원해주고, 행복하게 해주기 때문에 함께 있고 싶을 뿐이에요."

"하지만 너희들 결혼은……?" 외할머니는 말끝을 흐렸다.

나는 잠자코 아무 말도 하지 않았다. 외할머니가 무엇을 묻고 싶어 하는지 알고 있었다. 하지만 그때는 재혼하고 싶은 의사가 없었기에, 그냥 그 순간이 지나가기를 바라며 아무 말도 하지 않았다.

잠시 침묵이 흐른 뒤에 외할머니가 다시 물었다. "너희 두 사람 혹시라도 아기는……?"

이번에도 나는 대답하지 않았다. 버릇없거나 까칠하게 굴고 싶은 마음은 없었다. 그저 아기를 가질 계획이 없었고, 그 사실로 외할머니를 실망시켜드리고 싶지 않았다.

하지만 다음 순간, 거의 한 세기를 살아온 외할머니의 입에서 충격적인 말이 나왔다. 외할머니는 양손을 들어올리며 물었다. "그냥 직접 물어보는 게 낫겠구나! 설마 좋은 남자를 만났다고 해서 바로 결혼하고, 아이 낳고, 글 쓰는 일을 그만둘 생각은 아니겠지?"

완벽한 결혼이라는
판타지에 세뇌된다는 것!

그러니 이 일을 어떻게 받아들여야 할까?

인생에서 가장 행복한 결정이 남편과 자식들을 위해 모든 것을 포기한 일이라고 말했던 외할머니가 그 말의 여운이 채 가시기도 전에 내가 당신과 같은 선택을 하지 않기를 바란다고 말하는 이 상황의 결론을 어떻게 내려야 할까? 이 두 가지 사실에서 어떻게 타협점을 찾아야 할지 정말로 모르겠다. 그러나 완전히 모순되는 이 두 발언이 모두 사실이며, 외할머니의 진심이라는 것만은 분명했다. 우리 외할머니만큼 오래 사신 분에게는 약간의 모순과 미스터리가 허락되어야 한다. 다른 사람들과 마찬가지로 외할머니의 내면에도 여러 일면이 상충한다. 게다가 여성과 결혼이라는 주제 자체가 결론을 쉽게 내리기가 힘들며, 사방이 수수께끼다.

여성과 결혼이라는 이 주제를 조금이라도 풀어가기 위해서는 먼저 결혼이 여성들에게는 남성들만큼 큰 혜택을 주지 않는다는, 불쾌하고도 냉정한 사실에서부터 시작해야 한다. 이 사실은 내가 지어낸 것도 아니고, 나도 굳이 들춰내고 싶지는 않지만, 많은 연구에 의해 입증된 슬픈 진실이다. 반대로 유사 이래 결혼은 언제나 남자들에게 엄청난 혜택을 주었다. 보험 통계 도표에 따르면, 남성의 경우 오랫동안 행복하고, 건강하고, 부유하게 살고 싶다는 가정하에서 자신을 위해 내릴 수 있는 가장 현명한 결정은 결혼이다. 기혼 남성들은 미혼 남성들과는 비교도 안 될 정도로 훌륭한 삶을 산다. 더 오래 살고, 돈도 더 많이 모으며, 업무 능력에서도 앞서고, 폭력으로 사망할 확률도 훨씬 낮다. 또한 미혼 남성들보다 스스로를 훨씬 행복하게 여기며, 알코올 중독이나 약물 중독, 우울증에 시달리는 경우도 훨씬 적다.

"결혼만큼 인간의 행복을 저해하기 위해 철두철미하게 고안된 제도는 없다"라고 1813년에 퍼시 비시 셸리(Percy Bysshe Shelley)는 썼다. 하지만 이 말은 적어도 남성의 행복이라는 관점에서는 완전히 틀린 말이다. 통계적으로 봤을 때 남자가 결혼해서 얻지 못할 것은 거의 없는 듯하다.

가슴 아프게도 여자의 경우에는 정반대다. 현대의 기혼 여성들은 미혼 여성에 비해 삶의 질이 더 떨어지는 실정이다. 미국의 기혼 여성들은 미혼 여성들보다 수명이 짧고, 돈도 더 적게 벌고(결혼했다는 이유만으로 연봉의 평균 7퍼센트가 삭감된다), 일에 있어서도 미혼 여성들만큼의 성과를 거두지 못한다. 또한 미혼 여성들보다 건강도 상당히 나쁘고, 우울증에 시달릴 확률도 높으며, 폭력으로 사망할 확률도 높다. 특히 폭력으로 사망하는 경우에는 범인이 주로 남편이다. 이 것은 통계적으로 봤을 때 평균적인 여성의 삶에서 가장 위험한 사람이 다름 아닌 남편이라는 우울한 현실을 떠올리게 한다.

이 모든 것이 합해져 결국 사회학자들이 '결혼 혜택 불균형'이라고 부르는 현상이 나타난다. 혼인 서약을 통해 남자들은 많은 이득을 얻는 반면, 여자들은 주로 많은 이득을 잃는다는 뜻이다. 괴상할 정도로 서글픈 결론을 가리키는 용어치고는 너무 번듯하다.

그렇다고 책상에 엎드려 울지 말고—이 사실을 알게 되었을 때 나는 그러고 싶었다—상황이 점점 나아지고 있다는 사실에 안심하기 바란다. 세월이 흐르면서 점점 더 많은 여성들이 자주적인 삶을 살았으며, 결혼 혜택 불균형도 점차 줄어들었고, 이 불균형을 상당히 좁혀줄 만한 요소들도 등장했다. 더 많이 교육받고, 더 많은 돈을 벌고, 더 늦게 결혼하고, 아이들을 더 적게 낳고, 남편으로부터 가사 도움을 더 많이 받는다면 기혼 여성의 삶도 나아질 것이다. 서구 역사상 여성들이 아내가 되기에 가장 좋은 시기가 있다면, 바로 요즘일 것이다. 딸이 언젠가 행복한 어른이 되기를 바란다면, 공부를 끝까지 다 마치고, 가능한 한 결혼을 미루고, 스스로 생계를 유지하며, 아이들을 너무 많이 낳지 말고, 기꺼이 욕조 청소를 해주는 남자를 찾으라고 조언해주어라. 그러면 우리 딸들도 미래의 남편과 비슷하게나마 행복하고 건강하고 부유한 삶을 살게 될 것이다.

비슷하게나마.

왜냐하면 간극이 아무리 좁혀진다 해도, 결혼 혜택 불균형은 계속 존재하기 때문이다. 그렇다면 여기서 잠시 도저히 이해할 수 없는 의문점 한 가지를 짚고 넘어가자. 결혼이 여성들에게 도가 지나칠 정도로 불리한 제도라는 사실이 거듭 밝혀졌는데도, 왜 그토록 많은 여성들이 아직도 간절하게 결혼을 원하는 것일까? 그 여자들이 통계치를 몰라서 그런다고 주장할 수도 있지만, 이 문제는 그렇게 간단하지가 않다. 여성과 결혼 사이에는 뭔가 다른 요소가 존재한다. 너무 뿌리 깊고, 너무 감성적이어서 단순히 공공 캠페인만으로는(최소한 서른이 되고 경제적으로 자립하기 전까지 결혼하지 마시오!!!) 변화하거나 바로잡을 수 없는 무엇인가가 존재한다.

이 역설적인 현상을 도저히 이해할 수가 없어서 나는 미국에 사는 몇몇 친구들에게 이메일로 물어보았다. 그들은 남편감을 찾으려고 혈안이 되어 있는 친구들이었다. 결혼에 대한 그들의 절절한 바람은 나로서는 한 번도 경험한 적이 없었고, 따라서 진정으로 이해할 수는 없었지만 이제는 그들의 시선에서 보고 싶었다.

"왜 그렇게 결혼이 하고 싶은 거야?" 나는 친구들에게 그런 질문을 던졌다.

심사숙고한 답변을 해준 친구들도 있었고, 재미있는 답변을 해준 친구들도 있었다. 한 친구는 그녀의 훌륭한 표현대로 하자면 "평생을 갈구하던 인생의 공동 목격자"가 되어줄 남자를 찾고 싶은 욕망을 고찰한 장문의 메일을 보내주었다. 또 다른 친구는 오로지 아기를 낳기 위해서 누군가와 가정을 꾸리고 싶다고 했다. "나는 이 거대한 가슴을 원래의 용도로 쓰고 싶거든"이라고 했다. 하지만 요즘에는 굳이 결혼하지 않고서도 누군가와 함께 살면서 아기를 가질 수 있다. 그런데 왜 꼭 법적인 결혼을 원하는 걸까?

내가 다시 그 질문을 던지자, 또 다른 미혼 친구는 이렇게 대답했다. "내 경우에 결혼하고 싶다는 건 곧 누군가에게 선택받고 싶다는 욕망이야." 그녀는 누군가와 함께 미래를 설계하는 것도 매력적이긴 하지만, 정말로 가슴에 와 닿는 것은 결혼식에 대한 욕망이라고 했다. 결혼식은 "내가 영원히 누군가의 선택을 받을 만큼 귀한 존재라는 사실을 만천하에, 특히 나 자신에게 의심의 여지없이 증명하는" 공적인 행사이기 때문이다.

여러분은 내 친구가 완벽한 결혼이라는 판타지를(하얀 웨딩드레스를 입고, 머리에는 화관을 쓰고, 시중을 들어주는 여자들에게 둘러싸인 아름다운 신부) 끊임없이 팔아온 미국 언론 매체에게 세뇌되었다고 생각할 수도 있다. 하지만 나는 그 말에 동의할 수 없다. 내 친구는 똑똑하고, 책도 많이 읽으며, 사려 깊고, 정상적인 성인이다. 단지 디즈니 만화 속의 공주나 신데렐라 스토리의 드라마를 보고 그런 욕망을 품게 되었다고는 생각하지 않는다. 뭔가 그럴 만한 이유가 있었을 것이다.

또한 이런 여성들이 결혼을 원한다는 이유로 비난받아서도 안 된다고 믿는다. 내 친구는 정말로 심성이 곱다. 자신만큼 사랑이 넘치는 남자를 만난 적이 별로 없고, 자신이 베푼 사랑을 제대로 보답받은 적도 거의 없었다. 그랬기에 채워지지 않은 심각한 감정적 갈망과 자신의 가치에 대한 의문으로 고심했다. 그런 상황에서 아름다운 교회의 결혼식만큼 그녀가 귀한 존재임을 공표할 수 있는 방법이 또 무엇이 있겠는가? 결혼식 날만큼은 참석한 하객들로부터 공주, 처녀, 천사, 루비보다 더 값진 보석 대접을 받을 수 있을 테니 말이다. 일생에 단 한 번이라도 그런 대접을 받아보고 싶어 하는 그 친구를 누가 나무랄 수 있단 말인가?

나는 그 친구가 그런 경험을 하게 되기를 바란다. 물론 좋은 남자를 만나서. 다행히 내 친구는 정신적으로 안정된 사람이라서 오로지 결혼식 판타지를 실현시키고 싶은 마음에 밖으로 뛰어나가 자신과 전혀 맞지 않는 남자와 서둘러 결혼식을 올리지는 않을 것이다. 하지만 분명 세상에는 그런 거래를 하는 여자들이 있다. 고작 오후 한나절 동안 자신의 가치를 공공연하게 증명하는 대가로 미래의 행복을 내놓는 것이다(거기다 수입의 7퍼센트 감소까지. 그리고 수명도 2, 3년 감소된다는 사실을 잊지 말자). 다시 한 번 말하지만, 나는 그런 갈망을 비웃지 않을 것이다. 늘 누군가로부터 귀한 대접을 받고 싶어 했던 사람으로서, 또한 나를 귀하게 생각하는지 시험하기 위해 종종 어리석은 짓까지 했던 사람으로서 나는 그런 기분을 충분히 이해한다. 하지만 최대한 현실에 바탕을 둔 명확하고도 거짓 없는 판타지를 유지하기 위해서는 특히 우리 여성들이 많은 노력을 해야 한다는 것 또한 알고 있다. 아울러 냉정한 식별력이 생기기까지는 가끔씩 수년간의 노력이 필요하다는 사실도.

내 친구 크리스틴은 마흔 번째 생일 전날이 되어서야 자신이 지금까지 진짜 인생을 미뤄왔다는 사실을 깨달았다. 스스로를 어른이라고 생각하기 전부터 결혼식 날만 기다려온 것이다. 하얀 드레스에 베일을 쓰고 교회 복도를 내려가본 적이 없었으므로 그녀 역시 선택받았다는 기분을 느껴보지 못했다. 따라서 지난 20년간 그냥 일하고 운동하고 먹고 자면서 살았다고 생각했지만, 사실은 줄곧 마음속으로 기다려왔다. 그러나 마흔 살 생일이 다가오는데도 그녀 앞에 나타나 공주가 되어달라면서 왕관을 씌어주는 사람은 없었다. 크리스틴은 비로소 그 모든 기다림이 얼마나 어리석었는지 깨닫게 되었다. 아니, 어리석은 것 이상이었다. 그 기다림은 곧 감금이었다. 그녀는 자신이 '신부의 폭정'이라고 이름 붙인 생각의 인질로 살아온 것이다. 그리하여 마침내 그 마법을 깨기로 결심했다.

마흔 번째 생일날 새벽에 크리스틴은 북태평양 연안으로 갔다. 춥고 구름이 잔뜩 낀 날씨여서 로맨틱한 요소라고는 하나도 없었다. 크리스틴은 목재로 직접 만든 작은 배를 가져가서, 그 배에 장미 꽃

잎이며 쌀과 같은 결혼의 상징품들을 채워 넣었다. 그러고는 차가운
물속으로 걸어 들어가 수심이 가슴까지 오는 곳에서 보트에 불을 붙
인 다음, 배를 떠나보냈다. 스스로를 구원한다는 의미로 그 배와 함
께 결혼에 대해 가지고 있던 가장 끈질긴 환상들도 떠나보냈다. 나
중에 크리스틴은 '신부의 폭정'이 (계속 불에 활활 탄 채로) 파도에 휩쓸
려 멀리 사라지는 모습을 바라보노라니, 해탈의 경지에 올라 강력한
존재가 된 기분이 들었다고 말했다. 그녀는 마침내 자신의 삶과 결
혼했고, 결코 이른 결혼은 아니었다.

그러니 이것도 한 방법이다.

타인을 위해 모든 것을
포기하는 여성은 성인이거나 바보?

하지만 솔직히 말해
서, 우리 집안에는 그렇게 용감하고 결연하게 자기 인생을 선택하는
본보기를 보여준 사람이 한 명도 없었다. 자라면서 크리스틴의 배
비슷한 것도 본 적이 없었다. 적극적으로 자신의 삶과 결혼한 여자
들은 눈을 씻고 봐도 없었다. 내게 가장 큰 영향을 미쳤던 여자들은
(엄마, 외할머니, 친할머니, 이모와 고모들) 모두 현모양처였고, 하나같이
결혼이라는 교환에서 상당 부분 자신을 포기한 사람들이었다. 사회
학자에게서 결혼 혜택 불균형이라는 현상을 들을 필요도 없었다. 어
린 시절부터 내 눈으로 똑똑히 지켜봐왔기 때문이다.

게다가 왜 그런 불균형이 존재하는지 설명하기 위해 멀리 볼 필요

도 없었다. 최소한 우리 집안에서 부부간의 큰 불균형은 언제나 사
랑하는 사람들을 위해 자신을 기꺼이 희생하고 싶어 하는 여자들의
바람에서 비롯되었다. 심리학자 캐럴 길리건(Carol Gilligan)이 썼듯
이 "여성들의 온전함은 보살핌의 가치 체계와 얽혀 있는 듯하다. 따
라서 여자로서 자신을 들여다보기 위해서는 관계 속에서의 자신을
들여다보아야 한다." 이렇게 밀접한 관계를 맺고 싶어 하는 강렬한
본능 때문에 우리 집안의 여자들은 종종 스스로에게 해로운 선택을
했다. 더 많은 사람들을 이롭게 하는 일을 위해 자신의 건강이나 시
간, 이익을 포기하고, 또 포기한 것이다. 아마도 자신이 특별한 존재
이며, 누군가의 선택을 받았고, 누군가와 관계를 맺고 있다는 중요
한 느낌을 계속 강화하기 위해서였을 것이다.

다른 많은 가정도 비슷하지 않을까 한다. 물론 예외와 변칙이 존
재한다는 것은 잘 알고 있다. 남편이 아내보다 더 많이 포기하거나,
육아와 살림에 더 많은 시간을 쏟거나, 전통적으로 여성이 해오던
보살핌의 역할을 더 많이 맡는 가정도 본 적이 있다. 하지만 그런 집
은 정확히 다섯 손가락으로 꼽을 정도다. (기왕 손을 들은 김에 그분들께
크나큰 찬탄과 존경을 담아 경례한다.) 지난번 미국의 인구 조사 결과를
보면 실상을 알 수 있다. 2000년 미국의 가정에서 살림을 맡은 아내
들의 수는 5천3백만 명인 데 반해, 살림을 맡은 남편의 수는 겨우 14
만 명에 그쳤다. 이는 집안 살림을 맡은 사람들 가운데 2.6퍼센트만
이 남편이라는 뜻이다. 이 글을 쓰는 지금은 그로부터 10년이나 지
났으므로, 그 비율이 변했으리라는 희망을 가져본다. 하지만 아무
리 빨리 변했다 해도 내 눈에는 여전히 느리게 보일 것이다. 그리고

엄마 역할을 하는 남자라는 그런 드문 생명체는 우리 집안 역사상 존재한 적이 없다.

왜 우리 집안 여자들이 다른 사람을 돌보는 일에 그토록 헌신적인지는 잘 모르겠다. 왜 나도 그런 충동, 즉 때로는 내가 상처를 입어가면서까지 언제나 상황을 수습하고, 남을 돌보고, 다른 사람을 위해 정성스런 배려의 그물을 짜주고 싶은 충동을 물려받았는지 모르겠다. 그런 행동은 학습되는 것일까? 유전일까? 사람들의 기대에 따른 것일까? 생물학적으로 미리 결정되는 것일까? 자신을 희생하는 여성의 성향에 대해 두 가지 통설이 있는데, 두 가지 모두 내 성에 차지 않는다. 하나는 여성들에게 유전적으로 남을 돌보는 성향이 있다는 것이고, 또 하나는 여성들이 부당한 가부장 제도에 속아 자신들에게 유전적으로 남을 돌보는 성향이 있다고 믿게 되었다는 것이다. 이 반대되는 두 가지 가설은 여성들의 희생 정신을 미화하거나, 병적인 증상으로 치부한다. 타인을 위해 모든 것을 포기하는 여자들은 타의 모범이거나 잘 속는 사람, 성인 혹은 바보인 것이다. 나는 두 설명 가운데 어느 쪽에도 동조할 수 없다. 우리 집안의 여자들은 그 어디에도 해당되지 않기 때문이다. 나는 그보다 훨씬 더 복잡한 내막이 있을 것이라고 생각한다.

예를 들어, 우리 엄마만 해도 그렇다. 나는 재혼을 생각한 후로 하루도 엄마 생각을 안 한 날이 없었다. 딸들은 결혼하기 전에 최소한 엄마의 결혼을 이해해야 한다고 믿기 때문이다. 심리학자들은 가족사의 감정적 유산을 풀기 위해서는 최소한 3대를 거슬러 올라가야 단서가 나온다고 말한다. 비유하자면 가족사를 삼차원으로 살펴봐야 하는데, 한 세대가 한 차원인 셈이다.

외할머니가 대공황 시대의 전형적인 농촌 아낙네였다면, 엄마는 내가 '페미니즘 경계인'이라고 명명하는 세대에 속한다. 엄마는 1970년대의 여성 해방 운동에 참여하기에는 나이가 조금 많았고, 여자란 반드시 현모양처가 돼야 한다고 믿으며 자랐다. 가방과 구두의 색깔을 맞춰야 하는 것처럼 그것이 세상의 이치라고 배웠다. 엄마가 성인이 되었을 때는 1950년대였고, 그때는 폴 랜더스(Paul Landes)라는 유명한 가정 주치의가 미국의 모든 성인은 결혼해야 한다고 설파하던 시절이었다. "아프거나, 심하게 다리를 절거나, 기형이거나, 정서적으로 비뚤어졌거나, 정신적으로 결함이 있는 사람만 제외하고."

그 시대로 되돌아가기 위해, 엄마가 결혼에 어떤 기대를 가지고 자랐을지 좀 더 정확히 이해하기 위해 나는 인터넷으로 1950년대의 영화 하나를 주문했다. 바로 '현대인들을 위한 결혼(Marriage for Moderns)'이라는 결혼 선전 영화였다. 맥그로우-힐에서 제작된 이 영화는 미주리 주, 스티븐 컬리지, 가정가족 학부의 결혼 교육학과 학과장인 헨리 A. 바우먼(Henry A. Bowman) 박사의 연구에 기초해서 만들었다. 마침내 이 골동품을 손에 넣게 되었을 때 나는 어느 정도 마음의 준비를 했다. 결혼이란 신성한 것이네 어쩌네 하는 과장되고 촌스러운 전후 세대의 헛소리를 듣는 것도 재미있을 것 같았다. 잘 손질한 머리에 진주 목걸이를 한 부인과 넥타이를 맨 남편, 모범적인 아이들이 나올 것이다.

하지만 영화는 내 예상을 빗나갔다. 영화는 잘 차려 입은 평범한 한 쌍의 연인이, 공원 벤치에 앉아 진지하게 이야기를 나누는 장면에서 시작한다. 그 장면 위로 근엄한 남자 해설자의 음성이 들린다. "요즘의 미국 사회"는 사는 것이 너무 힘들어서 젊은이들에게 결혼은 힘들고도 두려운 일이 되었다. 여러 도시가 "빈민가라는 사회적 해충"에 시달리며, 우리는 "덧없는 시대, 불안과 혼돈의 시대, 끊임없는 전쟁의 위협 속에서" 살고 있다. 경제는 어렵고, "수익력은 떨어지는 데 반해 물가는 치솟는다." (여기서 어느 젊은이가 풀이 죽은 표정으로 '일자리 없음. 이력서 내지 말 것'이라고 적힌 건물을 지나가는 장면이 나온다.) 한편 "네 쌍의 부부 가운데 한 쌍이 이혼"하는 실정이다 보니 연인들이 결혼을 결심하기가 어려운 것도 당연하다. "사람들이 머뭇거리는 것은 겁이 나서가 아니라 암울한 현실" 때문이라고 해설자는 설명한다.

내 귀를 믿을 수가 없었다. 이 영화에서 '암울한 현실'이라는 말을 듣게 될 줄은 꿈에도 몰랐다. 1950년대는 미국의 황금기가 아니던가? 가족·직장·결혼 이 모든 것이 신성하게 여겨지고 가장 이상적이던, 결혼의 에덴동산이 아니었던가? 하지만 이 영화에서는 적어도 일부 연인들에게 1950년대의 결혼은 그 어느 때보다도 복잡한 문제라고 말한다.

이야기는 최근에 결혼해 근근이 먹고사는 신혼부부인 필리스와 채드를 중심으로 진행된다. 필리스는 처음으로 등장하는 장면에서 설거지를 하고 있다. 하지만 해설자는 몇 년 전만 하더라도 필리스가 "대학 병리학 실험실에서 실험을 하며, 스스로 생계를 책임지던 독립적인 여성"이었다고 설명한다. 필리스는 고학력의 직장 여성이었으며, 자기가 하는 일을 사랑했다("직업을 가진 독신 여성은 흔히들 말하는 노처녀와 달리 사회적으로 존중받았다."). 필리스가 장을 보는 동안에도 해설자의 설명은 계속된다. "필리스는 결혼 적령기가 되었다는 이유만으로 결혼하지 않았다. 결혼은 해도 그만, 안 해도 그만이었다. 필리스와 같은 현대 여성들에게 결혼은 자발적인 선택이다. 선택의 자유, 그것은 현대인의 특권인 동시에 책임이다." 필리스는 커리어를 쌓는 것보다 아이를 낳고, 가정을 꾸리는 것을 더 원했기 때문에 자발적으로 결혼했다. 그것이 그녀의 선택이었으며, 비록 큰 대가를 치렀다 하더라도 그녀는 자신의 선택을 지켜나갈 것이다.

하지만 곧 긴장의 조짐이 보이기 시작한다.

필리스와 채드는 대학의 수학 수업에서 만났다. "필리스의 성적이 더 훌륭했지만, 지금은 채드가 엔지니어고, 필리스는 가정주부다." 어느 오후, 필리스는 집에서 열심히 남편의 셔츠를 다린다. 그러다가 우연히 남편이 입찰 준비 중이던 대형 건물의 설계도를 보게 된다. 그녀는 계산자를 꺼내서 설계도 속의 수치를 확인하기 시작한다. 남편도 그녀가 그렇게 해주기를 바랐을 것이다. ("필리스가 채드보다 수학을 더 잘한다는 사실을 두 사람 다 알고 있다.") 필리스는 계산에 정신이 팔려 시간 가는 것도 잊고, 다림질은 하던 그대로 남아 있다. 그러다 갑자기 병원 예약 시간에 늦었다는 것을 깨닫는다. (첫)임신에 대해 의사와 의논하기로 했기 때문이다. 그녀는 계산하는 데 푹 빠져서 뱃속의 아기는 까맣게 잊고 말았다.

'맙소사, 1950년대 주부가 뭐 저래?' 나는 생각했다.

해설자는 마치 내 생각을 들은 것처럼 필리스가 "전형적인 주부",

"현대적인 주부"라고 설명한다.

둘의 이야기는 계속된다. 그날 밤 늦게, 임신한 수학 천재 필리스와 귀여운 남편 채드는 두 사람이 사는 조그만 아파트에서 함께 담배를 피운다. (임신해도 담배를 피우던 1950년대의 신선함이란!) 둘은 함께 새로운 건설에 입찰하기 위한 채드의 설계도 작업을 한다. 그때 전화벨이 울린다. 채드의 친구였는데, 채드와 함께 영화를 보러 가고 싶어 했다. 채드는 필리스를 바라보며 허락을 구한다. 하지만 필리스는 반대한다. 설계도 마감이 다음주였고, 그 전에 설계도 작업을 마쳐야 했다. 두 사람이 지금까지 얼마나 열심히 준비했던 설계도인가! 하지만 채드는 영화가 너무 보고 싶었다. 필리스는 물러서지 않았다. 두 사람의 미래가 이번 설계도에 달려 있다! 채드는 마치 아이처럼 실망한 표정을 짓는다. 하지만 결국에는 그도 한풀 꺾인다. 그러고는 필리스의 손에 이끌려 약간 뚱한 표정으로 다시 책상 앞에 앉는다.

전지전능한 해설자는 이 상황을 분석하며 흡족해한다. 필리스가 잔소리를 하는 것이 아니라고 그는 설명한다. 필리스는 남편에게 집에 남아서, 출세에 크게 도움이 될 설계도를 마치도록 요구할 권리가 충분하다.

"필리스는 남편을 위해 직장을 포기했고, 그 희생이 헛되지 않기를 바란다." 남자 해설자가 낭랑한 목소리로 말했다.

이 영화를 보면서 나는 민망함과 감동이 뒤섞인 이상한 감정을 느꼈다. 민망했던 이유는 1950년대의 미국 부부들이 이런 대화를 하리라고는 상상도 못했기 때문이다. 왜 나는 틀에 박힌 문화적 향수를 아무 의심 없이 받아들여서, 이 시기에는 모든 것이 더 '단순'했으리라고 생각했을까? 어떤 시대건 그 시대를 살고 있는 사람들에게는 삶이 결코 단순하게 느껴질 수 없는 법이다. 반면 내가 감동을 받았던 이유는 영화 제작자들이 조금이나마 필리스를 옹호하며, 미국의 젊은 신랑들에게 중요한 메시지를 전달하려고 했기 때문이다. "이봐, 이 아름답고 지적인 신부는 널 위해 모든 걸 포기했어. 그러니까 그 여자의 희생을 헛되이 하지 않기 위해서는 열심히 일해서 여자를 호강시켜주란 말이야"

게다가 미주리 주, 스티븐 컬리지, 가정가족 학부의 결혼 교육학과 학과장인 헨리 A. 바우먼 박사처럼 권위적인 남자가 여성의 희생에 공감하는 이런 뜻밖의 반응을 보였다는 사실도 감동적이었다.

하지만 필리스와 채드가 과연 20년 후에는 어떤 모습일지 궁금하다. 그때쯤이면 아이들은 장성하고, 경제적으로도 안정되고, 필리스는 집밖에 모르는 삶을 살게 되었을 것이다. 오랫동안 삶의 즐거움을 포기하며 믿음직스럽고 훌륭한 가장으로 살아온 채드는 그 대가가 우울증에 빠진 부인, 반항적인 아이들, 축 처진 뱃살, 지지부진한 커리어라는 사실에 회의를 느끼기 시작할 것이다. 실제로 1970년대 후반, 미국 전역의 많은 가정이 그 문제로 결혼이 파탄났기 때문이다.

바우먼 박사, 혹은 1950년대의 누구라도 이런 문화적 폭풍이 다가오고 있다는 것을 예상했을까?

채드와 필리스에게 행운이 함께하기를!

모든 이들에게 행운이 함께하기를!

우리 엄마와 아버지에게도 행운이 함께하기를!

'뉴잉글랜드 묘지 신드롬'을
안고 사는 현대 여성들

시기상으로 따지면 엄마는 1970년
대의 신부라고 할 수 있지만, 엄마 본인은 스스로를 1950년대 신부
라고 생각한다. (결혼은 1966년에 했지만, 결혼에 대한 엄마의 가치관은 메이
미 아이젠하워[1953-1961년까지 재임했던 아이젠하워 대통령의 영부인으로 전
형적인 내조형 부인이다—옮긴이]를 따르고 있다.) 페미니즘이라는 거대한
파도가 미국을 강타해 결혼과 희생에 대한 기존의 통념을 뒤흔들어
놓았을 때, 엄마는 결혼한 지 겨우 5년밖에 되지 않았고 두 딸은 간
신히 기저귀를 뗀 후였다.

가끔씩 페미니즘이 하룻밤 사이에 뚝딱 생겨난 것처럼 보이지만,
절대 그렇지 않다는 사실을 명심해야 한다. 서방 세계 전역의 여성
들이 어느 날 아침에 일어나서, 불현듯 더 이상은 못해먹겠다는 생
각이 들어 거리로 뛰쳐나간 것이 아니라는 말이다. 페미니즘 사상은
엄마가 태어나기 전부터 유럽과 북미에서 수십 년간 떠돌았다. 그러
다가 아이러니하게도 1950년대의 유례없는 경기 호황 덕분에 1970
년대의 대변동이 가능해진 것이다. 일단 다방면에서 가족의 기본적
인 생계 욕구가 충족되자 마침내 여성들은 사회 부조리, 심지어 감
정적 욕구라는 더 세분화된 문제에 관심을 갖기 시작했다. 게다가
미국에는 갑자기 거대한 중산층이 생겨났다. (가난하게 자랐지만 간호사

교육을 받고, 화학 엔지니어와 결혼한 엄마도 그 새로운 계층의 일원이었다.) 세탁기나 냉장고, 인스턴트 음식, 대량 생산된 의류, 뜨거운 수돗물처럼 노동력을 절감해주는 새롭고 혁신적인(1930년대의 외할머니는 꿈도 꾸지 못했던) 제품들은 유사 이래 처음으로 중산층 여성의 시간을 해방시켜주었다. 완전히는 아니더라도 어느 정도는.

게다가 대중 매체 덕분에 더 이상 대도시에 살지 않아도 혁명적인 신사상을 접할 수 있었다. 신문, 텔레비전, 라디오가 아이오와 주의 시골 부엌에까지 최첨단의 사회 개념을 전달해주었다. 그리하여 대다수의 평범한 여성들에게 이제는 이런저런 질문을 생각할 수 있는 시간(아울러 건강, 상호 연락망, 글을 읽을 수 있는 능력)이 생긴 것이다. '잠깐만, 내가 인생에서 진짜로 원하는 게 뭐지? 우리 딸들을 위해 해주고 싶은 게 뭐지? 왜 내가 매일 저녁마다 이 남자를 위해 저녁을 차리는 거지? 만약 나도 밖에서 일하고 싶다면 어떻게 될까? 우리 남편은 교육을 못 받았지만 내가 공부를 하는 것은 가능할까? 그나저나 왜 내 명의로 통장을 개설하지 못하는 거야? 그리고 꼭 아이를 계속 낳아야 해?'

특히 마지막 질문이 가장 중요하고 큰 변화를 가져왔다. 1920년대 이후로 미국에서는 제한된 형태의 피임법이 존재해왔다(부유한 비가톨릭 집안의 유부녀들에게만 해당되기는 하지만). 하지만 육아와 결혼에 대한 사회 전반의 담론이 변화한 것은 20세기 후반인 1950년대에 피임약이 발명되고 널리 상용되면서부터다. 역사학자 스테파니 쿤츠(Stephanie Coontz)가 썼듯이 "언제, 몇 명의 아이를 낳을지 스스로 통제할 수 있는 안전하면서도 효과적인 피임 수단이 생긴 후에야 비로소 여성들은 삶과 결혼을 재정비할 수 있었다."

외할머니는 일곱 명의 아이들을 낳은 반면, 엄마는 단둘만 낳았다. 한 세대 만에 엄청난 변화가 이루어진 것이다. 또한 엄마에게는 진공청소기도 있었고, 집 안에는 배관 시설도 설비되었으니 여러모로 살기가 수월했을 것이다. 덕분에 손톱만큼의 여유가 생겼고, 그 시간에 다른 것들을 생각하게 되었다. 1970년대에는 생각할 거리가 아주 많았다. 엄마는 한번도 자신을 페미니스트라고 생각하지 않았다는 점을 분명히 밝혀두고 싶다. 그렇지만 새로운 페미니즘 혁명의 소리에 귀를 막지는 않았다. 대가족에서 맏이도 막내도 아닌, 중간에 끼어서 태어난 엄마는 관찰력이 뛰어났고, 언제나 다른 사람의 말을 경청했다. 여성의 권리에 대한 모든 말에 귀 기울였고, 상당 부분 동감했다. 오랫동안 엄마가 말없이 의문을 품었던 문제들이 처음으로 공론화된 것이다.

특히 엄마가 관심을 가진 문제는 여성의 몸과 성적 건강, 그리고 그에 얽힌 위선 행위였다. 미네소타 주의 작은 농장 마을에서 자랐던 어린 시절, 엄마는 매년 집집마다 돌아가면서 불미스러운 사건이 발생하는 것을 지켜보았다. 젊은 아가씨가 갑자기 임신을 하는 바람에 '어쩔 수 없이 결혼해야 하는' 상황이 벌어지는 것이다. 사실 대부분의 결혼이 그런 식으로 진행되었다. 하지만 그런 일이 있을 때마다 마을 사람들은 그 일이 여자 쪽 집안의 큰 수치이며, 당사자인 여자의 명예가 추락하는 일로 받아들이곤 했다. 단 한 번의 예외도 없었다. 마을 사람들은 매번 마치 그런 충격적인 사건은 처음이라는 듯이 호들갑을 떨었다. 일 년에 최소한 다섯 번씩, 집집마다 돌아가며 벌어지는 사건이었는데도 말이다.

그런데 신기하게도 문제의 남성, 여자를 임신시킨 남자는 손가락질을 받지 않았다. 남자는 어디까지나 결백했으며, 때로는 유혹이나 덫에 걸린 희생양으로까지 여겨졌다. 만약 그가 그 여자와 결혼하면, 여자는 운이 좋은 것이다. 자비를 베푸는 행동이나 다름없다. 만약 남자가 그 여자와 결혼하지 않는다면, 여자는 임신한 동안 다른 곳에 가 있어야 한다. 반면 남자는 멀쩡하게 학교를 나가거나 농장에서 일하며, 아무 일도 없었던 것처럼 행동한다. 마을 전체가 마치 성관계가 벌어질 때 그 남자는 거기 없었던 것처럼 행동했다. 이상하게도 임신에 있어서 그 남자는 한 치의 잘못도 없는 것이다.

엄마는 어린 시절 내내 이런 사건을 보면서 자랐고, 어린 나이에 어른스러운 결론을 내리게 되었다. 즉 여성의 성도덕은 중시하면서, 남성의 성도덕은 따지지 않는 사회는 뒤틀리고 비윤리적이라는 결론이었다. 엄마는 이런 생각을 구체적으로 밝힌 적이 없었다. 하지만 1970년대 초반 여성들이 목소리를 높이기 시작하면서 비로소 이런 생각들이 터져나오는 것을 듣게 되었다. 페미니즘이 당면한 많은 문제점들—균등한 취업의 기회, 균등한 교육의 기회, 균등한 법의 보호를 받을 수 있는 권리, 부부간의 동등함—가운데 엄마의 마음에 진정으로 와 닿았던 것은 바로 사회 속에서의 성적 공정함이었다.

엄마는 자신의 신념에 힘을 얻어 코네티컷 주 토링턴에 있는 가족계획 협회에 취직했다. 언니와 내가 꽤 어렸을 때의 일이다. 예전에 간호사 훈련을 받은 덕분에 취직할 수 있었지만, 정작 엄마가 그곳에 없어서는 안 될 인물이 된 것은 타고난 경영 능력 때문이었다. 이

내 엄마는 가족계획 사무실 전체를 지휘하게 되었다. 어느 주택의 응접실에서 시작했던 사무실은 금세 번듯한 건강 상담소로 성장했다. 당시는 격변의 시대였다. 피임이나—천벌을 받을—낙태를 공공연히 논했다가는 눈총을 받았다. 내가 엄마의 뱃속에 있을 때만 해도 코네티컷 주에서는 콘돔이 아직 불법이었다. 당시 지방 주교는 주 의회 앞에서 피임을 제한하지 않는다면, 이 나라는 25년 안에 "검은 연기가 피어오르는 폐허"가 될 것이라고 선언하기도 했다.

엄마는 여성 건강 혁명의 최첨단에서 활약하는 자신의 일을 사랑했다. 인간의 성에 대해 터놓고 이야기하면서 모든 규율을 깨고, 미국 각 주에 가족계획 상담소가 설립되도록 힘쓰고, 젊은 여성들이 자신의 몸에 대해 스스로 결정을 내릴 수 있도록 도와주었다. 아울러 임신, 성병에 관한 온갖 헛소문과 루머의 실체를 폭로하고, 무엇보다도 지친 엄마들(지친 아빠들에게도)에게 지금까지 불가능했던 선택의 자유를 주었다. 엄마는 마치 일을 통해 오래전 선택의 자유가 없어서 고통받았던 그 모든 사촌들과 이모들, 고모들, 동성 친구들, 이웃들에게 보답할 수 있는 방법을 찾은 듯했다. 원래 엄마는 매사에 열심이었지만 이 일, 이 커리어는 엄마 존재 자체의 표현이었고, 그 일을 하는 매 순간을 사랑했다.

하지만 1976년에 돌연 직장을 그만두었다.

하트포드에서 열리는 중요한 회의에 참석해야 했는데, 공교롭게도 그 주에 언니와 내가 수두에 걸려버린 것이다. 당시 우리는 각각 열 살과 일곱 살이었고, 당연히 결석하고 집에서 쉬어야 했다. 엄마는 회의에 참석하기 위해 아버지에게 이틀만 회사를 쉬고 집에서 우리를 돌봐달라고 부탁했다. 하지만 아버지는 그 부탁을 거절했고, 엄마는 회사를 그만두었다.

나는 아버지를 비난하고 싶지는 않다. 아버지를 진심으로 사랑하기에, 아버지 편에서 이 말은 꼭 해야겠다. 그 후로 아버지는 그 일을 후회한다고 누차 말했다. 엄마가 1950년대의 신부였듯이, 아버지도 1950년대의 신랑이었다. 아버지는 맞벌이 아내를 원한 적도 없고, 기대하지도 않았다. 페미니즘 운동이 집안에까지 밀려드는 것도 원하지 않았고, 여성의 성적 건강이라는 문제에도 시큰둥했다. 한마디로 엄마가 일하는 것을 그다지 달가워하지 않았다는 뜻이다. 엄마는 자신의 일을 커리어로 생각했지만, 아버지는 취미 정도로 생각했다. 아버지는 자신의 삶에 조금도 방해가 되지 않는다는 전제하에 엄마의 그런 취미 활동을 반대하지 않았다. 계속 집안일을 하는 한 엄마는 직장에 나갈 수 있었다. 당시 부모님은 가정을 돌볼 뿐 아니라, 작은 농장도 운영했기 때문에 할 일이 무척 많았다. 그런데도 수두 사건이 있기 전까지 엄마는 모든 일을 그럭저럭 해나갔다. 직장에서 풀타임으로 일하는 한편, 텃밭도 가꾸고, 살림도 하고, 식사도 차리고, 아이들도 키우고, 염소젖도 짜고, 그러면서도 매일 저녁 다섯 시 반이면 퇴근하는 아버지를 위해 저녁에는 늘 집에 있었다. 하지만 수두 사건이 터지고, 아버지가 딸들을 돌보기 위해 단 이틀도 포기할 수 없다고 말하자 갑자기 모든 것이 버거워졌다.

그래서 엄마는 선택을 했다. 직장을 그만두고, 언니와 나를 위해 집에 남기로 결정한 것이다. 그 후로 엄마가 살림만 한 것은 아니다. (우리가 어릴 때 엄마는 늘 이런저런 아르바이트를 했다). 하지만 엄마의 커리어는 그것으로 끝이었다. 나중에 엄마가 말한 대로, 엄마는 자신에게 선택권이 있다고 생각했다. 가족과 직업 가운데 하나를 선택할 수 있었지만, 남편의 도움과 격려 없이 두 가지 모두를 할 수는 없었다. 그래서 직장을 그만둔 것이다.

두말할 나위 없이 이 일은 부모님 결혼 생활의 가장 큰 위기였다. 다른 집이었다면 이 일을 계기로 결혼 생활이 파탄났을지도 모른다. 실제로 1976년경, 엄마 주위에는 이와 비슷한 이유로 이혼하는 여자들이 많았다. 하지만 엄마는 성급한 결정을 내리지 않았다. 일을 택하고 이혼한 여자들을 묵묵히 관찰하면서 그들의 삶이 조금이라도 나아지는지 지켜봤다. 솔직히 말해서, 모든 이혼녀들의 삶이 엄청나게 좋아지지는 않았다. 결혼했을 당시, 지치고 혼란스러운 삶을 살았던 여자들은 이혼 후에도 여전히 지치고 혼란스러운 삶을 살았다. 엄마가 보기에 그들의 삶은 달라지지 않았다. 다만 예전의 문제들이 새로운 문제들로 대체되었을 뿐이다. 새로 사귄 남자 친구와 남편들도 예전 남자들과 크게 다를 바 없었다. 하지만 무엇보다도 엄마는 근본적으로 보수적인 사람이어서 결혼이 신성하다고 믿었다. 게다가 아직 아버지를 사랑했다. 비록 아버지가 엄마를 크게 실망시켰고, 그 일로 화가 많이 나기는 했어도, 아버지에 대한 사랑은 변하지 않았다.

그래서 엄마는 혼인 서약을 지키기로 결정했고, 그 결정을 이렇게 표현했다. "나는 가족을 선택했어."

누구나 다 아는 사실이지만, 당시에는 정말 많은 여자들이 이런 선택을 했다. 왠지 조니 캐시(미국의 유명한 컨트리 가수로 역시 유명한 컨트리 가수인 준 카터와 결혼했다—옮긴이)의 부인 준이 생각난다. "더 많은 노래를 발표할 수도 있었지만, 난 결혼하고 싶었어요." 훗날 준은 그렇게 말했다. 이런 식의 사연을 가진 여자는 이루 헤아릴 수 없이 많다. 나는 이것을 '뉴잉글랜드 묘지 신드롬'이라고 부른다. 2-3세기의 역사를 가진 뉴잉글랜드의 묘지를 방문해보면, 한 무더기로 모여 있는 가족 묘비가 있다. 그 안에는 매해 겨울마다 죽은 아이들의 묘비가 한 줄로 늘어서 있는데, 때로는 몇 해에 걸쳐서 아이들이 연달아 죽은 경우도 있다. 그런 상황에서도 엄마들은 해야 할 일을 했다. 죽은 자식을 묻고, 슬퍼하고, 어떻게든 그 다음 겨울을 버텨내는 것이다.

물론 현대 여성들은 이렇게까지 가슴이 저미는 상실감을 맛보지는 않는다. 최소한 선조들이 그랬던 것처럼 이런 사건이 정기적으로, 매해 일어나지는 않는다. 그것은 축복이다. 하지만 그렇다고 해서 현대인의 삶이 쉬워졌다거나, 여성들이 슬퍼하고 상실감을 느끼는 일이 적어졌다고 생각하는 우를 범해서는 안 된다. 나는 우리 엄마를 포함한 많은 현대 여성들이 가슴에 자신만의 뉴잉글랜드 묘지를 가지고 있다고 믿는다. 가족을 위해 포기했던 꿈들이 그 묘지 안에 말없이 묻혀 있는 것이다. 예를 들어, 준 카터 캐시의 발표되지 않은 노래들도 우리 엄마의 소박하지만 가치 있는 커리어와 함께 그 조용한 묘지에 잠들어 있다.

그리하여 이 여성들은 새로운 현실에 적응했다. 그들은 자기 나름대로 애도한 후에—대부분 내색하지 않고—계속 살아나갔다. 우리 집안 여자들은 실망감을 삼키고 넘어가는 일을 아주 잘한다. 내가 보기에 그들은 형태를 바꾸는 데 천부적인 재능을 타고난 것 같다. 스스로를 녹여 남편이나 아이들의 요구, 혹은 시시한 현실의 요구에 맞추는 것이다. 그들은 적응하고, 조정하고, 숙이고, 받아들인다. 그들의 유연성은 거의 초능력에 가까울 정도다. 나는 엄마가 매일 그날의 요구에 따라 변화하는 모습을 지켜보며 자랐다. 아가미가 필요하면 아가미를 만들고, 아가미가 쓸모없어지면 날개를 만들고, 속도가 필요하면 엄청나게 빠른 속도를 내고, 그 외의 다른 미묘한 상황에서는 바다와 같은 인내심을 발휘했다.

아버지에게는 그런 융통성이 없다. 아버지는 남자고, 엔지니어고, 변하지 않고, 한결같다. 아버지는 언제나 똑같다. 아버지는 아버지다. 시냇물 속의 바위다. 우리 가족 모두가 아버지를 중심으로 움직이지만, 특히 엄마가 가장 심하다. 엄마는 수은이고 조수다. 이런 최고의 순응성 덕분에 엄마는 집을 우리의 천국으로 만들어주었다. 엄마는 직장을 그만두고, 집에 남기로 결정했다. 그 결정이 우리 가족들, 특히 두 딸들에게 이롭다고 믿었기 때문이다. 실제로 엄마가 직장을 그만두었을 때 우리 가족의 삶은 훨씬 나아졌다(엄마만 빼고). 아버지에게는 다시 늘 집에 있는 아내가 생겼으며, 언니와 내게도 늘 집에 있는 엄마가 생겼다. 솔직히 말해서 언니와 나는 엄마가 일하는 것을 좋아하지 않았다. 당시 우리 마을에는 제대로 된 탁아 시설이 없어서 우리 자매는 방과 후에 종종 이웃 사람들의 집을 전전해야 했다. 텔레비전을 볼 수 있다는 것 말고는(우리 집에는 텔레비전 같은 엄청난 사치품이 없었다), 다른 사람의 집에서 지내는 것이 늘 싫었다. 솔직히 엄마가 꿈을 포기하고, 집에 남아 우리를 돌봐주었을 때 우리는 너무나 기뻤다.

하지만 우리 자매에게 가장 큰 혜택을 준 것은 무엇보다도 엄마가 아버지와 이혼하지 않기로 한 결정이었다. 이혼은 아이들에게 치명적이고, 평생 마음에 상처를 남길 수 있다. 우리는 그 모든 것들로부터 구제되었다. 매일 학교가 파하면 집에서 우리를 맞아주는 상냥한 엄마가 있었다. 엄마는 우리의 일상을 감독하고, 아버지가 퇴근하면 식탁에서 함께 저녁을 먹었다. 이혼한 가정의 친구들과 달리 나는 아버지의 꼴 보기 싫은 새 여자 친구를 만날 필요가 없었다. 크리스마스 때마다 엄마 집과 아빠 집을 오갈 필요도 없었다. 집안의 안정된 분위기 덕분에 가족의 상처가 아닌 숙제에만 집중할 수 있었고…… 덕분에 성공할 수 있었다.

하지만 이 말만은 하고 싶다. 어린 시절 내가 누렸던 엄청난 혜택은 엄마의 희생이라는 유골을 바탕으로 했다. 엄마에게 존경을 표하기 위해서라도 그 말을 지면에 영원히 남겨두고 싶다. 분명한 것은 엄마가 직장을 그만두었기에 우리 가족 모두의 삶은 엄청나게 향상되었지만, 엄마 개인의 삶은 그다지 나아지지 않았다는 것이다. 결국 엄마는 이전 세대의 여자들과 다를 바가 없었다. 즉 마음속에 조용히 묻힌 욕망의 잔재들로 아이들이 입을 겨울 코트를 만든 것이다.

사회 보수주의자들이 자식을 위해서는 양쪽 부모가 모두 존재해야 하고, 엄마가 부엌을 지키는 것이 이상적인 가정이라는 식의 타령을 해댈 때 내가 불만스러운 점도 바로 그것이다. 그들이 이상적이라고 주장하는 가정환경의 수혜자로서 나도 바로 그런 가정환경 덕분에 내가 성공할 수 있었다고 인정한다. 그렇다면 그들도 그런 가정환경을 만드는 일이 여성들에게 등이 휘어질 정도로 부담스러운 일이라는 사실을 단 한 번이라도 인정하기를 바란다. 그런 사회 시스템은 엄마들에게 스스로의 존재가 거의 사라질 정도로 이타적이 되어서 가족을 위한 모범적인 환경을 조성하라고 요구한다. 보수주의자들은 그런 엄마들을 '성스럽다'느니 '고귀하다'느니 칭찬만 하지 말고, 어떻게 하면 우리가 하나의 공동체로서 그런 건강한 사회를 이루기 위해 다함께 노력해야 할지 고민할 수는 없을까? 여자들이 자신의 영혼 밑바닥까지 벗겨내지 않고서도 아이가 건강하게 자라고, 건강한 가정이 많아지는 그런 사회 말이다.

너무 흥분했다면 사과드린다.

내게 너무너무 중요한 문제다 보니 나도 모르게 흥분했다.

또 다른 선택,
'이모 연대'에 합류하다

불혹이 가까운 나이에도 아이를 갖고 싶은 마음이 조금도 없는 것은 아마도 내가 사랑하고 존경했던 여자들이 엄마라는 멍에 아래 어떤 대가를 치렀는지 봤기 때문일 것이다.

이것은 결혼을 앞두고 생각해봐야 할 중요한 문제이기에 나도 여기서 꼭 짚고 넘어가야겠다. 우리 문화와 마음속에서 육아와 결혼은 떼려야 뗄 수 없는 관계이기 때문이다. 다들 그 후렴구를 알고 있을 것이다. 맨 처음에는 사랑이, 그 다음에는 결혼이, 그 다음에는 유모

차에 탄 아기가 온다는 후렴구. 심지어 결혼(matrimony)이라는 단어 자체가 엄마를 뜻하는 라틴어에서 파생되었을 정도로 결혼에는 기본적으로 엄마가 된다는 가정이 내포되어 있다. 마치 아기가 있어야만 결혼이 성사된다고 말하는 듯하다. 실제로도 아기로 인해 결혼하는 경우가 종종 있다. 역사적으로 볼 때 많은 연인들이 예기치 못했던 임신 때문에 억지로 결혼했다. 뿐만 아니라 때로는 나중에 불임이 문제가 되지 않도록 임신이 될 때까지 기다렸다가 결혼하는 경우도 있었다. 시험 운전을 해보지 않고서야 장래의 신랑 혹은 신부가 수태하는 데 문제가 없다는 것을 어떻게 알겠는가? 초기 미국 식민지 사회에서는 그런 일이 비일비재해서, 역사학자 낸시 코트(Nancy Cott)가 발견한 바에 따르면 여러 소규모 공동체에서 혼전 임신은 치욕스런 일이 아니었다고 한다. 오히려 젊은 연인이 혼인을 하기에 적당한 때가 되었음을 말해주는, 사회적으로 용인된 신호였다.

그러나 문명이 발달하고 피임이 손쉬워지자, 출산 문제가 좀 더 미묘하고 까다로워졌다. 이제 "아기가 생겼으니 결혼한다" 공식은 더 이상 성립하지 않았고, 때로는 "결혼했으니 아기를 가진다" 공식도 성립하지 않았다. 대신 요즘에는 세 가지 사항만이 중요하다. 아기를 낳을 것인지 말 것인지, 낳는다면 언제, 또 어떻게 나을 것인지. 이 세 가지 사항에서 의견이 일치하지 않는다면, 결혼 생활은 상상할 수 없을 정도로 복잡해진다. 이 세 가지 사항에서는 협상이 불가능한 경우가 많기 때문이다.

나는 고통스러운 경험을 통해 그 사실을 깨달았다. 내 첫 번째 결혼도 상당 부분 아이 문제로 깨졌기 때문이다. 당시 내 남편은 언젠가 우리가 아기를 가질 것이라고 철석같이 믿었다. 언제가 될지는 몰랐지만 나도 늘 그렇게 믿었기 때문에 그가 그런 믿음을 가진 것도 당연했다. 결혼식 날에는 언젠가 임신하고 부모가 된다는 일이 멀게만 느껴졌다. 그것은 '나중에', '적당한 때가 되면' 그리고 '우리 둘 다 준비가 되었을 때' 일어날 일이었다. 하지만 시간은 생각보다 빨리 흐르는 법이고, 적당한 때라는 것이 늘 명료하지만은 않다. 또한 결혼 생활의 다른 문제점들을 보며, 과연 이 남자와 내가 육아라는 힘든 일을 진정으로 함께 견뎌낼 준비가 되었는지 의심스러웠다.

게다가 막연하게나마 엄마가 되는 것은 자연스러운 일이라고 생각했는데, 막상 닥치고 보니 두렵고 슬프기만 했다. 나이를 먹을수록 내 안의 어떤 것도 아기를 갈구하지 않음을 알게 되었다. 내 자궁은 조금도 초조해하지 않았다. 대다수의 친구들과 달리 갓난아기를 봐도 아기를 낳고 싶어서 가슴이 저리는 일도 없었다. (하지만 좋은 중고책 가게를 볼 때면 책을 몽땅 사고 싶어서 가슴이 저린다.) 매일 아침마다 마음의 CT 촬영을 하며 임신하고 싶은 욕망이 있는지 찾아봤지만, 한 번도 찾지 못했다. 내 안에는 어떤 절박함도 없었다. 나는 아기를 키우는 일에는 반드시 절박함이 있어야 한다고 믿는다. 간절한 욕망, 심지어는 운명이라는 느낌까지 있어야 한다. 아기를 낳는 일은 세상에서 그 무엇보다 중요한 과업이기 때문이다. 나는 다른 사람들에게서 그런 갈망을 보았기 때문에 그것이 어떤 감정인지 잘 알고 있다. 하지만 나 자신은 그런 감정을 느낀 적이 없었다.

게다가 나이를 먹어갈수록 작가라는 일이 점점 더 좋아졌고, 한시도 그 교감을 포기하고 싶지 않았다. 버지니아 울프(Virginia Woolf)의 소설『파도(The Waves)』에 나오는 지니처럼 나도 가끔씩 내 안에서 '수천 개의 능력'이 용솟음치는 것을 느낀다. 나는 그 모두를 끝까지 추적해서 마지막 하나까지 발현시키고 싶다. 소설가 캐서린 맨스필드(Katherine Mansfield)가 쓴 젊은 시절의 일기장에는 "나는 일하고 싶다!"라는 구절이 나온다. 밑줄까지 그어가면서 강조할 정도의 그 열정은 수십 년이 지나 내 가슴에까지 와 닿았다.

나도 일하고 싶었다. 아무 방해 없이. 즐겁게.

하지만 아기를 달고 어떻게 그럴 수 있을까? 나는 이 의문으로 인해 점점 더 공포감에 사로잡혔다. 남편의 인내심이 바닥나고 있다는 사실도 잘 알고 있었다. 그리하여 2년간 내가 아는 모든 여성들— 유부녀, 미혼녀, 아기가 없는 유부녀, 예술가, 전형적인 엄마—을 미친 듯이 만나고 다니며 그들의 선택과 그로 인한 결과를 물어보았다. 그들의 대답이 모든 의문을 해소해주기를 바랐지만, 내가 들은 대답은 너무 천양지판이어서 혼란만 더해졌다.

예를 들어, 어떤 여자는 (집에서 일하는 예술가) "나도 너처럼 의심스러웠어. 하지만 아들이 태어나는 순간, 인생의 다른 모든 일은 뒷전이 됐지. 이젠 아들보다 중요한 것은 없어"라고 말했다.

하지만 또 다른 여자는 (지금까지 내가 만나본 가운데 최고의 엄마라고 할 수 있는데, 장성한 자식들 모두 크게 성공했다.) 은밀한, 심지어는 충격적인 고백을 했다. "이제 와서 돌이켜보면 자식들을 낳아서 키운 후로 내 삶이 조금이라도 나아졌는지 잘 모르겠어. 난 너무 많은 걸 포기했고, 그게 후회스러워. 자식들을 사랑하지 않는 건 아니지만, 솔직히 말해서 가끔은 그 잃어버린 세월을 되돌리고 싶어."

반면 카리스마 넘치는 멋쟁이 사업가인 또 다른 여자는 이렇게 말했다. "내가 아기를 키우기 시작했을 때 아무도 '이제부터 네 생애 가장 행복한 시간이 시작될 테니 마음의 준비를 해둬'라고 경고해주지 않았어. 이렇게 행복해질 줄은 정말 몰랐어. 육아는 정말 즐거움의 연속이야."

하지만 나는 피곤에 지친 싱글맘(재능 있는 소설가)과도 이야기해봤는데 그녀는 "아이를 키우는 일이야말로 양가 감정이 무엇인지 확실하게 보여주지. 그렇게 지긋지긋한 동시에 가슴 뿌듯한 일이 있다는 사실에 가끔씩 말문이 막혀"라고 말했다.

또 다른 친구는 "맞아, 아이를 낳으면 자유를 잃게 돼. 하지만 엄마가 되면 새로운 자유를 얻지. 무조건적으로, 온 마음을 다해 다른 인간을 사랑할 수 있는 자유. 그 자유도 경험해볼 만한 가치가 있어"라고 말했다.

하지만 세 아이들을 돌보기 위해 편집자 일까지 그만둔 또 다른 친구는 이렇게 경고했다. "신중하게 결정해야 해, 리즈. 정말로 엄마가 되고 싶었던 사람들도 엄마가 되면 힘들어해. 뚜렷한 확신이 서기 전까지는 아기 근처에 갈 생각도 하지 마."

그런가 하면 심지어 아이가 셋이나 있는데도 화려한 커리어를 계속 유지하고, 가끔씩 해외 출장에까지 아이들을 데려가는 또 다른 여자는 이렇게 말했다. "그냥 한번 해봐요. 그렇게 힘들지 않아요. '엄마가 되었으니 넌 더 이상 할 수 없어'라고 말하는 모든 세력과 맞서 싸우면 그만이에요."

하지만 60대의 어느 유명한 사진작가의 말 또한 마음을 흔들었다. 아이에 대한 그녀의 생각은 간단했다. "한 번도 아이를 낳아본 적이 없지만, 낳고 싶다고 생각해본 적도 없어."

이 모든 대답들에서 어떤 패턴이 보이는가?

내 눈에는 보이지 않는다.

패턴이 없기 때문이다. 이 똑똑한 여자들은 그저 자기 식대로 일을 해결하고, 본능에 따라 어떻게든 상황을 헤쳐나가려고 노력했을 뿐이다. 내가 엄마가 되어야 할지, 말아야 할지는 나 이외에 다른 어떤 여자도 대신 대답해줄 수 없는 질문이었다. 결정은 나 스스로 내려야 한다. 그리고 그 결정이 내 인생에 미칠 여파는 어마어마했다. 아이를 원치 않는다고 선언하는 것은 곧 결혼 생활의 끝을 의미하기 때문이다. 내가 이혼한 데는 다른 이유들도 있지만(우리 관계에는 정말로 터무니없는 점들이 있었다), 아이에 관한 문제가 결정타였다. 이 문제에 있어서는 타협이 불가능하기 때문이다.

그리하여 그는 노발대발했고, 나는 울었고, 우리는 이혼했다.

하지만 그 이야기는 이미 다른 책에서 했다.

그런 과거를 고려할 때 그로부터 몇 년 후, 내가 펠리페와 만나서 사랑에 빠진 것은 당연하다. 펠리페는 아름답고 장성한 두 아이를 둔, 노년의 남자였으며 다시 아이를 키우고 싶은 마음은 눈곱만큼도 없었다. 펠리페가 나와 사랑에 빠진 것도 우연이 아니다. 나는 임신의 가능성이 점차 줄어드는 나이였고, 그의 아이들을 예뻐했지만, 내 아이를 낳고 싶은 마음은 눈곱만큼도 없었다.

그 안도감, 상대방이 아이를 낳자고 강요하지 않으리라는 것을 서로가 알게 되었을 때 느꼈던 그 크나큰 안도감은 지금도 우리가 함께하는 삶에 유쾌한 진동을 준다. 아직도 그 안도감이 잊혀지지 않는다. 왠지 몰라도 나는 아이를 원치 않는 남자를 만나 평생 함께 살 수도 있다는 가능성을 전혀 생각해보지 않았다. "처음에는 사랑이, 그 다음에는 결혼이, 그 다음에는 유모차를 탄 아기가"라는 주문이 무의식 속에 너무도 깊이 뿌리박혀 있었나 보다. 그 과정에서 아기가 빠진다 해도 미국이라는 나라에서는 절대 체포되지 않는다는 사실을 간과했다. 펠리페를 만나자마자 내게 장성한 두 아이들이 생겼다는 사실은 보너스와도 같았다. 펠리페의 아이들에게는 내 사랑과 지지가 필요했지만, 내가 엄마 노릇을 할 필요는 없었다. 그 아이들은 내가 등장하기 한참 전에 이미 훌륭한 엄마의 보살핌을 받았기 때문이다. 하지만 펠리페의 아이들이 우리 집 식구가 되어서 가장 좋은 짐은 세대 긴의 미법이 일어났다는 것이다. 내가 직접 아이를 키우지 않고서도 우리 부모님에게는 손자가 둘이나 생겼다. 그 덕분에 내가 얻은 자유와 풍요로움은 지금 생각해도 기적 같다.

또한 엄마 역할을 면제받음으로써 나는 내가 되고자 했던 사람이 될 수 있었다. 단지 작가나 여행가만이 아니라, 이모가 된 것이다. 이모, 정확히 말해서 자식이 없는 이모나 고모는 아주 멋진 집단이다. 결혼에 대한 연구가 거의 끝나갈 무렵에 나는 놀라운 사실을 알게 되었다. 대륙과 문화에 관계없이 어떤 공동체건, 여성 인구의 10퍼센트는 늘 아이를 낳지 않았다는 사실이다. (심지어 역사상 출산율이 가장 높았던 19세기의 아일랜드라든가, 현대의 아미시 교도들도 마찬가지다.) 어떤 집단에서건 그 비율은 결코 10퍼센트 이하로 떨어지지 않았다.

사실 대부분의 사회에서 아이를 한 번도 낳은 적이 없는 여자의 비율은 대개 10퍼센트 이상이다. 그리고 이런 현상은 아이 없는 여성들의 비율이 50퍼센트를 맴도는, 경제가 발달한 현대 서구 사회에서의 일만은 아니다. 예를 들어 1920년대의 미국에서는 성인 여성의 무려 23퍼센트가 아이를 낳지 않았다. (법적으로 피임이 허가되지 않았던 그 보수적인 시대에 23퍼센트라니 정말 충격적인 수치가 아닌가? 하지만 엄연한 사실이다.) 따라서 그 수치는 올라가면 올라갔지, 결코 10퍼센트 미만으로 떨어지지는 않는다.

아기를 낳지 않는 여성들은 종종 왠지 여자답지 못하다거나, 자연의 이치를 거스른다거나, 이기적이라는 비난을 받아왔다. 하지만 역사에 따르면 이 세상에는 언제나 아기를 낳지 않고 살았던 여자들이 존재했다. 그들의 대부분은 아예 남자와의 성교를 피하거나, 빅토리아 시대 여자들이 '예방술'이라고 불렀던 방법을 조심스럽게 적용하면서 일부러 임신을 피했다. (여자들은 언제나 피임에 관한 비밀을 알았으며, 피임법을 개발하는 재능도 있었다.) 나머지는 불임이라든가 질병, 독신, 전쟁으로 인해 결혼 적령기의 남자들이 줄어서 어쩔 수 없이 아이를 못 낳은 경우다. 하지만 이유가 무엇이든 간에 아이를 낳지 않는 현상은 우리가 생각하는 것처럼 근래의 일만은 아니다.

어찌되었든 역사를 통틀어 아이를 낳지 않은 여성들의 수치가 너무 높아서 (그것도 한결같이 높아서) 급기야 이런 현상이 상당 부분 인류의 진화론적 적응이 아니었을까 하는 의구심마저 들었다. 어쩌면 일부 여성들이 아기를 낳지 않는 것은 완벽하게 도리에 맞을 뿐 아니라 필요한 일인지도 모른다. 인간이라는 종으로서 우리에게는 다양한 방식으로 공동체를 폭넓게 지원해줄, 책임감 있고, 인정 많고, 아이 없는 여성들이 필요한지도 모른다. 출산과 육아는 너무도 많은 에너지를 소모하는 일이기에 엄마들은 그 힘든 과업에 파묻혀버린다. 그나마 죽지 않는 것이 다행일 정도다. 따라서 여분의 여성, 고갈되지 않은 에너지를 가지고 곁에 있어줄 여성, 혼란한 상황에 뛰어들어 종족을 지원해줄 준비가 되어 있는 여성들이 필요한지도 모른다. 특히 아이 없는 여성들이야말로 인간 사회에서 언제나 없어서는 안 될 존재였는데, 자신들이 생물학적으로 책임질 필요가 없는 아이들을 돌보겠다고 자청하는 경우가 많았기 때문이다. 그들은 다른 어떤 부류보다도 그 일을 많이 해왔다. 아이 없는 여성들은 언제나 고아원과 학교, 병원을 운영했다. 그들은 산파였고 수녀였으며, 자선을 베풀었다. 아픈 사람들을 치료하고, 예술을 가르치고, 종종 인생이라는 전쟁터에서 없어서는 안 될 존재였다. 실제 전쟁터에서 사람들의 목숨을 구하는 경우도 있었다. (플로렌스 나이팅게일이 떠오른다.)

유감스럽게도 이렇게 아이가 없는 여성들—이들을 '이모 연대(聯隊)'라고 부르자—은 역사적으로 그다지 예우받지 못했다. 사람들은 그들을 이기적이고 냉담하며 한심하다고 했다. 특히 아이 없는 여성들에 대해 전통적으로 회자되는 이야기들 가운데 내가 꼭 그 진위 여부를 파헤치고 싶은 고약한 통념이 있다. 아이가 없는 여성들은 젊을 때는 자유롭고 부유하고 행복할지라도, 노년이 되면 결국 자식이 없는 것을 후회하며 혼자 외롭고 쓸쓸하게 죽어간다는 통념이다. 아마 여러분도 이 진부한 이야기를 한번쯤은 들어봤을 것이다. 오해를 바로잡자면, 그 말을 뒷받침하는 사회적 증거는 전혀 없다. 최근 미국의 양로원에서 자식이 있는 할머니들과 자식이 없는 할머니들의 행복을 비교해 연구한 결과, 어느 한쪽이 다른 한쪽보다 특별히 더 불행하거나 행복하지 않았다. 할머니들을 불행하게 만드는 전반적인 요소는 따로 있었는데 바로 가난과 질병이다. 그렇다면 자식이 있든 없든 처방은 분명하다. 열심히 저축하고, 치실을 사용하고, 안전벨트를 매고, 건강을 유지하라. 그러면 언젠가 행복한 노인이 될 것이다. 내가 장담한다.

리즈 이모가 공짜로 해주는 작은 충고다.

하지만 자식이 없는 이모들은 자손을 남기지 않기 때문에 한 세대만 지나도 사람들의 기억에서 사라진다. 그들의 삶은 나비처럼 덧없고, 금방 잊혀진다. 하지만 살아 있는 동안에는 중요한 존재이며 심지어는 영웅이 될 수도 있다. 우리 집안만 하더라도 외가나 친가 쪽 모두 훌륭한 이모나 고모들이 개입해서 큰 위기를 막아낸 경우가 있다. 아이가 없다는 이유로 공부를 하거나 돈을 모을 수 있었던 그들은 누군가의 목숨이 달린 수술비를 턱 내놓거나, 다른 사람에게 넘어갈 뻔했던 가족 농장을 구입하거나, 중병에 걸린 친척의 아이를 맡아 기를 수 있을 정도의 경제력과 따뜻한 마음씨의 소유자들이다. 내 친구는 이렇게 아이를 구해주는 이모나 고모들을 '여분의 부모'라고 부르는데, 세상은 이런 여분의 부모로 가득하다.

나만 하더라도 이모 연대의 회원으로서 가끔씩 중요한 역할을 할 때가 있다. 내 임무는 우선적으로 조카들의 응석을 받아주고, 가끔은 버릇없이 굴도록 내버려두는 일이다(난 이 일도 매우 진지하게 받아들인다). 하지만 그 외에도 도움이 필요한 곳이면 어디든, 누구에게든 달려가야 한다. 세상을 떠도는 이모, 외교관 이모가 되는 것이다. 세상에는 내가 도울 수 있는 사람들이 있고, 때로는 몇 년간 전폭적인 지원을 할 수도 있다. 나는 엄마들처럼 내 모든 시간과 에너지를 육아에 쏟을 필요가 없기 때문이다. 어린이 야구단 유니폼도 살 필요가 없고, 자녀들의 치아 교정비나 대학 등록금도 낼 필요가 없다. 따라서 내가 가진 재산을 좀 더 폭넓게 사용할 수 있다. 그런 식으로 나도 양육에 참가하는 것이다. 세상에 아이들을 양육할 수 있는 방법은 수없이 많고, 어느 것 하나도 빠짐없이 중요하다.

제인 오스틴(Jane Austen)은 첫 조카가 생긴 친척에게 이런 글을 쓴 적이 있다. "나는 늘 이모나 고모의 역할을 중요시해왔어. 이젠 너도 이모가 되었으니까 중요한 사람이 된 거야." 오스틴은 그 말의 의미를 정확히 알고 있었다. 그녀 자신도 아이가 없는 이모이자 고모였으며, 조카들이 마음을 터놓을 수 있는 훌륭한 대화 상대였고, 언제나 '까르르 웃는 웃음소리'로 기억되었다.

작가 이야기가 나온 김에 조금 더 해보자. 레오 톨스토이와 트루먼 카포티, 브론테 자매들 모두 친엄마가 죽었거나 친엄마에게 버림받고, 자식이 없는 여자들의 손에 자랐다. 톨스토이는 '사랑의 도덕적 즐거움'을 가르쳐준 투와넷 숙모가 자신의 인생에 지대한 영향을 미쳤다고 말했다. 역사학자 에드워드 기본은 어려서 고아가 된 후로, 자식이 없는 '키티 이모'의 손에 자랐다. 존 레논을 키운 미미 이모는 그에게 언젠가 훌륭한 음악가가 될 거라는 확신을 심어주었다. F. 스콧 피츠제럴드의 이모 애너벨은 그의 대학 등록금을 내주었다.

건축가인 프랭크 로이드 라이트에게 처음으로 공사를 의뢰한 사람은 이모인 제인과 넬이었다. 이 사랑스런 두 독신녀들은 위스콘신주 스프링그린에서 기숙학교를 운영했다. 어릴 때 고아가 된 코코 샤넬을 거둬준 사람은 가브리엘 이모였다. 그녀는 샤넬에게 바느질하는 법을 가르쳤는데, 그것이 샤넬에게 매우 유용한 기술이었음은 다들 인정할 것이다. 버지니아 울프는 캐롤라인 고모로부터 큰 영향을 받았다. 퀘이커 교도이자 독신이었던 고모는 평생을 자선 사업에 몸담았고, 성령의 목소리를 듣고 이야기를 나누었으며, 훗날 울프가 회상했듯이 '현대의 예언자' 같은 사람이었다.

마르셀 프루스트가 그 유명한 마들렌을 베어 물던, 문학사에 길이 남을 중대한 순간을 기억하는가? 그 순간, 프루스트는 어린 시절의 향수에 압도당해 책상 앞에 앉아 방대한 양의 대서사시인 『잃어버린 시간을 찾아서(Remembrance of Things Past)』를 쓸 수밖에 없었다. 해일처럼 밀어닥친 노스탤지어의 도화선이 된 것은 프루스트가 사랑하는 레오니 고모에 대한 기억이었다. 고모는 매주 일요일마다 예배가 끝난 뒤, 어린 프루스트와 함께 마들렌을 나눠먹곤 했다.

그리고 피터팬의 모델이 누구인지 궁금하지 않은가? 피터팬의 창조자인 J.M. 배리는 1911년에 이미 그 질문에 답했다. 전 세계적으로 "자식이 없는 많은 여성들의 얼굴"에서 피터팬의 이미지와 정수, 행복한 기운을 발견했노라고.

이것이 바로 이모 연대다.

이 세상 부부는 자신들만의
법칙과 경계를 만들어나간다

하지만 엄마 군단이 아닌 이 모 연대에 참여하는 내 삶이 우리 엄마의 삶과 꽤 다르다 보니, 그 간극 속에 여전히 타협해야 할 문제들이 있다는 느낌이 들었다. 어느 날 밤, 라오스에서 엄마에게 국제 전화를 한 것도 아마 그런 이유에서였을 것이다. 나는 엄마의 삶과 선택에 대한 마지막 의문점들을 해결하고, 그것이 내 삶이나 선택과 어떻게 연결되는지 알고 싶었다.

우리의 통화는 한 시간이 넘게 계속되었다. 엄마는 언제나처럼 차분하고 진지했다. 내 질문에 조금도 놀라지 않는 듯했다. 사실 엄마는 내가 이런 질문을 하기를 기다려온 사람 같았다. 아마 오랜 세월을 기다렸을 것이다.

엄마는 제일 먼저 이렇게 말했다. "나는 너희들을 위해 했던 어떤 일도 후회하지 않아."

"엄마가 좋아했던 일을 포기한 게 후회되지 않으세요?" 내가 물었다.

"평생 후회하면서 살기는 싫다." 엄마가 말했다(내 질문에 대한 정확한 대답은 아니지만, 진심인 것 같았다). "너희들을 키우던 시기에는 행복한 일이 너무 많았어. 너희 아빠는 평생 가도 나처럼 너희들을 잘 알지 못할 거야. 나는 너희들 곁에서 너희들이 커가는 걸 지켜봤지. 그건 대단한 특권이었고, 그걸 놓치고 싶지 않았어."

엄마는 또 아버지를 너무나 사랑했기 때문에 이혼하지 않기로 결

258

정했다고 말했다. 그것은 타당한 이유였고, 충분히 납득할 수 있었다. 부모님은 정신적 교감을 나눌 뿐 아니라 많은 신체 활동도 함께 한다. 나란히 등산하고, 자전거를 타고, 농장도 함께 돌본다. 대학 시절의 어느 겨울 밤, 집에 전화한 적이 있는데 부모님이 숨을 몰아쉬고 있었다. "대체 뭘 하신 거예요?" 내가 묻자, 엄마는 깔깔거리며 대답했다. "썰매를 타고 왔어!" 두 분은 이웃에 사는 열 살짜리 아이의 터보건(누워서 타는 썰매─옮긴이)을 훔쳐다가 집 뒤의 눈 내린 언덕에서 달밤에 썰매를 탄 것이다. 아버지가 달빛 사이로 쏜살같이 내려가는 썰매를 조종하는 동안, 엄마는 아버지의 등 위에 누워 짜릿한 비명을 질렀다고 한다. 중년의 나이에 그런 짓을 하는 사람이 누가 있겠는가?

우리 부모님은 처음 만난 이후로 여전히 서로에게 성적으로 끌리는 사이기도 하다. "네 아빠는 꼭 폴 뉴먼 같았지." 엄마는 첫 만남을 회상하며 그렇게 말했다. 한번은 아버지에게 엄마에 대한 가장 좋은 기억이 무엇인지 묻자, 아버지는 조금도 주저하지 않고 대답했다. "난 언제나 네 엄마의 멋진 몸매가 좋았다." 지금도 마찬가지다. 부엌에서 엄마가 옆으로 지나갈 때마다 아버지는 항상 엄마의 몸을 만진다. 항상 엄마를 훑어보고, 감탄하는 눈길로 다리를 바라보고, 엄마를 보며 침을 흘린다. 엄마는 괜히 놀란 척 손으로 아버지를 찰싹 때리면서 "여보! 그만 해요!"라고 나무라지만, 엄마가 아버지의 그런 관심을 즐긴다는 것은 삼척동자도 알 수 있다. 나는 그런 장면을 보면서 자랐고, 자식의 입장에서 부모님이 서로에게 육체적으로 만족한다는 사실은 참으로 귀한 선물이다. 따라서 엄마가 말했듯이 부모님의 결혼 생활에는 이성적인 차원을 넘어선, 어딘가 깊숙한 곳에 자리한 성적인 끌림이 상당 부분 차지하고 있다. 그리고 거기에서 비롯된 친밀감은 어떤 설명이나 이론도 뛰어넘는다.

또한 부모님은 서로에게 좋은 동반자다. 함께한 세월도 이제 40년이 넘고, 서로 간의 타협도 대부분 끝났다. 일상은 여유롭고, 세월이 흐름에 따라 취미로 하던 일들도 수준급이 되었다. 두 분은 기본적으로 똑같은 패턴으로 매일 서로의 주위를 맴돈다. 커피 마시기, 강아지 산책, 아침, 신문 보기, 정원일, 청구서 정리, 집안일, 라디오 듣기, 점심, 장보기, 강아지 산책, 저녁, 독서, 강아지 산책, 잠자기…… 이런 일상의 반복인 것이다.

시인 잭 길버트(Jack Gilbert)는(애석하게도 우리 집안과는 관계가 없디) 결혼이란 "기억에 남는 사건들 사이"의 일들이라고 썼다. 오랜 세월이 흐른 뒤, 배우지의 사망과 같은 이유로 결혼 생활을 뒤돌아보면 기억나는 것은 "휴가와 비상사태", 즉 가장 좋은 때와 가장 나쁜 때뿐이다. 나머지는 그저 똑같은 일상이 희미하게 뒤섞여 있다. 그러나 길버트는 결혼을 이루는 것은 바로 그렇게 희미하게 뒤섞인 똑같은 일상이라고 주장한다. 결혼은 별다른 특징 없는 2천 번의 아침을 먹으면서 나누었던, 별다른 특징 없는 2천 번의 대화이며 바로 거기서 친밀감의 바퀴가 서서히 굴러간다. 누군가에게 그렇게 친밀한 존재가 되는 것은 가치를 매길 수 없을 정도로 소중한 일이다. 서로를 너무 잘 알고, 눈만 돌리면 곁에 있어서 공기에 버금갈 정도로 필수 불가결한 존재.

내가 라오스에서 국제 전화를 걸었던 그날 밤, 엄마는 자신도 성인군자와는 거리가 멀다는 말로 아버지를 두둔했다. 결혼 생활을 유지하기 위해서는 아버지도 상당히 많은 부분을 포기해야만 했다고 말했다. 엄마가 너그럽게 인정한 대로, 엄마는 결혼해서 함께 살기에 편한 사람만은 아니다. 아버지는 극도로 꼼꼼한 엄마가 매순간 자신을 조종하려고 하는 것을 참고 견뎌야만 했다. 그런 면에서 보면, 우리 부모님은 끔찍할 정도로 불협화음을 이룬다. 아버지는 살면서 무슨 일이 생기든 그냥 받아들인다. 반면 엄마는 자신이 원하는 방향으로 삶을 끌고 간다. 한 가지 예를 들어보겠다. 어느 날 아버지는 차고를 청소하다가 우연히 서까래에 있던 새둥지 속의 작은 새를 건드리고 말았다. 당황하고 겁먹은 새는 아버지의 모자 테두리에 내려앉았다. 아버지는 더 이상 새를 방해하고 싶지 않아서 새가 저절로 날아갈 때까지 차고 바닥에 한 시간가량 앉아 있었다. 그것이 전형적인 아버지의 모습이다. 반면 엄마에게 그런 일은 불가능하다. 엄마는 새가 머리 위에서 멍하니 쉬도록 내버려둘 만큼 한가하지 않다. 집안일이 산더미처럼 쌓여 있기 때문이다. 엄마는 어떤 새도 기다려주지 않는다.

엄마가 결혼 생활을 하면서 아버지보다 야망을 더 많이 포기한 것은 사실이지만, 엄마가 아버지에게 요구한 것이 아버지가 엄마에게 요구한 것보다 훨씬 많다. 아버지는 엄마를 있는 그대로 받아들였지만, 엄마는 그러지 못했다. ("네 엄마는 최고의 현모양처지." 종종 그렇게 말하는 아버지의 말투에는 엄마가 아버지에게도 최고의 남편이 되라고 강요한다는 뉘앙스가 풍겼다.) 엄마는 때와 장소를 가리지 않고 아버지에게 이래라저래라 명령한다. 사람을 조종하는 기술이 어찌나 교묘하고 우아한지 상대가 눈치채지 못할 때가 많다. 하지만 내가 장담하건대, 엄마는 절대 손에서 배의 키를 놓지 않는다.

엄마의 그런 성격은 집안 내력이다. 우리 외가 쪽 여자들은 하나같이 그렇다. 그들은 남편 삶의 모든 면을 통제한다. 그리고 아버지가 즐겨 말하듯이 절대 남편보다 먼저 죽지도 않는다. 올슨 가문의 여자치고 남편보다 일찍 죽은 여자는 없다. 생물학적 사실이다. 과장이 아니라, 그런 일은 한 번도 없었고 누구의 기억에도 없다. 그리고 어떤 남자도 올슨 가문 여자의 완벽한 통제에서 벗어날 수 없다. ("내가 경고하건대," 우리가 막 사귀기 시작했을 때 아버지가 펠리페에게 말했다. "우리 딸과 조금이라도 함께 살 생각이 있다면, 지금 당장 자네 공간을 정해놓고 평생 그걸 시수하도록 하게.") 한번은 아버지가 농담반 진담반으로 엄마가 자기 삶의 95퍼센트를 통제하고 있다고 말했다. 하지만 놀라운 점은 95퍼센트를 엄마에게 빼앗긴 아버지의 분노보다, 나머지 5퍼센트를 끝내 차지하지 못한 엄마의 분노가 더 크다는 것이다.

로버트 프로스트(Robert Frost)는 결혼 생활을 위해서는 "남자는 어느 정도 인간이기를 포기해야 한다"고 썼다. 그리고 우리 집안을 보면 이 말이 꼭 틀린 말은 아니다. 지금까지 여러 페이지에 걸쳐 결혼이 여자에게 억압의 수단이 된다고 썼지만, 남자에게도 종종 억압의 수단으로 사용된다는 사실 역시 기억해야 할 필요가 있다. 결혼은 문명의 마구로 남자에게 의무를 부과하며, 따라서 그의 들뜬 에너지를 억누른다. 전통 사회에서는 젊은 미혼 남자들이야말로 공동체에 무익한 존재로 오랫동안 인식되어 왔다(물론 전쟁 때 총알받이라는 유용한 역할을 제외하고). 전 세계적으로 젊은 미혼 남자들은 대개 매춘, 음주, 도박, 게으름을 부리는 데 돈을 낭비한다는 명성을 얻어왔다. 한마디로 아무 짝에도 쓸모가 없는 것이다. 이런 짐승은 잡아다가 책임으로 묶어놓아야 한다. 혹은 늘 그런 주장이 대두되었다. 유치한 짓은 그만두고, 어른의 외투를 입고, 집을 짓거나 사업을 하거나 주위 환경에 관심을 가지라고 설득해야 한다. 듬직하고 좋은 아내만큼 책임을 강요하기에 효과적인 도구는 없다. 동서를 막론하고 예부터 내려온 이치다.

우리 부모님도 그런 경우다. "네 엄마가 날 사람으로 만들었지." 아버지는 두 분의 러브스토리를 그렇게 요약한다. 보통은 아버지도 그런 현실을 받아들인다. 하지만 가끔씩—예를 들면 드센 아내와 똑같이 드센 딸들에게 둘러싸인 가족 모임에서—아버지는 어쩌다 자기가 이렇게 온순해졌는지, 혹은 어쩌다 이렇게 높다란 외바퀴 자전거를 타고 있는지 어리둥절해하는 늙은 서커스 곰처럼 보일 때가 있다. 그럴 때의 아버지는 결혼한 적이 있느냐는 질문에 대답하던 그리스인 조르바(Zorba)를 연상시킨다. "나도 남잔데 결혼을 안 해봤겠소? 당연히 해봤지. 아내, 집, 아이들, 완벽한 재앙이었어!"(그건 그렇고 조르바의 신파적 고뇌를 보면, 그리스 정교회가 결혼을 의식이라기보다 신성한 순교로 본다는 신기한 사실이 떠오른다. 그들은 장기간의 동반자 관계가 성공하기 위해서는 양쪽 모두에게 어느 정도 자아의 죽음이 요구된다고 생각한다.)

우리 부모님도 분명 결혼 생활을 하며 그런 속박, 자아의 죽음을 느꼈을 것이다. 나는 그렇다는 것을 알고 있다. 하지만 부모님이 그 사실을 꼭 싫어했는지는 잘 모르겠다. 한번은 아버지에게 만약 내세가 있다면, 어떤 동물로 태어나고 싶은지 물은 적이 있다. 아버지는 조금도 주저하지 않고 "말"이라고 대답했다.

"어떤 말요?" 나는 광활한 들판을 전속력으로 질주하는 야생마를 상상했다.

"멋있는 말." 아버지가 말했다.

나는 머릿속의 그림을 적절하게 수정했다. 이제는 광활한 들판을 전속력으로 질주하는 다정한 야생마를 상상했다.

"어떤 멋있는 말요?" 나는 재차 물었다.

"거세한 말." 아버지가 선언했다.

거세한 말이라! 뜻밖의 대답이었다. 내 머릿속의 그림은 완전히 변했다. 이제는 엄마가 모는 마차를 얌전하게 끄는 유순한 말이 떠올랐다.

"왜 하필이면 거세한 말이죠?" 내가 물었다.

"그 편이 사는 게 훨씬 쉽다는 걸 알았거든. 두고 봐라."

그렇게 아버지의 삶은 쉬워진 것이다. 결혼이 거의 거세에 가까울 정도로 자유를 억압한 대가로 아버지는 안정되고 풍요로운 생활을 하게 되었다. 열심히 일하라는 격려의 말도 듣고, 서랍에는 깨끗하게 다렸거나 수선된 셔츠들이 차곡차곡 쌓이고, 퇴근하고 돌아오면 푸짐한 식사도 할 수 있었다. 그 대가로 아버지는 엄마를 위해 일했고, 다른 여자에게 한눈을 팔지 않았으며, 95퍼센트의 시간을 엄마의 뜻대로 움직였다. 엄마가 나머지 5퍼센트까지 노리고 너무 가까이 다가온다 싶을 때만 팔꿈치로 엄마를 밀어냈다. 두 분 모두 이런 계약 조건에 이의가 없었던 게 분명하다. 내가 라오스에서 국제 전화를 했을 때 엄마가 말했듯이, 두 분의 결혼 생활은 이제 40년째 접어들고 있으니까.

우리 부모님의 결혼 조건은 당연히 내게는 맞지 않는다. 외할머니가 전형적인 농촌 아낙네였고, 엄마가 페미니즘 경계인이었다면, 나는 결혼 제도와 가족에 대해 완전히 새로운 사상을 주입받으며 자랐다. 나와 펠리페는 아마도 언니와 내가 '아내 없는 가정'이라고 했던 가정을 이루게 될 것이다. 다시 말해, (혼자서) 전통적인 아내 역할을 하는 사람이 없는 가정이다. 언제나 여성의 몫으로 당연시되었던 집안일은 좀 더 공평하게 분배될 것이다. 아기를 낳지 않을 테니 아마 '엄마 없는 가정'도 될 것이다. 외할머니나 엄마는 경험해본 적이 없는 결혼 생활이다. 마찬가지로 아버지나 외할아버지와 달리 펠리페가 전적으로 생계를 부담할 필요도 없다. 사실 아마도 가계 소득의 대부분은 항상 내가 책임지게 될 것이다. 그런 면에서 본다면 우리 집은 아마 '남편 없는 가정'도 될 것이다. 아내도 없고, 아이도 없고, 남편도 없는 가정…… 역사상 이런 가정은 많지 않은 터라 참고할 만한 본보기가 없다. 우리는 함께 살면서 우리만의 법칙과 경계를 만들어 나가야 한다.

어쩌면 세상 모든 부부들이 함께 살면서 자신들만의 법칙과 경계를 만들어나가야 하는지도 모르겠다.

어쨌거나 라오스에서 국제 전화를 했던 그날 밤, 나는 엄마에게 지금까지 아버지와 함께했던 삶이 행복했느냐고 물었다. 엄마는 결혼 생활이 정말로 행복했으며, 행복했던 때가 불행했던 때보다 훨씬 많았다고 대답했다. 지금까지 살면서 언제가 제일 행복했느냐는 내 질문에 엄마는 이렇게 대답했다. "지금. 돈 걱정 없이 건강하고, 자유롭게 네 아빠와 사는 지금이 제일 행복하구나. 네 아빠와 나는 각자 자기 할 일을 하면서 하루를 보낸 뒤에 매일 저녁 식탁에 마주앉지. 그 오랜 세월이 흐른 뒤에도 우리는 여전히 저녁 식탁에 앉아서 웃고 떠든단다. 행복한 일이지."

"너무 멋지네요." 내가 말했다.

잠시 침묵이 흘렀다.

"하고 싶은 말이 하나 더 있는데, 네가 기분 나빠 할까 걱정되는구나." 엄마가 과감하게 말을 꺼냈다.

"뭔데요?"

"솔직히 말해서, 내 인생의 황금기는 너희들이 다 자라 집을 떠나면서부터 시작됐어."

나는 웃음을 터뜨렸다(큭, 너무해요, 엄마!). 하지만 엄마는 급히 넛붙였다. "정말이야, 리즈. 네가 이해해야 해. 나는 평생 질리도록 아이들을 키우면서 살았어. 우리 집은 대가족이어서 어릴 때는 늘 어린 동생들을 돌봐야 했거든. 열 살 때는 밤에 오줌을 싼 동생들 뒤처리를 하느라 늘 자다가 일어났어. 어린 시절 내내 그랬단다. 나만의 시간이라는 건 꿈도 꿀 수 없었지. 사춘기가 되면서는 또 조카들을 돌봐야 했어. 아기를 보는 동시에 숙제를 하느라 애를 먹었지. 그 다음에는 너희들이 태어났고, 너희들을 키우는 일에 내 전부를 바쳐야 했어. 너랑 네 언니가 대학으로 떠나면서 비로소 난생처음으로 아기 키우는 일에서 해방된 거야. 얼마나 좋았던지. 아주 날아갈 것 같았어. 네 아버지를 독점하고, 나만의 시간도 갖고, 그 모든 게 내게는 혁명적인 변화였어. 내 생애 가장 행복한 시기였지."

'잘됐다.' 나는 크나큰 안도감을 느끼며 생각했다. '그러니까 엄마는 결혼 생활과 화해했구나. 잘됐어.'

또다시 침묵이 흘렀다.

갑자기 엄마가 지금까지 한 번도 들어본 적이 없는 어조로 말했다. "하지만 이 말은 꼭 해야겠다. 가끔씩 결혼 초기에 내가 포기했던 그 많은 것들을 생각하지 않으려고 노력할 때가 있어. 솔직히 말해서 그 생각에 너무 빠졌다가는 눈이 뒤집혀버리거든."

이런.

그러니까 한마디로 결론은……??

어쩌면 이 문제는 한마디로 결론을 내리기가 불가능할지도 모른다. 아마 엄마도 자신의 존재를 한마디로 결론 내리는 일을 오래전에 포기했을 것이다. 자신의 인생에 오로지 한 가지 감정만 가질 수 있다는, 사치스러울 정도의 순진한 환상은 오래전에 버렸을 것이다. 만약 내가 결혼에 대한 불안을 잠재우기 위해 엄마의 인생에 대해 한 가지 감정만 가져야 한다고 생각했다면, 그것은 잘못된 생각이다. 한 가지 확실한 것은 엄마는 모순이라는 거친 바위가 솟아 있는 친밀감의 들판에 꽤 편안한 자신만의 안식처를 마련했다는 것이다. 엄마는 그 방법을 알아냈고, 흡족할 정도로 평온하게 그 안식처에 머물고 있다.

이제는 나 혼자서 언젠가 나만의 안식처를 조심스럽게 마련할 방법을 알아낼 일만 남았다.

Committed

제6장

결혼 생활에서 상대를 풀어주고
구속하는 법을 배운다

결혼은 아름다운 거야.
하지만 정신적인 패권을 두고 싸우는
끝없는 전쟁이기도 하지.

_ 마지 심슨

수렁 속에 갇혀 옴짝달싹 못하는 데서 오는 고통

2006년 10월, 펠리페와 나는 이미 6개월째 여행 중이었고, 우리의 사기는 점점 떨어지고 있었다. 라오스의 신성한 도시 루앙프라방을 떠난 지 벌써 몇 주가 지났다. 보물 구경에도 진력이 났고, 그저 하루가 또 지나기를 바라며 시간을 때우기 위해 전처럼 정처 없이 떠돌아다녔다.

지금쯤이면 미국에 돌아가 있기를 바랐지만, 이민 소송에는 여전히 아무런 진전이 없었다. 펠리페의 미래는 바닥이 보이지 않는 수렁 속에 갇혀서 옴짝달싹하지 못했고, 우리는 이 상태가 영원히 계속되리라는 근거 없는 믿음을 갖게 되었다. 펠리페는 미국에서 벌이던 사업에도 손을 떼고, 돈을 벌거나 벌기 위한 계획을 세울 수도 없고, 미래가 온통 미국 국토안보부(그리고 나)의 결정에만 달려 있다 보니, 날이 갈수록 점점 더 무력감을 느꼈다. 결코 바람직한 상황은 아니었다. 지금까지 나이를 먹으면서 남자에 대해 한 가지 알게 된 사실이 있다면, 남자들은 대체로 무력감을 느낄 때 단점이 드러난다는 것이다. 펠리페도 예외는 아니었다. 그는 점점 더 안절부절못하고, 걸핏하면 화를 냈으며, 심하게 긴장했다.

원래 펠리페는 만사가 순조로울 때도 예의 없이 행동하거나, 자신에게 어떤 식으로든 불편을 끼치는 사람들에게 가끔씩 버럭 화를 내는 나쁜 습관이 있다. 자주 있는 일은 아니었지만, 나는 그가 그런 습관을 고치기를 바랐다. 나는 전 세계를 돌아다니며 이 남자가 실수를 저지른 비행기 승무원이나 운전을 거칠게 하는 택시 운전사, 바가지를 씌우는 장사꾼, 쌀쌀맞은 웨이터, 버릇없는 아이를 내버려두는 부모들에게 다양한 언어로 호통 치는 광경을 보았다. 가끔씩 팔을 크게 휘두르거나, 언성을 높이기도 한다.

나는 그 점이 몹시 유감스러웠다.

언제나 차분함을 잃지 않는 미국 중서부 출신의 어머니와 과묵한 아버지 사이에서 자란 나는 펠리페가 전형적인 브라질식으로 문제를 해결하는 것을 유전적으로나 문화적으로 감당할 수 없었다. 우리 집안사람들은 노상강도에게도 그런 식으로 말하지 않는다. 게다가 펠리페가 사람들 앞에서 발끈하는 모습을 볼 때마다 내 연인은 정말로 자상하고 마음이 따뜻한 사람이라고 생각했던, 나만의 소중한 확신이 깨져버렸다. 그리고 솔직히 말해서 그 점이 제일 화가 난다. 내가 결코 순순히 받아들일 수 없는 모욕이 있다면, 내가 소중하게 여기는 사람들이 실망스런 행동을 하는 것을 지켜보는 일이다.

설상가상으로 세상 모든 사람들과 좋은 친구가 되고 싶은 바람 때문에 나는 약자에게 병적일 정도로 감정어 이입되는 경향이 있다. 따라서 종종 펠리페에게 당하는 사람들의 편을 들곤 했는데 그로 인해 긴장감만 더 커졌다. 펠리페는 멍청하거나 무능력한 사람들에게 일말의 참을성도 발휘하지 않는 반면, 나는 세상의 모든 무능력한 바보들이 사실은 좋은 사람들인데 어쩌다 오늘 하루 운이 없는 것뿐이라고 생각한다. 이런 입장의 차이는 결국 말다툼으로 이어진다. 평상시에는 거의 싸우지 않는 우리가 싸울 때는 대부분 이 문제 때문이다. 예전에 인도네시아에서 펠리페에게 다시 신발 가게로 돌아가서, 무례하게 굴었던 어린 여직원에게 사과하라고 우겼던 적이 있다. 그는 내 말대로 했다. 엄청난 바가지를 씌우는 작은 신발 가게로 다시 돌아가 어리둥절한 표정의 여직원에게 아까 화를 내서 미안하다고 공손히 사과했다. 하지만 그가 사과한 이유는 단지 여직원의 편을 드는 내가 너무 귀엽다고 생각했기 때문이다. 하지만 나는 그 상황이 조금도 귀엽지 않았다. 귀여울 수가 없었다.

다행히도 평상시에는 펠리페가 그렇게 폭발하는 경우가 매우 드물다. 하지만 지금 우리의 삶은 평상시와는 거리가 멀다. 힘든 여행을 하며 손바닥만 한 호텔 방을 전전하고, 짜증나는 서류 절차가 지체된 것이 벌써 6개월째다. 이 모두가 펠리페의 감정 상태에 서서히 영향을 미쳐서 이제 펠리페의 초조함은 거의 전염병 수준이었다. (하지만 독자 여러분은 내가 사소한 갈등만 생겨도 감정적 마찰이라고 판단해버리는 민감한 사람이라는 것을 감안해서 '전염병 수준'이라는 말을 곧이곧대로 받아들여서는 안 된다.) 그렇기는 해도 반박의 여지가 없는 증거들이 있다. 요즘 들어 그는 생판 모르는 사람에게도 언성을 높이는가 하면, 나에게까지 버럭 화를 낸다. 정말로 전에는 없었던 일이다. 왠지 몰라도 과거의 펠리페는 나한테만큼은 늘 면역된 상태였기 때문이다. 마치 지구상에서 오로지 나만이 그를 짜증나지 않게 하는 초자연적인 능력을 가진 것 같았다. 하지만 이제 그 달콤한 면역 기간은 끝났다. 그는 내가 인터넷을 너무 오래 한다고 짜증내고, 바가지요금을 내가며 '그 염병할 놈의 코끼리'를 보러 가자고 했다고 짜증내고, 형편없는 기차에서 또 하룻밤을 잔다고 짜증내고, 내가 돈을 쓰면 쓴다고 짜증내고, 안 쓰면 안 쓴다고 짜증내고, 내가 늘 여기저기 싸돌아다닌다고 짜증내고, 이런 나라에서 건강식을 찾아다닌다고 짜증내고…….

펠리페는 그 끔찍한 짜증 속으로 점점 더 깊이 빠져들었고, 일이 조금만 틀어지거나 못마땅해도 거의 온몸으로 거부 반응을 보였다. 참으로 불행한 일이었다. 여행이란 것, 특히 지금 우리처럼 돈을 아껴가면서 더러운 숙소에서 지내는 여행은 일이 틀어지고 못마땅한 상황의 연속이기 때문이다. 그저 가끔씩 눈부시게 아름다운 석양을 볼 수 있을 뿐인데, 내 파트너는 그런 석양을 즐길 능력마저 완전히 상실한 상태였다. 내가 떨떠름한 표정의 펠리페를 끌고 여기저기 구경하러 다닐 때마다(이국적인 시장이에요! 절이에요! 폭포예요!), 그는 더 긴장하고, 더 퉁명스러워지고, 더 불편해했다. 나는 그의 기분을 풀어주기 위해 뿌루퉁한 남자에게 대처하는 엄마의 방법을 따랐다. 즉 내가 더 기운을 내고, 더 활달해지고, 짜증날 정도로 쾌활하게 행동하는 것이다. 그리하여 내 짜증과 향수병은 가슴에 묻어두고, 짐짓 엄청나게 낙천적인 척하면서 과격할 정도로 명랑하게 질주했다.

마치 내가 지칠 줄 모르고 유쾌하게 행동하면, 펠리페도 그 자석 같은 힘에 이끌려 아무 걱정 없는 행복한 상태로 되돌아갈 것처럼.

그러나 놀랍게도 이 방법은 효과가 없었다.

시간이 흐르면서 나도 짜증이 났다. 그의 성급함, 뿌루퉁함, 무기력함에 분통이 터졌다. 게다가 나 자신에게도 짜증이 났다. 펠리페의 호기심을 유발하려 할 때의 내 가식적인 목소리가 귀에 거슬렸다. (어머, 저거 봐요! 쥐를 식용으로 파네요! 어머, 저거 봐요! 엄마 코끼리가 아기 코끼리를 씻겨주고 있어요! 어머, 저거 봐요! 이 호텔 방에서는 도살장이 훤히 보여요!) 그런 내 노력에도 아랑곳없이 펠리페는 욕실로 직행해 너무 더럽고 지저분하다며—우리가 어디에 머무르든지 간에—씩씩거렸다. 동시에 오염된 공기 때문에 목구멍이 따끔거리고, 너무 많은 차량들 때문에 골치가 아프다고 투덜거렸다.

긴장한 그의 모습은 나까지 덩달아 긴장하게 만들었고, 나는 덤벙거리게 되었다. 그리하여 하노이에서는 발가락을 찧고, 치앙마이에서는 치약을 찾아 세면도구 가방을 뒤지다가 면도날에 손가락이 베이기도 했다. 가장 끔찍한 사고는 작은 여행용 용기를 제대로 보지 않아 안약 대신 살충제를 눈에 넣은 것이다. 내가 통증과 자책으로 울부짖는 동안, 펠리페는 세면대 위로 내 머리를 받치고 눈에 미지근한 생수를 들이부으며 최대한 고통을 덜어주려고 애썼다. 하지만 그 와중에도 이 황폐한 시골구석에 처박혀 있다는 짜증나는 현실에 계속 화를 내며 열변을 토했다. 지금은 그 시골구석이 어디였는지 기억조차 안 나는 것을 보니 그 무렵에 어지간히 힘들긴 했나 보다.

이 팽팽한 긴장감은 내가 흥미로운 유적지라고 우기는 곳을 찾아가기 위해 펠리페를 억지로 끌고 가던 날, 그 정점(아니 최저점)에 다다랐다. 라오스 한가운데 있는 그 유적지에 가기 위해서는 버스를 12시간이나 타고 라오스의 중심부를 통과해야 했다. 버스에는 가축들도 꽤 많았고, 좌석은 퀘이커 교도의 예배당 좌석보다 더 딱딱했다. 에어컨은 당연히 없었고, 창문은 굳게 닫혀 있었다. 참을 수 없을 정도로 더웠다고는 말 못하겠다. 우리는 그 더위를 참았으니까. 하지만 엄청나게 더운 것은 사실이었다. 펠리페는 우리가 가려는 유적지는 물론, 지금 타고 있는 버스에 대해서도 아무 반응을 보이지 않았다. 이 버스가 지금까지 내가 타본 교통수단들 가운데서 가장 위험하다는 사실을 감안할 때 그런 무반응은 정말 이례적이었다. 버스 운전사는 잔뜩 흥분한 사람처럼 이 고물 덩어리를 거칠게 몰았고, 하마터면 우리가 창밖으로 튀어나가 깎아지른 절벽 아래로 떨어질 뻔한 적이 한두 번이 아니었다. 하지만 펠리페는 이 모든 상황에 아무런 반응을 보이지 않았다. 아울러 반대편에서 오는 차들과 거의 충돌할 뻔했을 때도 역시 무반응으로 일관했다. 그는 돌부처 같았다. 지친 표정으로 눈을 질끈 감은 채 아예 입을 열지 않았다. 죽음을 각오한 사람처럼 보였다. 어쩌면 그냥 죽기를 바랐는지도 모르겠다.

그렇게 생사를 넘나드는 몇 시간이 더 흐른 뒤에 버스가 갑자기 커브를 틀자, 눈앞에 대형 교통사고 현장이 펼쳐졌다. 우리가 탄 버스와 똑같은 버스 두 대가 정면으로 충돌한 것이다. 부상자는 없는 듯했지만, 버스는 완전히 뒤틀려서 연기를 내뿜는 고철더미로 변해 있었다. 우리 버스가 천천히 그 현장을 지나가자, 나는 펠리페의 팔을 잡고 말했다. "어머, 저거 봐요! 버스 두 대가 충돌했나 봐요!"

펠리페는 눈도 뜨지 않은 채 빈정거리는 말투로 대답했다. "그거 참 신기하군 그래."

갑자기 나는 부아가 치밀었다.

"대체 원하는 게 뭐예요?" 내가 따졌다.

그가 아무 말도 하지 않자, 더 화가 났다. 그래서 계속 다그쳤다.

"난 그저 이 상황을 최대한 좋게 받아들이려는 거라고요. 더 좋은 생각이나 계획이 있으면, 제발 부탁이니까 어디 한번 말해봐요. 그리고 제발이지 무슨 방법이 있었으면 좋겠네요. 솔직히 말해서, 당신 투정 받아주는 건 이제 질렸으니까요. 정말 지겨워요."

그 말에 그가 눈을 번쩍 떴다. "커피포트가 있었으면 좋겠어." 뜻밖의 간절한 목소리로 그가 말했다.

"갑자기 웬 커피포트요?"

"집에 있고 싶어. 당신과 함께 안전하게 그 집에서 살고 싶어. 규칙적인 생활을 하면서. 우리만의 커피포트가 있고, 매일 아침 같은 시간에 일어나서 우리가 먹을 아침을 만들었으면 좋겠어. 우리 집에서, 우리만의 커피포트로 말이야."

다른 때였다면 그의 그런 고백에 나도 충분히 공감했을 것이다. 솔직히 당시에도 공감했어야 했다. 하지만 이상하게 더 화만 났다. 왜 이 사람은 불가능한 생각에만 매달리는 거지?

"지금은 다 꿈같은 이야기예요." 내가 말했다.

"맙소사, 리즈. 내가 그걸 모르는 줄 알아?"

"나라고 그렇게 살고 싶지 않겠어요?" 내가 쏘아붙였다.

그가 언성을 높였다. "당신이 그렇게 살고 싶어 한다는 걸 내가 모르는 줄 알아? 당신이 인터넷의 부동산 광고를 읽는 걸 내가 모르는 줄 알아? 당신이 향수병에 걸린 걸 내가 모르는 줄 알아? 당신에게 지금 당장 집을 마련해줄 수 없다는 게 나로서는 어떤 기분인지 짐작이나 해? 나 때문에 지구 반대편에 있는 낡은 호텔 방에 처박혀 있는 당신을 바라보는 내 심정이 어떤지 아느냐고? 지금 이렇게 당신을 고생시키는 게 나로서는 얼마나 굴욕적인 일인지 알아? 남자로서 내가 얼마나 빌어먹게 무력감을 느끼는지 아느냐고?"

가끔씩 나는 잊어버리곤 한다.

이 이야기는 결혼에 있어서 매우 중대한 사안이기 때문에 꼭 해야겠다. 어떤 남자들—어떤 사람들—에게는 사랑하는 사람을 보호하고, 호강시켜주는 것이 얼마나 중요한지 나는 가끔씩 잊어버린다. 기본적인 능력을 박탈당할 때 남자들이 얼마나 위험할 정도로 위축되는지 잊어버린다. 그것이 남자들에게 얼마나 중요하고, 의미 있는 일인지 잊어버린다.

몇 해 전 아내에게 버림받은 내 오랜 친구의 고뇌에 찬 표정이 아직도 잊혀지지 않는다. 아내의 가장 큰 불만은 사무치게 외롭다는 것, 내 친구가 '곁에 있어주지 않았다'는 것이었다. 하지만 내 친구는 그 말을 이해하지 못했다. 자신은 아내를 먹여 살리기 위해 오랜 세월 등이 휘어지도록 일했다고 믿기 때문이다. "좋아." 그가 인정했다. "아내 말대로 어쩌면 외로울 때 내가 곁에 없었는지도 몰라. 하지만 맙소사, 난 그 여자에게 돈을 벌어다 줬어! 부업까지 뛰었다고! 그거야말로 내가 사랑한다는 증거 아니야? 처자식을 먹여 살리고 보호하기 위해서라면 내가 무슨 짓이든 하리라는 걸 왜 모르는 거야? 만약 핵폭탄이 터지기라도 한다면, 나는 아내를 어깨에 둘러 메고 불 속이라도 빠져나왔을 거야. 아내도 내가 그런 사람이라는 걸 알아! 그런데 어떻게 내가 곁에 있어주지 않았다는 말을 할 수가 있지?"

나는 망연자실한 이 친구에게 차마 내 입으로 진실을 말해줄 수가 없었다. 불행히도 평상시에 핵폭탄이 터지는 사건은 거의 일어나지 않는다는 것을. 불행히도 평상시에 그의 아내가 원했던 것은 약간의 관심뿐이었다는 것을.

마찬가지로 그 순간에 내가 원했던 것은 그가 흥분을 가라앉히고, 좀 더 상냥해지는 것이었다. 나를 비롯한 주위 사람들에게 좀 더 인내심을 발휘하고, 너그러워지는 것이었다. 나를 호강시켜주거나 보호해줄 필요는 없었다. 그의 남자다운 자존심도 필요 없었다. 지금 상황에서는 아무 도움도 되지 않는다. 나는 그저 그가 긴장을 풀고, 상황을 있는 그대로 받아들이기를 바랐다. 물론 다시 미국에 돌아가 가족들 곁에서, 진짜 집에서 살면 행복할 것이다. 하지만 날 짜증나게 하는 것은 이렇게 정처 없이 떠돌아다니는 생활이 아니라 그의 뚱한 태도였다.

지금의 이 긴장을 해소하기 위해 나는 펠리페의 다리에 손을 얹고 말했다. "이 상황이 당신에게 정말 힘들다는 걸 알겠어요."

이것은『부부를 위한 사랑의 기술: 부부 관계를 강화하는 열 가지 전략(Ten Lessons to Transform Your Marriage: America's Love Lab Experts Share Their Strategies for Strengthening Your Relationship)』이라는 책에서 배운 방법이다. 이 책의 저자는 시애틀에 위치한 부부 연

구소의 두 연구원이자 행복한 부부인 존 M. 가트맨(John M. Gottman)과 줄리 슈워츠 가트맨(Julie schwartz Gottman)이다. 두 사람은 부부 사이에 오가는 전형적인 대화를 15분간 기록해서 연구해보면, 그들의 결혼 생활이 5년 후에도 지속될지 90퍼센트의 정확성으로 예측할 수 있다고 주장해 최근 언론의 많은 관심을 받고 있다. (그런 이유로 존 M. 가트맨과 줄리 슈워츠 가트맨 부부는 최악의 저녁 식사 초대 손님이 될 것 같다.) 실력이 어떻든 간에 가트맨 부부는 부부간의 말다툼을 해결하기 위한 몇 가지 실용적인 전략을 제안한다. 그 방법을 이용하면 그들이 '결혼의 종말을 예고하는 요한계시록의 네 기사'라고 명명한 담쌓기, 방어, 비난, 경멸에 빠지는 것을 막을 수 있다. 내가 방금 사용한 기술은 내가 펠리페의 말을 듣고 있으며, 그를 염려한다는 것을 나타내기 위해 그의 좌절감을 그대로 되풀이해서 말해주는 기술이다. 가트맨 부부가 '배우자에게로 향하기'라고 부른 이 기술은 갈등을 해소한다.

하지만 늘 효과가 있는 것은 아닌가 보다.

"당신은 내가 어떤 기분인지 몰라!" 펠리페가 퉁명스럽게 말했다. "난 체포당했다고. 손에 수갑을 차고, 모든 사람이 지켜보는 가운데 공항을 누비고 다녔어. 그게 어떤 기분인지 알아? 내 지문을 채취하고, 지갑을 뺏어가고, 심지어 당신이 준 반지까지 가져갔어. 전부 다 가져갔다고. 날 감옥에 집어넣고, 당신 나라에서 추방했어. 30년간 여행을 다니면서 한 번도 추방된 적이 없었는데, 이제는 미합중국에 입국할 수 없다고. 그 많은 나라들 가운데서 하필이면 미국에 말이야! 과거였다면 '추방이고 나발이고 알 게 뭐야?' 하고 넘어갔을 거야. 하지만 지금은 그럴 수가 없어. 미국은 당신이 사는 나라고, 나는 당신과 함께 있고 싶으니까. 그래서 선택의 여지가 없는 거야. 이 거지 같은 상황을 참아야 하고, 내 사생활 전부를 당신네 공무원과 경찰들에게 까발려야 하지. 정말 굴욕적인 일이야. 그러고도 이 일이 언제 끝날지 알 길이 없어. 왜냐하면 우리는 하찮은 존재니까. 그 저 공무원의 책상 위에 있는 숫자에 불과해. 그동안 내 사업은 망해 가고, 나는 알거지가 됐어. 그러니까 내가 비참할 수밖에. 거기다 이 젠 당신까지 이런 빌어먹을 버스를 타고, 빌어먹을 동남아시아 전역으로 날 끌고 다니잖아."

"난 그저 당신을 행복하게 해주려고 했던 것뿐이에요." 나는 상처를 받아 그의 다리에 놓았던 내 손을 거두며 쏘아붙였다. 만약 이 버스에 승객이 내리고 싶다는 것을 알릴 수 있는 끈이 있었다면, 맹세코 나는 그 끈을 잡아당겼을 것이다. 펠리페 혼자 버스에 남겨둔 채 당장 버스에서 뛰어내려 나 혼자 정글로 들어갔을 것이다.

펠리페는 뭔가를 쏘아붙일 기세로 숨을 날카롭게 들이쉬었지만, 입을 다물었다. 목의 힘줄이 불거지는 게 보일 정도였다. 나도 짜증이 치솟았다. 주위 환경도 별로 도움이 되지 않았다. 좌우로 흔들거리는 버스는 시끄럽고 덥고 위험했다. 흔들릴 때마다 척추 마디마디가 들썩거릴 정도였고, 시커먼 매연에서는 악취가 풍겼다. 낮게 드리운 나뭇가지는 계속 버스에 부딪쳤고, 도로 앞에 있던 돼지와 닭, 아이들은 버스를 피해 흩어졌다. 게다가 아직 일곱 시간은 더 가야 했다.

연인 사이에는 갈등을 미연에
방지해야 하는 순간이 있다

우리는 한동안 침묵을 지켰다. 나는 울고 싶었지만 꾹 참았다. 지금 상황에서 울어봐야 아무 도움도 되지 않는다는 것을 알기 때문이다. 그래도 화가 났다. 물론 그가 딱하기도 했지만, 화나는 마음이 더 컸다. 무엇 때문에? 그가 페어플레이를 하지 않아서? 그가 나약한 모습을 보여서? 나보다 더 빨리 포기해버려서? 우리의 상황이 힘든 것은 사실이지만, 지금보다 훨씬 더 힘들어질 수도 있었다. 적어도 우리는 함께이지 않은가. 적어도 내 돈으로 그가 추방된 동안 함께 지낼 수 있지 않은가. 우리와 똑같은 상황에서 오랫동안 서로 떨어져 지내야만 하는 연인들도 숱하게 많다. 그들은 단 하룻밤이라도 함께 보내기 위해서라면 죽음도 불사할 것이다. 적어도 우리는 함께 있는 혜택은 누릴 수 있지 않은가. 적어도 골치가 지끈거릴 정도로 복잡한 이민 서류를 읽을 수 있을 만큼의 교육도 받았고, 좋은 변호사를 고용해서 나머지 절차를 도와달라고 할 수 있을 정도의 돈도 있다. 설사 최악의 상황이 와서 펠리페가 영원히 미국에 발을 붙일 수 없게 되더라도, 적어도 우리에게는 다른 선택의 여지가 있다. 그래! 여차하면 호주로 이민 갈 수도 있다. 호주! 얼마나 멋진 나라인가! 캐나다처럼 정신이 멀쩡하고 부유한 나라다! 우리가 아프가니스탄 북부로 추방될 것도 아니란 말이다! 이런 상황에서 우리처럼 유리한 입장에 있는 사람이 또 누가 있겠는가?

그리고 왜 늘 나만 이렇게 긍정적인 관점에서 생각해야 하지? 솔

282

직히 말해서 펠리페는 지난 몇 주간 우리가 어쩔 수 없는 상황에 대해 불평하는 일밖에 하지 않았다. 왜 좀 더 감사하는 마음으로 상황을 다른 시각에서 보려고 노력하지 않는 걸까? 그리고 지금 가려는 유적지에 약간의 관심이라도 보이면 누가 죽이기라도 하나?

이 말들이 목구멍까지 기어나왔다. 이 쓸데없는 폭언을 하나도 빠짐없이 몽땅 퍼붓고 싶었지만, 꾹 참았다. 이런 식의 감정 폭발은 존 M. 가트맨과 줄리 슈워츠 가트맨이 '범람'이라고 부르는 상태의 전조다. 범람이란 너무 지치거나 화가 나서 마음속에 분노가 흘러넘치거나, 분노에 현혹되는 지점을 말한다. 말 속에 '항상' 혹은 '절대'라는 단어가 들어가면 이런 범람이 코앞에 다가왔다고 볼 수 있다. 가트맨 부부는 이를 '일반화'라고 부른다. (예를 들어, "당신은 항상 이런 식으로 날 실망시키지!" 혹은 "당신은 절대 기댈 수 있는 남자가 아니야!") 그런 단어들은 공정하게 혹은 이성적으로 토론할 수 있는 기회를 완전히 차단해버린다. 이런 감정의 범람과 함께 상대방을 일반화하기 시작하면, 지옥문이 열리는 셈이다. 그러니 범람을 막는 것이 최선이다. 내 오랜 친구의 말대로 결혼 생활의 행복은 홧김에 하려는 말을 참으려고 혀를 깨물 때마다 생기는 흉터의 개수로 정해지는 것이다.

그래서 나는 아무 말도 하지 않았고, 펠리페도 아무 말 하지 않았다. 후텁지근한 침묵이 한동안 계속되다가 마침내 그가 내 손을 잡으며 지친 목소리로 말했다. "이제부터 조심합시다."

나는 그 말의 뜻을 정확히 알기에 마음을 누그러뜨렸다. 그것은 우리만의 오래된 신호였다. 처음 그 말이 나온 것은 우리가 사귀기 시작한 지 얼마 되지 않아, 테네시 주에서 애리조나 주까지 자동차 여행을 할 때였다. 당시 나는 테네시 대학에서 작문을 가르쳤고, 우리는 녹스빌에 있는 그 이상한 호텔에 묵고 있었다. 펠리페는 투손에서 보석 박람회가 열린다는 소식을 듣고, 그 박람회에 가고 싶어 했다. 우리는 충동적으로 차를 몰고 길을 나섰다. 투손까지 쉬지 않고 달려갈 기세였다. 그럭저럭 즐거운 여행이었다. 우리는 노래하고, 수다 떨고, 깔깔거렸다. 하지만 오랫동안 노래하고 수다 떨고 깔깔거리다 보면, 둘 다 완전히 고갈되는 시점이―운전한 지 대략 서른 시간 정도 됐을 때―오기 마련이다. 자동차도, 우리도 연료가 바닥나기 시작했다. 근처에 호텔은 보이지 않고, 배는 고프고, 기력도 다했다. 언제, 어디서 쉬어야 할지를 두고 심하게 의견이 대립되었던 기억이 난다. 우리의 말투는 나무랄 데 없이 예의 바랐지만, 차 안에는 옅은 안개처럼 긴장감이 감돌기 시작했다.

"조심합시다." 펠리페가 느닷없이 그렇게 말했다.

"뭘 조심해요?" 내가 물었다.

"앞으로 서너 시간은 서로에게 하는 말을 조심합시다. 살다 보면 지금처럼 지칠 때가 있는데, 그럴 때 말다툼을 벌이기 십상이지. 쉴 곳을 찾을 때까지 우리가 하는 말에 신중합시다."

아직 아무 일도 벌어지지 않았지만, 펠리페는 연인 사이에는 갈등을 미연에 방지해야 하는 순간이 있다고 생각한 것이다. 말다툼이 시작되기 전에 미리 체포해두자는 것이다. 그리하여 그 말은 우리들의 암호이자, 틈과 낙석에 주의하라는 표지판이 되었다. 유독 긴장되는 순간에 가끔씩 사용하는 도구이기도 하다. 이 방법은 지금까지는 늘 효력이 있었다. 하지만 과거에는 동남아시아에서 막연한 추방

생활을 하는 지금처럼 긴장된 생활을 한 적이 없었다. 그렇기는 해도 여행 중의 긴장이란 단지 위험을 알리는 황색 깃발이 그 어느 때보다도 더 필요하다는 뜻일 수도 있다.

내 친구 줄리와 데니스는 신혼 때 아프리카로 함께 여행을 가서 심하게 다툰 적이 있다. 둘 다 지금은 무슨 일로 싸웠는지 기억도 못하지만, 어떻게 끝났는지는 똑똑히 기억한다. 나이로비에 머물던 어느 오후, 둘은 너무도 화가 난 나머지 도로의 양쪽 가장자리에 따로 떨어져서 목적지까지 걸어가기로 했다. 상대방이 옆에 있는 것조차 견딜 수 없었기 때문이다. 그렇게 차량들로 붐비는 사차선 도로를 사이에 두고 두 개의 평행선처럼 한참을 걸어가고 있는데, 마침내 데니스가 걸음을 멈췄다. 그는 양팔을 벌리더니 줄리에게 길을 건너오라고 손짓했다. 줄리는 화해의 몸짓이라 생각하고 순순히 따랐다. 마음을 누그러뜨리고, 남편이 사과 비슷한 말을 하리라고 기대했다. 그녀가 어느 정도 가까이 다가오자, 데니스는 상체를 내밀며 부드럽게 말했다. "이봐, 줄리. 엿이나 먹어."

그 말에 줄리는 공항으로 직행했고, 남편의 미국행 비행기 티켓을 생판 모르는 사람에게 팔아버리려고 했다.

결국 두 사람은 화해해서 잘 살고 있다. 수십 년 뒤, 이 이야기는 저녁 파티의 즐거운 소재가 되었다. 동시에 사태가 그렇게 악화될 때까지 내버려두어서는 안 된다고 경고해주는 이야기이기도 하다. 그래서 나도 펠리페의 손을 살짝 쥐고서 "Quando casar passa"라고 말했다. 그 말은 "결혼하면 다 없어질 거야"라는 뜻의 귀여운 브라질식 표현이다. 펠리페가 어릴 때 넘어져서 무릎이 까질 때마다

어머니가 해주던 말이라고 한다. 아들을 달래주는 엄마의 장난스런
표현이었던 것이다. 우리는 요즘 들어 부쩍 이 말을 자주 한다. 지금
상황에 꼭 들어맞는 말이기 때문이다. 결혼만 하면, 지금의 많은 문
제들이 다 없어질 것이다.

그는 내 어깨에 팔을 두르고, 날 가까이 끌어당겼다. 나도 편안하
게 그의 품에 안겼다. 더 정확히 말하면, 계속 출렁거리는 버스 안에
서 최대한 편안하게 안기려고 했다.

어쨌거나 그는 좋은 사람이다.

근본적으로 좋은 사람이다.

과거에도 그랬고, 현재에도 그렇다.

"그동안엔 뭘 해야 할까?" 그가 물었다.

지금까지 나는 계속 새로운 장소로 빠르게 이동하는 여행을 했다.
새로운 경치가 우리의 근심을 달래주기를 바라는 마음에서였다. 과
거의 내게는 그런 방법이 늘 효과가 있었다. 달리는 차 안에서만 잠
이 드는 까다로운 아이처럼 나도 여행할 때는 늘 빠르게 이동해야만
마음이 편했다. 나는 펠리페에게도 이 방법이 효과가 있으리라고 생
각했다. 왜냐하면 그는 지금까지 내가 만난 사람들 가운데 여행을
가장 많이 다녔기 때문이다. 하지만 그는 이렇게 떠돌아다니는 것을
별로 좋아하지 않는 듯했다.

첫째로, 내가 종종 잊는 사실이기는 하지만 그는 나보다 열일곱
살이나 많다. 그러니 작은 배낭 하나에 여분의 옷 한 벌만 집어넣고,
무작정 돌아다니면서 18달러짜리 호텔 방에서 지내는 생활이 나만
큼 즐겁지는 않을 것이다. 분명 그는 지쳐가고 있었다. 게다가 내가

초등학교 2학년 때 그는 이 3등 열차를 타고 아시아 전역을 여행했고, 빌어먹을 거대한 유적지들도 예전에 다 보았다. 그러니 그 짓을 또 할 필요가 뭐가 있겠는가?

지난 몇 달간 나는 우리 두 사람의 매우 상반된 경향을 눈치채게 되었다. 전에는 미처 몰랐던 사실이었다. 우리 둘 다 평생 여행을 해왔지만, 그와 나의 여행 방식은 매우 달랐다. 내가 요즘 점차 깨닫게 된 바로는 펠리페는 지금까지 내가 만난 최고의 여행자인 동시에 최악의 여행자다. 그는 여행에서 빠질 수 없는 요소들인, 이상한 화장실과 더러운 식당, 불편한 기차, 낯선 잠자리를 싫어했다. 선택의 여지가 있다면 언제나 규칙적이고, 익숙하며, 하품이 날 정도로 지루한 일상을 선택할 것이다. 그렇다면 아마도 펠리페가 여행자로서 적합하지 않다는 생각이 들겠지만, 그것은 잘못된 생각이다. 왜냐하면 그에게는 여행자로서의 재능이자 강력한 장점, 그를 천하무적으로 만드는 비밀 병기가 있기 때문이다. 그는 어디든 한 곳에 머무르기만 하면, 그곳을 지루한 일상이 시작되는 익숙한 거주지로 만들 수 있다. 사흘 정도의 시간만 주면, 그는 지구상 어느 곳이든 완벽하게 동화되어 아무 불평 없이 10년이라도 살 수 있다.

펠리페가 전 세계를 돌아다니며 살 수 있었던 것도 바로 그런 이유 때문이다. 그는 여행을 하는 것이 아니라 '산다'. 지난 수십 년간 남미에서 유럽, 중동에서 남태평양에 이르는 다양한 사회에 적응하며 살았다. 생전 처음 가본 곳이라도 일단 그곳이 마음에 들면, 당장 이사를 해서 그 나라의 말을 배우고 즉시 그 나라 사람이 된다. 예를 들어 펠리페가 나와 함께 녹스빌에서 살았을 때 그는 채 일주일도 안 돼서 아침 먹을 식당, 점심 먹을 식당, 마음에 드는 바텐더를 찾아냈다. ("리즈!" 어느 날, 혼자 녹스빌 시내로 진격했다가 돌아온 그가 잔뜩 흥분한 채로 말했다. "시내에 존 롱 슬리버스라는 정말 끝내주게 맛있고, 가격도 저렴한 해산물 식당이 있다는 거 알아?") 내가 원했다면 그는 기꺼이 녹스빌에서 평생 살았을 것이다. 그 호텔 방에서 몇 년을 더 산다 해도 전혀 문제되지 않았을 것이다. 한곳에 머무르기만 한다면.

그의 그런 성격은 펠리페가 예전에 들려주었던 어린 시절 이야기를 떠올리게 한다. 어렸을 때 그는 가끔씩 악몽을 꾸거나, 상상 속의 괴물이 나올까봐 자다가 겁에 질리곤 했다. 그럴 때면 항상 방을 쪼르르 가로질러, 사랑하는 릴리 누나의 침대에 올라갔다고 한다. 열 살이나 위였던 누나는 그에게 세상의 모든 지혜로움을 다 가진 듯한 든든한 울타리였다. 펠리페는 누나의 어깨를 톡톡 치면서 "Me da um cantinho(구석 자리를 조금만 내줘)"라고 속삭였다. 누나는 아무 불평 없이 비몽사몽간에 옆으로 비켜주었고, 그를 위해 침대의 따뜻한 한쪽 구석을 내주었다. 그것은 무리한 요구가 아니다. 그저 따뜻한 구석 자리를 달라고 했을 뿐이다. 지금까지 펠리페를 알아오면서 그가 그 이상을 요구한 것을 본 적이 없다.

하지만 나는 그렇지 못하다.

펠리페가 세상 어디서든 따뜻한 구석 자리를 찾아내 영원히 안착할 수 있는 반면, 나는 그렇지 못하다. 나는 펠리페보다 훨씬 들떠 있다. 그 때문에 훨씬 더 자주 이동하며 여행한다. 내 호기심은 끝이 없고 사건, 사고, 불편한 잠자리, 사소한 질병에 대해서는 거의 무한할 정도의 인내심을 발휘한다. 따라서 세상 어디든 갈 수 있다. 그것은 전혀 문제가 안 된다. 문제는 아무 데서나 막 살지 못한다는 것이다. 나는 이 사실을 겨우 몇 주 전, 우리가 라오스 북부에 있을 때 깨닫게 되었다. 루앙프라방의 어느 화창한 아침이었다. 펠리페가 잠에서 깨더니 불쑥 "우리 그냥 여기서 지냅시다"라고 했다.

"물론이죠. 당신이 원하면 여기에 며칠 더 머무를 수 있어요." 내가 말했다.

"그게 아니고 아예 여기로 이사 옵시다. 이민 절차 따위는 잊어버려요. 너무 골치 아파! 이 마을은 아주 멋진 곳이야. 이곳의 분위기가 마음에 들어. 30년 전의 브라질과 비슷하거든. 여기서 작은 호텔이나 가게를 운영하는 거야. 아파트도 빌리고 아예 정착합시다. 별로 큰돈도 들지 않을 거야. 수고스러울 일도 없고……."

이 말에 나는 그저 얼굴이 창백해질 수밖에 없었다.

그는 진지했다. 정말로 그렇게 할 기세였다. 당장이라도 라오스 북부로 이사해서 새 삶을 시작했을 것이다. 하지만 나는 그럴 수 없었다. 펠리페는 내가 절대로 도달할 수 없는 수준의 여행을 제안하고 있었다. 더 이상 이동하지 않고, 낯선 곳에 완전히 용해되는 여행. 나는 그러고 싶지 않았다. 그때 처음으로 내가 하는 여행이 생각보다 훨씬 피상적이라는 것을 깨달았다. 틈틈이 여행 다니는 것을 좋아하는 것만큼이나 내 일상적인 삶은 어디까지나 내 나라에서, 내 집에서, 모국어로 이야기하면서, 가족들 곁에서, 나와 똑같이 생각하고 믿는 사람들과 어울려서 살고 싶었다. 덕분에 기본적으로 내가 지구상에서 살 수 있는 곳은 뉴욕 주 남부와 뉴저지 주 중앙의 전원 지역, 코네티컷 주 북서부, 펜실베이니아 주 북부의 소수 지역들뿐이다. 물속에 뛰어들 수 있다고 주장하는 새치고는 꽤나 서식지가 좁다. 반면 날아다니는 물고기인 펠리페는 그런 제한이 없다. 세상 어디든 물이 담긴 양동이만 있으면 거기서 살 수 있다.

이런 사실을 깨닫자 펠리페가 최근 들어 걸핏하면 화를 내는 이유를 이해할 수 있었다. 그는 이 모든 어려움, 미국 이민 절차의 불확실함과 굴욕을 오로지 나 때문에 견디고 있었다. 언제든 루앙프라방에 깨끗하고 작은 아파트를 빌려서 새로운 삶을 시작할 수 있는데도 나를 위해서 그 성가신 법적 절차를 참고 견디는 것이다. 게다가 그 와중에 안달복달하는 내 손에 이끌려 빨빨거리고 돌아다니는—그가 전혀 좋아하지 않는 방식의—여행까지 해야 했다. 왜 나는 펠리페를 그렇게 정신없이 끌고 다녔을까? 왜 그냥 그가 아무 데서나 쉬도록 내버려두지 않았을까?

그래서 계획을 바꿨다.

"호주에서 인터뷰하러 오라는 연락이 올 때까지 그냥 어디서 몇 달간 쉬면 어떨까요? 방콕으로 가요." 내가 제안했다.

"안 돼. 방콕은 안 돼. 거기는 너무 정신없어."

"아뇨, 방콕에서 살자는 얘기가 아니라, 거기가 교통 중심지니까 가자는 거예요. 방콕에서 좋은 호텔에 일주일 정도 머무르면서 좀 쉬다가 발리로 가는 싼 비행기 티켓을 알아보자고요. 발리로 돌아가면, 세를 얻을 집이 있는지 알아봐요. 이 모든 일이 끝날 때까지 그렇게 발리에서 지내요."

펠리페의 표정을 보니 그도 이 제안에 끌리는 모양이었다.

"그래도 괜찮겠어?" 그가 물었다.

갑자기 다른 생각이 떠올랐다. "잠깐만요, 예전에 당신이 발리에서 살던 집을 다시 빌릴 수 있는지 알아봐요! 집주인이 세를 줄지도 몰라요. 그럼 당신 미국 비자가 나올 때까지 그 집에서 사는 거예요. 어때요?"

펠리페는 한참 후에야 대답했다. 하지만 그가 마침내 대답했을 때, 나는 그가 너무 기쁜 나머지 우는 것이 아닐까 걱정되었다.

사랑에 빠진 인간은 추운
겨울밤의 고슴도치와 같다

그래서 우리는 다시 방콕으로 돌아갔다. 좋은 술을 갖춘 바와 수영장이 딸린 호텔에 투숙했다. 펠리페가 예전에 살았던 집의 집주인에게 전화해서 혹시 세를 줄 수 있는지 알아봤다. 놀랍게도 가능했다. 그것도 한 달에 400달러에. 예전에 살았던 집의 월세치고는 믿기지 않을 정도로 저렴한 가격이었다. 우리는 일주일 뒤에 발리로 가는 비행기 표를 예약했고, 펠리페는 다시 행복해졌다. 행복하고, 인내심 넘치고, 다정하고, 예전에 내가 알던 그 사람으로 돌아갔다.

하지만 나는······.

마음에 걸리는 것이 있었다.

뭔가가 날 자꾸 잡아당겼다. 펠리페는 한 손에는 맥주를, 한 손에는 탐정 소설을 들고 멋진 풀장 옆에 앉아 느긋한 시간을 보냈다. 하지만 이제는 내가 안절부절못했다. 나는 절대 차가운 맥주와 탐정 소설을 들고 호텔 풀장 옆에 앉아서 쉬는 사람이 아니기 때문이다. 내 마음은 계속 캄보디아로 향했다. 방콕에서 캄보디아는 손에 닿을 듯이 가까웠다. 국경만 넘으면 바로였다. 늘 앙코르와트 사원에 가보고 싶었지만, 한 번도 가보지 못했다. 우리에게는 일주일이라는 여유가 있었고, 그 시간이면 앙코르와트를 방문하기에 충분했다. 하지만 지금으로서는 도저히 펠리페를 끌고 캄보디아로 갈 수 없다. 아마 지금 펠리페에게 캄보디아행 비행기를 타고, 이 찌는 듯한 더위에 허물어진 사원을 구경하는 것만큼 싫은 일은 없을 것이다.

그렇다면 나 혼자서 며칠간 캄보디아를 다녀오면 어떨까? 펠리페는 방콕에 혼자 남아 수영장 옆에서 빈둥거리게 내버려둔다면? 지난 5개월간 우리는 거의 매순간 붙어 있었고, 종종 위기의 순간도 있었다. 최근 버스에서 있었던 말다툼이 지금까지 유일하게 심각한 충돌이었다는 사실은 기적에 가깝다. 그러니 잠시 떨어져 지내는 것이 우리 둘에게도 좋지 않을까?

하지만 지금의 불확실한 상황 때문에 단 며칠이라도 그의 곁을 떠나기가 걱정스러웠다. 지금은 괜히 긁어 부스럼을 만들 때가 아니다. 만약 캄보디아에 있는 동안 내게 무슨 일이라도 생긴다면? 그에게 무슨 일이라도 생긴다면? 지진이나 쓰나미, 폭동, 비행기 추락 사고라도 일어난다면? 심각한 식중독에 걸리거나, 납치라도 된다면? 내가 없는 동안, 펠리페가 어느 날 방콕 시내를 돌아다니다가 차에 치여서 머리에 심각한 부상을 입고, 어딘가의 이상한 병원에 갇히는 신세가 된다면? 그의 신원을 아무도 모른다면, 내가 어떻게 그를 찾아낼 수 있겠는가? 지금은 중요한 변화의 단계였고, 모든 것이 조심스러웠다. 지난 5개월 동안 우리는 같은 구명보트를 타고, 생사고락을 함께하며 지구를 떠다녔다. 우리가 함께라는 사실만이 한동안 유일한 위안이었다. 그런데 이렇게 위태로운 순간에 왜 떨어져 있겠다는 것인가?

한편으로는 지금이 미친 듯이 떠돌아다니는 것을 잠시 멈춰야 할 때인지도 모른다는 생각이 들었다. 우리 일이 결국에는 잘 풀리지 않을 이유가 없다. 분명 지금의 이 이상한 추방도 언젠가는 끝날 것이고, 펠리페의 미국 비자도 나올 것이다. 분명 우리는 결혼하게 될 것이다. 분명 미국에 안락한 보금자리를 마련하게 될 것이다. 분명 앞으로 많은 세월을 함께 보내게 될 것이다. 그렇다면 확실한 선례를 만들기 위해서라도, 지금 나 혼자 잠깐 여행을 다녀와야 한다. 다른 주부들이 가끔씩 남편과 떨어져서 주말에 친구들과 함께 스파에 가듯이, 나는 가끔씩 남편과 떨어져서 캄보디아에 가야 하는 사람이기 때문이다.

단 며칠만이라도!

어쩌면 그에게도 혼자만의 시간이 필요할지 모른다. 지난 몇 주간 서로에게 점점 더 짜증을 내다 보니, 이제는 그에게서 조금 떨어져 있고 싶은 마음까지 간절해졌다. 문득 부모님의 텃밭이 생각난다. 그 텃밭은 부부가 서로에게 적응하는 법을 배워야 하고, 때로는 충돌을 피하기 위해 서로 피해가야 한다는 것을 보여주는 훌륭한 은유다.

원래 텃밭을 가꾸는 일은 엄마의 담당이었다. 하지만 최근 아버지도 농사에 부쩍 관심을 갖게 되면서 점차 엄마의 왕국에 자신의 영역을 넓혀갔다. 하지만 펠리페와 나의 여행 방식이 다르듯이, 부모님이 텃밭을 가꾸는 방식도 달랐는데 그 때문에 종종 다툼이 벌어지곤 했다. 그러다가 세월이 흐르면서 두 분은 다투지 않기 위해 채소를 나눠서 가꾸게 되었다. 사실 텃밭을 나눈 방식이 어찌나 복잡하고 정교한지 제대로 이해하기 위해서는 유엔 평화 유지군이라도 필요할 지경이다. 예를 들어, 양상추, 브로콜리, 허브, 비트, 라즈베리는 아직 엄마의 영역이다. 아버지가 이 농작물을 뺏어오는 법을 아직 알아내지 못했기 때문이다. 하지만 당근, 부추, 아스파라거스는 완전히 아버지의 소관이다. 그렇다면 블루베리는? 아버지는 마치 엄마가 열매를 훔쳐 먹는 새라도 되는 것처럼 블루베리 밭에서 엄마를 쫓아냈다. 엄마는 블루베리 근처에도 얼씬할 수 없다. 가지 치는 것도 안 되고, 열매를 따서도 안 되며, 심지어 물을 줘서도 안 된다. 아버지는 블루베리에 대한 소유권을 주장했고, 그것을 사수했다.

하지만 정말로 복잡한 영역은 토마토와 옥수수다. 웨스트 은행이나 대만, 카슈미르 지역처럼 토마토와 옥수수도 아직 영토 분쟁 지역이다. 토마토를 심는 것은 엄마지만, 토마토 덩굴이 타고 올라갈 수 있도록 막대를 세워주는 일은 아버지의 몫이다. 하지만 토마토를 따는 것은 또 엄마의 몫이다. 이유는 묻지 마라! 그냥 법칙이 그렇다. (최소한 지난 여름까지는 그랬다. 토마토 밭의 상황은 아직도 변하고 있다.) 또 다른 문제는 옥수수다. 옥수수를 심는 사람은 아버지지만, 수확하는 사람은 엄마다. 하지만 수확이 끝난 후에 뿌리 덮개를 덮는 일만은 꼭 아버지가 해야 한다.

그렇게 두 분은 따로 또 함께 텃밭을 가꾼다.

텃밭이여 영원하라, 아멘.

부모님이 텃밭을 두고 특이하게 휴전한 것을 보면 내 친구 데보라 루프니츠(Deborah Luepnitz)가 쓴 책이 떠오른다. 심리학자인 데보라가 몇 년 전에 발표한 책의 제목은『쇼펜하우어의 고슴도치(Schopenhauer's Porcupines)』다. 프로이트 이전 시대의 철학자인 아서 쇼펜하우어는 현대인의 친밀한 관계가 갖는 필연적인 딜레마에 대해 이야기했는데, 이 책에서 그 이야기가 효과적 은유로 사용된다. 쇼펜하우어는 사랑에 빠진 인간은 추운 겨울밤의 고슴도치와 같다고 했다. 고슴도치들은 추위로 몸이 얼지 않기 위해 옹기종기 모인다. 하지만 몸이 따뜻해질 만큼 가까워지는 순간, 상대의 가시에 찔리게 된다. 가시에 찔려서 아프기도 하고, 다른 고슴도치들이 너무 가까이 있는 것이 짜증스럽기도 해서 고슴도치들은 반사적으로 멀어진다. 하지만 그렇게 멀어지고 나면 추위가 밀려든다. 추위 때문에 다시 서로에게 가까이 가지만, 다시 상대의 가시에 찔릴 뿐이다. 그래서 다시 멀어진다. 그러고는 또다시 다가간다. 이 과정이 끝없이 반복되는 것이다.

"그리하여 가시에 찔리지 않고도 몸이 얼지 않는 적당한 거리를 찾을 때까지 이 주기가 계속 반복된다"라고 데보라는 썼다.

돈과 자식 같은 중대한 문제들뿐 아니라 비트, 블루베리처럼 사소한 문제들에 이르기까지 부모님은 서로의 영역을 나누고, 또 나눠서 자신들만의 고슴도치 춤을 만들었다. 계속 협상하고, 계속 재조정하고, 서로의 의지가 존중되는 동시에 협력할 수 있는 적당한 거리를 계속 찾으면서 상대의 영역에 침범했다가 후퇴하기를 반복한다. 친밀감이라는 이 이상한 텃밭을 계속 가꿀 수 있는, 미묘하면서도 도달하기 어려운 균형점을 찾는 것이다. 그 과정에서 두 분은 많은 타협을 했다. 때로는 상대방이 방해만 하지 않았다면 각자 다른 일을 했을, 귀중한 시간과 에너지를 타협하기도 했다. 펠리페와 나도 친밀감을 가꿔가는 과정에서 그와 같은 단계를 거칠 것이다. 그리고 분명 여행에 있어서도 우리만의 고슴도치 춤을 추는 법을 배워야 할 것이다.

그렇기는 해도 막상 나 혼자 잠시 캄보디아에 다녀오는 문제를 상의하려고 하니, 그 말을 꺼내기가 놀랄 만큼 두려웠다. 어떻게 말문을 열어야 할지 몰라서 며칠을 고심했다. 그의 허락을 구하는 듯한 인상을 주고 싶지는 않았다. 그것은 펠리페를 마치 내 주인이나 부모로 대접하는 일이었고, 나로서는 부당한 일이다. 하지만 그렇다고 해서 이 착하고 배려심 많은 남자를 옆에 앉히고, 그가 싫든 좋든 나 혼자 떠나겠다고 퉁명스럽게 통보할 수도 없었다. 그것은 독재자처럼 제멋대로 구는 꼴이었고, 분명 그에게 부당한 일이다.

사실 나는 이런 일을 해본 적이 없었다. 펠리페를 만나기 전까지 한동안 내 마음대로 하며 살았고, 누군가의 바람과 상관없이 나만의 일정을 짜는 데 익숙했다. 게다가 펠리페와 사귀는 동안에는 비자 제한 때문에(사는 곳이 다르기도 했고) 혼자 보내는 시간이 많을 수밖에 없었다. 하지만 이제 결혼과 함께 모든 것이 바뀌었다. 이제 우리는 늘 함께할 것이고, 그런 생활은 새로운 제약을 가져왔다. 결혼은 원래 구속이고, 상대를 길들이기 때문이다. 결혼은 분재와 같다. 나무는 나무지만, 잘 다듬은 뿌리와 잘라낸 가지를 달고 화분 속에 갇혀 있다. 분재는 몇 세기 동안이고 계속 살 수 있지만 그 부자연스러운 아름다움은 그런 제약의 결과이며, 아무도 분재가 덩굴처럼 계속 뻗어나가기를 기대하지 않는다.

폴란드의 철학자이자 사회학자인 지그문트 바우만(Zygmunt Bauman)은 이 주제에 대해 탁월한 의견을 내놓았다. 그는 현대인들이 친밀감과 자율 모두를 가질 수 있으며, 가져야 한다는 감언이설에 속아서 산다고 했다. 즉 삶에서 친밀감과 자율이 똑같은 비율을 차지해야 한다고 믿는 것이다. 감정을 제대로 다스리기만 하면, 구속감은 전혀 느끼지 않은 채 결혼 생활이 주는 안정감만 누릴 수 있다고 착각하게 되었다. 여기서 마법의 단어, 맹목적으로 숭배되기까지 하는 단어가 바로 '균형'이다. 내가 아는 모든 사람들은 절박할 정도로 이 균형을 추구하는 듯하다. 바우만이 썼듯이 우리는 결혼 생활 속에서 "어떤 권력도 빼앗기지 않은 채 얻으려만 하고, 불가능해지는 일 없이 가능한 일만 있고, 의무는 거부한 채 결혼 생활이 만족스럽기만을" 바란다.

하지만 어쩌면 그것은 비현실적인 동경이 아닐까? 사랑이 상대를 구속하는 것은 당연하다. 사랑에 빠지면 마음은 한없이 팽창되지만, 그 뒤에는 반드시 큰 제약이 따른다. 펠리페와 나의 관계는 어떤 연인들보다도 여유롭지만, 그렇다고 해서 착각하면 안 된다. 펠리페는 온전히 내 남자이며, 따라서 나는 다른 여자들이 달라붙지 못하도록 그의 둘레에 울타리를 쳤다. 그의 (성적, 감정적, 창조적) 에너지는 상당 부분 내게 속해 있다. 다른 누구도 아닌 내게. 더 이상 그 에너지는 온전히 그의 몫이라고도 할 수 없다. 그는 내게 정보를 알려주고,

설명하고, 정절을 지키고, 한결같이 행동하고, 일상의 평범한 일들을 상세히 알려줄 의무가 있다. 그의 목에 위치 추적기를 달지는 않았지만, 분명히 알아두시길. 펠리페는 이제 내 소유다. 그리고 마찬가지로 나도 그의 소유다.

그렇다고 해서 내가 혼자 캄보디아에 갈 수 없다는 뜻은 아니다. 떠나기 전에 내 계획을 그와 의논할 필요가 있다는 뜻이다. 반대의 상황이었다면 그도 그렇게 했을 테니까. 만약 그가 나 혼자 떠나는 것에 반대한다면, 나는 내 주장을 내세울 수 있지만 적어도 그의 반대 의견에 귀 기울이는 아량을 베풀어야 한다. 만약 그가 뜻을 굽히지 않는다면, 나 역시 뜻을 굽히지 않고 내 주장을 펼쳐야 한다. 하지만 싸울 때를 신중하게 정해야 하고, 그것은 그도 마찬가지다. 만약 그가 내 바람을 너무 자주 꺾는다면, 결혼 생활은 분명 깨질 것이다. 반대로 내가 늘 따로 행동하겠다고 주장해도 결혼 생활은 깨질 것이다. 상호적이며 조용하고 부드러운 압박 작전을 펼치기란 힘든 일이다. 우리는 서로를 존중하기에 상대를 풀어주는 동시에, 극도로 조심스럽게 상대를 구속하는 법을 배워야 한다. 하지만 절대, 단 한 순간도 서로에게 구속되지 않은 척해서는 안 된다.

나는 장고를 거듭한 끝에 어느 날, 아침 식사를 하는 자리에서 캄보디아에 가는 문제를 꺼냈다. 터무니없을 정도로 신중하게 단어를 골랐고, 어찌나 심오한 언어들을 사용했는지 한동안 가여운 펠리페는 내가 무슨 말을 하는지 전혀 감을 잡지 못했다. 나는 딱딱하게 격식을 갖춰 주절주절 서론을 늘어놓은 끝에, 어색하게 본론으로 들어갔다. 당신을 사랑하고, 따라서 지금처럼 불안정한 시기에 당신을 두고 떠나기가 망설여지지만, 캄보디아의 사원이 너무나 보고 싶고…… 어쩌면 당신은 사원에 질렸으니까 이번 여행은 나 혼자 다녀와야 하지 않을까? 우리의 여행이 최근 들어 부쩍 스트레스를 많이 준다는 사실을 고려할 때 며칠간 떨어져 있어도 괜찮지 않을까?

펠리페가 뜬구름 잡는 내 이야기를 이해하기까지는 약간의 시간이 걸렸다. 하지만 마침내 내 말을 알아들었을 때 그는 토스트를 내려놓고, 어리둥절한 표정으로 나를 빤히 바라보았다.

"맙소사, 리즈! 그런 건 나한테 물어볼 필요도 없잖아? 다녀와!"

펠리페를 두고
혼자 떠난 캄보디아 여행

그래서 나는 떠났다.

그리고 캄보디아 여행은…….

어떻게 설명해야 할까?

해변가에 놀러 간 듯한 신나는 여행은 아니었다. 설사 진짜로 캄보디아 해변에 놀러 갔다고 해도 막 신나지는 않았을 것이다. 캄보디아는 힘든 곳이다. 그 나라의 모든 것이 힘들었다. 경치도 힘들었다. 그 나라의 삶과 밀접하게 연관되었기 때문이다. 역사도 힘들었다. 최근의 집단 학살 사건의 여운이 아직도 남아 있기 때문이다. 아이들의 얼굴도 힘들었다. 개들도 힘들었다. 가난은 내가 갔던 그 어느 나라보다도 힘들었다. 인도 시골처럼 가난했지만, 인도와 같은 활기는 없었다. 브라질의 도시처럼 가난했지만, 브라질과 같은 화려함은 없었다. 이 나라의 가난은 팍팍하고 지친 가난이었다.

하지만 무엇보다도 내 가이드가 힘들었다.

나는 시엠립에 호텔을 잡은 뒤, 앙코르와트의 사원을 안내해줄 가이드를 찾아다녔고, 나리스라는 남자를 고용하게 되었다. 그는 40대 초반의 박식하고, 의사표현이 분명하며, 아주 엄격한 남자였다. 그는 장엄한 고대 유적들을 매우 정중하게 소개해주었지만, 좋게 말해서 나와 함께 있는 것을 좋아하지 않았다. 내가 간절히 원했건만 나리스와 나, 우리 둘은 친구가 되지 못했다. 나는 새로운 사람을 만나면 그 사람과 친해져야 직성이 풀린다. 하지만 우리 사이에는 끝내 우정이 싹트지 않았다. 나리스의 지극히 위협적인 태도에도 그 원인이 있었다. 누구에게나 초기값으로 설정된 감정이 있기 마련인데, 나리스의 경우에는 '말없는 못마땅함'이었다. 그의 그런 감정은 수시로 드러났다. 나는 그의 그런 태도에 완전히 평정심을 잃어서, 사흘째 되던 날부터는 아예 입을 열 생각조차 하지 않았다. 그와 함께 있으면 바보 같은 어린아이가 된 기분이었다. 그의 또 다른 직업이 선생님이라는 것을 감안하면 놀랄 일도 아니었다. 나는 선생님이 그의 천직이라고 장담할 수 있다. 그는 전쟁이 일어나기 전의 시절이 그리울 때가 종종 있다고 했다. 그때는 지금보다 가족 간의 정이 더 끈끈했고, 아이들은 정기적인 체벌로 말을 잘 들었다고 한다.

하지만 우리가 친해지지 못한 것이 꼭 나리스의 엄격한 성격 때문만은 아니다. 내 탓도 있다. 솔직히 말해서 나는 이 남자에게 어떻게 말을 걸어야 할지 알 수가 없었다. 내 앞에 있는 사람이 지구상에서 가장 참혹했던 폭력의 시기에 자랐다는 사실을 머릿속에서 떨칠 수가 없었다. 1970년대의 대량 학살에 영향을 받지 않은 캄보디아인은 없었다. 폴 포트(Pol Pot)가 집권했을 당시 고문당하거나 학살되지 않은 사람들은 기아에 굶주리거나 병으로 고통받았다. 따라서 현재 40대의 캄보디아인이라면 누구나 그 지옥 속에서 어린 시절을 보냈다고 짐작해도 무리는 없다. 그 사실을 아는 나로서는 나리스와 가벼운 대화를 하기가 힘들었다. 그다지 멀지 않은 현대사가 언급될 가능성이 없는 소재를 찾을 수가 없었다. 캄보디아인과 캄보디아를 여행하는 것은 최근에 소름끼치는 가족 대학살극이 벌어진 집을, 그 학살 현장에서 간신히 살아남은 유일한 친척과 함께 둘러보는 것이나 다름없다. 그런 상황에 처하면 누구나 "그러니까 이 욕실에서 당신 형이 여동생들을 죽인 건가요?"라든가 "이 차고에서 당신 아버지가 사촌들을 고문했나요?"라는 질문은 피하고 싶기 마련이다. 그저 가이드를 얌전히 따라다닐 수밖에 없다. 그가 "여기가 우리 집에서 가장 멋진 곳이죠"라고 말할 때는 그저 고개를 끄덕이며 "네, 정자가 아주 멋지네요……"라고 중얼거리면서 감탄사를 쏟아내는 것이다.

그러고는 의아해한다.

한편, 우리가 고대 유적을 둘러보면서 현대사에 대한 이야기를 피하는 동안, 사방에서 보호자 없이 돌아다니는 아이들과 마주치게 되었다. 누더기를 입은 아이들은 대놓고 구걸했다. 그 가운데는 팔다리가 없는 아이들도 있었다. 사지가 잘린 아이들은 방치된 유적지의 한쪽 구석에 앉아 절단된 다리를 손가락으로 가리키며 "지뢰! 지뢰! 지뢰!"라고 외쳤다. 우리가 지나가면, 몸을 움직일 수 있는 아이들이 뒤따라오며 엽서나 팔찌, 자질구레한 장신구 등을 팔려고 했다. 마구잡이로 사라고 강요하는 아이들도 있었지만, 대부분은 보다 교묘하게 접근했다. "미국 어디 주에서 왔어요?" 한 소년이 내게 물었다. "제가 주도를 알아맞히면 1달러만 주세요!" 그 소년은 거의 하루 종일 우리를 따라다니며 마치 이상한 시를 읊듯이 미국의 주와 주도 이름을 외쳐댔다. "일리노이 주 스프링필드! 뉴욕 주 올버니!" 날이 저물어가자, 소년은 점점 더 의기소침해졌다. "캘리포니아 주 새크라멘토! 텍사스 주 오스틴!"

나는 슬픔에 목이 메어 아이들에게 돈을 주었다. 그러자 나리스가 나를 꾸짖었다. 돈을 주면 상황만 더 악화될 뿐이니 그냥 아이들을 무시해야 한다는 것이다. 나는 구걸하는 문화를 조장하고 있으며, 그것은 캄보디아의 종말을 초래할 것이라고 했다. 어차피 이 나라에는 도움이 필요한 아이들이 너무 많아서 내가 돈을 줘봐야 아이들만 더 몰려들 것이라고 했다. 아니나 다를까 내가 지폐와 동전을 꺼낼 때마다 더 많은 아이들이 몰려들었다. 수중에 있던 캄보디아 돈이 바닥났는데도 아이들은 계속 내 주위로 몰려다녔다. 내 입에서는 "돈 없어"라는 말만 끝없이 되풀이되었고, 그 끔찍한 주문을 들을 때마다 온몸에 독이 퍼지는 기분이었다. 아이들은 더욱 끈질기게 나를 쫓아다니다가, 마침내 더 이상 참지 못한 나리스가 꺼지라고 호통을 치자 유적지를 가로질러 뿔뿔이 흩어졌다.

한번은 또 다른 13세기 궁전을 구경한 후 차로 돌아가는 길이었다. 나는 구걸하는 아이들 말고 다른 화제를 찾기 위해 근처의 숲에 대해 물었다. 그 숲의 역사가 궁금했다. 그런데 나리스가 동문서답을 했다. "아버지가 크메르 루즈에게 살해됐을 때 공산당들은 우리 집을 전리품으로 빼앗아갔죠."

나는 무슨 말을 해야 할지 몰랐고, 우리는 말없이 걷기만 했다.

잠시 후, 그가 덧붙였다. "어머니에게는 우리, 그러니까 자식들을 전부 데리고 숲으로 꺼지라고 했어요."

나는 뒷이야기를 기다렸지만, 더 이상의 이야기는 없었다. 혹은 더 이상은 말하고 싶지 않았거나.

"유감이네요.. 정말 힘들었겠어요." 마침내 내가 입을 뗐다.

그때 나를 바라보던 나리스의 어두운 시선은…… 뭐라고 해야 할까? 연민? 경멸? 그러더니 그가 주제를 바꾸었다. "투어를 계속하죠." 그는 악취가 풍기는 왼쪽의 늪을 가리켰다. "12세기에 자야바르만 7세는 이 연못에 비친 별의 영상으로 밤하늘의 별을 연구했습니다."

다음 날, 나는 만신창이가 된 이 나라에 조금이라도 도움을 주고자 동네 병원에서 헌혈을 하기로 했다. 시내 곳곳에 피가 부족하니 관광객들의 도움을 구한다는 포스터가 붙어 있었다. 하지만 이번에도 운이 따르지 않았다. 그날 당번이었던 엄격한 스위스인 간호사는 내 혈액 속의 철분 수치가 매우 낮은 것을 알고, 내 피를 받지 않겠다고 했다. 250밀리리터만이라도 헌혈하게 해달라는 내 부탁을 거절했다.

"당신은 너무 약해요!" 간호사는 날 비난했다. "몸을 잘 돌보지 않았어요! 지금 이렇게 여행할 때가 아니라고요! 당장 집에 가서 쉬어요!"

그날 밤, 캄보디아에서 홀로 보내는 마지막 밤에 나는 시엠립의 거리를 걸어다니며 이곳의 정취를 즐겨보려 했다. 하지만 이 도시는 혼자서 돌아다니기에 위험하다는 느낌이 들었다. 나 홀로 새로운 풍경 속을 쏘다닐 때면 대개 마음이 평안해지면서 주변과 조화를 이루곤 했는데, 이번 여행에서는 도무지 그런 기분을 느낄 수가 없었다. 오로지 훼방꾼이 된 느낌뿐이었다. 여기저기 들쑤시고 다니는 바보, 심지어는 표적이 된 기분이었다. 철분도 부족한 한심한 바보. 저녁 식사를 마치고 호텔로 돌아가는데 한 무리의 아이들이 주위에 몰려들며 또 구걸을 했다. 그 가운데는 한쪽 발이 없는 소년도 있었다. 소년은 절룩거리며 씩씩하게 나를 따라왔는데 일부러 나를 넘어뜨리려고 목발을 내 앞으로 내밀었다. 나는 목발에 걸려서 우스꽝스럽게 팔을 퍼덕였지만, 바닥에 넘어지지는 않았다.

"돈 줘." 소년이 무미건조한 어조로 말했다. "돈."

나는 다시 소년을 피해가려고 했다. 그러자 소년이 또다시 목발을 내밀었고, 나는 넘어지지 않기 위해 목발을 뛰어넘을 수밖에 없었다. 정신 나간 짓이었다. 아이들은 웃음을 터뜨렸고, 더 많은 아이들이 몰려들었다. 이제 나는 구경거리가 된 것이다. 호텔로 향하는 발걸음을 더욱 재촉했다. 뒤고, 옆이고, 앞이고 할 것 없이 아이들이 몰려들었다. 킥킥 웃는 아이들도 있었고, 앞을 막아서는 아이들도 있었다. 몸집이 아주 작은 소녀는 계속 내 소매를 잡아당기며 "음식! 음식! 음식!"이라고 외쳐댔다. 호텔 근처에 다다랐을 때 나는 뛰다시피 했다. 정말 창피한 일이었다.

정신없었던 지난 몇 달간 어떻게든 침착함을 잃지 않으려고 애썼으며, 그 사실을 자랑스러워했던 내가 캄보디아에서는 두 손 두 발다 들었다. 그것도 순식간에. 나는 완전히 겁에 질린 채 그 아이들, 음식을 구걸하는 배고픈 아이들로부터 전속력으로 달아나고 있었다. 그 사실을 깨달았을 때 여행 달인으로서의 내 모든 평정심—아울러 인내심과 인간으로서의 기본적인 연민마저도—은 산산조각 나버렸다. 호텔에 도착하자, 정신없이 방으로 들어가 문을 잠근 뒤, 이불 속에 얼굴을 묻고 밤새 한심한 겁쟁이처럼 부들부들 떨었다.

구명보트를 하나로
이어 붙이고 항해를 계속하다

우여곡절 끝에 떠났던 캄보디아 여행은 그렇게 끝났다.

이 이야기를 읽으며 어쩌면 내가 애초에 캄보디아에 가지 말았어야 한다고 생각하는 사람도 있을 것이다. 특히나 그 시기에는. 어쩌면 그렇게 혼자 떠나버린 것은 너무 제멋대로이며, 심지어는 무모한 짓이었을 수도 있다. 내가 이미 몇 달간의 여행으로 지친 상태였다는 사실, 또한 펠리페와 나의 처지가 언제 어떻게 변할지 모른다는 사실을 감안하면 더더욱 그렇다. 나는 그냥 펠리페와 함께 방콕에 남았어야 했는지도 모른다. 일주일 내내 수영장 옆에서 빈둥거리며 맥주나 마시고, 발리행 비행기를 기다렸어야 했을 수도 있다.

그러나 문제는 내가 맥주도 좋아하지 않을뿐더러, 절대 그렇게 빈둥거리지 못했으리라는 사실이다. 만약 그때 내가 캄보디아로 떠나고 싶은 충동을 누르고 방콕에 남아서 맥주나 마시며 우리 두 사람이 서로의 신경을 건드리는 모습을 지켜봤다면, 나는 내 마음속에 중요한 무언가를 묻어야만 했을 것이다. 그리고 그것은 결국 자야바르만 왕의 연못처럼 고약한 악취를 풍기며, 우리의 미래를 오염시켰을 것이다. 나는 캄보디아에 가야만 했기에 캄보디아에 갔다. 엉망진창이 되어버린 여행이었지만, 그렇다고 해서 내가 가지 말았어야 한다는 뜻은 아니다. 때로 삶은 엉망진창이다. 우리는 그저 최선을 다할 뿐이다. 항상 올바른 길로 갈 수만은 없다.

구걸하던 아이들에게 시달린 다음 날, 나는 방콕으로 날아가 펠리페와 재회했다. 한결 차분하고 느긋해진 그는 분명 나와 떨어져 지내는 동안 기운을 회복한 것 같았다. 그는 내 빈자리를 느끼지 않기 위해 풍선으로 동물 만드는 법을 배우며 바쁘게 지냈다고 했다. 그래서 내가 돌아오자마자 풍선으로 만든 기린이며 닥스훈트, 방울뱀을 선물해주었다. 그는 그런 자신을 아주 자랑스러워했다. 반면 나는 완전히 추락한 기분이었고, 캄보디아에서의 내 행실이 전혀 자랑스럽지 않았다. 하지만 펠리페를 다시 만나서 눈물나게 기뻤다. 그리고 그가 꼭 안전하지만은 않은 일, 꼭 완전히 납득할 수만은 없는 일, 꼭 내가 꿈꾼 대로 완벽하게 이루어지지만은 않은 일을 해보라고 격려해준 것이 눈물나게 고마웠다. 어떤 말로도 그 고마움을 표현할 수 없었다. 왜냐하면 솔직히 말해서 나는 분명 그런 짓을 또 할 테니까.

나는 펠리페가 풍선으로 만든 멋진 동물들을 칭찬했고, 그는 캄보디아에서 있었던 슬픈 사연을 열심히 들어주었다. 우리 둘 다 완전히 녹초가 된 후에야 함께 침대에 올라갔다. 그러고는 둘로 나누어 졌던 구명보트를 하나로 이어 붙이고 항해를 계속했다.

Committed

제7장

모든 결혼은 정부를 전복하는 행위다

인생에서 결혼만큼 타인의 의견을 고려하지
　　않는 일도 없다. 하지만 결혼이야말로 인생에서
타인이 가장 많이 개입하는 일이다.

— 존 셀던, 1689

상대의 이야기를 물려받고
교환하며 밤을 새우다

2006년 10월 말, 우리는 발리로 돌
아가 돈으로 둘러싸인 펠리페의 낡은 집에 여장을 풀었다. 이곳에서
이민 절차가 끝날 때까지 더 이상의 스트레스나 갈등을 일으키지 않
고 조용히, 얌전하게 기다릴 작정이었다. 이동을 멈추고, 익숙한 곳
에서 지내니 기분이 좋았다. 이 집은 거의 3년 전에 우리가 처음 사
랑에 빠졌던 곳이다. 펠리페가 필라델피아에서 나와 함께 '영원히'
살기 위해 불과 일 년 전에 팔았던 집이다. 이 집은 현 상태에서 우리
가 얻을 수 있는 진짜 집과 가장 유사한 형태였고, 다시 보니 정말 반
가웠다.

나는 예전에 살던 집을 둘러보는 펠리페의 표정이 안도감으로 녹
아내리는 것을 지켜보았다. 그는 마치 다시 집에 돌아온 강아지처럼
기뻐하며 익숙한 물건들을 만지고, 냄새를 맡았다. 모든 것이 떠날

때 그대로였다. 이층 테라스에는 펠리페가—그가 좋아하는 표현대로 하자면—날 '유혹했던' 등나무 소파도 그대로였다. 우리가 처음으로 사랑을 나눴던 편안한 침대도 그대로였다. 우리가 사귀기 시작한 직후에 내가 샀던 식기류들이 있는 산뜻한 부엌도 그대로였다. 펠리페가 기존에 쓰던 식기들은 너무 홀아비 냄새가 났기 때문이다. 내가 지난번 책을 집필했던, 방 모퉁이의 조용한 책상도 그대로였다. 이웃에 사는 다정한 늙은 오렌지색 개, 라자도 그대로였다(펠리페는 라자를 늘 '로저'라고 부른다). 라자는 지금도 행복하게 절룩거리며 돌아다니고, 자기 그림자를 보고 짖어댄다. 논의 오리들도 그대로였다. 여전히 논 위를 이리저리 떠다니며 오리 세계의 최근 스캔들을 쑥덕거렸다.

심지어 커피포트도 있었다.

그렇게 펠리페는 다시 원래대로 돌아갔다. 상냥하고, 사려 깊고, 착한 남자로. 그는 작은 구석 자리와 규칙적인 일상을 갖게 되었고, 나는 책을 갖게 되었다. 우리는 익숙한 침대를 함께 썼다. 국토안보부가 펠리페의 운명을 결정하기를 기다리는 동안, 우리는 최대한 여유롭게 지냈다. 그 후로 두 달간은 마약과도 같은, 일시적인 중지 상태에 빠져들었다. 케오의 개구리들이 명상을 하는 시기와 비슷했다. 나는 책을 읽고, 펠리페는 요리을 하고, 가끔씩 둘이 함께 마을 주변을 느릿느릿 산책하면서 옛 친구들을 찾아갔다. 하지만 발리에서 보낸 이 시기에 가장 기억에 남는 것은 밤이다.

사람들이 발리에 대해 잘 모르는 사실이 있는데, 발리는 엄청나게 시끄럽다. 나는 한때 맨해튼의 14번가를 마주보는 아파트에 살았던 적이 있는데, 발리의 시골 마을은 그 아파트보다 훨씬 시끄럽다. 한밤중에 개들이 몸싸움을 벌이거나, 수탉들이 말싸움을 벌이거나, 예식을 치르는 행렬이 지나가는 소리에 우리 둘은 동시에 잠이 깨곤 했다. 아니면 요란하게 변하는 날씨 때문에 깜짝 놀라서 깨기도 했다. 잘 때는 항상 창문을 열어놓는데, 바람이 너무 불어서 밤중에 눈을 떠보면 모기장이 꼭 요트 장비에 걸린 해초처럼 몸에 칭칭 감겨 있기도 했다. 그러면 우리는 다시 모기장을 떼어내고, 후텁지근한 어둠 속에 누워서 이야기를 나눴다.

문학 작품에서 내가 가장 좋아하는 대목 가운데 하나는 이탈로 칼비노(Itolo Calvino)의 『보이지 않는 도시들(Invisible Cities)』의 한 장면이다. 그 책에는 에우페미아라는 가상의 도시가 등장하는데 동지와 하지, 춘분과 추분이 되면 온 나라의 상인들이 물물교환을 하기 위해 그 도시에 모인다. 하지만 상인들이 주고받는 것은 단지 향신료나 보석, 가축, 옷감만이 아니다. 오히려 그들은 이야기를 주고받기 위해 이 도시에 온다. 말 그대로 개인적 친밀감을 교류하는 것이다. 칼비노는 그 방법을 이렇게 썼다. 밤이 되면 사막에 피운 모닥불 근처에 남자들이 모여들고, 각자가 아무 단어나 하나씩 댄다. 예를 들어, '누이' '늑대' '묻혀 있는 보물'과 같은 단어들이 나오면, 돌아가면서 한 명씩 누이, 늑대, 묻혀 있는 보물과 관련된 개인적인 이야기를 들려준다. 그 후로 상인들은 에우페미아를 떠나 혼자 낙타를 타고 사막을 횡단하거나, 중국까지의 머나먼 항해길에 오른다. 그럴 때의 지루함을 견딜 수 있는 방법은 기억 속을 훑어가는 것이다. 그러다 보면 상인들은 기억이 정말로 교환되었음을 깨닫는다. 칼비노는 이렇게 썼다. "그들의 누이는 다른 사람의 누이가 되고, 그들의 늑대는 다른 사람의 늑대가 된다."

시간이 흐르면 친밀감도 그런 효과를 발휘한다. 오랜 결혼 생활도 마찬가지다. 우리는 서로 상대의 이야기를 물려받고 교환한다. 그런 식으로 서로가 서로의 부록이 되고, 상대의 생애가 덩굴처럼 휘어 감고 자랄 수 있는 시렁이 된다. 펠리페의 개인사는 내 기억의 일부가 되었고, 내 생애는 그의 생애의 재료들과 엮이게 되었다. 이야기를 교환하는 상상 속의 도시 에우페미아를 떠올리며, 그리고 사소한 이야기들이 한 땀 한 땀 모여 친밀감이 수놓아진다는 사실을 생각하며 나는 가끔씩 펠리페에게 특정한 단어들을 던진다. 예를 들면, 잠이 오지 않는 새벽 세 시쯤에. 그에게서 어떤 기억들을 끄집어낼 수 있는지 궁금해서다. 내가 단어를 던져주면, 펠리페는 어둠 속에서 내 옆에 누워 누이와 묻혀 있는 보물과 늑대에 관련된 뿔뿔이 흩어진 이야기들을 들려준다. 뿐만 아니라 해변과 새, 발, 왕자, 시합 등등에 관한 이야기도.

후텁지근한 어느 밤, 나는 소음기 없이 요란하게 창밖으로 지나가는 오토바이 소리에 잠에서 깼다. 펠리페도 잠이 깬 모양이었다. 이번에도 나는 아무 단어나 골랐다.

"물고기에 대해 이야기해줘요." 내가 부탁했다.

펠리페는 한참 동안 생각했다.

그러더니 달빛이 새어 들어오는 침실에서 자신의 기억 한 자락을 천천히 들려주기 시작했다. 그가 브라질에서 살던 꼬마였을 때 아버지와 함께 낚시 여행을 갔던 이야기였다. 두 부자는 단둘이서 밀림의 어느 강으로 떠났고, 그곳에서 며칠간 야영을 했다. 거기서 지내는 내내 맨발에 웃통을 벗은 채 돌아다녔고, 잡은 물고기로 끼니를 연명했다. 펠리페는 형 질도만큼 똑똑하지 않았고(다들 동의했다), 큰누나 릴리만큼 예쁘지도 않았다(이 사실에도 다들 동의했다). 하지만 그는 집안에서 가장 훌륭한 조수로 정평이 나 있었다. 따라서 아주 몸집이 작았는데도, 형제자매들 가운데 유일하게 아버지와 함께 낚시여행을 갈 수 있었다.

그 여행에서 펠리페의 주요 임무는 아버지가 강을 가로질러 그물을 설치하도록 돕는 일이었다. 이 일에는 전략이 필요했다. 아버지는 낮 동안에는 거의 말을 하지 않았다(고기를 잡는 데 집중하느라). 하지만 매일 밤이면 모닥불을 앞에 두고, 남자 대 남자로서 내일 어디서 고기를 잡을 것인지 계획을 말해주었다. "강 위쪽으로 2킬로미터쯤 되는 곳에 물에 반쯤 잠긴 나무가 있는 거 봤지? 내일 그 나무가 있는 곳으로 가서 조사를 해보면 어떻겠니?" 펠리페의 아버지는 여섯 살짜리 아들에게 그렇게 묻곤 했다. 그러면 펠리페는 정신을 바짝 차리고 아주 진지하게 아버지의 말을 귀담아들으며 고개를 끄덕였다.

펠리페의 아버지는 야심가도 아니었고, 훌륭한 사상가도 아니었으며, 기업체의 사장도 아니었다. 사실 일하는 것과는 거리가 먼 한량이었다. 하지만 수영만큼은 최고였다고 한다. 어린 아들을 혼자 강둑에 남겨둔 채 입에 큼지막한 사냥용 칼을 물고, 밀림 속의 강을 헤엄쳐 건너가서 그물과 덫을 확인하곤 했다. 아버지가 바지를 벗고, 입에 칼을 물고, 물살이 빠른 급류를 헤쳐나가는 모습을 바라보

는 것은 펠리페에게 무서운 동시에 스릴이 넘쳤다. 혹시라도 아버지
가 급류에 휩쓸려가면, 자신은 이 오지에 그대로 버려지리라는 것을
잘 알고 있었기 때문이다.

하지만 아버지는 한 번도 휩쓸려가지 않았다. 아버지는 힘이 셌
다. 후텁지근한 한밤중, 발리의 침실에서 바람결에 펄럭이는 축축한
모기장 안에서 펠리페는 아버지가 얼마나 힘차게 수영했는지 보여
주었다. 아버지의 아름다운 팔 동작을 그대로 흉내 내었다. 끈적한
밤공기 속에서 침대에 누운 채 양팔을 희미하게, 유령처럼 휘둘러대
면서. 그 오랜 세월이 흐른 뒤에도 펠리페는 아버지의 팔이 무서운
급류를 가를 때 났던 소리를 정확히 모사할 수 있었다. "슈샤—아,
슈샤—아……."

그리고 이제 그 기억, 그 소리가 내게로 흘러들어왔다. 이제는 나
도 그 일이 기억날 것만 같다. 비록 펠리페의 아버지는 수년 전에 돌
아가셔서 만난 적도 없었지만. 사실 이 세상에서 펠리페의 아버지를
기억하는 사람은 딱 네 명뿐이다. 그리고 그 중에서 오직 한 사람만
반세기 전에 그가 널찍한 브라질의 강을 건널 때 정확히 어떤 모습
이었고, 어떤 소리가 났는지 기억하고 있다. 하지만 펠리페에게 그
이야기를 들으면서 이제는 나도 나만의 이상한 방식으로 그 일이 기
억나는 듯한 기분이 들었다.

그렇게 어둠 속에서 이야기를 교환하는 것, 그것이 바로 친밀감이
다.

이 행위, 조용한 밤에 이야기를 나누는 이 행위야말로 동반자 관
계의 신기한 연금술을 가장 잘 증명해준다. 왜냐하면 펠리페가 아버

지의 수영하던 모습을 묘사했을 때 나는 그 영상을 머릿속에 받아들여 내 삶의 가두리에 조심스럽게 꿰매뒀기 때문이다. 그리고 이제부터는 평생 그것을 지니고 다닐 것이다. 내게 숨이 붙어 있는 한, 설령 펠리페가 죽고 한참 지난 후에라도 그의 어린 시절 기억, 그의 아버지, 그의 강, 그의 브라질, 이 모든 것이 내 일부가 될 것이다.

결혼은 혼자서 하는
기도가 아니야!

발리에서 체류한 지 몇 주가 지났을 때 마침내 이민 소송에 돌파구가 보였다.

필라델피아에 있는 변호사의 말에 따르면, FBI에서 내 범죄 기록을 모두 조사했다고 했다. 나는 깨끗하게 통과했다. 이제는 외국인과 결혼하는 모험을 감행할 수 있었고, 그것은 마침내 국토안보부에서 펠리페의 이민 신청서를 처리하기 시작했다는 뜻이다. 모든 일이 잘되면—국토안보부에서 펠리페에게 약혼 비자라는 황금 티켓을 발급해주기만 하면—그는 석 달 안에 다시 미국으로 돌아갈 수 있다. 이제 터널의 끝이 보였다. 이제 결혼이 코앞으로 다가왔다. 이민 서류들이 통과되면 펠리페는 미국에 입국할 수 있게 된다. 하지만 딱 30일만 체류할 수 있고, 그 기간 안에 엘리자베스 길버트라는 미국 시민과, 반드시 엘리자베스 길버트라는 미국 시민하고만 결혼해야 한다. 그렇지 않으면 영구 추방될 것이다. 서류 심사 과정에서 뭔가가 잘못됐다고 해서 펠리페에게 총을 쏘지는 않겠지만, 왠지 그럴 것만 같았다.

이 소식이 전 세계의 친구들과 가족, 친지들에게 알려지자, 그들은 어떤 결혼식을 준비 중이냐고 물어오기 시작했다. 결혼식은 언제 할 거야? 어디서 할 거야? 누구누구를 초대할 거야? 나는 모든 질문을 피했다. 솔직히 말해서 어떤 거창한 계획도 없었다. 다시 사람들 앞에서 결혼식을 올린다고 생각하니 너무도 심란했기 때문이다.

한창 결혼에 대한 연구를 하던 중에 우연히 안톤 체호프의 편지를 읽게 된 적이 있다. 1901년 4월 26일, 약혼녀인 올가 크니페르에게 보낸 그 편지에는 지금의 내 두려움이 완벽하게 요약되어 있었다. 체호프는 이렇게 썼다. "우리 결혼식이 끝날 때까지 모스크바의 어느 누구에게도 그 사실을 알리지 않겠다고 약속해준다면, 나는 모스크바에 도착한 당일에 당신과 결혼식을 올릴 준비가 되어 있소. 이유는 모르겠지만 나는 결혼식을 올리고, 사람들의 축하를 받고, 당신이 미소를 머금은 채 손에 샴페인을 들고 있는 것이 몸서리칠 만큼 두렵소. 성당에서 결혼식을 마치자마자 곧장 즈베니고로드로 갔으면 좋겠소. 아니면 즈베니고로드에서 결혼식을 올릴 수도 있을 거요. 그러니 제발 잘 생각해보시오, 달링! 당신은 똑똑한 사람이잖소."

맞다! 생각해봐라!

나 역시 온갖 난리법석을 건너뛰고 곧장 즈베니고로드로 가고 싶었다. 즈베니고로드가 어디에 붙어 있는지는 모르겠지만! 심지어 아무에게도 알리지 않고 최대한 몰래 은밀히 결혼식을 올리고 싶었다. 세상에는 그런 일을 간단히 해주는 판사와 시장들이 있지 않은가? 언니 캐서린에게 이메일로 이런 심정을 털어놓자, 언니는 "너는 결

.혼을 무슨 대장내시경처럼 생각하고 있구나"라고 답장을 보내왔다. 하지만 몇 달 동안 국토안보부의 질문 공세에 시달리고 나니, 앞으로 다가올 결혼이 정말로 대장내시경 검사를 받는 것처럼 느껴지기 시작했다.

그렇지만 주위의 몇몇 사람들은 제대로 된 격식을 갖춰 이 결혼을 축하해야 한다고 생각했고, 특히 언니가 제일 고집을 피웠다. 언니는 우리가 미국에 돌아가면 자기 집에서 결혼식 피로연을 여는 것이 어떻겠느냐는 내용의 완곡한 이메일을 필라델피아에서 줄기차게 보내왔다. 언니는 절대 거창한 파티를 열지 않겠다고 약속했지만, 그래도…….

나는 생각만 해도 손에서 땀이 났다. 나는 언니에게 절대 그럴 필요 없고, 펠리페와 나는 별로 그러고 싶은 마음이 없다고 단호히 말했다. 하지만 언니는 또다시 이메일을 보내왔다. "그럼 그냥 우리 집에서 내 생일 파티를 성대하게 열고, 너와 펠리페가 마침 참석한 걸로 하면 어떨까? 그 자리에서 네 결혼을 축하하는 건배 정도는 할 수 있지 않겠어?"

나는 아무런 약속도 할 수 없었다.

언니는 다시 나를 구슬렸다. "그럼 그냥 너와 펠리페가 우리 집에 있는 동안에 성대한 파티를 여는 거야. 너희 두 사람은 아래층으로 내려오지 않아도 돼. 아예 위층 방에 문 잠그고 있어. 그럼 내가 다른 사람들이랑 네 결혼식을 축하하는 건배를 들면서, 네가 있는 쪽을 향해서 샴페인 잔을 들어올리기만 할게. 그것도 싫어?"

이상하고 괴팍하고 못된 심보라는 것은 알지만, 내 대답은 예스였다.

나는 결혼식에 왜 그렇게 거부감이 드는지 따져보았고, 민망함이 가장 큰 이유라는 것을 인정해야 했다. 가족들과 친구들(대부분 내 첫 번째 결혼식에 하객으로 참석했던 사람들) 앞에 다시 서서, 또다시 평생 함께하겠다는 엄숙한 맹세를 한다는 것이 얼마나 어색한 일인가? 다들 그 장면은 예전에 이미 보지 않았던가? 이런 짓을 많이 하다 보면 그 사람의 신용도는 빛이 바래기 시작한다. 게다가 펠리페도 평생 함께하겠노라고 맹세했던 결혼을 17년 만에 깨버렸다. 그런 두 사람이 만나서 하는 결혼식이다. 오스카 와일드의 말을 부연하자면, 한 번의 이혼은 운이 없었다고 말할 수 있지만 두 번부터는 부주의 히다고밖에 할 수 없다.

더군다나 에티켓 칼럼니스트인 미스 매너스(Miss Manners, 주디스 마틴의 필명—옮긴이)가 이 주제에 대해 했던 말을 잊을 수가 없다. 그녀는 사람들은 자기가 원한다면 몇 번이고 결혼해도 괜찮지만, 거창하고 화려한 결혼식을 올릴 자격은 인생에 한 번뿐이라고 말했다. (이 말이 약간 지나치게 프로테스탄트적이고, 억압적이라는 것은 나도 안다. 하지만 이상하게 몽족도 그와 같은 생각이었다. 베트남에서 몽족 할머니에게 몽족의 재혼이 전통적으로 어떻게 진행되는지 물었을 때, 할머니는 이렇게 말했다. "두 번째 결혼도 첫 번째 결혼하고 똑같아. 다만 처음 결혼할 때처럼 돼지를 많이 잡지는 않지.")

게다가 두 번째나 세 번째로 재혼하는 사람의 성대한 결혼식에 참석하는 하객들은 이번에도 선물을 사주고, 예전처럼 축하를 해줘야 할지 난감할 것이다. 그 대답은 분명 노다. 미스 매너스가 냉정하게 설명했듯이, 결혼을 밥 먹듯이 하는 신부에게 매번 선물을 사주거나 파티를 열어줄 필요는 없다. 그저 그녀의 행복을 진심으로 축하하며, 늘 좋은 일만 있기를 바란다는 내용의 축하 카드를 보내는 것으로 충분하다. 단 '이번에는'이라는 말을 쓰지 않도록 각별히 주의해야 한다.

맙소사, '이번'이라는 그 짧은 단어만 봐도 저절로 몸이 움츠러든다. 사실이다. 지난번 결혼식의 기억이 아직도 너무 생생하고, 너무 고통스럽다. 아울러 두 번째 결혼식에 참석한 신부의 하객들이 신부의 두 번째 남편을 보며 전 남편을 떠올리는 것이 너무 싫다. 아마 신부 스스로도 전 남편을 떠올릴 것이다. 내 경험에 의하면 첫 번째 배우자는 절대 사라지지 않기 때문이다. 설사 두 번 다시 그 사람을 만나지 않는다고 해도 마찬가지다. 그들은 새로운 사랑 이야기의 한쪽 구석에 머무르는 유령이 되어 절대 시야에서 완전히 사라지지 않는다. 마음 내킬 때마다 우리의 마음속에 나타나 달갑지 않은 말이나, 정곡을 찌르는 비난을 내뱉는다. "당신에 대해서라면 내가 더 잘 알잖아"는 예전 배우자의 유령들이 즐겨 하는 말이다. 그리고 불행히도 그들은 우리의 추한 면을 알고 있다.

4세기경에 편찬된 탈무드를 보면 "재혼한 남녀의 침대에는 네 개의 마음이 잠들어 있다"라는 말이 나온다. 그 말대로 예전 배우자들은 종종 우리의 침대에 출몰한다. 예를 들어, 나는 지금도 꿈에 전남편이 나온다. 그와 헤어질 때 예상했던 것보다 훨씬 더 자주 그의 꿈을 꾼다. 그 꿈들은 간혹 따뜻하거나 위안이 될 때도 있지만, 대체로 심란하며 혼란스럽다. 하지만 상관없다. 나는 그 꿈들을 통제할 수도 없고, 막을 수도 없다. 그는 마음 내킬 때마다 노크도 하지 않고 내 무의식 속에 불쑥 들어온다. 심지어 펠리페의 전 부인이 꿈에 나올 때도 있다. 그뿐인가? 전남편의 두 번째 부인이 꿈에 나올 때도 있다. 나는 그 여자를 만난 적도 없고, 사진을 본 적도 없지만 그녀는 가끔씩 내 꿈에 나타나고, 우리는 꿈속에서 대화를 나눈다. (사실은 정상 회담을 가졌다.) 지구 어딘가에서 전남편의 두 번째 부인이 때때로 내가 나오는 꿈을 꾼다고 해도 놀랄 일은 아니다. 그녀의 무의식이 우리를 연결하는 이상한 솔기와 주름을 풀어내려는 것이다.

20년 전에 이혼했다가 연상의 멋진 남자를 만나 재혼한 내 친구 앤은 시간이 지나면 그런 현상도 사라진다고 말해주었다. 때가 되면 유령들도 물러가고, 전남편이 더 이상 생각나지 않는 때가 온다고 장담했다. 하지만 나는 확신이 서지 않았다. 도무지 상상이 되지 않았다. 시간이 흐르면서 그런 현상이 줄어들 것 같기는 했지만, 완전히 사라지리라는 생각은 들지 않았다. 특히 내 첫 번째 결혼은 너무도 많은 부분이 미결된 채 지저분하게 끝났기 때문이다. 전남편과 나는 우리 관계에서 무엇이 잘못되었는지에 대해 한 번도 의견이 일치한 적이 없었다. 그토록 완벽한 의견의 불일치는 내게 큰 충격이었다. 세상을 보는 관점이 그토록 천양지판이라는 것은 아마도 우리가 처음부터 맺어져서는 안 될 사람들이라는 의미일 것이다. 우리는 우리 결혼의 죽음을 목격한 유일한 증인이었고, 사건의 진상에 대해 완전히 다른 증언을 한 채 헤어졌다.

따라서 아마도 그의 유령은 쉽게 사라지지 않을 것이다. 이제 전남편과 나는 각자 다른 삶을 살고 있지만, 그의 아바타는 아직도 내 꿈에 나타난다. 그리하여 우리의 이혼이라는, 끝나지 않은 영원한 안건을 수천 가지의 다른 각도에서 재고하고 탐사하고 조사한다. 거북하면서도 오싹한 일이다. 나는 요란하고 성대한 결혼식이나 피로연으로 그의 유령을 깨우고 싶지 않다.

펠리페와 내가 결혼 선서를 거부하는 또 다른 이유는 아마도 이미 그 일을 했다고 생각하기 때문일 것이다. 우리는 우리가 생각해낸 지극히 사적인 의식을 치르며 이미 서약을 주고받았다. 2005년 4월, 녹스빌에서의 일이다. 당시 광장에 자리 잡은 그 기묘하게 허물어져 가는 호텔에서 함께 살았는데, 어느 날 외출했다가 아무 장식 없는 금반지 한 쌍을 샀다. 호텔 방으로 돌아온 다음, 서로에게 약속하는 것들을 종이에 적고 큰 소리로 읽어주었다. 서로의 손에 반지를 끼워주고, 키스와 눈물로 서약을 마무리했다. 그것이 전부였다. 우리 둘 다 그것으로 충분하다고 생각했다. 그리고 우리가 결혼했다고 굳게 믿었다.

우리 두 사람(그리고 바라건대 신)을 제외하고 그 과정을 본 사람은 아무도 없다. 따라서 아무도 그 서약을 존중해주지 않았다(우리 두 사람—그리고 이번에도 바라건대 신—을 제외하고는). 예를 들어, 댈러스의 포트워스 공항에서 내가 국토안보부 직원들에게 우리 둘은 이미 녹스빌의 호텔 방에서 선서를 주고받았으므로 법적인 부부나 다름없다고 설득했다면, 그들이 어떤 반응을 보였을지 부디 상상해보시라.

솔직히 말해서, 사람들은—심지어는 우리를 아끼는 사람들조차도—펠리페와 내가 공식적이고 법적인 결혼식도 올리지 않은 채 결혼 반지를 버젓이 끼고 돌아다니는 모습이 눈에 거슬리는 모양이었다. 다들 우리의 그런 행동은 좋게 말해서 혼란스럽고, 나쁘게 말하면 한심하다고 입을 모았다. "안 돼!" 펠리페와 내가 최근에 둘만의 서약을 했다고 알렸을 때 노스캐롤라이나 주에 사는 오랜 친구 브라이언은 이메일에 그렇게 썼다. "안 돼, 그냥 그런 식으로 해서는 안 돼! 그걸로는 충분하지 않아! 반드시 진짜 결혼식을 올려야 한다고!"

브라이언과 나는 이 문제로 몇 주간 말다툼을 벌였고, 나는 그가 이 일에 있어서 누구보다 단호하다는 것을 알고 놀랐다. 다른 사람은 차치하고라도, 브라이언만큼은 우리가 세상의 관습을 따르기 위해 사람들 앞에서 법적인 결혼식을 올릴 필요가 없다는 것을 이해해주리라고 생각했기 때문이다. 브라이언은 내가 아는 가장 행복한 유부남 가운데 하나였다(아내 린다에게 헌신하는 그의 모습이야말로 애처가 혹은 경처가가 무엇인지 잘 보여주었다). 또한 그는 내 친구들 가운데 가장 지독한 반순응주의자로, 사회에서 용인된 어떤 기준도 순순히 받아들이지 않았다. 기본적으로 이교도 박사 학위 소지자이며, 숲속 통나무집에 살면서 퇴비 만드는 변기를 사용한다. 그러니 미스 매너스와는 거리가 먼 친구다. 그런 브라이언조차도 신 앞에서 한 둘만의 서약은 결혼으로 간주될 수 없다는 주장을 굽히지 않았다.

"결혼은 기도가 아니야!" 그가 주장했다. (그의 메일에 그렇게 굵은 글씨로 적혀 있었다.) "그렇기 때문에 다른 사람들 앞에서, 심지어 고양이 냄새가 나는 친척 아주머니 앞에서까지 해야 하는 거야. 역설적이지. 하지만 결혼은 원래 많은 역설들이 타협되어 이루어진 거야. 자유와 구속, 힘과 복종, 지혜와 우둔함 등등. 그리고 넌 가장 중요한 점을 놓치고 있어. 결혼식은 그저 타인을 '만족'시키기 위해서가 아니야. 오히려 하객들에게 이 결혼에 한 몫을 차지해달라고 부탁하는 거지. 그들은 네 결혼을 도와줘야 해. 펠리페나 너, 둘 중 한 사람이 비틀거릴 때 너희들을 응원해줘야 한다고."

브라이언보다 우리 둘만의 결혼식을 더 못마땅해하는 사람은 일곱 살짜리 조카 미미였다. 첫째로 미미는 내가 정식 결혼식을 올리지 않는다는 사실에 엄청난 박탈감을 느꼈다. 적어도 일생에 한 번은 화동을 해보고 싶은데, 아직 그럴 기회가 없었기 때문이다. 그에 반해 미미의 단짝 친구이자 라이벌인 모리야는 이미 두 번이나 화동을 했다. 게다가 미미는 자꾸 나이를 먹고 있으니 초조한 모양이었다.

우리 둘만의 서약식을 했다는 사실을 알고 미미는 매우 분노했다. 녹스빌에서 서약을 주고받은 뒤, 나는 미미에게 이제부터는 펠리페를 이모부라고 불러도 된다고 했다. 하지만 미미는 거부했다. 미미의 오빠 닉도 마찬가지였다. 조카들이 펠리페를 싫어해서가 아니었다. 열 살짜리 닉이 단호하게 지적했듯이, 이모부는 이모와 법적으로 결혼한 남자에게만 부를 수 있는 호칭이기 때문이다. 펠리페는 내 공식 남편이 아니었기에 닉과 미미는 그를 이모부로 부를 수 없다고 했다. 내가 무슨 말을 해도 아이들의 입장은 바뀌지 않았다. 원래 그 나이의 아이들은 깐깐하게 전통을 따지는 법이다. 인구 조사원이 따로 없다. 미미는 내 반칙 행위를 벌주기 위해 펠리페를 '이모부'라고 부를 때마다 빈정대며 양손으로 인용부호를 넣는 시늉을 했다(양손의 엄지와 검지를 V자 모양으로 만들어 까닥거리는 제스처로 그 단어를 빈정거릴 때 사용한다—옮긴이). 가끔씩 펠리페를 이모의 '남편'이라고 부를 때도 역시나 경멸의 뜻을 담아 손가락을 까닥거렸다.

2005년의 어느 저녁, 펠리페와 나는 언니네 집에서 저녁을 먹고 있었다. 나는 미미에게 어떻게 해야 우리의 서약이 진짜라는 것을 믿어주겠느냐고 물었다. 미미는 확신을 굽히지 않은 채 "진짜 결혼식을 해야지"라고 대답했다.

"하지만 어떤 게 진짜 결혼식인데?" 내가 물었다.

"결혼식을 지켜보는 사람이 있어야 해." 이제 미미는 분노를 숨기지 않았다. "보는 사람이 아무도 없는데 약속을 할 수는 없어. 약속을 할 때는 그걸 지켜보는 사람이 있어야 한다고."

신기하게도 미미의 지적은 매우 타당하면서도 역사적 근거가 있었다. 철학자 데이비드 흄(David Hume)이 말했듯이, 사회에서 발생하는 모든 중요한 서약에는 증인이 필요하다. 그 이유는 당사자가 약속한다고 말할 때 그 사람이 진심인지 거짓인지 분간할 수 없기 때문이다. 고상하고 허울 좋은 약속 뒤에는 흄의 표현대로 하자면 '은밀한 딴생각'이 숨어 있을 수 있기 때문이다. 하지만 증인이 있으면 설령 내색하지 않은 다른 꿍꿍이가 있다 해도 모두 무효가 된다. 이제는 당사자가 진심이든 아니든 중요치 않다. 그저 그 약속을 했고, 제3자가 그 장면을 목격했다는 사실만이 중요하다. 따라서 증인은 약속을 굳건하게 해주며, 약속을 공증해준다. 교회나 관청에서 공식적인 결혼식을 올리기 이전인 초기 중세 시대의 유럽에서도 혼인 서약을 할 때 단 한 명의 증인만 있으면 영원히 법적 부부로 인정되었다. 그 시절에도 둘만의 서약은 효력이 없었다. 지켜보는 사람이 필요했던 것이다.

"그럼 이모부와 내가 지금 이 부엌에서, 네가 보는 앞에서 혼인 서약을 하면 되겠니?" 내가 미미에게 물었다.

"응, 하지만 봐주는 사람이 없잖아."

"네가 봐주면 되지 않을까? 그럼 이 의식이 제대로 진행되는지 너도 확인할 수 있잖아?"

기막히게 멋진 생각이었다. 일이 제대로 돌아가게 만드는 것은 미미의 전공이었다. 미미는 결혼식을 지켜보기 위해 태어난 아이였다. 그리고 미미는 그 일을 썩 잘해냈다고 자랑스럽게 전하는 바다. 언니가 저녁을 만드는 부엌 한복판에서 미미는 펠리페와 내게 자리에서 일어나 자신을 봐 달라고 부탁했다. 미미는 우리가 이미 몇 개월째 계속 끼고 다니는 '결혼' 반지(이번에도 양 손가락을 까딱거리며)를 달라고 하더니, 식이 끝날 때까지 반지를 안전하게 보관하겠다고 약속했다.

그러고는 지금까지 7년이라는 세월 동안 봤던 여러 영화의 장면들을 끼워 맞춰 즉석에서 결혼식을 만들어냈다.

"늘 서로 사랑하겠다고 약속합니까?" 미미가 물었다.

우리는 그러겠다고 약속했다.

"아프거나 안 아플 때도 사랑하겠다고 약속합니까?"

우리는 그러겠다고 약속했다.

"미쳤거나 안 미쳤을 때도 사랑하겠다고 약속합니까?"

우리는 그러겠다고 약속했다.

"부유하거나 별로 부유하지 않을 때도 사랑하겠다고 약속합니까?"

(미미는 우리가 가난해지는 것을 바라지 않았기 때문에 '별로 부유하지 않을 때'라고 말한 것 같았다.)

우리는 그러겠다고 약속했다.

우리 세 사람은 잠시 말없이 서 있었다. 미미는 이 예식을 지켜보는 사람으로서의 권위를 좀 더 누리고 싶어 했지만, 더 이상의 질문이 생각나지 않았다. 그래서 반지를 돌려주고, 서로에게 끼워주라고 말했다.

"이제 신부에게 키스하세요." 미미가 선언했다.

펠리페는 내게 키스했고, 언니는 조그맣게 박수를 친 다음 주걱으로 클램 소스를 마저 저었다. 그렇게 언니의 부엌에서 법적 구속력이 없는 리즈와 펠리페의 두 번째 서약식이 끝났다. 이번에는 증인까지 있었다.

나는 미미를 껴안았다. "이제 만족했어?"

미미는 고개를 끄덕였다.

하지만 미미의 얼굴에는 만족하지 못한 기색이 역력했다.

대체 공적이고
법적인 결혼식이 뭐길래?

대체 공적이고 법적인 결혼식이 뭐길래 그토록 많은 사람들이 큰 의미를 두는 것일까? 그리고 나는 왜 그렇게 고집스럽고, 호전적일 정도로 결혼식에 반기를 드는 것일까? 내가 원래 지나칠 정도로 의식과 행사를 좋아한다는 사실을 고려하면, 내 거부감은 더욱 이해가 되지 않는다. 나도 조셉 캠벨 (Joseph Campbell)을 공부했고 『황금가지(The Golden Bough)』도 읽었으며 내용도 알고 있다. 의식이 인간에게 없어서는 안 된다는 것을 너무나 잘 알고 있다. 의식은 중요한 사건을 평범한 일상과 분리하기 위해 중요한 사건 주위에 일종의 원을 그리는 행위다. 의식은 우리를 인생의 한 단계에서 다음 단계로 이끄는 마법의 안전벨트로, 그 과정에서 우리가 넘어지거나 길을 잃지 않도록 해준다. 우리는 의식을 통해 내면의 가장 깊은 곳에 자리한 변화에 대한 두려움 한가운데를 조심스럽게 지나갈 수 있다. 마부가 눈가리개를 한 말에게 "너무 대단하게 생각할 것 없어, 친구. 일단 한 발짝만 떼면 무사히 맞은편에 가 있게 될 거야"라고 속삭이며 불 한가운데를 통과하는 것과 같은 이치다.

나는 왜 사람들이 서로의 행사에 참석하는 일을 그토록 중시하는지도 알고 있다. 우리 아버지는 어느 면에서 봐도 특별히 전통을 중요시하는 사람은 아니었지만, 고향 사람들의 장례식만큼은 반드시 참석하게 했다. 죽은 사람을 기리거나, 남은 사람을 위로하기 위해서만은 아니었다. 오히려 눈도장을 찍기 위해서였다. 특히 미망인에게 눈도장을 찍어야 했다. 그래야 우리가 남편의 장례식에 왔다는 사실을 미망인이 기억하기 때문이다. 이는 특별히 사회적으로 신망을 얻거나, 좋은 사람이라는 인상을 심어주기 위해서가 아니다. 단지 그렇게 해두어야 나중에 그 미망인이 슈퍼마켓에서라도 우리를 마주쳤을 때 우리가 남편의 죽음을 아는지 모르는지 고민할 필요가 없기 때문이다. 장례식에서 눈도장을 찍었다면, 그녀는 우리가 알고 있다는 사실을 이미 알 것이다. 따라서 그 슬픈 소식을 다시 반복할 필요가 없고, 우리도 슈퍼마켓 한복판에서 조의를 표하는 어색함을 모면할 수 있다. 우리는 이미 조의를 표하기에 적절한 곳에서 조의를 표했기 때문이다. 따라서 죽음의 공식 행사인 장례식은 우리와 미망인 사이에 아무런 거리낌도 없게 만들어준다. 또한 둘 사이의 불편함이나 불확실함도 면제해준다. 두 사람 사이의 용무는 끝났고, 우리는 안전하다.

우리 가족과 친구들이 하객들 앞에서 결혼식을 올리라고 하는 것도 같은 이유에서임을 나도 알고 있다. 그들이 좋은 옷을 차려 입고 싶어서도 아니고, 불편한 신발을 신고 춤을 추고 싶어서도 아니고, 닭고기니 생선 요리기 먹고 싶어서도 아니다. 친구들과 가족이 진정으로 원하는 것은 다른 사람들과의 관계에서 자신의 위치가 어디인지 명확히 파악한 후에 다시 자신의 삶을 살아가는 것이다. 미미가 원하는 것도 그것이다. 아무런 거리낌이나 불확실함도 없는 것. 미미는 손가락을 까닥거리지 않고도 '이모부'와 '남편'이라는 말을 쓸 수 있다는 완벽한 확신을 원했으며, 펠리페를 가족의 일원으로 받아들여야 할지 말지 고민할 필요 없이 자신의 삶을 살아가기를 원했다. 그리고 미미가 우리의 결합에 전폭적인 신뢰를 보낼 수 있는 유일한 방법은 우리 사이에 합법적인 혼인 서약이 오가는 것을 직접 지켜보는 것뿐이었다.

나도 이 모든 사정을 알고 있으며, 이해도 한다. 하지만 그래도 거부감이 드는 것은 어쩔 수 없다. 가장 큰 문제는 지난 몇 개월 동안 결혼에 대해 책도 읽고, 이런저런 생각도 해보고, 이야기도 나눠봤지만 나는 아직 결혼을 완전히 믿지 못한다는 것이다. 결혼 종합 세트를 통째로 살 확신이 서지 않았다. 솔직히 말해서, 단순히 정부의 강압 때문에 결혼해야만 한다는 사실에 아직도 화가 난다. 그리고 그 사실이 그토록 못 견디게 거슬리는 까닭이 무엇인지 마침내 깨달았다. 내가 그리스적이기 때문이다.

부디 여기서 내가 말하는 그리스적이라는 말을 글자 그대로 해석하지 말기 바란다. 그것은 내가 그리스라는 나라에서 태어난 사람이라거나, 대학 때 고대 그리스어로 된 동아리의 회원이었다거나, 사랑에 빠진 두 남자들 간의 정염에 열광한다는 뜻이 아니다. 여기서 그리스적이라는 말은 내 사고방식을 의미한다. 오래전부터 서구 문화는 라이벌 관계인 두 사조, 즉 그리스 사상과 히브리 사상을 중심으로 형성되었다고 알려졌다. 우리가 둘 중에서 어느 쪽을 더 맹렬히 추종하는가에 따라 가치관의 상당 부분이 결정된다.

그리스 문화—특히 고대 아테네의 황금기—는 세속적 인간주의와 개인의 신성함을 물려주었다. 그리스 문화는 민주주의와 평등, 개인의 자유, 과학적 근거, 지적 자유, 열린 마음의 사상을 주었다. 오늘날의 소위 '다문화주의'라고 하는 것도 그리스 문화에서 비롯되었다. 따라서 그리스인들은 도시적이고 박식하며 탐험적이고, 언제나 의심과 토론의 여지를 많이 남겨놓는다.

그에 반대되는 것이 히브리 사상이다. 여기서 내가 말하는 '히브리'가 특별히 유대교의 교의를 뜻하지는 않는다. (사실 내가 아는 이 시대의 미국 유대인들은 대부분 그리스적 사고방식을 가지고 있다. 정작 뼛속 깊이 히브리적인 사람들은 현대의 기독교 근본주의자들이다.) 철학자들이 말하는

'히브리'의 의미는 부족주의, 신앙, 복종, 존경으로 이루어진 고대의 세계관을 줄여 말한 것이다. 히브리일들은 씨족 중심적이며 가부장적이고 권위적이고 도덕적이고 의식(儀式)을 중시하며 본능적으로 외부인을 의심한다. 히브리적 사고는 세상을 선과 악의 게임으로 보며, 신은 항상 '우리 편'이라고 굳게 믿는다. 인간의 모든 행동은 옳거나 그를 뿐, 중간은 없다. 집단이 개인보다 중요하며, 도덕성이 행복보다 중요하고, 서약은 절대 깨져서는 안 된다.

문제는 근대 서구 문화가 고대의 이 두 세계관을 모두 물려받았으나, 그 둘을 화해시키지 못했다는 것이다. 그 둘은 결코 화해할 수 없기 때문이다. (최근의 미국 선거 주기를 살펴본 적이 있는가?) 따라서 미국 사회는 그리스 사상과 히브리 사상의 우스운 혼합물이 되어버렸다. 법적 규정은 대부분이 그리스적인 반면, 도덕적 규정은 대부분이 히브리적이다. 독립과 지성, 인간의 신성함에 대해서는 전적으로 그리스 사상을 따른다. 반면 정의와 신의 뜻에 대해서는 전적으로 히브리 사상을 따른다. 공정함은 그리스적 개념이고, 정의는 히브리적 개념이다.

그런데 사랑에 있어서는 이 두 가지가 복잡하게 뒤엉켜버렸다. 어떤 연구를 살펴봐도 미국인들은 결혼에 대해 완전히 모순된 두 가지 신념을 가지고 있다. 한편으로는 온 국민이 결혼은 평생 서약이 되어야 하며, 절대 깨져서는 안 된다고 믿는다(히브리적 사고). 또 한편으로는 인간은 언제나 각자의 사정으로 이혼할 권리가 있다고 믿는다(그리스적 사고).

어떻게 이 두 가지 사고가 동시에 진실일 수 있을까? 미국인들이

혼란스러운 것도 당연하다. 미국인들이 전 세계의 어떤 국민들보다도 더 자주 결혼하고, 더 자주 이혼하는 것도 무리는 아니다. 우리는 사랑에 관한 이 두 관점 사이를 계속 왔다 갔다 하는 것이다. 히브리적(혹은 성경적/도덕적) 관점의 사랑은 신을 향한 헌신에 바탕을 둔다. 이는 신성불가침한 교리에 절대 복종하는 것을 의미하고, 우리는 당연히 그래야 한다고 믿는다. 그리스적(혹은 철학적/윤리적) 관점에서 본 사랑은 자연에 대한 헌신에 바탕을 둔다. 이는 탐험, 아름다움, 자기표현에 대한 깊은 경외심을 의미하며, 우리는 이 또한 당연히 그래야 한다고 믿는다.

완벽하게 그리스적인 연인은 관능적이며, 완벽하게 히브리적인 연인은 정절을 지킨다.

열정은 그리스적이고, 정절은 히브리적이다.

이 생각이 내 머릿속을 떠나지 않은 이유는 그리스-히브리 범주에서 볼 때 나는 그리스 쪽에 훨씬 가깝기 때문이다. 그것은 곧 내가 결혼에 소질이 없다는 뜻이 아닐까? 걱정스럽게도 그랬다. 그리스적인 사람들은 전통의 재단에 자신을 재물로 바치는 것을 불편해한다. 생각만 해도 숨이 막히고 두렵다. 결혼을 광범위하게 연구했던 룻거 대학 보고서에서 우연히 사소하지만, 중대한 정보를 알게 된 뒤로는 한층 더 우려되었다. 그 보고서에 따르면, 진심으로 결혼의 신성함을 존중하는 부부가 결혼에 약간 회의적인 부부보다 결혼이 지속될 확률이 더 높다는 증거가 발견되었다. 그렇다면 결혼을 존중하는 것이 결혼 생활이 지속되기 위한 전제조건인 듯했다.

충분히 납득이 가는 결과다. 약속이 효력을 발휘하기 위해서는 자신이 맹세하는 바를 믿어야 한다. 결혼은 단순히 다른 사람에게 하는 약속이 아니기 때문이다. 그것은 오히려 쉽다. 결혼은 약속에게 하는 약속이다. 세상에는 분명 배우자를 사랑해서가 아니라, 자신들의 원칙을 사랑하기 때문에 죽을 때까지 함께 사는 부부들도 있다. 단지 신 앞에서 사랑을 맹세했고, 그런 약속에 먹칠하는 자신을 용납할 수 없다는 이유만으로 무덤에 갈 때까지 원수나 다름없는 배우자와의 결혼 생활에 충실할 것이다.

분명 나는 그런 사람이 아니다. 예전에 내 맹세를 지킬 것인지, 아니면 내 삶을 존중할 것인지 선택해야 했을 때 나는 분명 약속보다 나 자신을 선택했다. 그렇다고 해서 내가 꼭 비윤리적인 사람이라고는 말하지 않겠다(불행보다 자유를 선택한 것은 삶의 기적을 존중하는 한 방식이라고 주장할 수도 있다). 하지만 펠리페와 재혼할 때가 되자, 그때의 그 선택이 딜레마가 되었다. 나는 이번 결혼이(에라, 눈 딱 감고 '이번'이라는 수치스러운 단어를 쓰겠다) 영원히 지속되기를 간절히 바랄 만큼 히브리적이지만, 아직 결혼 제도 자체를 진심으로 존중할 방법을 찾아내지 못했다. 아직 결혼의 역사 안에서 내 자리, 내가 나일 수 있는 곳을 찾지 못했다. 그 때문에 결혼식 날 내가 하는 맹세를 나도 믿지 못할까 두려웠다.

이런 생각을 정리하고자 나는 펠리페에게 이 문제를 꺼냈다. 펠리페는 재혼에 있어서 나보다 훨씬 여유로웠다. 그도 나 못지않게 결혼 제도를 싫어하지만, 그는 계속 "이쯤 되면 이건 다 게임이야. 그 게임의 규칙은 정부가 정해놓았고, 이제 우리는 원하는 걸 얻기 위해 그 규칙대로 게임해야 해. 당신과 영원히 함께할 수만 있다면 나는 무슨 게임이든 기꺼이 하겠어"라고 말했다.

그런 사고방식은 그에게는 효과가 있었지만, 지금 내가 찾는 해답은 머리를 써서 게임을 이기는 것이 아니었다. 나는 진정성과 신빙성을 원했다. 하지만 펠리페는 내가 이 문제로 계속 불안해하는 것을 보고, 친절하게도 내가 서구 문명의 반대되는 두 사조와 그 두 가지가 내 결혼관에 어떤 영향을 미쳤는지 주구장창 떠들어대는 것을 들어주었다. 내가 그의 사고방식이 그리스와 히브리 가운데 어디에 더 가까운지 묻자, 펠리페는 "난 어느 쪽도 아니야"라고 대답했다.

"왜요?" 내가 물었다.

"난 그리스 쪽도 히브리 쪽도 아니니까."

"그럼 뭔데요?"

"나는 브라질 쪽이야."

"그게 대체 무슨 말이에요?"

펠리페는 웃었다. "아무도 모르지! 그게 브라질의 멋진 점이야. 아무 의미도 없다는 거! 그러니까 당신도 당신 안의 브라질 기질을 핑계 삼아 원하는 대로 살라고. 사실 그건 아주 똑똑한 짓이야. 날 자유롭게 해주지."

"그게 무슨 도움이 된다는 거죠?"

"당신이 긴장을 풀도록 도와줄 거야! 당신은 브라질 남자랑 결혼할 거잖아. 그러니까 이제부터라도 브라질인처럼 생각해봐."

"어떻게요?"

"당신이 원하는 것만 골라! 그게 브라질 방식이잖아. 우리는 다른 사람들의 아이디어를 빌려다가 마구 섞어서 새로운 걸 창조하지. 내

말 잘 들어봐. 당신이 그리스 쪽에서 제일 좋아하는 게 뭐야?"

"인간을 존중하는 정신요."

"그럼 히브리 쪽에서 좋아하는 건 뭐야? 아무 거라도 좋으니까 말해봐."

"명예를 존중하는 정신요."

"좋아, 됐어. 우린 그 두 가지 모두를 취할 거야. 인간 존중과 명예. 그 두 가지를 섞어서 우리의 결혼을 만드는 거야. 그걸 브라질식 혼합물이라고 부르자고. 우리만의 규범에 따라 그 혼합물의 모양을 잡아가는 거야."

"그게 가능해요?"

"딜링!" 펠리페가 느닷없이 양손으로 내 얼굴을 감쌌다. "언제 깨달을 거야? 그 빌어먹을 비자를 발급 받아서 미국으로 안전하게 돌아가서 결혼만 하면, 우린 원하는 일은 뭐든지 할 수 있다고."

정말 그럴까?

펠리페의 말이 맞기를 기도했지만, 확신은 서지 않았다. 결혼에 대한 내 가장 큰 두려움은 결국 결혼이 우리를 완전히 다른 사람으로 만들어놓으리라는 생각이었다. 몇 달 동안 결혼에 대해 공부하고 나니 이 두려움은 더욱 커졌다. 나는 결혼이 얼마나 강력한 제도인지 믿게 되었다. 분명 결혼은 우리가 따라갈 수 없을 정도로 거대하고, 오래되었으며, 심오하고, 복잡하다. 우리가 아무리 현대적이고 똑똑한 연인이라고 자부해도 결혼이라는 생산 라인에 발을 올려놓는 순간, '배우자'라는 틀 속에 들어가 사회에 이롭고, 철저하게 전통적인 형태로 변할까 두렵다.

그런 불안함에 떠는 까닭은—짜증난다고 생각하실 분들도 있겠지만—나 스스로를 막연하게나마 보헤미안이라고 생각하고 싶기 때문이다. 나는 무정부주의자는 아니지만, 나 자신이 획일적인 삶을 본능적으로 거부하는 사람이라고 생각하고 싶다. 솔직히 말해서, 펠리페도 자신이 그런 사람이라고 생각하고 싶어 한다. 좋다, 툭 까놓고 말해서 대부분의 사람들이 자신이 그런 사람이라고 생각하고 싶어 할 것이다. 심지어 커피포트 하나를 구입할 때도 스스로를 개성 넘치는 반순응주의자라고 상상하는 것은 멋진 일이다. 그러므로 결혼의 관습 앞에 허리를 숙인다는 생각이 내게는 약간의 상처가 된다. 반권위주의자로서의 고집스런 그리스적 자존심을 건드리는 것이다. 솔직히 말해서, 그 문제를 과연 극복할 수 있을지 확신이 서지 않았다.

그러다가 페르디난드 마운트의 책을 발견하게 되었다.

세상의 모든 연인들은
둘만의 작고 고립된 나라를 만든다

어느 날, 결혼에 대한 단서를 더 찾기 위해 인터넷을 뒤지던 중 『전복을 꾀하는 가족(The Subversive Family)』이라는 제목의 희한한 학술서를 발견했다. 저자는 페르디난드 마운트(Ferdinand Mount)라는 영국인이었다. 나는 즉시 그 책을 주문하고, 언니에게 발리로 보내달라고 했다. 책 제목이 너무나 마음에 들었다. 분명 이 책에는 결혼을 했으면서도 자신들의 반항적인 뿌리에 충실하고, 사회 체제를 타파하며, 사회 권위를 훼손하는 부부들의 이야기가 실려 있을 것이라고 확신했다. 어쩌면 이 책에서 내 롤모델을 찾을 수도 있다!

알고 보니 이 책의 주제가 사회 전복이 맞기는 했지만, 이야기가 진행되는 방식은 내 예상과 정반대였다. 이 책은 전혀 선동적인 내용이 아니었는데, 그도 그럴 것이 페르디난드 마운트는(실례, 정확히 말해서 윌리엄 로버트 페르디난드 마운트 경, 세 번째 준남작) 런던 『선데이 타임스』의 보수적인 칼럼니스트였다. 솔직히 말해서, 만약 그 사실을 미리 알았더라면 이 책을 주문하는 일은 없었을 것이다. 하지만 그 사실을 몰랐던 것이 오히려 다행이었는데, 때로는 전혀 예상치 못한 곳에서 구원의 길이 나타나기 때문이다. 마운트 경은 지금까지 내가 결혼에 대해 알게 된 어떤 개념들과도 완전히 다른 이론으로 나를 구원해주었다.

마운트―이제부터 경칭은 생략하겠다―는 모든 결혼은 자동적으로 정부를 전복하려는 행위라고 말했다. (다시 말해, 정략적이지 않은 모든 결혼, 즉 부족이나 씨족, 재산에 바탕을 두지 않은 모든 결혼, 즉 서구식 결혼.) 그렇게 스스로의 의지로 타인과 결합해 이루어진 가족 역시 사회 전복의 단위다. 마운트는 이렇게 썼다. "가족은 사회 전복을 꾀하는 조직이다. 사실 가족은 궁극적으로 일관되게 사회 전복을 꾀하는 유일한 조직이다. 역사를 통틀어 오로지 가족만이 지속적으로 국가를 저해해왔고, 그 일은 아직도 진행 중이다. 가족은 모든 계급 제도와 교회, 이데올로기의 영구한 적이다. 독재자와 주교, 공산주의 인민 위원회뿐 아니라 겸손한 교구 목사와 카페에 모이는 지성인들조차도 타인에게 냉혹한 적개심을 품고, 죽을 때까지 단호하게 간섭을 거부하는 가족 제도와 번번이 충돌했다.”

꽤 과격한 표현이기는 하지만, 마운트는 설득력 있는 주장을 펼친다. 그는 자유의사로 결혼한 연인들은 지극히 개인적인 이유로 함께 살기를 결심했기 때문에, 그리고 그런 연인들은 둘만의 결합 안에서 아주 은밀한 삶을 살아가기 때문에 세상을 지배하고자 하는 사람에게는 태생적으로 위협적인 존재가 될 수밖에 없다고 주장한다. 모든 권위주의적인 세력의 우선적인 목표는 강요, 교화, 위협, 혹은 선전을 통해 대중을 통제하는 것이다. 하지만 실망스럽게도 늘 함께 자는 두 사람 사이에 오가는 가장 은밀하고도 친밀한 행위는 결코 통제하거나 감시할 수 없었다.

역사상 가장 효율적인 전체주의 경찰이었던, 동독 공산당의 비밀 경찰도 새벽 세 시에 각 가정집에서 오가는 비밀스러운 대화는 엿들을 수 없었다. 그 누구도 불가능했다. 베갯머리에서 어떤 사소하고 진지하고 점잖은 이야기가 오가든 간에 그 고요한 시간은 오로지 함께 있는 두 사람만의 것이다. 어둠 속에 누워 있는 연인들 간의 대화야말로 ‘프라이버시’의 정의 그 자체라고 할 수 있다. 여기서 말하는 프라이버시는 섹스만이 아니라 그보다 훨씬 더 전복적인 일면, 즉 ‘친밀함’을 뜻한다. 세상 모든 연인들은 시간이 흐르며 둘만의 작고 고립된 나라를 만들 가능성이 있다. 제3자는 참견할 수 없는 자신들만의 문화, 자신들만의 언어, 자신들만의 도덕 법규를 만드는 것이다.

에밀리 디킨슨(Emily Dickinson)은 "창조된 모든 영혼들 가운데—/ 나는 한 영혼을 선택했어요"라고 썼다. 바로 그런 선택, 즉 나만의 이유로 특별히 어느 한 사람을 더 사랑하고 보호하겠다고 선택하는 상황이 가족, 친구, 종교 단체, 정치 세력, 이민국 직원, 군대를 영원히 격노하게 만드는 것이다. 그렇게 제한된 친밀함은 우리를 지배하고 싶어서 안달이 난 사람을 미치게 한다. 왜 미국 노예들에게 결혼이 법적으로 금지되었다고 생각하는가? 노예 주인으로서는 자신의 수중에 있는 사람이 결혼에서 싹트는 다양한 감정적 자유와 은밀함을 누리도록 허락할 수 없었기 때문이다. 결혼은 마음의 자유를 대표하고, 노예들에게 그런 일은 용납될 수 없었다.

마운드의 주장대로라면 바로 그런 이유 때문에 강력한 개체들은 시대를 막론하고 늘 권력을 확대하기 위해 사람들 간의 자연스러운 유대감을 말살하려 했다. 새로운 혁명 운동이나 신흥 종교가 대두될 때마다 시작은 늘 똑같다. 우리—한 개인—를 기존의 충실한 인간관계로부터 분리시키려고 노력하는 것이다. 그리하여 새로운 권력자, 주인, 교리, 신성, 국가에게 완전히 충성한다는 피의 맹세를 해야 한다. 마운트가 쓴 대로 "우리는 속세의 다른 모든 재산과 인연을 버리고 국기나 십자가, 초승달, 망치와 낫(각각 기독교와 이슬람교, 공산주의를 상징—옮긴이)을 따르는 것이다." 한마디로 가족과 의절하고 '이제는 우리가 한 가족이다'라고 맹세하는 것이다. 게다가 강압적으로 부과되는 새로운 규정들도 받아들여야 한다(수도원이나 키부츠, 공산당 간부 위원회, 공동생활체, 군대, 폭력조직에서처럼). 만약 집단보다 배우자나 연인을 더 존중했다가는 패배자에 배신자, 이기주의자, 심지어는 반역자 취급까지 받는다.

그런데도 사람들은 계속 결혼한다. 집단에 반발하고, 대중 속에서 자신이 사랑하고 싶은 한 사람만 선택하는 일을 계속한다. 초기 기독교에도 이런 현상이 일어났던 것을 기억하는가? 초기 기독교 교부들은 사람들에게 이제부터 결혼을 버리고 금욕을 택하라고 노골적으로 지시했다. 그것이 새로운 사회 구조로 떠오르고 있었다. 실제로 몇몇 개종자들은 금욕주의자가 되었으나, 대부분은 그 명령을 따르지 않았다. 결국 기독교 지도층은 패배를 받아들이고, 결혼을 막을 수 없다는 사실을 받아들였다. 마르크스주의자들도 새로운 사회 체제를 수립하려고 했을 때 같은 문제에 부딪쳤다. 그들은 아이들을 모두 공동체 유아원에서 함께 키우고, 부부간에 어떤 특별한 애정도 존재하지 않는 세상을 만들려고 했다. 하지만 공산주의자들도 초기 기독교 교부들과 마찬가지로 자신들의 생각을 강요하는 데 실패했다. 그 점에 있어서는 파시스트들도 마찬가지였다. 그들은 결혼의 형태에 영향을 미치기는 했으나, 결혼 자체를 뿌리 뽑지는 못했다.

그리고 솔직히 말해서, 페미니스트들도 예외는 아니었다. 페미니즘 혁명 초창기에 몇몇 과격한 행동주의자들은 해방된 여성들이 결혼이라는 억압적 제도를 버리고, 평생 여성들과의 유대감 속에서 결속된 삶을 사는 유토피아를 꿈꾸었다. 페미니스트 분리주의자인 바바라 립슈츠(Barbara Lipschutz)는 여자들이 아예 섹스를 하지 말아야 한다—상대가 남자든 여자든—는 과격한 주장까지 했다. 섹스는 언제나 여성들의 품위를 떨어뜨리며 억압적인 행위로 변해갔기 때문이다. 따라서 금욕과 우정이 여성들의 인간 관계의 새로운 모델이 되어야 한다고 주장했다. 『누구도 섹스할 필요 없다(Nobody Needs to Get Fucked)』는 립슈츠가 쓴 악명 높은 에세이의 제목이다. 이는 표현만 다를 뿐 본질적으로는 사도 바울과 같은 주장이다. 즉 육체적 접촉은 위신을 떨어뜨리며, 사랑하는 연인의 존재는 우리의 운명을 더 고귀하고 명예롭게 만드는 데 방해되는 걸림돌이라는 것이다. 하지만 립슈츠와 그녀의 추종자들은 초기 기독교 교부들이나 공산주의자 혹은 파시스트들과 마찬가지로 단둘만의 성적 친밀함을 나누고자 하는 인간의 욕망을 말살하지 못했다. 많은 여성들, 심지어는 명석하고 해방된 여성들조차도 결국에는 남자들과의 동반자 관계를 선택했다. 게다가 현대의 가장 과격한 페미니스트 레즈비언들의 투쟁 목표가 무엇인가? 바로 결혼할 수 있는 권리를 달라는 것이다. 부모가 되고, 가정을 꾸리고, 법적 구속력이 있는 결합을 할 수 있는 권리를 달라는 것이다. 그들은 결혼의 밖에 서서 꾀죄죄하게 낡은 결혼의 외관에 돌을 던지는 것이 아니라, 결혼 안으로 들어가서 결혼의 역사를 함께 만들어가고 싶어 한다.

심지어 미국 페미니즘의 대모라고 할 수 있는 글로리아 스타이넘(Gloria Steinem)도 2000년에 이르러 처음으로 결혼을 결심했다. 결혼식 날 그녀의 나이는 예순여섯이었고, 그녀는 평상시와 다름없이 재기가 넘쳤다. 따라서 자신의 결정이 무엇을 의미하는지 정확히 알고 있었을 것이다. 하지만 일부 추종자들은 그녀의 결혼에 배신감을 느꼈다. 성자의 타락한 모습을 보는 것이나 다름없었다. 하지만 스타이넘이 자신의 결혼을 페미니즘의 승리로 봤다는 사실을 간과해서는 안 된다. 그녀 말대로 만약 그녀가 '결혼 적령기'였던 1950년 대에 결혼했다면, 그녀는 남편의 소유물 혹은 잘해야 남편의 똑똑한 조력자 정도가 되었을 것이다. 수학 천재 필리스처럼 말이다. 하지만 2000년이 되면서 미국 여성은 결혼을 해도 아내인 동시에 인간일 수 있게 되었다. 여성이 시민으로서 갖는 모든 권리와 자유가 온전히 보장된 것이다. 상당 부분 그녀의 부단한 노력 덕분이었다. 그래도 많은 열렬한 페미니스트들은 스타이넘의 결혼에 실망했고, 천하무적이었던 지도자가 여성 동지들을 버리고 한 남자를 선택했다는 사실에 모욕감을 떨치지 못했다. 심지어 스타이넘조차도 창조된 모든 영혼들 가운데 한 사람을 선택한 것이다. 그리고 그 선택으로 인해 나머지 사람들은 뒷전이 되었다.

사람들이 원하는 일을 원하지 못하도록 막기란 불가능하다. 그리고 많은 이들은 특별한 한 사람과의 친밀감을 원했다. 친밀감에는 반드시 프라이버시가 포함되기에, 사람들은 연인과 단둘이서만 있고 싶은 단순한 욕구를 가로막는 사람이나 사물은 무조건 심하게 밀어냈다. 역사를 통틀어 정치 세력들은 이 욕구를 억누르려고 했으나 결국은 포기할 수밖에 없었다. 인간들은 법적으로, 감정적으로, 육체적으로, 물질적으로 다른 영혼과 연결되고 싶은 권리를 계속 주장하기 때문이다. 우리는 아리스토파네스가 말했던 머리 두 개에 사지가 여덟 개 달린, 아귀가 딱 들어맞는 결합을 몇 번이고 계속 다시 시도할 것이다. 그것이 아무리 어리석은 짓이라 할지라도.

나는 주변 곳곳에서 이런 시도가 이루어지는 것을 목격하는데, 때로는 아주 놀라운 경우도 있다. 내가 아는 사람들 가운데 전통과 가장 거리가 멀고, 온몸이 문신투성이에 반골 기질이 충만한 반체제주의자들도 결혼한다. 내가 아는 사람들 가운데 성적으로 가장 문란한 사람들도 결혼한다(종종 파국을 맞기는 하지만, 그래도 시도는 한다). 내가 아는 사람들 가운데 인간을 가장 혐오하는 사람들도 결혼한다. 사실 내가 아는 사람들 가운데 인생에 최소한 한 번이라도, 어떤 형태로든 장기간의 일부일처 관계를 시도해보지 않은 사람은 거의 없다. 설사 교회나 판사의 사무실에서 법적 혹은 공적 서약을 해본 적이 없는 사람들도 마찬가지다. 사실 내가 아는 사람들은 대부분 장기간의 일부일처 관계를 서너 번씩은 경험해봤다. 예전의 경험으로 인해 마음에 퍼렇게 멍이 들어도 그들은 노력을 멈추지 않는다.

심지어 펠리페와 나―스스로의 보헤미안 기질을 자랑스러워하는, 이혼의 생존자들―도 이민국이 개입하기 훨씬 전에 다분히 결혼과 비슷한, 우리 둘만의 작은 세상을 창조하기 시작했다. 톰 경관의 말을 듣기 전부터 우리는 함께 살고, 함께 계획을 세우고, 함께 자고, 함께 물건을 사용하고, 서로를 중심으로 삶을 꾸려가고, 우리의 관계에서 타인을 배제했다. 그것이 결혼이 아니라면 무엇이겠는가? 심지어 서로에게 정절을 맹세하는 의식까지 치렀다. (그것도 무려 두 번이나!) 우리는 동반자 관계 안에서 우리의 삶을 만들어갔다. 무엇인가를 원했기 때문이다. 대다수의 사람들도 그러하다. 감정적인 위험을 감수하면서까지 둘만의 친밀감을 갈망한다. 둘만의 친밀감에 빠져 있을 때도 그것을 갈망한다. 그 사람을 사랑하는 일이 불법일 때도 둘만의 친밀감을 갈망한다. 둘만의 친밀감 말고 다른 것, 더 훌륭하고 고상한 것을 갈망하라는 성인들의 충고를 들어도 계속 그것을 갈망한다. 그저 지극히 개인적인 이유들 때문에 둘만의 친밀감을 계속 갈망한다. 아무도 그 미스터리를 완전히 풀지 못했고, 아무도 그 갈망을 막지 못했다.

페르디난드 마운트가 말한 대로 "많은 집단이 가족의 지위를 강등하고, 역할을 축소하며, 심지어는 가족 제도를 근절하려고 노력했지만, 남자와 여자는 계속 짝을 짓고 아이를 낳을 뿐 아니라, 둘이 함께 살게 해달라고 주장한다." (그리고 여기에 약간 덧붙이자면, 남자와 남자도 계속 둘이 함께 살게 해달라고 주장한다. 그리고 여자와 여자도 계속 둘이 함께 살게 해달라고 주장한다. 이 모든 상황이 권력자들을 더욱 발광하게 한다.)

이런 현실과 마주하게 되면, 억압적인 정부도 결국에는 늘 항복하고, 인간이 짝을 이루는 것은 불가피하다는 진실에 마침내 고개를 숙인다. 그러나 이 성가신 권력자들은 결코 순순히 포기하지 않는다. 그들의 항복에는 일종의 패턴이 있는데, 마운트는 그 패턴이 서구 역사 전반에 걸쳐서 한결같이 반복되었다고 말한다. 일단 정부는 사람들이 대의보다 연인에게 헌신하는 것을 막을 수 없으며, 따라서 결혼이 절대 사라지지 않는다는 사실을 조금씩 서서히 받아들인다. 하지만 결혼 말살 정책을 포기하고 나면, 그 다음 단계에서는 온갖 제한적인 법과 한계를 만들어 결혼을 통제하려고 한다. 일례로 중세 시대의 기독교 교부들이 마침내 결혼의 존재에 항복했을 때 그들은 즉시 결혼 제도와 관련된 까다로운 조건을 무수히 만들었다. 이혼해서도 안 되고, 이제부터 결혼은 침범할 수 없는 신성한 의식이며, 성직자의 권한 없이는 아무도 결혼을 허락할 수 없고, 여성은 반드시 일체의 법규를 따라야 한다 등등. 그러더니 결혼을 더욱 강력히 통

345

제하기 위해 부부 사이의 성생활이라는 가장 친밀한 영역까지 간섭하는 만행을 저지른다.

1600년대의 피렌체에서는 브라더 체루비노(Brother Cherubino)라는 이름의 수도승(고로 금욕주의자)에게 아주 기괴한 임무가 떨어졌다. 기독교 부부들에게 기독교 결혼 안에서 용납되는 성교의 범위가 어디까지인지 명시하는 소책자를 쓰라는 일이었다. 브라더 체루비노는 이렇게 가르쳤다. "성행위 시에는 눈, 코, 귀, 혀를 비롯해 출산에 필요하지 않은 다른 어떤 부위도 건드려서는 안 된다." 아내는 남편이 아플 때를 제외하고 절대 남편의 은밀한 부위를 보아서는 안 되며, 특히 흥분하기 위해 보는 것은 금물이다. 그리고 "여인들아, 그대들은 절대 남편에게 알몸을 보여서는 안 된다." 가끔씩 목욕을 하는 것은 허락되지만, 좋은 냄새를 풍겨 배우자를 성적으로 유혹하기 위해 목욕하는 것은 사악하기 그지없는 짓이다. 또한 키스할 때 절대 혀를 이용해서는 안 된다. 단둘이 있을 때라도! "악마는 부부 사이에 할 수 있는 많은 일들을 알고 있다." 브라더 체루비노는 개탄했다. "악마는 건전한 부위뿐 아니라 불건전한 부위에도 키스하게 한다. 그런 일을 생각만 해도 혐오스럽고 두렵고 당황스러우며……."

물론 교회의 입장에서 가장 혐오스럽고 두렵고 당황스러운 일은 부부간의 잠자리가 너무도 사적인지라 결국에는 통제할 수 없다는 사실이다. 심지어 두 눈을 시퍼렇게 뜨고 감시하는 피렌체의 수도승들조차도 한밤중에 누군가의 침실에서 두 개의 은밀한 혀가 오고가는 것을 막을 수는 없었다. 또한 어떤 수도승도 성교 후에 그 혀들이

346

하는 말을 통제할 수 없었다. 그것이 아마도 가장 위협적인 현실이 었을 것이다. 억압이 가장 심한 시대에도 일단 문이 닫히고 나면 사람들은 자신이 원하는 바를 선택할 수 있었고, 연인들은 자기들식대로 친밀한 표현의 정의를 내렸다.

결국에는 연인들이 이기곤 했다.

결혼 말살 작전에 실패하고, 아울러 결혼을 통제하는 데도 실패하면, 이제 권력자들은 결혼이라는 전통을 순순히 받아들인다. (페르디난드 마운트는 이를 '일방적인 평화 조약'의 조짐이라고 말했다.) 그 다음 단계는 더욱 신기하다. 이제 권력자들은 어김없이 결혼의 개념을 가로채서, 자신들이 처음부터 결혼을 만들어낸 척까지 한다. 지난 몇 세기 동안 서방 세계에서는 기독교 지도층이 그런 일을 해왔다. 마치 자신들이 결혼의 전통과 가족의 가치를 직접 만들어낸 것처럼 구는 것이다. 하지만 사실 기독교는 초창기에 결혼과 가족의 가치를 맹렬히 공격했다.

소련과 20세기 중국에서도 이와 똑같은 일이 있었다. 우선 공산주의자들은 결혼을 말살하려고 한다. 그러다가 결혼을 통제하려고 한다. 이 두 가지 모두 실패하자, 그들은 어차피 '가족'은 훌륭한 공산주의 사회의 주춧돌이었는데 몰랐느냐는 식의 완전히 새로운 신화를 날조한다.

이런 왜곡된 역사가 계속되고, 독재자 폭군 성직자 깡패들이 채찍질을 가하는 동안에도 사람들은 어느 시대건 결혼—혹은 그 명칭이 무엇이든 간에—을 계속했다. 그들의 결합이 역기능과 분열을 낳고, 악영향을 미친다 하더라도—심지어 몰래 하기도 했다가, 불법이 되기도 했다가, 명칭이 없어졌다가, 다른 명칭이 붙더라도—사람들은 자신들의 조건에 따라 계속 함께 살았다. 그 목적을 이루기 위해서라면 변화를 거듭하는 법률에도 그럭저럭 대처하고, 당시의 모든 제한들도 극복했다. 혹은 당시의 모든 제한들을 깡그리 무시했다! 1750년 미국 식민지 시대 메릴랜드 주 목사의 불평대로 만약 교회에서 법적인 혼인 서약을 한 부부들만 진정한 부부로 인정해야 한다면, "이 나라의 90퍼센트는 서출"임을 인정하는 꼴이었다.

사람들은 허락을 기다리지 않았다. 그들은 그저 일을 저지르고, 자신들에게 필요한 것을 만들었다. 심지어 미국 초창기의 아프리카 노예들도 '빗자루 결혼식'이라는, 꽤나 전복적인 형태의 결혼을 만들었다. 그것은 두 연인이 문간에 비스듬히 세워진 빗자루를 폴짝 뛰어넘고, 이제부터 부부라고 선언하는 결혼식이었다. 노예들은 아무도 보지 않을 때 그런 비밀 서약을 했고, 아무도 그것을 막을 수 없었다.

이런 관점에서 보자, 서구 결혼의 개념 자체가 완전히 달라졌다. 결혼이 평온하게 느껴졌다. 개인적인 혁명으로까지 느껴졌다. 전체적인 역사의 그림이 딱 1센티미터 이동했는데도, 갑자기 모든 것이 재정렬해 완전히 다른 모양이 된 것 같았다. 갑자기 합법적인 결혼은 제도(권력을 쥔 정부가 힘없는 개인에게 강요하는 엄격하고, 확고부동하고, 편협하고, 비인간적인 시스템)라기보다 절박한 양보(힘없는 정부가 막강한 권력을 가진 두 개인 간의 통제할 수 없는 행동을 어떻게든 감시하려는 안간힘)로 보였다.

그렇다면 개인이 결혼이라는 제도에 불편하게 굴복하는 것이 아니라, 결혼 제도가 우리에게 굴복하는 것이다. 왜냐하면 '그들'(권력자들)은 결코 '우리'(두 연인)가 함께 살면서 둘만의 세상을 만들어내는 것을 막을 수 없기 때문이다. 따라서 '그들'은 결국 '우리'가 어떤 형태로든 결혼하도록 법적으로 허락할 수밖에 없다. 비록 그 법이 아무리 제한적이라 할지라도. 깡충거리며 국민들을 뒤따라가는 정부는 어떻게든 국민을 따라잡으려고 안간힘을 쓴다. 정부가 좋든 싫든 국민들은 결혼하는데, 정부는 혼자서 그에 관한 법칙을 만들고, 또 만드느라 난리를 친다. 그들의 그런 절박한 노력은 뒷북일 때가 많고, 종종 비효율적이며, 심지어는 코믹하기까지 하다.

따라서 나는 지금까지 이 모든 것을 완전히 거꾸로 보고 있었는지도 모른다. 사회가 결혼을 만들어내서 인간들에게 함께 살라고 강요했다는 생각은 어쩌면 터무니없는 생각인지도 모른다. 그것은 마치 사회가 치과의사를 만들어내고, 사람들에게 이가 자라도록 강요했다고 믿는 것과 마찬가지다. 결혼을 만들어낸 사람은 우리다. 연인들이 만들어냈다. 이혼을 만들어낸 것도 우리가 아니던가. 또한 연애의 괴로움과 정절 역시 우리가 만들어냈다. 사실 사랑, 친밀감, 혐오, 열락, 실연의 그 모든 너저분한 것들은 몽땅 우리가 만들어냈다. 하지만 우리가 만들어낸 것들 가운데서도 가장 중요하고, 가장 사회 전복적이며, 가장 고집스러운 것은 '프라이버시'다.

그렇다면 어느 정도는 펠리페의 말이 옳다. 결혼은 게임이다. 게임의 규칙을 정한 것은 그들이다(권력을 쥔 불안한 자들). 우리(사회를 전복할 수 있는 평범한 자들)는 그 규칙 앞에 순순히 고개를 숙여야 한다. 그리고 집에 돌아가면, 원하는 일은 뭐든 할 수 있다.

결혼해도 괜찮다고 나 스스로를
설득하는 떠들썩한 노래

지금 내가 날 설득하는 것처럼 보
이는가?

맞다, 지금 나는 날 설득하는 중이나.

이 책 전체가, 한 장 한 장이 서구 결혼의 복잡한 역사 속에서 나만
의 작은 쉼터를 찾아내려는 노력이다. 그런 쉼터를 찾기가 항상 쉽지
만은 않다. 내가 아는 지인은 30년도 더 전에 있었던 결혼식 날, 엄마
에게 물었다고 한다. "원래 결혼하기 직전에는 다 이렇게 겁이 나나
요?" 그러자 엄마는 차분하게 웨딩드레스의 단추를 하나씩 채우면서
말했다. "아니란다. 생각할 줄 아는 신부만 그렇지."

그렇다, 나도 결혼에 대해 아주 열심히 생각해왔다. 결혼으로 도
약하는 일이 내게는 결코 쉽지 않았지만, 어쩌면 그것이 당연한지도
모르겠다. 결혼을 받아들이도록 나를 설득하는 것이—침을 튀겨가
며 설득하는 것이—옳은지도 모르겠다. 나는 여자고, 결혼은 여자
에게 친절하지만은 않기 때문이다.

특정 문화권에서는 여자들이 결혼을 받아들이도록 설득해야 할
필요가 있다는 사실을 잘 아는 듯하다. 몇몇 문화권에서는 여자가
프러포즈를 받아들이도록 열심히 유혹하는 일이 하나의 의식, 심지
어는 예술 형태로까지 발전했다. 로마에서도 노동자 계층이 사는 트
라스테베레에는 아직까지 젊은 남자가 결혼하고 싶은 여자에게 공
개적으로 그녀의 집 앞에서 세레나데를 불러야 하는 전통이 이어지
고 있다. 남자는 모든 사람이 보는 앞에서 그녀에게 제발 손을 잡게

해달라고 노래해야 한다. 물론 지중해권 문화에서 이런 전통은 흔하지만, 트라스테베레에서는 매우 진지하게 이루어진다.

시작은 언제나 똑같다. 젊은 남자가 다른 친구들과 함께 기타를 들고, 사랑하는 여자의 집으로 간다. 그들은 사랑하는 여자의 방 창문 앞에 모여서 '로마여, 오늘 밤에는 머저리처럼 굴지 말아다오!'라는, 낭만과는 거리가 먼 제목의 노래를 힘차게―사투리를 써가면서 목청껏 거칠게―부른다. 왜냐하면 청년은 사랑하는 여자에게 직접 노래하는 것이 아니기 때문이다. 감히 그럴 수는 없다. 그는 그녀에게서 너무도 엄청난 것을 원하기에(그녀의 손, 인생, 육체, 영혼, 헌신) 감히 그런 요구를 직접적으로 할 수는 없다. 대신 로마 전체를 향해 노래한다. 황당하면서도 미숙하고 끈질긴 간절함을 담아 로마에게 소리치는 것이다. 오늘 밤 이 아가씨를 속여서 결혼할 수 있도록 도와달라고 진심으로 간청한다.

"로마여, 오늘 밤에는 머저리처럼 굴지 말아다오!" 남자는 여자의 창문 밑에서 노래한다. "날 도와다오! 달의 얼굴에서 구름을 벗겨내다오! 우리 둘을 위해! 가장 눈부신 별을 반짝이게 해다오! 불어라, 개자식 같은 서풍아! 불어라, 향긋한 공기야! 마치 봄이 온 것처럼!"

이 익숙한 노래의 첫 소절이 마을에 퍼지면, 마을 사람들은 창문을 열고 밖을 내다본다. 그러고는 이 밤의 여흥에서 관객이 맡은 역할을 하기 시작한다. 노래를 들은 남자들은 창밖으로 몸을 내밀고, 하늘을 향해 주먹을 휘두르며 청혼하는 젊은이를 더 적극적으로 도와주지 않는 로마를 나무란다. 남자들은 다들 큰 소리로 "로마여, 오늘 밤에는 머저리처럼 굴지 말아다오! 저 청년을 도와다오!"라고 노

351

래한다.

그러면 청년이 사랑하는 여자가 창가로 나온다. 그녀에게도 정해진 가사가 있는데, 그 내용은 남자와 사뭇 다르다. 그녀 또한 로마에게 오늘 밤에는 머저리처럼 굴지 말아달라고 노래한다. 자신을 도와달라고도 간청한다. 아시만 그녀가 간청하는 것은 다른 사람들과 다르다. 그녀는 청혼을 거절할 수 있는 힘을 달라고 간청한다.

"로마여, 오늘밤에는 머저리처럼 굴지 말아다오!" 그녀는 노래로 간청한다. "제발, 다시 달의 얼굴에 구름을 드리워다오! 가장 눈부신 별을 숨겨다오! 개자식 같은 서풍아, 멈춰라! 봄의 향긋한 공기야, 사라져라! 내가 저항하도록 도와다오!"

이웃에 사는 모든 여자들도 창가로 몸을 내밀고, 청혼 받은 여자와 함께 노래한다. "제발, 로마여, 그녀를 도와다오!"

이윽고 노래는 남자들과 여자들 간의 절박한 줄다리기가 된다. 분위기는 점점 고조되어, 마치 트라스테베레의 모든 여자들이 살려달라고 절규하는 것처럼 들린다. 그리고 이상하게 트라스테베레의 모든 남자들도 살려달라고 절규하는 것처럼 들린다.

열렬히 노래를 주고받다 보면 이것이 게임에 불과하다는 사실을 잊기 쉽다. 세레나데가 시작된 순간부터, 이 이야기의 결말이 어떻게 될지 다들 알고 있다. 여자가 창가에 모습을 나타내는 것 자체가, 그녀가 집 앞에 있는 청혼자를 내려다본다는 것 자체가 이미 그의 청혼을 받아들였음을 의미한다. 이 구경거리에서 자신이 맡은 역할을 수행하면서 그녀는 자신의 사랑을 증명하는 것이다. 하지만 약간의 자존심 때문에(혹은 어쩌면 매우 정당한 두려움 때문에) 시간을 끌어야 한다. 마음속의 의심과 주저함에게 발언권을 주기 위해서다. 그녀는 자신의 입에서 '예스'라는 대답이 나오기 위해서는 로마의 서사적인 아름다움과 결합된 젊은 청년의 열렬한 사랑, 반짝이는 별빛, 보름달의 유혹, 개자식 같은 향긋한 서풍이 필요하다는 것을 잘 알고 있다.

그녀의 동의하에 이 한바탕 난리법석과 여자 쪽에서 거부하는 과정이 필요한 것이다.

어찌됐든 내게 필요했던 것도 바로 그것이었다. 결혼해도 괜찮다고 나 스스로를 설득하는 떠들썩한 노래. 마침내 내가 편안하게 결혼을 받아들일 수 있을 때까지 내 마음의 거리, 내 마음의 창문 밑에서 그 노래가 울려 퍼져야 했다. 그것이 지금까지 내가 이렇게 노력한 이유다. 설령 이 책이 끝나기 직전에서야 결혼에 대해 위안이 되는 결론에 이르고자 지푸라기라도 잡는 것처럼 보였다면, 용서해주기 바란다. 하지만 나는 그 지푸라기라도 꼭 잡아야겠다. 내게는 그 위안이 꼭 필요하다. 결혼 제도에 사회 전복적인 요소가 내제되어 있다고 주장하는 페르디난드 마운트의 든든한 이론이 꼭 필요하다. 그 이론은 내 마음을 달래주는 진정제다. 어쩌면 다른 사람들에게는 그 이론이 효과가 없을 수도 있다. 어쩌면 다른 사람들에게는 나만큼 그 이론이 필요하지 않을지도 모른다. 어쩌면 마운트의 이론이 역사적으로 꼭 옳다고 할 수 없을지도 모른다. 하지만 어쨌거나, 나는 그 이론을 받아들일 것이다. 브라질 사람처럼 나도 나를 설득하는 노래 속의 이 한 소절을 받아들여 나만의 것으로 만들 것이다. 그것은 내게 용기뿐 아니라 짜릿함까지 주기 때문이다.

그럼으로써 마침내 나도 결혼의 길고 희한한 역사 속에서 나만의
구석 자리를 찾게 되었다. 조용한 전복의 한복판, 그곳이 바로 내 쉼
터가 되리라. 시대를 막론하고 궁극적으로 자신들이 원하는 것, 즉
사랑을 나눌 수 있는 약간의 프라이버시를 얻기 위해 온갖 짜증나고
성가신 헛소리를 참아낸 다른 고집스러운 연인들을 기리면서.

마침내 그 구석 자리에 사랑하는 연인과 단둘만 남게 될 때 모든
일이 잘될 것이고, 모든 일이 잘될 것이며, 삼라만상이 잘될 것이다.

Committed

제8장

결혼은 가장 공적이면서 사적인 일이다

내가 결혼한다는 것 말고 새로운 소식은 없네.
나로서는 그 사실이 한없이 경이로울 뿐이야.

_ 에이브러햄 링컨, 1842년 새뮤얼 마셜에게 쓴 편지에서

드디어 국토안보부의
승인을 얻다

그 후로는 일이 일사천리로 진행되었다.

2006년 12월, 아직 이민에 필요한 펠리페의 서류들이 다 준비되지는 않았지만 우리는 승리가 코앞에 다가왔다는 기분이 들었다. 심지어 그런 판단하에, 약혼자의 이민 비자를 기다리는 사람으로서 국토안보부에서 절대 하지 말라고 했던 일까지 저질러버렸다. 바로 계획을 세운 것이다.

가장 급한 일은 결혼 후에 영원히 정착할 집을 찾는 일이었다. 호텔과 월셋집을 전전하는 떠돌이 생활은 충분히 했다. 이제는 우리만의 보금자리가 필요했다. 그리하여 펠리페와 함께 발리에 머무는 동안, 나는 당당하게 인터넷으로 집을 찾기 시작했다. 내가 찾는 집은 필라델피아의 언니네 집까지 운전해서 갈 수 있는 거리 안에 있는, 조용한 전원주택이었다. 사실 집을 직접 둘러볼 수 없는 상황에서 집을 구한다는 것은 미친 짓이었다. 하지만 나는 우리에게 필요한 집을 정확히 알고 있었다. 내 친구 케이트 라이트가 자신이 꿈꾸는 완벽한 가정에 대해 썼던 시에서 영감을 받았다. "진실을 깨달을 수 있고, 린넨 셔츠 네댓 개, 훌륭한 예술품, 그리고 당신이 있는 시골집."

그런 집을 본다면 한눈에 알아볼 수 있을 것이다. 그리고 얼마 후, 뉴저지 주의 한 시골 마을에서 그 집을 찾았다. 사실은 집이 아니라 교회였다. 1802년에 지어진, 작은 사각형의 장로교 예배당이었는데 누군가 영리하게도 집으로 개조해놓았다. 침실 두 개에 간소한 부엌, 사람들이 모이던 커다란 예배당으로 구성되어 있었다. 거기에 물결무늬 유리가 끼워진 47미터 길이의 창문이 있고, 앞마당에는 아름드리 단풍나무도 있었다. 내가 찾던 집이었다. 나는 집을 직접 보지도 않은 채 지구 반대편에서 입찰가를 적어 냈다. 며칠 후, 머나먼 뉴저지 주에서 집주인은 내 입찰가를 받아들였다.

"우리에게 집이 생겼어요." 내가 의기양양하게 펠리페에게 말했다.

"그거 참 잘됐군. 이제 나라만 있으면 되겠어." 그가 말했다.

그리하여 나는 그 지긋지긋한 나라를 마련하기 위한 일에 착수했다. 우선 크리스마스 직전에 혼자 미국으로 돌아가서 모든 업무를 처리했다. 새로 구입한 집의 매매확정서에 사인하고, 창고에 넣어두었던 세간을 모두 꺼내고, 차를 임대하고, 매트리스를 샀다. 펠리페의 보석과 다른 물건들은 모두 근처 마을의 창고로 옮겨놓았다. 그리고 뉴저지 주에 그의 사업자 등록도 했다. 이 모든 일을 그가 미국으로 돌아오는 것이 확정되기도 전에 해버렸다. 다시 말해, 우리가 공식적으로 '우리'라고 등록되기도 전에 이곳에 정착할 준비를 한 것이다.

그동안 펠리페는 곧 다가올 시드니 미국 영사관에서의 인터뷰를 대비해 마지막으로 미친 듯이 서류를 준비하고 있었다. 인터뷰 날짜가 가까워짐에 따라(대략 1월쯤 될 거라고 했다) 우리의 장거리 전화는 완전히 사무적으로 변해버렸다. 우리 사이에 낭만은 찾아볼 수 없었고, 그럴 여유도 없었다. 나는 필요한 서류들을 수십 번씩 확인하고, 그가 미국 정부에 넘겨야 할 서류들을 하나도 빠짐없이 모았는지 확인하기에 바빴다. 그에게 사랑의 편지가 아닌, 이런 이메일을 쓰고 있었다. "변호사 말이 내가 직접 필라델피아까지 가서 서류를 받아가야 한대요. 그 서류에 특별한 바코드가 찍혀 있어서 팩스로 보낼 수가 없다네요. 그 서류를 우편으로 보내줄 테니까, 받으면 제일 먼저 DS-230 첫 장에 날짜를 적고 서명해요. 그런 다음, 서류 전체를 영사에게 보내요. DS-156 원본과 다른 이민 서류들은 당신이 직접 인터뷰에 가져가야 해요. 하지만 명심해요. **DS-156은 반드시 미국 영사가 보는 앞에서 사인해야 돼요!!!!**"

인터뷰 날짜가 며칠 남지 않았을 때 우리는 빠뜨린 서류가 있다는 것을 깨달았다. 브라질에서 펠리페의 전과 기록 복사본을 떼어오지 않은 것이다. 엄밀히 말하자면, 브라질에 펠리페의 전과 기록이 없다는 것을 증명할 서류를 빠뜨린 것이다. 왜 그랬는지 이 중요한 서류를 깜박하고 말았다. 우리는 그 사실을 알고 완전 패닉 상태에 휩싸였다. 인터뷰 일정을 뒤로 미뤄야 할까? 펠리페가 직접 브라질로 가서 서류를 떼어오지 않고도 경찰 기록을 받을 수 있을까?

며칠간 온갖 나라로 전화해서 수소문한 끝에, 펠리페는 브라질에 있는 친구 아르메니아—엄청난 카리스마와 영민함을 갖춘 여인—에게 전화했다. 리오데자네이로 경찰서 앞에 하루 종일 줄을 서서 기다렸다가, 경찰관을 잘 구워삶아서 펠리페의 깨끗한 전과 기록 서류를 얻어다 달라고 부탁한 것이다. (맨 마지막에 아르메니아가 우리를 구해주었다는 사실이 왠지 시적인 균형을 이루는 느낌이다. 3년 전, 발리의 저녁 식사에서 우리를 처음 소개시켜준 사람이 바로 그녀였기 때문이다.) 아르메니아는 그 서류를 발리로 보냈고, 펠리페는 몬순을 뚫고 자카르타로 날아갔다. 그가 구비한 모든 브라질 서류를 적절한 영어로 바꿔줄 수 있는 공인된 번역가를 찾기 위해서였다. 번역가를 찾으면 인도네시아 전체에서 유일하게 미국 정부의 인가를 받은, 포르투갈어를 할 줄 아는 법적 공증인이 지켜보는 가운데 번역 작업을 해야 했다.

"모든 일이 척척 진행 중이야." 폭우가 쏟아지는 자바 섬에서 한밤중에 자전거 인력거를 타고 가던 중에 그가 전화했다. "우린 할 수 있어. 할 수 있어. 할 수 있다고."

그리하여 2007년 1월 18일 아침, 펠리페는 시드니의 미합중국 영사관 앞에 늘어선 줄의 맨 앞에 서 있었다. 며칠간 잠을 자지 못했지만, 정부 기록을 비롯해 건강 진단서, 출생 신고서 그 밖의 온갖 잡다한 증거들을 모두 수집해 만반의 준비가 된 상태였다. 오랫동안 머리도 자르지 못했고, 여전히 여행용 샌들을 신고 있었다. 하지만 상관없다. 법에 어긋나지만 않으면, 영사관에서는 그의 겉모습에 상관하지 않을 것이다. 1975년 시나이 반도에서 정확히 무슨 일을 했는지 영사가 퉁명스러운 질문 서너 개를 던지기는 했지만(무엇을 했느

나고? 펠리페는 열일곱 살의 아름다운 이스라엘 소녀와 사랑에 빠졌다), 인터뷰는 순조롭게 진행되었다. 마침내 도서관 사서 같은, 만족스러운 철컥 소리와 함께 그는 여권에 비자를 받게 되었다.

"행운을 빕니다." 미국인 영사는 내 브라질인 약혼자에게 그렇게 말했고, 펠리페는 자유가 되었다.

그는 다음 날 시드니에서 출발하는 중화항공을 타고 타이베이를 경유해 알래스카로 갔다. 앵커리지에서 무사히 미국 세관과 입국 관리대를 통과하고, 뉴욕 JFK 공항으로 가는 비행기로 갈아탔다. 몇 시간 후, 나는 그를 마중 나가기 위해 차가운 겨울 밤공기 속으로 차를 몰았다.

지난 열 달 동안 소량의 극기심을 발휘해 평정을 유지했으나, 공항에 도착하자마자 걷잡을 수 없이 무너지기 시작했다. 펠리페가 곧 안전하게 미국으로 돌아온다고 생각하니, 그가 공항에서 체포된 이후로 억눌러 왔던 온갖 두려움이 마구 튀어나왔다. 현기증이 나고, 몸이 부들부들 떨리면서 갑자기 모든 것이 두려워졌다. 비행기 도착 날짜와 시간, 공항을 착각했을까 두려웠다. (비행기 도착 시간과 날짜를 일흔다섯 번은 확인했지만, 그래도 걱정되었다.) 펠리페가 탄 비행기가 추락할까 두려웠다. 심지어 말도 안 되게 과거로 거슬러 올라가 그가 호주에서 비자 인터뷰에 떨어졌을까 두려웠다. 불과 하루 전에 그가 비자 인터뷰를 통과했다는 사실을 알고 있는데도 말이다.

공항의 도착 상황판에 그가 탄 비행기가 도착했다는 표시가 뜨는데도, 그의 비행기가 도착하지 않았거나 영영 도착하지 않으면 어쩌나 하는 터무니없는 걱정이 되었다. 그가 비행기에서 내리지 않으면 어쩌지? 그가 비행기에서 내렸는데 경찰이 다시 체포해가면 어쩌지? 비행기에서 내리는 데 왜 이렇게 시간이 오래 걸리는 거야? 나는 펠리페가 전혀 엉뚱한 모습을 하고 있을지 몰라서 도착 게이트로 나오는 모든 승객들의 얼굴을 다 훑어보았다. 말도 안 되는 일이지만, 지팡이를 짚은 중국인 할머니들과 아장아장 걷는 아이들의 얼굴까지 두 번씩이나 바라보았다. 펠리페가 아니라는 것을 재차 확인하기 위해서였다. 숨쉬기가 힘들었다. 길 잃은 아이처럼 경찰관에게 달려가 도움을 청하고 싶었다. 하지만 뭘 도와달라고 한단 말인가?

그때 갑자기 그가 나타났다.

세상 어디서든 나는 그를 알아볼 수 있을 것이다. 세상에서 가장 친근한 얼굴. 그가 통로를 걸어 나오고 있었다. 그 역시 나와 똑같은 긴장된 표정으로 나를 찾고 있었다. 그는 열 달 전, 댈러스 공항에서 체포되었을 때와 똑같은 옷차림이었다. 거의 일 년 내내 입고서 전 세계를 돌아다녔던 바로 그 옷. 그는 약간 쇠약해진 모습이었지만, 내게는 왠지 천하무적으로 보였다. 그는 눈에 불을 켜고 군중들 속에서 나를 찾고 있었다. 그는 중국인 할머니도, 아장아장 걷는 아기도, 다른 누구도 아니다. 그는 펠리페다. 나의 펠리페, 내 사람, 내 대포알. 그는 나를 발견하더니 나를 향해 달려왔다. 어찌나 세게 달려와 껴안았는지 나는 뒤로 넘어갈 뻔했다.

"다시 집에 도착할 때까지 우리 둘은 빙빙 돌고, 또 돌았다"라고 월트 휘트먼은 썼다. "우리는 자유만 남긴 채, 둘만의 기쁨만 남긴 채 모든 것을 비웠다."

우리는 서로를 껴안은 팔을 풀 수 없었고, 나는 흐느낌을 멈출 수가 없었다.

마침내
법적인 부부가 되다

그로부터 닷새 안에 우리는 결혼했다.

쌀쌀한 2월 오후의 일요일, 새로 구입한 집—그 이상하고 낡은 교
회—에서 결혼식을 올렸다. 결혼을 앞두고 마침 교회에서 살고 있
으니 매우 편리했다.

결혼 허가증을 발급받기 위해서는 28달러와 함께 공공요금 고지
서 복사본 하나를 제출해야 했다. 결혼식의 하객은 우리 부모님(결혼
한 지 40년), 테리 외삼촌과 데보라 외숙모(결혼한 지 20년), 언니와 형
부(결혼한 지 15년), 내 친구 짐 스미스(이혼한 지 25년), 우리 집 강아지
토비(결혼한 적 없음, 동성애 기질이 있는 듯도 하고, 양성애 기질이 있는 듯도
함)였다. 펠리페의 아이들도(미혼) 참석하기를 바랐지만, 결혼식이
너무 급작스럽게 진행되는 바람에 호주에 있는 그 애들이 일정에 맞
춰서 오기는 무리였다. 결혼식을 늦추는 위험을 감수할 수 없어서
그냥 들뜬 전화 통화를 몇 번 나누는 것으로 만족했다. 미국 땅에서
의 펠리페의 자리를 보호하기 위해 불가침의 법적 계약을 맺어 이번
일을 빨리 마무리 지어야 했다.

결국 우리는 결혼식에 소수의 증인이 필요하다는 결정을 내렸다.
내 친구 브라이언의 말이 옳다. 결혼은 혼자서 하는 기도가 아니다.
오히려 현실적 결과를 가져오는, 공적이면서도 사적인 일이다. 우리

관계의 친밀함은 언제나 펠리페와 나만의 몫이지만, 우리 결혼의 또 다른 작은 부분은 우리 가족, 우리의 성공과 실패에 가장 큰 영향을 받을 가족의 몫이기도 하다. 그 점을 강조하기 위해서라도 그들은 결혼식에 참석해야 한다. 또한 내가 좋든 싫든, 우리 서약의 또 다른 작은 부분도 언제나 미국 정부의 몫이라는 것을 인정해야 한다. 애초에 이 결혼이 합법적일 수 있는 이유도 그 때문이다.

하지만 우리 서약의 가장 작으면서도, 가장 신기하게 생긴 부분은 역사의 몫이다. 우리 모두는 역사의 거대한 족적에 결국 무릎을 꿇을 수밖에 없다. 어느 시대를 살든지 간에 혼인 서약의 형태는 상당 부분 역사에 의해 결정된다. 펠리페와 나는 우연히 2007년, 뉴저지 주의 작은 시골 마을에 살게 되었기에 서로에게 쓰는 우리만의 개성 넘치는 서약은 생략하기로 했다(어차피 녹스빌에서 지낼 때 이미 했으니까). 하지만 역사 속에서 우리의 위치를 인정하는 뜻에서 뉴저지 주의 기본적이고 세속적인 서약을 반복했다. 현실에 대한 묵례로 적절한 행동이라는 느낌이 들었다.

물론 우리 조카들도 결혼식에 참석했다. 사람들의 관심을 끄는 데 천부적 소질이 있는 닉은 결혼 축시를 낭송했다. 그럼 미미는? 그 애는 일주일 전에 조용히 날 부르더니 "이번엔 진짜 결혼식이야?"라고 물었다.

"글쎄, 진짜 결혼식이 어떤 결혼식이냐에 달렸지." 내가 말했다.

"진짜 결혼식에는 화동이 있어야 해." 미미가 대답했다. "그리고 화동은 핑크색 드레스를 입고, 꽃을 들고 가야 해. 꽃다발 같은 부케 말고, 장미 꽃잎이 담긴 바구니를 들어야 해. 그것도 핑크색 장미는 안 되고, 노란색 장미 꽃잎이어야 해. 그리고 화동이 신부 앞에 서서 바닥에 노란색 장미를 뿌리는 거야. 그런 결혼식 할 거야?"

"잘 모르겠네. 그런 일을 해줄 만한 아이를 찾을 수 있을지 모르겠다. 누구 할 만한 사람 알아?"

"내가 할 수 있을 거야." 미미가 천천히 대답했다. 그 애는 짐짓 무관심한 척하며 다른 곳으로 시선을 돌렸다. "그러니까, 할 사람이 없으면……."

그리하여 우리는 미미의 기준에도 정확히 부합되는 진짜 결혼식을 올렸다. 하지만 한껏 차려입은 화동을 제외하고는 아주 수수한 결혼식이었다. 나는 제일 아끼는 빨간색 스웨터를 입었고, 신랑은 푸른색 셔츠를 입었다(깨끗한 셔츠). 짐 스미스는 기타를 연주했고, 전문 성악가인 데보라 외숙모는 펠리페를 위해 '라 비엥 로즈(La Vie en Rose)'를 불렀다. 집 안에는 아직 가구도 들여놓지 않았고, 짐도 풀지 않았지만 아무도 개의치 않는 듯했다. 지금 상태에서 유일하게 사용할 수 있는 공간은 부엌뿐이었다. 그나마 펠리페가 손님들을 위한 점심 식사를 준비했기 때문이었다. 그는 이틀간이나 요리를 했고, 식이 시작되려고 할 때는 그에게 앞치마를 벗으라고 말해줘야 했을 정도였다. ("아주 좋은 징조다"라고 엄마가 말했다.)

결혼식 주례는 이 마을의 군수님이 맡았다. 군수님이 집 안으로 들어오자, 아버지가 단도직입적으로 물었다. "민주당이오, 공화당이오?" 아버지는 이 질문이 내게 중요하다는 것을 알고 있었다.

"공화당인데요." 군수님이 말했다.

잠시 긴장된 침묵이 흘렀다. 그러자 언니가 속삭였다. "리즈, 사실

이런 일에는 공화당 사람이 더 어울릴지도 몰라. 그래야 국토안보부에서도 더 좋아하지 않겠어?"

그래서 우리는 결혼식을 올렸다.

미국 결혼식에서 오가는 전형적인 서약의 골자는 다들 알고 있을 테니 여기서 굳이 반복하지 않겠다. 우리도 똑같은 서약을 했다는 말로 충분할 것이다. 우리는 어떤 비꼼이나 주저함 없이 가족들 앞에서, 상냥한 공화당원 군수 앞에서, 진짜 화동 앞에서, 우리 집 개 토비 앞에서 혼인 서약을 했다. 토비는 중요한 순간이 온 것을 눈치채고, 혼인 서약이 막 끝나려는 찰나에 우리 둘 사이에 끼어들어 바닥에 벌렁 드러누웠다. 우리는 개를 사이에 두고 키스할 수밖에 없었다. 왠지 길조인 듯했다. 개는 정절의 궁극적 상징이기 때문이다. 중세 시대 결혼식 초상화를 보면 종종 신혼부부 사이에 개가 그려진 것을 볼 수 있다.

이 모든 예식이 끝나자—우리 인생에서 엄청나게 중요한 사건인 것치고는 금방 끝났다—펠리페와 나는 마침내 법적인 부부가 되었다. 우리는 다함께 둘러앉아 오래오래 점심을 먹었다. 군수님과 내 친구 짐, 우리 가족, 조카들, 그리고 새신랑까지. 그날 오후, 앞으로 우리의 결혼 생활에 어떤 평화와 만족이 기다리고 있을지 전혀 몰랐지만(물론 지금은 알고 있다), 평안하고 감사한 마음이었다. 화창한 날이었다. 와인도 많이 마셨고, 건배도 많이 했다. 닉과 미미가 가져온 풍선들은 먼지투성이의 교회 천장으로 천천히 올라가 우리의 머리 위에 둥둥 떠 있었다. 손님들은 더 오래 머물 수도 있었지만, 황혼 무렵에 진눈깨비가 날리기 시작하자 서둘러 소지품과 코트를 챙겼다. 다들 도로 사정이 아직 좋을 때 떠나고 싶어 했다.

이내 모두 떠났다.

마침내 펠리페와 나는 단둘이 남아서 점심 식사 설거지를 하고, 짐을 풀기 시작했다.

결혼해도 괜찮아 Committed

『먹고 기도하고 사랑하라』 그 두 번째 이야기

초판 발행   2010년 9월 10일
2쇄 발행   2010년 10월 11일

지은이   엘리자베스 길버트
옮긴이   노진선
펴낸이   홍정균
펴낸곳   솟을북

편집   이은영 홍주완
영업   조정현
관리   강보람

121-874   서울시 마포구 염리동 161-3 벤처비지니스센터 별관 5층

전화 706-8541~3(편집부), 706-8545(영업부)   팩스 706-8544
이메일 hkmh73@paran.com
출판등록 2004년 6월 28일 제313-2004-00166호
값 11,900원
ISBN 978-89-955472-3-6 03800

파본은 본사나 구입하신 서점에서 교환하여 드립니다.